내예쁜
사람아

내 예쁜 사람아

1판 2쇄 찍음 2022년 5월 3일
1판 2쇄 펴냄 2022년 5월 10일

지은이 | 문수진
펴낸이 | 고운숙
펴낸곳 | 봄 미디어

기획 · 편집 | 박나영, 정지은

출판등록 | 2014년 08월 25일 (제387-2014-000040호)
주소 | 경기도 부천시 소향로13번길 14-11, 203호
영업부 | 070-5015-0818　편집부 | 070-5015-0817　팩스 | 032-712-2815
E-mail | bommedia@naver.com
소식창 | http://blog.naver.com/bommedia

값 9,000원

ISBN 979-11-5810-395-8 03810

My Beautiful Person

문수진 장편 소설

내예쁜
사람아

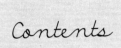

Contents

prologue

비(悲)이슬

"아."

비가 오는 날이었다. 저 빗줄기에 맞으면 아플지도 모르겠단 생각이 들 만큼 하늘에선 세찬 비가 내렸다.

마치 땅을 향해 벌을 주는 것처럼.

쏟아지는 비를 올곧게 맞고 있는 땅이 아프겠다는 생각을 하며 조용한 골목을 걷던 이주가 걸음을 멈췄다.

그녀의 시야 안으로 낯익은 남자가 들어왔다. 말이 없고, 표정도 없고, 웃음도 없는 사람. 언젠가 저 얼굴에서 빛나는 미소를 보는 것이 소원이었던 이주의 고개가 기울어졌다.

"선생님?"

그가 맞다. 정말로.

차현우. 고3이 되기도 전부터 저를 가르쳤던 남자.

과외도 다 끝났는데 우리 동네에는 무슨 일일까. 속으로 중얼거리던 이주가 갸웃거렸다. 반가운 마음에 다가서서 선생님, 하고 부르려 했지만 젖은 땅에 얼어붙은 듯 발이 좀처럼 움직이지 못했다.

벌써 2월이었다. 곧 있을 졸업식 준비로 들뜬 친구들과 하교한 후 각자 지긋지긋한 교복을 벗어던지고 다시 만난 게 벌써 세 시간 전. 떡볶이를 먹고 노래방에서 실컷 놀다가 집으로 돌아가는 길이었다. 그중엔 수시에 합격한 친구들도 있었고, 이주처럼 정시에 합격하거나 아니면 재수를 준비하는 친구도 있었다. 하지만 졸업이 반가운 건 모두가 마찬가지라 오늘만큼은 신나게 놀자는 취지였다.

이주는 생각지도 못했던 대학에 합격했다. 정시 원서를 쓰면서 상향 지원이라 어떻게 될지 모르겠지만 그래도 시도는 해 보는 게 낫지 않겠냐며 현우가 추천하던 대학의 원하는 과에 합격을 했고, 그에게 문자를 보냈었다.

답장을 기다리는 동안 가슴에 휴대폰을 꼭 안은 채 떨리는 마음을 가라앉혔던 그 순간을, 그녀는 생생히 기억하고 있었다. 연락을 하고 싶었고, 연락할 핑계가 생겼다. 한껏 마음이 부풀었던 그때의 설렘이 아직도 선명했다.

〈저 한국대 합격했어요. 선생님 덕분이에요. 감사해요.〉

1년 동안 과외를 했지만 문자를 보내는 건 손에 꼽을 정도였다. 과외가 끝나고 처음 한 연락이었다. 그녀는 두 시간 내내 휴대폰을 붙잡고 기다렸다.

그리고 단 세 글자가 적힌 답장을 받았다.

〈축하해.〉

몇 번을 썼다 지우기를 반복하며 보낸 문자가 무색하리만큼 단조로운 답장. 서운함에 그 밤 내내 얼마나 우울했는지 모른다. 고작 축하한다는 말이 전부일까, 잘했다는 말 정도는 해 줄 수 있는 거 아닌가. 서운해하던 끝에 결국 체념했던 그녀였다.

그런데.

왜 저 비를 다 맞고 서 있는 걸까. 저 단단한 사람이.

어울리지 않았다. 그의 곁을 단단하게 둘러싸고 있는 저 허무함이, 외로움이란 감정이. 저렇게 있을 사람이 아닌데.

가로등에 등을 기댄 채 선 남자를 바라보던 이주가 주위를 두리번거렸다. 세차게 내리는 비 때문인지 주변을 틈틈이 매운 빌라와 2층 주택들이 즐비한 길 위는 한적했다. 누구 하나 그에게 우산을 내밀어 줄 사람은 없어 보였다.

그녀밖에는.

노란색 우산을 펼쳐 든 채 멍하니 서 있던 이주가 천천히 남자에게 다가갔다.

세상을 다 잃은 얼굴. 무너진 세상 앞에 무릎을 꿇을 수밖에 없다는 걸 깨달은 사람처럼 간신히 서 있던 현우가 시야를 가린 노란색 우산에, 가까웠던 빗소리가 차단되는 낯설음에 고개를 틀었다.

이주가 잠시 움찔했다. 생각보다 그의 표정은 더 좋지 않았다. 그대로 지나가는 게 좋았을 뻔했다는 짤막한 후회마저 들었다. 이주의 입술이 빗소리 속으로 파고들었다.

"비 오잖아요."

잔소리처럼 들리는 짧은 말. 마치 이 비를 왜 맞고 있냐고 혼낸 것 같아 이주가 민망함에 아랫입술을 깨물었다.

현우의 시선이 닿자 숨이 멎는 것 같았지만 이주는 피하지 않았다. 키가 훨씬 큰 그에게 우산을 씌어 주기 위해 한껏 팔을 든 그녀 역시 현우를 올려다봤다.

아주 짧은 순간이었다. 정처 없이 흔들리는 눈동자와 마주치는 순간 현우는 뒤늦게 자신이 서 있는 곳이 어디인지를 깨달았다.

늘 그녀가 있었다. 제 목소리에, 손이 가는 방향마다, 시선이 옮겨지는 그곳마다 반응하는 강이주가 있었다.

하루빨리 교복을 벗고 싶다며 투정을 부리기 바쁜 아이. 늘 제 뒷모습을 좇으면서 단 한 번도 먼저 나와 저를 보지 않는 아이. 말 한마디 건네는 것도 어려워하면서 저를 향한 마음을 드러내던 아이.

겁쟁이인 걸까, 아니면 이대로도 만족하는 걸까. 궁금했지만 굳이 알려고 나서지 않았다. 순진한 여고생이 일주일에 몇 번 보는 대학생 오빠를 좋아하는 건 흔하디흔한 일이니까 신경 쓰지 말라던 승진의 말이 떠올랐다. 정말 그것뿐인지, 새삼 알고 싶어졌다.

단 한 번도 너의 마음 따위를 물었던 적도 없으면서.

"안 추우세요?"

너는 왜.

"우산은요? 없어요?"

아니, 내가 왜.

"이거 드릴까요? 저는 뛰어가면 금방이잖아요."

널 찾아왔을까. 왜 널 보러 왔을까. 자신이 왜 이곳에 나타났는지 궁금할 텐데도 묻지 않는 이주를 물끄러미 내려다보던 현우의 입은 일자로 굳어 열리지 않았다.

자신보다 두 뼘은 더 큰 남자를 올려다보며 이주가 아랫입술을 깨물었다. 이럴 땐 자라다 만 것 같은 키가 원망스러웠다. 목이 아파 더는 올려다볼 수 없었다.

"이거 받으세요."

물끄러미 저만 보는 현우의 시선에 괜스레 부끄러워진 이주가 그의 손에 우산을 쥐어 주었다.

고작 우산을 건네는 손길이, 마음을 건네주는 여자처럼 떨려 와 고개를 푹 숙였다. 그의 손은 얼음장처럼 차가웠다. 춥지는 않냐고, 여기 왜 이렇게 서 있느냐고 물어볼 말은 많았지만 애써 물음을 참았다.

말없이 우산을 받아 든 현우의 눈이 그녀를 좇았다.

그녀를 놓치면 전부를 놓아 버려야 하는 강박증에 휩싸인 것처럼.

"그럼 안녕히 가세요."

이주가 짧은 인사와 함께 빗속으로 뛰어들었다. 세찬 비가 그녀의 어깨를 아프게 짓누른다. 그 모습에 마음이 아팠다.

싫었고, 짜증도 났다.

네가 비를 맞는다는 사실, 그 하나 때문에.

무슨 생각으로 그랬는지 모르겠다. 본능적으로 머릿속에 이주를 잡아야겠단 생각부터 들었다.

그녀가 필요했다. 고작 이제 스무 살이 된 강이주가, 1년 간 항상 제 뒷모습을 좇으면서도 마음 한 번 드러낼 생각을 하지 않는 강이주가.

왜 내게 아무것도 바라지 않을까. 짝사랑을 시작한 그 순간 바로 포기와 체념을 떠올렸을까. 바라보는 것만으로도 만족할 수 있는, 겨우 그저 그런 작은 마음인 건가. 그럼 나는 무슨 마음으로 이곳에 서 있나. 상념이 가득 찬 현우의 눈동자가 흔들렸다.

뭐가 절실한지 모르겠다. 절박하고 간절한 이 마음을 위로할 수 있는 게 강이주인지, 강이주의 그저 그럴지도 모르는 마음인 건지, 아니면 누군가의 온기인 건지. 적어도 그 누군가는 자신을 좋아해 주고, 필요로 하는 사람이었으면 했다.

헛된 욕심, 채워지지 않을 욕망의 근원.

그럼에도 이 하늘 아래 나를 안아 줄 수 있을 것 같은 유일한 존재.

철절하게 사람의 온기가 필요한 내게 구원처럼 나타난 너니까. 그럼 잡아야겠지. 너를, 감히 내가.

현우는 금방 빗속에 선 이주를 따라잡았다. 곧장 팔을 뻗어 작고 마른 어깨를 잡아 돌려세웠다. 그새 빗물에 흠뻑 젖은 그녀가 다시 우산 속으로 끌려 들어왔다. 놀란 이주가 두 눈을 크게 뜨고 올려다봤지만 현우는 흔들림 없는 표정으로 그녀를 응시했다.

이 순간에도 망설임이 일었다. 놓아 버리자. 복잡해진 내 인생에 이 아이까지 끌어들일 수는 없다.

하지만.

"너 나 좋아하지."

생각은 짧았고, 감정은 넘쳤다.

"……네?"

이건 미친 짓이라고 생각했다. 지금 자신이 벌이려는 이 일을 누가 멋스럽게 포장할 수 있을까. 얼마 후면 벗을 교복이라지만 이주는 아직 학생이다. 그것도 1년씩이나 제가 가르쳤고 이제 막 스무 살이 됐다.

앞으로 어떤 꿈을 꾼다 해도 응원받을 수 있는 나이, 스무 살. 사랑받기에 충분하고 사랑하기에 넘치는 나이가 아닌가. 이건 그녀를 망가뜨리는 짓이다.

잘 알지만, 그게 다 무슨 소용이란 말인가.

내가 위로받고 싶은데. 이 애가 어떻게 되든 말든.

"강이주."

내가 지금 죽을 것 같은데. 그래서 네가 이렇게 필요한데.

현우는 스스로에게 냉소를 퍼부으며 그녀의 팔을 잡은 손에 힘을 주었다. 이주가 낮게 신음했지만 그는 전혀 흔들리지 않았다. 오히려 두렵기까지 했다. 너마저도 나를 외면할까, 나를 끔찍하게 여길까. 우습고 하찮았다. 그럼에도 놓을 수 없을 것만 같은 이 찰나의 감정들이.

"그럼 나랑 잘 수 있어?"

높낮이 없는 그의 목소리에 이주가 할 말을 잃었다. 잘못 들은 거라고 생각했다. 빗소리가 너무 세서 잘못 들은 거라고. 그러나 땅에 닿는 빗소리보다 그녀를 얼릴 만큼 차가운 현우의 목소리가 더 생생했다.

눈이 마주친 남자의 표정은 진심을 말하고 있었다. 금방이라도 무너질 것 같은 얼굴을 하고, 그녀에게 자자고 말한다. 어째서. 이주가 말없이 그를 보며 입술을 깨물었다. 그에게 잡힌 팔도, 마주 보고 있는 눈도 사시나무 떨듯이 떨렸다.

두려워하는 자신의 모습 따윈 모른 척하겠다는 단호함에, 뭔가를 잃은 듯한 그의 얼굴에 이주가 피가 날 듯이 입술을 깨물었다.

그리고 남자가 다시 입을 열었다.

"그럼 자. 나랑."

chapter 01
비 오는 날에, 우연한 만남

"무슨 생각을 그렇게 해?"

비만 오면 마음대로 찾아드는 생각. 창을 흠뻑 적시고 있는 하늘이 예뻤다. 그 하늘을 빤히 올려다보던 이주가 손을 들어 눈을 가렸다. 햇빛 한 점 비추지 않는 하늘인데 어째서 눈이 부신 건지 모르겠다.

아, 그 남자 때문일까.

"첫사랑 생각."

"아아. 비만 오면 생각난다는 그 첫사랑?"

그렇게 얘기를 많이 했었나. 이주는 순간 머쓱해져 짧게 대답했다.

"응. 그 첫사랑."

비가 오는 것도 우울한데 심지어 카페 안에 퍼지는 음악마저 축 처진다는 얘기를 하던 중에 뜬금없이 첫사랑이라니.

15

다혜가 의심스럽다는 듯이 눈을 반짝였다.

"어떤 사람이었는데?"

"……예쁜 사람."

다혜의 눈썹이 높게 산을 그렸다. 무슨 생각을 하는지 눈치챈 이주가 엷게 웃었다.

"설마 여자는 아니지?"

"아니거든?"

그녀가 말을 헷갈리게 한 탓이라고 다혜가 작게 중얼거렸다.

"대체 어떤 추억이라서 비만 오면 떠올려? 짝사랑이었다며. 장마 때 아주 난리 나겠네. 그 사람 떠올리느라."

그럼, 난리 나고 말지. 종일 그 생각에 시달릴 때도 있는걸.

다혜가 던진 말에 속으로 답을 한 이주가 입가에 미소를 머금은 채 다시 창가에 시선을 두었다. 그 어느 날 내렸던 비처럼 빗방울들이 세차게 바닥을 적시고 있었다.

절실하게 무언가를 필요로 했던 사람과 함께했던 밤.

추억이라면 추억이었다. 누군가는 실수고, 누군가는 후회라 이름할 수도 있겠지만 이주는 그렇게 부르고 싶었다.

추억.

현우는 절박하고, 거침없이 그녀를 안았고 이주는 그를 따뜻하게 감싸 안았었다. 그게 끝이었다.

현우가 눈을 뜨기 전, 이주는 도망치듯 그곳을 벗어나 단한 번도 그와 만나지 않았다. 먼저 연락을 하지도 않았고, 연락을 기다리지도 않았다.

거칠게 몰아붙이던 그의 눈을 보며 깨달았기에.

처음이자 마지막인 거구나. 오늘을 끝으로 당신은 나를 보지 않을 생각이구나.

새삼 시작도 하지 않았던 관계에 끝이라고 정의할 게 뭐 있나 싶었지만 이주는 그런 마음으로 그에게 안겼었다.

그 밤 이후, 이런 식으로 현우를 떠올리고 기억해야 했지만 후회도 아쉬움도 없었다. 그날 당신은 뭘 잃어버렸기에 그토록 절박했을까. 어떤 마음으로 그리 절실하게 나를 안았을까, 하는 작은 그리움뿐.

물론 현우가 다니는 학교가 어딘지, 무슨 과인지도 알고 있었다. 하지만 찾아갈 용기는 없었다. 그가 차가운 얼굴로 응당 실수였다는 말을 할 것만 같아 두려웠다. 현우 역시 그녀를 찾아오지 않았다. 서로가 서로를 너무나 쉽게 찾을 수 있는 상황에서 그는 외면했고, 그녀는 도망쳤다.

"가게는 잘돼?"

"뭐, 그럭저럭. 엄마 덕분에 단골도 좀 있고, 플라워 코디네이터 일도 하고 있고, 부케 주문도 꾸준히 들어와. 지난번에 부케를 주문한 신부가 마음에 들었는지 블로그랑 카페에 사진을 올렸거든. 사진 보고 같은 디자인으로 주문하는 손님들이 늘었어."

"잘됐네. 아, 맞다. 내가 소개해 준 레스토랑은. 네 포트폴리오 마음에 든대?"

"응. 테이블이 환해졌다고 엄청 좋아하셨어. 레스토랑 분위기와도 잘 어울린다고 하시고."

"이야, 잘나가는데."

1년 전까지 이주는 광고 회사에서 근무했다. 꽃집을 운영
하던 엄마가 병으로 세상을 떠난 뒤, 가게 문을 닫아야 하지
않겠냐는 친척들의 말을 듣지 않았다. 때문에 그녀는 고작 2
년 다닌 회사에 사직서를 제출했다.

엄마의 평생 꿈이자 희망이었던 꽃집까지 잃을 수는 없었
다. 퇴직금과 엄마의 사망 보험금을 보태 꽃집을 넓혀 리모
델링을 하고, 그동안 화훼 장식 기능사 자격증이나 플라워
디자인 등 플로리스트 공부를 하면서 재 오픈 준비를 했다.

다행히 이주는 꽃을 좋아했다. 태어났을 때부터 꽃향기를
맡으며 자라 왔고, 중학교 때 웬만한 꽃들의 이름은 알 정도
였다. 원래도 원예학과에 진학하려고 했지만, 굳이 전공으로
삼지 않아도 항상 꽃 가까이에 있을 거라는 엄마의 말에 다
른 공부를 선택했다.

그래서인지 다시 공부를 시작하면서 큰 어려움은 없었다.
평생 맡아 온 꽃향기와 평소에도 꽃에 관심을 둔 덕분에 자
격증도 쉽게 딸 수 있었다.

"난 네가 어머니 꽃집 물려받는다고 했을 때 솔직히 걱정
많이 했는데."

"그랬어?"

"당연하지. 네가 꽃집 딸이지, 주인은 아니니까. 근데 이
게 웬걸. 애들 전부 다 놀랐잖아. 전문가 못지않아서. 포트폴
리오는 언제부터 만든 거야?"

"그냥 엄마 옆에서 많이 도와줬어. 언젠가 엄마 일 그만두면 내가 가게 맡으려고 했었거든."

"생각보다 빨랐네, 그게."

"그러게."

그렇게 일찍 돌아가실 줄 알았나. 교통사고로 허망하게 아빠를 잃고, 엄마와 단둘이 서로를 얼마나 의지하며 살았던가. 이주가 씁쓸히 웃으며 애써 생각을 떨쳐 냈다.

이젠 그에 대한 상처도, 외로움도, 그리움도 점점 옅어지고 있었다. 1년간 엄마를 대신하기 위해 바쁘게 보냈던 시간이 그 역할을 톡톡히 했다.

"가게 놀러 갈 때 무슨 선물을 해야 하나. 오픈할 때도 선물 하나 못 했는데. 꽃집에 화분을 보낼 수도 없고."

생각만으로도 웃긴 듯 다혜가 가볍게 웃으며 얘기했다.

"선물은 무슨. 재훈이랑 와서 화분 하나 사 가. 그거면 돼."

"그건 당연한 거지. 오늘부터 고민 좀 해 봐야겠다."

다혜가 창밖으로 시선을 돌리며 팔을 앞으로 쭉 뻗어 기지개를 켰다. 친구를 따라 고개를 튼 이주가 턱을 괸 채 비 내리는 창밖의 풍경을 바라봤다.

상처도, 외로움도, 그리움도 전보다 옅어졌을 뿐, 없어지지는 않았다. 평소 부모님과 함께했던 추억을 떠올리는 것처럼 비가 내리면 현우와의 밤이 어김없이 떠올랐다.

천천히 눈을 깜빡였다. 여전히 창밖의 비는 바닥을 흠뻑 적시고 있었다.

마치 누군가의 마음처럼.

"사장님, 이건 어때요?"

꼭 칭찬을 바라는 어린아이가 따로 없다. 주문받은 웨딩
부케를 직접 그려 본 혜미가 노트북 화면을 바라보던 이주의
시선을 들게 했다.

"부케야?"

"네. 학교 과제이기도 하고 또 사장님한테 도움 좀 될까
해서."

쑥스럽다는 듯 혜미가 웃자 이주 역시 싱긋 웃어 보였다.
대학 졸업반인 혜미를 아르바이트생으로 쓰고 있는 이주는
종종 지금처럼 그녀의 도움을 받았다. 이주가 자리에서 일어
날 틈도 없이 바쁠 때, 그녀가 작은 것이나마 도움이 되곤 했
다.

"괜찮네. 신부 주문에도 딱 들어맞고."

"정말요?"

이주가 스케치북을 보며 고개를 끄덕였다. 흰 웨딩드레스
에 은은한 연보랏빛을 내는 리시안셔스가 잘 어울릴 것 같았
다. 열매 폴라나 흰색의 스프레이 장미를 덧붙이면 더 고급
스러워질 것이다.

스케치만으로도 향이 느껴지는 듯 기분 좋은 미소를 만들
던 이주가 주문 날짜에 맞춰 만들어 배달까지 하라고 맡기자
혜미가 뛸 듯이 기뻐했다.

"그렇게 좋아?"

"그럼요. 저 어제 이거 하느라 밤새웠거든요. 포트폴리오에 넣을 사진도 찍어야지."

혜미가 가게 안쪽으로 걸음을 옮기며 신이 나 중얼거렸다. 한쪽 테이블에 자리를 잡고 앉아 있던 이주는 스케치를 마저 완성해 나갔다.

꽤 큰 호텔 예식 사업부에서 지배인으로 일하고 있는 선배의 도움으로 연회장 플라워 장식을 맡게 됐는데 수익이 제법 쏠쏠했다. 간간이 핸드메이드 부케를 직접 배달도 하고, 연회장이나 레스토랑 플라워 코디네이터 일도 시작하면 수입 걱정은 안 해도 될 듯싶었다.

다행이란 생각을 하며 이주가 시간을 확인했다. 호텔 연회장 일을 소개해 준 주연과 약속한 시각을 가늠했다.

"사장님, 저희 원데이 클래스 같은 것도 열면 어떨까요? 주 2회 정도로?"

오늘따라 의욕이 넘치는 듯한 혜미가 잘린 잎사귀들과 줄기들로 지저분해진 한쪽 테이블을 치우며 말했다.

"그럼 우리 너무 바빠지지 않을까."

"아, 하긴 지금 하는 것도 너무 많죠."

"일단 자리부터 잡고 생각하자. 이제 시작이잖아."

가방을 멘 이주가 미리 준비한 여러 가지 시안들을 한데 챙겨 들었다. 뭐가 그렇게 신이 나는지, 조심해서 다녀오라며 크게 소리까지 치는 혜미에게 가게를 맡긴 이주가 버스와 지하철, 둘 중 고민을 하다가 막힐 일 없는 지하철을 선택했다.

먼저 약속 장소인 북카페 앞에 도착한 이주는 주연의 모습을 찾으며 안으로 들어갔다. 아직 도착하지 않은 건지 주연은 보이지 않았다.

아이스 카페 라테를 손에 든 이주가 주변을 돌아보다가 창가 쪽 테이블에 자리가 난 것을 발견하고 그쪽으로 걸음을 옮겼다. 날이 추운 건 아닌데 환절기라서 그런지 홀더를 끼우지 않은 컵 때문에 손이 시렸다.

"대표님은 아이스 아메리카노 드시죠? 샷 두 번 추가한."

"응, 맞아."

"엄청 쓰던데. 그거 드시면서 표정 하나 안 변하시더라고요."

"인간 자체가 쓰잖아. 난 뭔가 어울린다고 생각했는데."

상사 심부름이라도 온 건지 나란히 선 남녀가 떠드는 모습을 힐긋 본 이주는 자리를 찾아 앉았다.

프랜차이즈 대형 카페가 아니라 그런지 분위기가 남달랐다. 오밀조밀 벽을 채우고 있는 책들을 둘러보다 책꽂이 사이사이에 놓여 있는 작은 조화 화분을 발견한 이주의 눈이 반짝였다. 각 테이블 위에도 작은 화분들이 놓여 있었다.

뭔가 특이했다. 단순하다는 생각이 들 만큼 단조롭지만 눈을 사로잡는 뭔가가 있었다. 망설임 없이 가방에서 필통과 작은 스케치북을 꺼냈다.

10개가 넘는 색연필을 쭉 테이블에 늘여 놓는 이주의 손놀림이 빨라졌다.

"대표님 오셨어요? 여기 커피 주문해 놨어요."

스케치를 반 정도 끝냈을까. 대각선 테이블로부터 들려오는 목소리에 이주가 문득 고개를 들었다가 다시 스케치북으로 시선을 내렸다. 사각사각. 스케치북 위에서 움직이던 색연필 소리가 갑자기 멈췄다.

못 볼 것이라도 본 듯 이주가 다시 고개를 들었다.

봄에서 여름으로 넘어가는 계절에 검은색 셔츠, 검은색 팬츠 차림인 남자와 눈이 마주쳤다. 이주의 손에서 떨어진 색연필이 또르르 소리를 내며 테이블 위를 굴렀다.

"아는 분이세요?"

남자의 시선이 건너편, 창가 쪽에서 색연필로 그림 비슷한 걸 그리고 있던 여자를 뚫어지게 바라보자 앞에 앉아 있던 직원이 물었다.

집요하게 바라보는 그의 시선 안에 묶여 있던 이주가 먼저 눈을 피했다. 굳은 듯 멈춘 그녀가 황급히 테이블 위에 어질러진 색연필 하나를 손에 꼭 붙들었다. 손끝이 아릴 정도로 떨렸다.

그다. 차현우. 내내 잊을 수 없었던, 그렇지만 그리워하고 싶지 않았던.

"아니요."

그의 차가운 목소리에 잠시 멈칫했지만 이내 아무렇지 않은 척 이주가 색칠을 이어 갔다.

진정하자, 강이주. 모르는 사람인 거야. 아랫입술은 한참 동안 깨물고 있어 얼얼했고, 가슴은 감당할 수 없을 정도로 빠르게 뛰었다. 색연필을 잡은 손이 덜덜 떨렸지만 애써 아닌 척 남자를 외면했다.

어떻게 여기에? 휘몰아치는 의문 끝에 이내 그가 먼저 나갈 때까지 버티기로 마음먹었다.

무겁게 가라앉은 남자의 시선이 이제야 멀어졌다. 그것을 깨닫기 무섭게 이주가 벌어진 입술 사이로 참았던 한숨을 공중에 뿌렸다. 그런데도 남자의 주변을 둘러싼 소리는 멈추지 않았다.

"오늘 PT 좀 잘한 것 같은데. 느낌 좋은데요?"

"당연하지. 다른 팀 애들까지 빼 와서 준비한 건데."

"지난번 파주에 3층 단독 주택 PT 갑자기 엎어지는 바람에 저희도 그 팀 가서 고생 꽤나 했잖아요."

"상부상조지. 어차피 같은 회사 다니는데. 아, 오늘까지 벌써 12차 PT인데 이제 그만 통과됐으면 좋겠다. 무슨 클라이언트가 이렇게 까다롭고 아는 게 많은지."

성훈과 하나가 서로 말을 주고받으며 오늘 있었던 PT를 떠올리고선 진저리를 쳤다. 그들 앞에 마주 앉아 있던 현우가 의자 팔걸이에 턱을 괸 채 살짝 시선을 돌렸다. 여전히 그녀는 얼굴을 푹 숙이고 열중한 듯 뭔가를 그리고 있었다.

뭘 그리는 걸까.

한 번 그녀에게 닿은 시선은 맞은편에 앉은 직원들까지 이상하다 여길 정도로 떨어질 줄 몰랐다. 얼굴을 보이지 않겠다는 굳은 결심이라도 했는지 이주는 끝까지 고개를 들지 않았다.

"아는 사람도 아니라면서 왜 저렇게 보시지?"

"몰라요. 반했나 봐."

"우리 대표님이? 말이 되는 소리를 해라."

"아니면 낯선 여자를 왜 저렇게 빤히 보겠어요?"

직원들이 속닥거리는 것도 모른 채 현우는 7년 만에 만난 이주에게서 시선을 떼지 않았다. 그 순간 이주의 전화벨이 울렸다. 놀랐는지 가방에서 급하게 휴대폰을 꺼내 받더니 이내 작게 신음을 터트렸다. 연이어 소곤거리는 목소리가 들렸다.

"어쩔 수 없죠, 뭐. 홀에서 사고가 났다는데. 그럼 다음에 제가 호텔로 찾아뵐게요. 어차피 연회장 분위기도 살펴야 하고요."

그 뒤로 몇 마디를 더 내뱉은 이주가 전화를 끊었다.

현우의 짙은 눈이 계속해서 그녀의 모습을 살폈다. 알고 있다. 잊지 않았다. 너무나도 또렷하게 기억하고 있다.

저 작은 목소리가 신음으로 변하면 어떻게 되는지, 교성을 지를 때 얼마나 야릇하고 위험한지. 잔뜩 두려워하면서도 제 손을 놓지 않았던 열기가 어디서 나온 건지. 옅은 한숨이 나오는 저 입술이 얼어붙은 제 심장과 다르게 얼마나 따뜻한지.

단 하룻밤이었지만, 오랜 시간이 지났음에도 잊지 못했다. 아직 앳된 티를 벗지 못한, 1년간 단 한 번도 여자로 본 적이 없는, 이제 막 여자가 되려고 하는 아이를 안았던 기억을 잊을 수 없었다.

처음이라 두렵고 무서웠을 그녀를 무자비하고 몰인정하게 가졌다. 질끈 눈을 감고 제 목을 두 팔로 꽉 끌어안는 것으로 고통을 대신하려는 이주를, 그녀의 처음을, 한 남자를 좋아하는 순진하고 예쁜 마음을, 무자비하게 밟아 버렸다.

이주의 온몸 곳곳에 입을 맞추면서도 따뜻한 말 한마디 건네지 않았다. 희미한 미소조차 보여 주지 않았다. 잔인하게도. 그는 제 아래 누운 그녀를 몇 번이나 안았고, 동이 틀 무렵이 되어서야 이주를 옆에 두고 잠에 들었다.

눈을 떴을 때 그녀는 없었고, 그는 혼자였다. 그때 느꼈던 상실감의 정체를 여전히 알 수 없었다. 허탈했고, 허무했고, 쓸쓸했다.

책임지라는 말을 하지 않을 거라는 건 알았지만 사라질 줄은 몰랐다. 휴대폰 통화 버튼 하나만 누르면 그녀를 볼 수 있는데 현우는 그러지 않았다.

제 욕심으로 똘똘 뭉쳤던 그 밤이 가끔 희미하게 생각날 뿐이었다. 그런데 이주를 만나니 또렷하게 기억나기 시작했다. 그녀를 어떻게 가졌는지, 그리고 그녀가 얼마나 고통스러워했는지.

자신이 얼마나 파렴치한이었는지.

이주가 저를 보지 않는 게 당연할 만큼 잔인한 밤을 선물했던 과거가 파노라마처럼 머릿속을 헤집었다.

"아, 저 대표님. 저희 회의 시간 다 되어 가는데요?"

대체 저 여자가 누구길래. 대표님 돈 들고 튄 거 아닐까요? 그럼 경찰서로 데려가지, 저렇게 잡아먹을 듯이 보겠냐?

직원들이 속닥거리다가 조심스레 꺼낸 얘기에 현우가 뒤늦게 반응했다.

"먼저 들어가요. 회의는 두 시간 미룹시다."

"아, 네. 그럼 저희는 먼저 들어가 보겠습니다."

회의를 미뤄? 천하에 차현우 대표가? 창업 멤버라 그를 가장 오래 본 하나와 성훈의 눈이 크게 떠지는 것도, 자리를 뜨는 것도 보이지 않는지 현우는 가만히 이주를 바라볼 뿐이었다.

묵묵히 그의 시선을 받아 내고 있던 이주가 아랫입술을 깨물었다. 대체 왜 자꾸 보는 거야. 부담스러울 정도로 노골적인 시선이었다.

은은한 팝이 흘러나오는 조용한 카페 안. 마치 둘만 있는 것 같았다. 누구라도 둘 사이의 팽팽한 분위기를 금방 알아챌 만큼이나 묘한 기운이 흘렀다.

더는 견딜 수 없다는 듯 이주가 짐을 챙겼다. 우연히 만나게 될 건 또 뭔지. 우연이라는 심보가 이렇게 고약할 수가 없었다.

비가 올 때마다 생각났던 차현우는 아마 앞으로 몇 주 동안 그녀를 괴롭힐 게 뻔했다. 지금도 가끔 욱신거릴 정도로 아픈데 어떻게 버티라는 건지.

선배에게서 갑작스레 사정이 생겼다며 연락이 와 약속도 취소됐겠다, 이주가 빠르게 카페를 나섰다. 그를 지나치면서 애써 시선을 주지 않으려 부단히도 노력해야 했다. 눈이라도 마주치면 금방 눈물이 쏟아질 것 같았다.

아닌데, 이제 좋아하지 않는데. 마음이 다시 살아난 듯 가슴이 날뛰고 있었다.

평소 점원에게 건네는 일상적인 인사도 없이 카페 문을 연 이주가 낭패라는 얼굴로 인상을 찌푸렸다.

"아."

이 상황에서 하필 비라니.

비가 오면 차현우가 생각난다. 방금 차현우를 우연히 만났다. 그리고 지금도 비가 오고 있었다.

우연도 고약한데, 날씨는 더 고약했다.

"짜증 나."

작게 중얼거린 이주가 가방 안에 꼭꼭 파일을 숨겼다. 행여나 젖지는 않을까, 품 안에 가방을 꼭 끌어안은 채 하늘을 올려다봤다. 지독한 감기 때문에 고생을 한다고 해도 다른 선택지는 없었다.

빗속으로 뛰어들려는 찰나였다. 뒤에서 뻗어 나온 현우의 팔이 그녀를 끌어당겼다. 갑작스러운 힘에 끌려간 이주의 이마가 누군가의 가슴팍에 부딪혔다.

"아……."

누군가 뒤에서 본다면 꼭 껴안은 것처럼 마주 선 이가 현우라는 것을 알아챈 이주의 눈동자가 불안정하게 흔들렸다.

그의 무덤덤하면서도 서늘한 시선이 그녀를 향했다.

"……."

볼 수 없다. 보지 않을 것이다. 하지만.

그녀가 시선을 피하며 이를 악물었다. 결심은 뒤틀리고,

결국 제 정수리에 닿는 빤한 시선에 고개를 들었다. 눈이 마주치자 참았던 숨이 터져 나왔다.

7년 만에 다시 만나 깨달았다.

한 조각의 마음 없이 자신을 안았던 현우를 얼마나 좋아했었는지를.

그 밤이 자꾸만 떠올랐다. 장면이 스쳐 지나갔다. 잔뜩 겁에 질린 제 모습이 현우의 눈동자에 비쳤다.

그가 잡아 주었던 손. 뜨거웠던 숨결.

당신 품에 안겼던 유일한 하루.

그 밤 내내, 이렇게 떨었을 제 모습을 상상하던 그녀가 질끈 눈을 감았다.

"비 맞는 게 취미야?"

힐난하는 어조의 차디찬 목소리가 이주의 귓가에 박혀 들었다. 팔을 거칠게 붙잡고 있는 현우의 손에 힘이 실렸다.

도망갈 거라고 생각했다. 직원들을 내보내면 어떻게든 버티지 못하고 가 버릴 것이라고. 그리고 고민했다. 잡을까. 잡아야 하나. 잡으면 뭐라고 할까. 잘 지냈냐는 인사? 그날은 왜 그렇게 사라졌냐는 질문?

우스웠다. 고통, 상실, 상처, 아픔. 그 모든 것들을 잊고자 여자를 안았다. 줄곧 그녀가 자신을 좋아해 왔다는 걸 알면서 하룻밤을 제안한 것도, 그 밤을 무시하듯 이주를 찾지 않은 것도 자신이었는데 이제 와서 잠깐 마주쳤다고 그날 일을 들추는 건 해서는 안 되는 일이었다.

그녀에게 자신은 평생 저주해야 할 개자식이고, 나쁜 새끼고, 원망의 대상이니까.

이주가 저를 피해 카페를 나가는 모습을 똑똑히 눈에 담았다. 잊고, 무시하고자 했다.

하지만 빗속에 뛰어들어 그때를 떠오르게 하는 그녀를 본 순간 머리보다 손이 더 빨랐다.

"기다려. 차 가지고 올 테니까."

무슨 차? 이주의 입술이 놀라 벌어졌다. 방금 전까지만 해도 자리에 앉아 있던 현우가 왜 자신 앞에 있는지 그건 이제 궁금하지 않았다. 이주는 데려다주겠다는 그의 말에 팔을 크게 휘둘러 벗어났다.

마치 며칠 전에 만났다 헤어진 사람처럼 익숙하게 물어오는 꼴이 우스웠다. 이주가 대답 없이 고집스럽게 입을 다물고 있자 현우가 차갑게 눈을 치켜세웠다.

"강이주."

현우의 입에서 나오는 제 이름에 그의 가슴팍으로 고정했던 시선을 든 이주가 어금니를 악물었다.

1년 동안 그와 과외를 하면서 이름이 불렸던 게 열 번은 되던가. 근데 어째서 저리도 자연스럽게 부르는 건지 모르겠다. 그냥 모른 척 스쳐 지나가면 그만 아닌가? 아까 분명히 그랬잖아. 모르는 사람이라고.

"대답 안 해?"

대답을 재촉하는 현우의 목소리에 짜증이 서렸다. 기억 못 하는 척해 볼까, 잠시 고민했지만 우스운 일이었다. 도망치려다가 붙잡힌 꼴이 됐는데 그가 속을 리 없었다.

그렇다면 이 상황을 피할 수밖에 없는 이유를 알려야 했다. 7년 만에 우연히 만났다고 해서 데려다줄 사이는 아니지 않은가. 그날 밤만 아니었다면 엷게 웃으며 선생님, 하고 먼저 인사를 했을지도 모르지만, 이미 벌어졌던 일은 끔찍하게도 여전히 선명했다.

그걸 나 혼자만 기억하고 있었나.

"아니요."

현우의 눈썹이 꿈틀거렸다. 이주가 한걸음 뒤로 물러섰다. 조금만 더 뒤로 갔어도 비에 젖을 게 뻔했다.

"알아서 갈게요."

"비 오는 거 안 보여?"

너무 잘 보인다. 그렇다고 내가 당신이랑 갈 수는 없잖아.

"카페에 있다가 그치면 갈게요."

"강이주."

"가세요, 그럼."

벌써 두 번이나 이름을 불렀다. 그 밤, 이름 한 번 불러 주는 것도 어려웠던 사람이. 그 낯설음이 너무나도 싫었다. 그날이 자꾸만 떠오르면서 얼굴이 붉어지는데, 행여나 현우가 이런 자신의 생각을 눈치챌까 무서웠다.

거절 따위 생각하지도 못했던 현우를 지나친 이주가 다시 카페 안으로 들어왔다. 커피 대신 생과일주스를 다시 주문하고는 애써 카페 입구가 보이지 않는 쪽으로 자리를 잡고 앉았다.

가방에서 휴대폰을 꺼내 전화번호부 목록을 뒤졌다. 의미

없는 행동이었다. 행여나 그가 지켜보고 있지는 않을까, 애써 태연한 척 굴기 위함이었다.

물어뜯듯이 입술을 깨물던 이주가 어느 순간 조심스레 몸을 틀어 그가 서 있던 자리를 확인했다.

"하아."

긴장이 풀리자 저도 모르게 한숨이 흘러나왔다. 현우는 신기루처럼 사라졌다.

우연히 마주칠 수도 있단 생각은 단 한 번도 한 적이 없었다. 단 몇 분이었지만 그와 같은 공간에 있었다는 사실이 믿기지 않았다. 영원히 닿을 수 없는 사람이라 생각했기 때문일까.

그는 차가운 사람이었다. 마음까지 꽁꽁 얼어붙은. 그래서 자신을 가르치는 학생, 그 이상으로 절대 대하지 않는 현우를 보면서 그저 함께 공부할 수 있는 것만으로도 만족했다. 좋아했지만 그를 단 한 번도 욕심내지 않았다.

그녀가 처음으로 여자가 된 그 하루를 빼고.

어째서 현우가 자신을 안았는지 아직도 의아했다. 그의 목을 두 팔로 꽉 끌어안으면서도 두려움에 갈등했었다. 그저 그에게 안겨 있던 순간이 너무나 유혹적이라 도중에 멈출 수가 없었을 뿐.

주문했던 주스를 입으로 가져갔다. 너무 달았다. 다음에 오면 시키지 말아야지, 생각하던 이주가 고개를 저었다.

현우를 마주쳤던 장소다. 회사가 이 근처인가. 그렇다면 이 근방엔 오지 않아야겠다고 다짐하고는 다시 스케치북과 색연필을 꺼냈다.

비가 그칠 동안 시간을 때울 요량으로 다시 바쁘게 손을 움직였다. 아까 그를 의식하느라 색연필을 꾹꾹 누르는 바람에 스케치가 엉망이 되어 있었다.

미련 없이 한 장을 찢어 구긴 이주가 테이블 위에 동그랗게 말린 종이를 올려놓고 다시 색연필을 움직였다. 그러나 하얀 종이 위에 그림을 그려 갈수록 그녀의 표정은 차갑게 굳어져 갔다.

추억이라고는 사방이 막혀 있는 방 안에서 그와 함께 공부를 하던 게 전부였는데 그저 하나가 보태진 것뿐이라며 가슴에 다짐을 새겼다.

차현우. 그날 밤. 첫 남자. 첫사랑.

하지만 그뿐. 내가 그렇게 만들었고, 그가 그렇게 만들었다. 그 남자를 탓할 수도 없는 제 선택이었고, 그 남자를 미워할 수도 없는 스스로의 결심이었다.

그러니까 잊을 수 있다. 비가 오면 생각나는 그 남자를 이젠 완전히 생각하지 않아야겠다. 그를 욕심낼 줄도 몰랐던 온전한 나를 위해.

얼마나 시간이 흘렀을까. 정신없이 몇 장의 스케치를 완성한 이주가 멍하니 있다가 불현듯 휴대폰을 확인했다. 선배의 미안하단 문자와 언제 오냐는 혜미의 문자가 전부였다.

어느새 굵은 빗방울은 부슬비가 되어 내리고 있었다. 더 늦기 전에 일어나야겠다 싶어 서둘러 몸을 일으켰다.

"저, 손님."

막 밖으로 나서려는 이주를 향해 점원이 말을 걸었다.

"네?"

이주가 되묻자 점원이 단조로운 남색의 3단 우산 하나를
내밀었다.

"어떤 손님이 전해 주시라고 해서요."

"……누가요?"

"한참 전에 어떤 남자분이요. 일어나실 때 드리라고 해
서."

점원에게 우산을 건네받은 이주의 눈꺼풀이 파르르 떨렸
다.

어떤 남자분. 뻔히 알 수 있는 상대에 헛웃음을 흘리며 그
녀는 벌써 몇 번이나 물어뜯어 희미한 상처가 생긴 입술을
다시 쥐어뜯었다.

잊어버리려고 했는데. 다시는 기억하지 않으려고 했는데.

우습게도 지워야 할 추억 하나가 늘어나 버렸다.

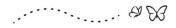

"죽겠다. 우리 삼성동 빌라 단지 공사 끝나면 일 좀 줄일
까. 사람답게 문화생활을 한 지가 언젠지."

고등학교부터 시작해 함께 대학을 나와 건축 일을 시작한
승진은 사무실에 들어오기 무섭게 투덜거렸다.

"하긴, 끝날 기미가 안 보이지. 시공 기간만 해도 그게 얼
마나 걸리는 거야, 대체."

건축 일이 워낙 큰돈이 왔다 갔다 하다 보니, 프로젝트 하나 엎어지면 신용 불량자 신세에 만기 적금 깨는 게 이제 대수롭지 않은 일이 된 지 오래였다.

처음 시작은 작은 오피스텔이었다. 몇 명 안 되는 직원들과 함께 잘해 보자 마음먹고 시작한 건축 사무소가 지금의 사무실로 넓히기까지 하루가 48시간인 것처럼 일만 했다.

그 여파가 아직까지 계속되는 걸까. 여유가 생겼음에도 불구하고 일은 줄지 않았다.

돈 좀 벌어 보겠다고 너무 일을 덥석덥석 맡은 건 아닌지 승진이 뒤늦은 후회를 하며 아까부터 말이 없던 현우를 돌아봤다.

"뭐야. 오늘 PT 잘 안 됐어? 김성훈이랑 이하나 말 들어 보니까 잘된 것 같던데, 왜."

현우는 말없이 넓은 책상 앞에 앉은 채 창밖으로 시선을 두었다. 기상 예보에도 없던 비는 좀처럼 그칠 줄 몰랐다.

"사색 중이냐? 비 처음 봐?"

"이렇게 보는 건 처음이지."

"봐서 뭐하게. 그렇게 보고만 있으면 클라이언트가 딴지 안 걸고 PT를 통과시켜 주는 것도 아니고, 1년째 준비 중인 송아 박물관 공모에서 1등을 할 수 있는 것도 아니고. 미친년 꽃다발 같은 클라이언트들이 순해지는 것도 아니고."

쉽게 말해 금박지가 떨어지는 것도 아닌데 뭘 그렇게 보고 있냐는 말이었다.

"그래, 네 말이 다 맞다."

현우가 낮게 웃으며 고개를 저었다.

우산도 줬으니 알아서 갔겠지. 설마 이 넓은 서울 땅에서 우연이 두 번이나 겹칠까.

오늘처럼 비가 올 때마다 문득 생각나는 노란 우산을, 그 일을 이제는 기억하지 않는 게 맞았다.

"송아 박물관 현상 공모 얼마나 남았지?"

"열흘."

"그럼 PT 거의 마무리됐겠네."

"어. 리허설만 몇 번 해 보고 마무리 작업 들어가자. 그리고 삼성동 빌라 단지 클라이언트가 조경 컨셉 가지고 태클 걸었어. 생각했던 거랑 너무 다르단다. 한 달을 꼬박 밤을 새웠는데, 그거 다시 손봐야 될 거야. 돈 많은 사람들은 다 그러냐? 아주 그냥 곱게 넘어가는 법이 없어, 젠장."

걸고 넘어지기 좋아하는 그 돈 많은 클라이언트가 대체 뭐라고 태클을 걸었냐고 물으려던 찰나 현우의 휴대폰이 울렸다.

액정을 확인한 그의 얼굴이 차갑게 굳었다. 친구를 따라 시선을 옮긴 승진 역시 쓴웃음을 삼켰다.

"예, 어머니."

현우가 자리에서 일어나 커다란 창문 앞에 가까이 선 채로 전화를 받았다. 뒤에서 그 모습을 지켜보고 있던 승진이 그를 배려해 대표실을 나왔다.

그의 어머니 같은 사람 한 명 상대하는 것보다 내 돈 내고 내 집 짓는데 왜 마음대로 못 하게 하냐고 욕을 하는 클라이언트 백 명을 상대하는 게 현우한테는 더 낫지 않겠나 싶지만. 승진이 씁쓸하게 웃으며 문을 닫았다.

—바쁘니?

근 한 달 만에 통화였지만 목소리에서 반가워하는 기색은 없었다. 익숙한 일인 듯 현우가 창밖을 응시했다. 차츰 잦아들었던 비가 다시 거센 기세로 바닥을 적시고 있었다.

잊고자 했던 여자의 얼굴은 이따금씩 다시 떠올랐다.

비가 올 때마다 젖어 드는 생각, 강이주. 우산은 받았을까. 집에는 가고 있을까.

"아닙니다."

—다른 게 아니라 아버지께서 네 결혼 얘기를 꺼내시더구나. 시장 선거 때문인지 갑자기 식탁에서 결혼 얘기가 나왔어. 남자 서른둘이 뭐 많은 나이라고. 혹시 만나는 여자라도 있니?

목소리에서 귀찮아하는 기색이 역력했다. 웅덩이를 만들 만큼 바닥을 적신 빗물 아래로 뛰어들면 무슨 느낌일까.

그가 힘주어 주먹을 쥔 손을 주머니에 넣었다. 만나는 여자라는 대목에서 오늘 낮, 카페에서 그림을 그리던 이주의 모습이 더 선명해진다.

갑자기 궁금해졌다. 너는 그때 뭘 그리고 있었는지, 지워 버리자 했는데 나는 또 왜 지금 너를 떠올리는지.

잊고 살았다고 생각했다. 비 오는 날에만, 너를 떠올려 보던 버릇 때문일까. 그래서 오늘 유난히 네가 짙게 남는 걸까.

"없습니다."

―그럼 맞선 좀 보렴. 몇 명 만나 봐서 괜찮으면 결혼하고, 결혼 생각 없으면 그냥 구색 맞추기라고 생각해. 네 아버지한테 말할 건 있어야 하잖니. 게다가 네가 워낙 바쁘니 약속 맞추기 어려울 거 아니야. 연락처 줄 테니 알아서 약속 장소 잡고 만나 봐라. 나한테는 문자 넣어 주고.

　"예. 연락처 보내 주세요."

　―그러마.

　네가 결혼을 하든, 말든 나랑은 전혀 상관이 없다는 뜻이 가득 담긴 전화가 끊어졌다. 모자지간이지만 흔하게들 묻는 일상적인 안부 따위는 없었다.

　당장 결혼할 생각은 없었지만, 누구 말대로 구색 맞추기는 필요하니까 맞선은 나가는 게 좋을 것이다. 쓸데없는 잡음 없이 쉽게 일을 처리하는 방법은 그저 하라는 대로 하는 것뿐. 귀찮아도 그게 마음은 편안했다.

　다시 휴대폰을 든 현우가 일기 예보를 검색했다. 오늘 밤까지 수도권 전역에 비 소식이 있을 거라는 문구를 보기 무섭게 지그시 눈을 감았다.

　갔겠지.

　그가 비릿한 웃음을 흘리며 다시 눈을 떴다. 이미 늦었다. 다시 돌아간다 해도 그녀는 없을 것이다.

　말했어야 했다. 비만 오면 가슴을 아프게 맴돌던 그 말을.

　"잘못했다고."

　그 밤, 그렇게 잔인했던 것을.

　현우가 차갑게 웃었다. 사과를 한다고 해도, 잘못을 빈다고 해도 받아 줄 이는 없었다. 아마 앞으로 다시는 보지 못할 것이다.

더는 만나지 못할 여자인데 왜 쓸데없는 잡념만 늘어 가는 건지. 이주를 잡고 싶었던 이유를 떠올리진 못하면서도, 그저 그 순간 그녀를 놓아 버린 게 미치도록 후회스러운 현우가 짙은 한숨을 내쉬었다.

그저 까닭 모를 후회만 쌓이고 있었다.

"다 괜찮은데, 나는 특히 이쪽이 더 마음에 든다. 우아하고 고풍스러워, 뭔가."

이주의 시안들을 살펴보던 주연이 맨 앞장을 다시 펼쳤다. 주연이 예식 사업부 지배인으로 일하는 호텔까지 직접 시안을 들고 온 이주는 눈이 휘둥그레질 만큼 비싼 호텔 커피숍에서 그녀와 미팅 중이었다.

지난번 갑작스러운 약속 취소로 다시 날을 잡은 그들은 주말 점심, 맞선 시장에 뛰어든 남녀들 사이에서 업무에 대한 얘기를 주고받았다. 시안을 정하고, 나가는 길에 연회장에 잠시 들러 분위기 좀 보고 가라는 주연의 말에 이주가 고개를 끄덕였다.

"근데 여기는 분위기가 진짜 좋은 것 같아요."

"그렇지? 그래서 맞선 보러 많이들 와. 지금도 봐. 전부 어색하게 웃으면서 취미가 뭐예요, 주말엔 보통 뭐하세요?

이러고나 있겠지."

결혼보다는 돈 잘 버는 싱글이 낫다고 말하는 주연과는 플로리스트 공부를 하러 다니던 학원에서 알게 된 사이였다. 고작 2살 많은데도 그녀는 어른스럽고 성숙하게 이주의 상황에 대해 꽤 많은 조언을 해 주었다.

사회에 나와 진정한 친구를 만나는 게 새삼 어려운 일이라는 걸 일찍 깨우친 그녀로서는 주연을 만난 게 행운이 아닐 수 없었다.

"그래서 요즘도 집에서 맞선 보라는 얘기는 무시하세요?"

"무시하지. 아마 서른넷, 다섯까지는 우리 어머니도 여전하지 않을까 싶어. 어휴, 왜 그러는지 모르겠다니까."

"요즘 어머니 세대들은 이해 못 하실 수도 있죠."

"명절 때마다 그 고생을 하면서 시집가란 말은 왜 하는지. 그것도 웃긴 게 명절 때쯤 돼서 음식하면서는 나한테 절대 시집가지 말고 돈 많이 벌어 혼자 살라고 한다?"

그 후로도 주연의 푸념은 계속됐다. 그러던 중에 가까이 다가와 커피 리필을 해 주겠다는 직원에게 고개를 저어 보이던 이주의 시선이 어느 한곳에 멈췄다.

"왜 그래?"

자신의 이야기보따리를 들으며 가만히 웃고 있던 이주의 표정이 갑자기 굳어지자 주연이 그녀의 시선을 따라 고개를 돌렸다.

시선이 멈춘 곳에 선남선녀가 마주 앉아 있었다. 필시 맞선일 게 분명한 분위기에 주연이 의아함을 느끼고 다시 고개를 돌렸다.

두 손을 꼭 맞잡고 테이블 위에 시선을 고정하고 있는 이주의 눈동자가 불안정하게 떨렸다.

"아는 사람이야?"

고작 일주일 전에 마주쳐 놓고 어째서 또.

숨소리라도 들릴까 그녀가 굳게 입을 다물었다. 일주일 사이에 벌써 두 번째 우연이다.

그것도 지난번과 비슷한 상황.

머리가 지끈거릴 듯 아파 왔다. 7년 전의 일을 자꾸만 기억하게 하는 이 우연이 너무나도 두려웠다. 마치 무슨 일이 일어날 것만 같았다.

이주의 가느다란 한숨 소리에 주연이 도통 모르겠단 얼굴로 다시 남자와 이주를 번갈아 봤다. 남자 쪽에서는 아직 이주를 보지 못했는지 맞은편에 앉은 여자의 얘기를 가만히 듣고만 있었다.

맞선 보는 사람답지 않게 무서운 얼굴을 하고서. 대체 무슨 얘기를 듣고 있길래.

"왜? 누군데 그래?"

안색이 파리해진 이주가 고개를 저으며 얼굴을 들었다.

순간 저를 보고 있는 현우와 눈이 딱 마주친 그녀가 기겁하듯 자리에서 몸을 일으켰다.

"연회장 분위기 한번 보고 싶은데. 지금 좀 볼 수 있어요, 언니?"

"어? 아, 그래. 지금 가 보자."

아무래도 지금 무언가 묻는다 해도 대답은 들을 수 없을 것 같단 생각에 주연이 고개를 끄덕이며 이주를 따라 카페를 나섰다.

누가 봐도 도망치는 듯한 모습을 지켜보는 남자의 시선이 심연처럼 가라앉았다.

chapter 02

세 번의 우연 혹은 필연

주말 점심. 송아 박물관 현상 공모 마감이 코앞이었다.

직원들은 주말까지 반납하고 공모 마감에 몰두하고 있는데 대표라는 놈은 한가하게 맞선이나 보고 있다니, 우스울 노릇이다.

현우의 시선이 눈앞에 있는 여자에게로 향했다. 대충 말을 섞다 자리를 파하고 대학 동기인 윤수와 점심이나 함께할 생각이었다. 일부러 윤수가 일하는 호텔로 약속을 잡았는데 다행스럽게도 여자는 밥보다는 차를 마시는 게 좋다고 했고, 그들은 커피숍에 앉아 영양가 없는 대화들을 나누고 있었다.

확실히 그의 입장에서는 무의미한 시간이었다.

"집에서는 만나 보고 괜찮으면 결혼하라고 하시던데요. 현우 씨 아버님 선거 나가실 때 도움되려면 약혼이라도 서둘러 하자는 게 어른들 뜻이세요. 선거가 원래 보기보다 돈이 많이 드는 일이잖아요."

정갈한 몸짓으로 찻잔을 다시 내려놓은 여자가 싱그러운 미소와 함께 말을 이었다.

이름이 뭐였더라. 현우가 여자의 이름을 기억해 내기 위해 희미할 정도로만 미간을 좁혔다.

여자가 다시 찻잔 손잡이로 손을 뻗었다. 가지런하게 정리된 손톱은 예뻤지만, 그게 전부였다.

그의 상념이 과거의 어느 날로 향했다. 샤프 펜슬을 붙잡고 열심히 수학 문제의 풀이 과정을 적어 내려가던 이주가 그려졌다. 바짝 깎은 손톱이 아프다고, 연필을 못 쥐겠다고 칭얼거리던 그녀에게 많이 아프냐는 다정한 말조차 건네지 못했던 자신도 떠올랐다.

물어볼걸. 단 한마디에도 너는 웃어 주었을 텐데.

"어머니는 지금 화랑 운영하신다고 들었어요. 아버님은 대형 로펌 자제분이셨다가 로펌 물려받지 않고 곧장 의원 출마하셨다고요. 그래서 로펌은 고모가 물려받으셨고, 어머니도 유서 깊은 학자 집안이시라고 하던데."

유서 깊은 집안. 그랬던가.

현우가 대답이 없자 여자는 알아서 말을 이었다. 나쁘지 않았다. 굳이 입을 열지 않아도 상대가 알아서 대화를 주도한다는 건 어쨌든 덜 피곤한 일에 속했다.

"그래서 저희 아버지의 기대가 더 크신 것 같아요. 들어서 아시겠지만 그런 집안을 좋아하세요. 학자 집안이나 명예직에 있는, 뭐 그런. 원래 가진 사람들이 자신이 모자란 것에 더 탐을 내는 법이니까요."

오렌지색으로 칠한 여자의 입술이 찻잔에서 다시 멀어지는 모습을 빤히 바라보며 현우는 별 감흥 없이 얼굴로 고갯짓을 했다. 그저 저와는 별 상관없는, 먼 산과도 같은 얘기지만 굳이 말을 끊고 대화를 이어 나갈 생각은 없었다. 게다가 갑자기 떠오른 과거의 이주가 꽤 반가워 지루한 기색 없이 얘기를 들을 수 있었다.

"건축하신다고 들었는데, 그건 언제까지 하실 생각이세요? 규모도 별로 크지 않던데. 저희 아버지 계열사 중에 건설 회사가 하나 있어요. 인수한 지 얼마 안 돼서 아직 관리 체계도 제대로 잘 안 잡혔고 많이 부족해요. 아버지는 결혼하면 곧장 차현우 씨를 회사로 불러들일 생각이시던데, 전 그러지 않아도 상관없고요. 자기 사업하는 남자, 나쁘지 않죠. 야망도 있어 보이고."

현우가 힐긋 시선을 내리자 찻잔 옆에 놓인 그녀의 명함이 보였다.

계열사 10개를 거느린 대기업의 막내딸. 고작 20대 후반의 나이에 호텔 상무 이사라. 그 호텔의 미래가 보이는군. 현우의 한쪽 입가가 비틀리게 올라가자 여자가 여유로운 미소와 함께 물었다.

"왜 웃으세요?"

"재미있는 말씀을 하셔서요."

"제가요? 어떤……."

코웃음이 나올 뻔한 걸 꾹 참은 현우가 다시 이어지려는 여자의 말을 가로막았다.

"금과 권의 결합이라. 꽤 이상적인 선택이죠."

과거에서 훌쩍 건너온 현우가 다시금 이주를 떠올렸다.

노란색 우산을 건네던, 빗속의 그 아이를. 그리고 일주일 전 제 앞에서 도망가기 위해 부단히도 노력하던 그 아이를.

아니, 이제 아이가 아니던가. 일주일 내내 제 머릿속을 뛰어다니던 모습이 천천히 그림 그려지듯 떠올랐다. 여자가 되어 나타난 이주가 상상 속에서 떠나지를 않는다.

드디어 미쳤군. 그가 속으로 비릿한 웃음을 흘렸다.

"제가 별로 마음에 안 드시나 봐요."

삐딱한 현우의 말에 여자는 그리 당황하지 않는 얼굴로 태연히 대응했다.

"그럼 제가 마음에 드십니까?"

비웃는 듯한 현우의 차가운 말이 꽤 비수가 될 텐데도 여자는 끄떡없는 태도로 고개를 끄덕였다.

"어른들 뜻이 그러니까요. 차현우 씨 생각이 다른 건 이제 알았네요. 집안끼리, 어른끼리 이미 말 다 맞춰 보고 만나는 건 줄 알았거든요. 피차 그런 과정 없이 만나는 건 시간 낭비니까. 그리고 난 우리가 잘 어울릴 줄 알았어요. 여러모로."

여자가 싱긋 웃어 보였다. 가식이란 말이 제일 먼저 떠오르는 미소에 현우는 아무런 반응도 내비치지 않았다. 기분 나빠할 만한데도 여자는 웃으며 다시 차를 마셨다.

군더더기 없는 행동에 감탄을 하기보다는 질릴 정도의 답답함이 느껴졌다. 결혼하면 아마 편하게 지낼 수는 있을 것이다. 의무적인 관계, 그 이상 그 이하도 요구하지 않을 게 분명했다.

만약 결혼이라는 걸 한다면 틀림없이 그런 관계여야 하겠지. 잡음도 생겨나지 않고, 깔끔하고, 오가는 것들이 더욱더 확실한.

"이 문제가 잘 안 풀려서요. 풀이를 봐도 모르겠어요."

"선생님, 엄마가 같이 밥 먹자고 그러시는데."

"원예학과에 가고 싶었는데 엄마가 잘 생각해 보라고 하셔서 다시 생각 중이에요. 선생님은 원래부터 건축학과에 가고 싶으셨어요?"

말수가 적어 대답을 곧잘 하지 않았는데도 끊임없이 다가오던 이주의 목소리가 환청처럼 귓가를 스쳐 지나갔다.

지난 일주일간 계속 이랬다. 7년을 잊고 살았던 강이주는 온종일 시도 때도 없이 그를 찾아왔다.

유난히 비가 많이 오는 날이면, 노란색 우산을 든 여자를 보면, 교복을 입고 지나가는 여고생들을 보면 그녀가 떠올랐다. 그럼 온종일 미치도록 우울해지고는 했다.

이제는 수시로 밑도 끝도 없이 그 얼굴이 떠올랐다. 이주를 안았던 기억부터 시작해 1년간 과외하면서 있었던 사소한 일까지. 며칠 전의 우연한 만남을 빌미로 불쑥 찾아와 잔잔했던 현우의 일상을 흔들어 댔다.

그리고 지금도.

현우의 미간이 잠시 일그러졌다가 다시 반듯한 모양새를 찾았다. 일주일 만에 다시 만난 이주는 시선이 닿기 무섭게 바로 몸을 일으켰다. 도망치는 모양새가 전염병 환자 취급이 따로 없었다. 그의 두 눈이 차갑게 일렁이다 다시 제 온기를 찾았다.

벌써 두 번째 뒷모습이고, 두 번째 우연이다. 도망가는 게 당연하다 느끼면서도 자꾸만 속이 뒤틀렸다.

왜 자꾸 마주치는 걸까. 고작 두 번째 우연에 너무 많은 의미를 부여하고 있는 건가 싶다가도 그의 시선은 다시 이주가 앉았던 자리로 향했다. 그리고 또 고민했다.

잡아야 할까. 아니, 잡는다면 무슨 말을 해야 할까.

"차현우 씨."

이름을 부르는 여자의 나지막한 음성에 현우가 반응했다. 무례는 참을 수 있어도 무시는 그러지 못하겠는지 여자가 서늘해진 얼굴로 현우를 똑바로 보고 있었다.

뒤늦게 맞선 중이었던 걸 기억해 낸 현우가 커프스단추를 만지작거리며 입을 열었다. 이제는 여자를 보내야 할 때라고 확신했다.

"그쪽 말대로 가진 것도 많으신 분들이 왜 하나를 더 가지려고 할까요."

"네?"

"넘치는 재산을 가졌으니 명예도 갖고 싶고, 남들이 우러러볼 명예도 있으니 돈도 좀 갖고 싶고. 그래서 우리가 만난 거잖습니까."

나의 부모님 역시 그랬고. 냉소적으로 뒷말을 삼킨 현우가 자리에서 몸을 일으키자 여자의 시선이 자연스레 그를 따라 올라갔다. 이쯤하면 알아들을 때도 됐을 텐데. 현우의 표정에서 속마음을 읽은 여자가 기가 막힌다는 듯이 헛웃음을 내뱉었다.

"이렇게 무례하셔도 되는 건가요? 집에서 아시면……."

"아셔도 됩니다. 어머니가 현명하셔서 아버지께 전할 때 꽤 잘 거르십니다."

제 결혼 따위 관심도 없는 어머니는 분명 잘 대처하리라. 여자가 입술 사이로 실소를 흘리는 모습을 뒤로한 채 그는 걸음을 옮겼다.

"그럼 다시 볼 일 없길 바랍니다."

결심은 오래 걸렸지만 행동은 빨랐다. 윤수에게 점심은 못 먹을 것 같단 문자를 남기며 엘리베이터로 향하던 현우의 걸음이 자연스레 멈춰졌다.

활짝 열려 있는 연회장 입구가 가장 먼저 눈에 띄었다. 텅 빈 내부에는 청소를 하고 있는 직원 몇 명과 방금 전 카페에서 본 두 여자뿐이었다.

"제가 가게에서 한번 만들어 와 볼까요? 테이블 장식은 생화가 좋을 텐데. 하객들 선물로 챙겨 드리기 좋을 거고요. 테이블보는 색깔이……."

이주였다. 파일 몇 개를 손에 든 채 옆에 선 여자와 나란히 말을 주고받으며 연회장 안을 돌아다니는 모습에 시선을 뺏긴 현우가 문에 삐딱하게 몸을 기대섰다.

다시 볼 수 없을 것이라 확신했던 그녀가 고작 몇 분 후 거짓말처럼 눈앞에 나타났다.

설마 꿈은 아니겠지. 그가 나른한 숨을 내쉬었다.

"아, 잠깐 전화 좀. 송주연입니다."

주연이 전화를 받기 위해 잠시 자리를 피했다. 홀로 남은 이주는 연회장 곳곳에 장식된 꽃들을 살펴보고 파일과 스케치북을 꺼내 대조해 보며 시간을 보냈다.

그녀를 지켜보던 현우가 막 입구 쪽으로 고개를 돌리는 이주를 피해 연회장 근처를 벗어났다. 엘리베이터를 타고 지하 주차장으로 내려간 그는 차에 오르기 무섭게 윤수에게 전화를 걸었다.

─점심 약속 까더니 또 웬일이냐? 너 때문에 나 점심 걸러서 샌드위치 먹고 있거든?

"부탁 좀 하자."

─부탁? 부탁 들어주면 나중에 집 공짜로 지어 주냐?

"실없는 소리 말고. 너희 호텔에 송주연이라고, 알아?"

현우가 휴대폰을 바꿔 잡으며 물었다. 장난스러웠던 윤수의 목소리가 한껏 가라앉은 그의 목소리에 곧장 반응했다.

─알지. 우리 호텔 예식 사업부 책임자. 내 옆 사무실이라 좀 친하지. 커피 친구 정도?

그의 입술 끝이 경직됐다. 이주를 만날 수도 있다는 희망 때문인지 망설임이 일었다. 이래도 되는지 모르겠다. 그저 무시해야 하는 건 아닌지, 또 후회할망정 잡지 말아야 하는 건 아닌지. 하지만 주연과 친하다는 윤수의 말에 자아내는 묘한 안도감을 감출 수 없었다. 그것만으로도 이미 그는 자신의 행동을 정당화해 버렸다.

보고 싶다. 만나고 싶다. 무슨 얘기든 그녀가 하는 말을 듣고 싶다.

가령 그때 왜 그렇게 사라졌던 건지. 너는 나를 잊고 살았는지.

"자세한 건 몰라. 방금 너희 호텔 연회장에서 책임자라는 여자랑 같이 있었던 여자가 있어. 테이블 장식이랑 생화 어쩌고 하던데."

—아, 플라워 코디네이터 구했다는 얘긴 들었어. 아는 동생이고, 여자라는 것까지 아침에 커피 마시면서 들었다. 그 여자 누군지 알아보면 되냐?

평소 부탁이란 말을 입에 담을 녀석이 아니기에 윤수는 빠르게 현우의 목적을 캐치했다.

현우가 잠시 말을 멈추었다. 지금의 선택이 어떤 파문을 불러올지 혼란스러웠다. 그녀에게 혼란만을 주고 끝날 수도 있다. 설명할 수도 없는 진심으로 다가가서는 안 되는 여자라는 것도 안다.

다 알면서도 그녀에게 향하는 이 마음은 무엇인지. 결국 알아서는 안 되는 금기 같은 것을 깨고 있다는 걸 알면서도 끝내 고개를 끄덕였다.

"부탁할게."

살면서 이런 충동은 두 번째였다.

7년 전 그 밤, 그리고 오늘.

　잠깐 사무실에 들러 승진에게 일을 맡기고 집으로 돌아온 현우는 멍하니 소파에 앉아 시간을 보냈다. 그의 손에는 휴대폰이 들려 있었다. 액정에 윤수의 문자가 뜨자 그는 한참 동안 내용을 반복해서 읽어 내려갔다.

　〈LEEJOO FLOWER.〉

　어디선가 낯익은 듯한 가게 이름, 그리고 강이주라는 이름 아래 전화번호. 그게 전부였지만 시선이 사로잡혀 다른 곳을 볼 수가 없었다.

　전화를 걸어 안부 인사를 묻거나 찾아갈 생각을 하자니 뭐 하는 짓인가 하는 체념이 들었다. 솔직히 지금도 왜 이주에 대해 알아봤는지 의문이 들 정도였지만 이제 와서 문자를 지운다 한들 기억 못 할 리가 없다. 분명 이주와 관련된 그 어떠한 일도 저지를 생각은 전혀 없었다. 아니, 없었는데…….

　도대체 뭘 어쩌자고.

　"꽃집이라면……."

　현우가 기억을 더듬었다. 제대 후 학교를 다니면서 1년 정도 이주의 과외를 했었다. 처음 시작은 승진의 대타였다. 사고 싶은 게임기가 있다고 녀석이 과외를 잡았는데, 집에 일이 생겨 급하게 휴학을 해야 했다.

　학교 다닐 일이 없어진 승진이 과외를 할 이유는 더더욱 없었다. 그래서 승진은 현우에게 잠깐 대타를 부탁했고, 그 동안 자신은 대신할 사람을 찾겠다고 했다. 그렇게 시작한 과외였다.

특기랄 것도 없고 잘한 건 공부뿐이었으니 그에게는 어렵지 않은 일이었다. 또 대타로 시작했던 과외를 하며 집에 있는 시간을 줄이게 된 현우에게는 오히려 득이었다. 그때의 집은 그에게 지옥 같았으니까.

과외에 익숙해지니 그녀와 보내는 시간도 나쁘지 않았다. 결국 승진에게는 자신이 계속하겠다고 전했다. 승진은 부잣집 녀석이 무슨 과외냐고 구시렁거렸지만 결국 그는 1년 여간 이주를 가르쳤다.

그녀의 어머니가 꽃집을 하셨던 거로 기억한다. 그렇다면 이곳은 어머니의 가게일 터. 그럼 직장은 다니지 않는 건가.

꼬리에 꼬리를 물던 생각들이 익숙한 진동 소리에 자연스레 끊어졌다. 감고 있던 눈을 뜬 현우가 액정을 확인했다. 은우의 문자였다.

〈형. 집이야? 집이면 나 문 좀 열어 주라.〉

건물 비밀번호는 어떻게 알고 들어왔는지. 현우가 현관으로 터덜터덜 걸음을 옮겼다.

"빨리, 빨리! 나 급해!"

문 너머로 은우의 목소리가 들렸다.

"나 화장실 좀!"

공중 화장실을 찾지 못해 온 건 아닐 테고. 현우를 밀치다 시피 집 안으로 들이닥친 은우는 신발을 대충 벗어던진 후에 바로 화장실로 직행했다.

 화장실 문 바로 옆 벽에 기댄 채 삐딱하게 몸을 세운 현우는 잠시 뒤, 화장실에서 나온 은우가 아. 방광 터지는 줄 알았네라고 중얼거리며 바지춤을 정리하는 모습을 빤히 바라봤다.

 "화장실 급해서 왔냐?"

 "에이, 설마. 우리 형 보고 싶어서 왔지. 엄마 심부름도 좀 있고."

 "어머니가?"

 "응. 형 맞선 잘 봤냐고 물어보고 오래. 반찬도 좀 전해 주고."

 반찬을 전해 주러 왔다는 은우의 손은 텅텅 비어 있었다. 현우가 눈을 치켜세우자 그가 배시시 웃으며 어깨를 으쓱였다.

 "형 어차피 집에서 밥 잘 안 먹어서 다 버리잖아. 그래서 내가 오는 길에 기부 좀 했어."

 "누구한테?"

 "있어. 예쁜 여자."

 "여자 친구 생겼어?"

 "응. 엄마한테는 비밀. 완전 예뻐. 아마 우리 과에서 제일 예쁠걸?"

 짧은 사이에 예쁘다는 말을 3번이나 내뱉은 은우가 휴대폰을 보여 주며 으스댔다. 캠퍼스를 배경 삼아 찍은 사진엔 은우와 그의 여자 친구 얼굴로 꽉 차 있었다.

"예쁘네."

현우가 영혼 없이 중얼거려도 은우는 그마저도 좋은 듯 소파 위로 뛰어들며 그지? 예쁘지? 하며 사진을 바라보더니 흐뭇한 미소를 지었다.

이제 막 스무 살이 된 은우는 그보다 열두 살이나 어렸다. 현우가 아버지 어깨쯤까지 키가 컸을 때, 은우가 태어났다. 그는 그 순간을 생생히 기억했다.

늦은 새벽 시간 갑작스럽게 아버지가 그를 흔들어 깨웠다. 동생들이 태어날 거라고. 엄마가 네 동생들을 낳으러 갔다고. 아버지도 같이 가야 하니 집에 혼자 있을 수 있겠냐면서 그에게 걱정스레 물었다.

현우는 의젓하게 고개를 끄덕이다가 곧장 아버지를 따라 나서겠다고 고집을 부렸고 병원에 도착하자마자 쌍둥이 남동생들을 만날 수 있었다. 기억하는 찰나의 순간 중 가장 찬란하고 아름다운 순간을 꼽으라면 주저 없이 그때를 꼽을 만큼이나 그는 그 광경에 매료됐다.

하지만 그들에게 현우가 죄인이 되는 건 너무나도 간단하고 쉬운 일이었다.

"아, 근데 형 맞선 봤어? 엄마가 말해서 깜짝 놀랐어. 결혼하게, 벌써? 남자 서른둘은 한창이라던데."

냉장고에서 맥주를 꺼내 거실로 온 현우가 은우 옆에 걸터앉았다. 소파 위에 널브러진 은우는 푹신한 쿠션을 품에 안은 채 도통 무슨 생각을 하는지 모를 형의 얼굴을 뚫어져라 쳐다봤다.

"예뻐? 무지 돈 많은 재벌 딸이라며."

"예뻐."

깔끔하고 건조한 대답에 은우가 인상을 팍 썼다.

"그래서 결혼할 거야?"

"할까 싶었는데 안 하려고."

"왜?"

할까 싶은 것도 놀라운데 결정을 뒤집었단 사실에 더 놀란 듯 은우가 눈을 동그랗게 떴다. 순간 맞선 장소에서 이주를 만났던 것을 떠올린 현우가 맥주를 입으로 가져갔다.

시도 때도 없이 생각나는 얼굴에 문득문득 찾아오는 기약 없는 그리움이 이제는 지치지도 않았다.

"재수 없어서."

"아아. 돈 많다고 무지 뻗댔구나?"

"응. 그러더라."

순식간에 맥주 한 캔을 비우는 현우를 물끄러미 바라보던 은우가 마지못해 고개를 끄덕였다.

피를 나눈 형제 사이면 적어도 얼굴만 봐도 무슨 생각을 하는지 알아야 되는 거 아닌가 싶었지만 하루 이틀도 아니라 알은체하긴 또 어려웠다.

무슨 일 있는 것 같은데 이걸 물어, 말아. 고민하던 은우가 아차 싶은 표정으로 허리를 세웠다.

"오늘 아침에 준우 기일 얘기 나왔어. 아버지가 형 시간

되면 올해는 같이 가자고."

테이블에 맥주를 내려놓는 현우가 멈칫 움찔거리다 곧 태연한 얼굴로 대답했다.

"바쁠 것 같은데. 준비하던 공모 마감이 얼마 안 남았어. 형은 미리 다녀온다고 말씀드려."

기계적이면서도 무덤덤한 대답에 실망한 듯 한숨을 삼킨 은우가 못마땅한 얼굴로 고개를 끄덕였다.

쌍둥이 형제인 준우의 기일에는 늘 가족들끼리 납골당을 함께 찾았는데, 언제부턴가 현우는 제외되고 있었다. 이번에는 아버지가 먼저 얘기를 꺼내 같이 갈 수 있나 했더니.

"형은 맨날 그러더라. 우리랑 같이 안 가고."

은우의 이런 투정이 나쁜 마음에서 우러나온 게 아니라는 것을 알고 있어 현우는 쓴웃음을 삼켰다.

"어머니가 불편해하셔, 나 있으면."

"모른 척해. 엄마가 그러는 거 하루 이틀도 아니고."

"준우도 싫을 거고."

"좋아할 수도 있잖아."

"나라면 별로 안 좋아할 것 같아."

"알게 뭐야. 죽은 사람은 말이 없는 법인데."

어린 마음에 투덜거린다는 것을 안다. 하지만 늘 은우와 함께일 때마다 의심스러웠다. 너는 내가 왜 안 싫을까. 나를 증오한다고 해도 전혀 이상하지 않은데.

현우가 잠시 입을 삐죽 내밀고 있는 은우를 돌아보다가 피식 소리 내서 웃어 보였다.

"그런 말 하지 마. 못써."

"언제 갈 건데. 나랑 같이 갈래, 형?"

"넌 어머니랑 가야지."

"엄마랑도 가고, 형이랑도 가고, 준우, 그 자식도 우리 둘이 같이 가면 더 좋아할 것 같은데. 둘이서 간 적은 한 번도 없잖아."

"어머니가 싫어하실 거야."

결국은 또. 모든 일은 어머니로부터 비롯된다는 걸 일찌감치 깨우쳤지만 현우가 이럴 때마다 은우는 또다시 지친 한숨을 삼켜야 했다. 더 지치고, 더 아플 현우 앞에서.

"형은 엄마가 싫다는 건 다 안 해?"

"안 해."

"왜?"

"글쎄. 지은 죄가 커서 그런가."

현우가 장난스럽게 말끝을 올리며 대답했다. 지은 죄는 무슨, 빌어먹을. 속으로 중얼거리던 은우가 턱을 괸 채 괜한 벽면만 노려보다가 다시 현우를 향해 고개를 돌렸다.

씁쓸한 웃음을 억지로 참고 있는 형이, 이 넓은 집에 혼자여야만 하는 형이, 그럼에도 괜찮다고 외롭지 않다고 견뎌낼 형이 이토록 미련스러울 수가 없었다.

"형이 잘못한 건 또 뭐야. 형은 그냥 우리 형인데."

우리 형. 현우가 일자로 다물어진 입술 끝을 살짝 올려 웃었다. 그 말이 이토록 정감 있는 줄은 예전부터 잘 알고 있었다.

우리 형, 우리 형. 언젠가부터 은우는 항상 그를 그렇게 부르곤 했으니까.

"형. 나 자고 갈까?"

또 어머니가 싫어하실 거야, 라는 대답이 나올 걸 알면서도 은우는 물었다. 만약 은우가 자고 간다면 내일 전화로 그래도 애 잠은 집에서 재워야 되지 않겠니? 애한테 외박하는 버릇 들이게 하면 못쓴다라는 잔인한 잔소리를 들을 게 뻔했지만, 현우도 오늘만큼은 혼자 있고 싶지 않았다.

곧 다가올 준우의 기일 때문이기도 했고, 일주일 새 두 번이나 마주친 이주 때문이기도 했다. 또 지치지 않고 우리 형이라 불러 주는 하나뿐인 동생 때문이기도 했다.

그렇다면 오늘 하루 정도는 괜찮지 않을까.

"우리 치맥 하자! 내가 지금 주문할게. 맥주를 아예 여기서 시킬까?"

곧장 거절하지 않는 그의 의사를 이미 알아챈 듯 은우가 신이 난 얼굴로 휴대폰을 들었다. 고작 하룻밤 자고 가는 거로 좋아하는 은우를 보니 다시 쓰디쓴 마음이 일었다.

늘 혼자였으니까, 늘 외로웠으니까.

"그래, 그러자."

무슨 핑계를 대던 그저 오늘 하루만큼은.

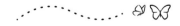

"어머, 숍이 너무 예뻐요."

가게에 들어오는 사람들 열에 아홉은 북유럽 풍으로 꾸며진 내부를 빙 둘러보며 감탄했다. 바로 지금처럼.

화이트 벽면 가득 꽃과 화분, 난초류로 가득한 풍경을 마치 눈에 담기조차 아까워하는 사람처럼 지켜보던 중년의 여자는 천장에 걸린 드라이플라워에 또다시 감탄하다가 작약으로 장식한 반대편 벽면의 나무들을 보며 다른 나라에 있는 것 같다면서 가게 곳곳을 구경했다.

엄마가 꿈꿨던 모습 그대로 리모델링을 한 이주가 가장 뿌듯함을 느끼는 순간이었다.

"뭐, 따로 찾으시는 거 있으세요?"

"창문이 너무 썰렁해서요. 거실 창문이 큰데 휑해 보이는 게 괜히 미안하고 허전하고. 근데 집에 애완견이 많아서 바닥에 놓는 건 또 위험할 것 같고."

"창문 장식이면 드라이플라워는 어떠세요? 요즘 많이들 찾으세요."

"네. 좀 보여 주시겠어요?"

작업 중이던 토피어리를 내려놓고 이주는 손님을 응대했다. 숍이 너무 예쁘다고 몇 번이나 칭찬을 하던 그녀는 두 손 가득 마음에 드는 꽃을 사 가더니 꽃다발 주문도 되냐며 명함 한 장을 받아 갔다.

손님이 돌아가고 다시 자리를 잡고 앉은 이주가 긴 직사각형 모양의 대리석으로 된 작업대 위에 늘여 놓은 꽃으로 시선을 돌렸다.

직접 주문을 받은 토피어리를 벌써 두 시간째 만들고 있었다. 연분홍색 장미로 볼에 구형을 잡아 꽂은 다음에 테이블 위를 손으로 쭉 훑으며 로열 수국을 집어 들었다. 실버 데이지로 전체적인 화형을 잡고 미리 준비해 둔 회색 계열의 화기에 장식을 고정시켰다. 핑크 톤의 플라워 장식은 그 자체로도 다채로웠지만 뭔가 부족하다 여긴 이주가 곧 진한 핑크빛을 발하는 스타티스를 집어 들었다.

"사장님, 여기 피토스요."

"아, 고마워."

혜미에게 받아 든 초록색 피토스로 갈무리를 한 이주가 LEEJOO FLOWER 로고가 새겨진 투명한 비닐 쇼핑백에 토피어리를 조심스럽게 넣었다. 손님이 찾으러 올 시간까지 30분 정도가 남아 있었다.

호스를 연결해 정원에 물을 주고 있는 혜미를 잠시 바라보던 이주가 곧 주연이 부탁한 일을 떠올렸다.

인쇄한 연회장 사진을 한쪽에 놓고 라넌큘러스를 한 움큼 집었다. 부케로 많이 쓰이는 라넌큘러스는 웨딩홀 장식으로도 자주 사용되는, 봄에 가장 인기가 좋은 꽃이었다. 시안대로 장식을 만들어 가던 이주의 손이 바쁘게 움직이다가 잠시 멈칫했다.

바로 어제 이 시간, 호텔 커피숍에서 마주친 현우의 얼굴이 잠시 스쳐 지나갔다. 그녀를 보고 굳은 듯 멈춰 섰던 시선 역시.

"서울도 좁아졌나. 왜 자꾸 마주쳐."

라넌큘러스 한 송이를 손에 들고 있던 이주가 저도 모르게 손에 힘을 주며 말하자 힘없는 줄기가 그대로 툭 하고 부러졌다. 낮게 신음을 흘린 이주가 그대로 한숨을 내쉬었다. 왜 이렇게 되는 일이 없을까.

"미안. 너는 죄가 없는데."

부러진 줄기에게 말을 걸듯 혼잣말을 내뱉던 이주가 커다란 작업대에 엎드려 머리를 기댔다.

이렇게 기억에 오래 남을 줄 알았다면 차라리 처음 마주쳤을 때 아무렇지 않게 인사라도 할 걸 그랬다. 그랬다면 두 번째 역시 도망치지 않았을 거고, 잔향처럼 계속 떠올라 머리 아플 일도 없을 테니까.

"잊자. 진짜 다시는 볼 일 없어."

또 엄한 꽃만 꺾어 버릴까 이주가 고개를 저어 가며 중얼거렸다.

다시 장식에 집중할 즈음 가게 전화벨이 울렸다. 주문 전화일 것이라 생각하며 이주가 카운터로 가서 전화를 받았다.

"네, 이주 플라워입니다."

수화기를 들기 무섭게 보이는 카운터 옆 달력에 그녀가 신음을 삼켰다. 벌써 엄마의 생일이 다가오고 있었다. 요 며칠 현우와의 잦은 우연 때문에 잊고 있었던 것이다.

속으로 자신에게 모진 욕을 내뱉다가 곧 통화 중이었다는 걸 깨달은 이주가 다시 입을 열었다.

"여보세요? 말씀하세요."

상대방은 여전히 묵묵부답이었다. 고개를 갸웃거리다 다시 한번 여보세요? 하고 말하던 이주가 결국 수화기를 먼저 내려놨다.

"뭐야. 웬 장난 전화."

카운터 옆에 아무렇게나 굴러다니는 펜들 중 빨간색 매직을 집은 이주가 엄마의 생일에 크게 표시를 했다.

납골당 근처 꽃집 앞에 차를 세운 현우가 귀에 꽂고 있던 블루투스를 거칠게 빼냈다. 고작 3분도 되지 않았던 통화는 늘 그랬던 것처럼 삭막했고 답답했으며 지옥 같았다.

—애가 아직 스무 살이라 철이 없어. 그렇다고 다 큰 네가 다 받아 주면 쓰니? 너도 형이라고 애가 따르긴 하지만, 아무리 그래도 그렇지. 멀쩡한 집도 있는 애를 밖에서 재우게 하면 어쩌자는 거야. 내 생각은 조금도 안 했니?

너도 형이라고. 현우가 비릿하게 웃으며 차에서 내렸다. 네까짓 것도 형이라고. 이렇게 말하고 싶은 걸 꾹 참고 말한 게 분명했다.

검은색 슈트에 검은색 넥타이. 온통 검은 현우의 등장에 꽃집 주인이 국화 사시게요? 하고 말을 걸며 괜히 그의 눈치를 봤다. 심상치 않은 현우의 기세에 눌린 것이다. 뭐라도 그에게 쥐여 주면 저 차갑고 큰 손 아래 우르르 부서질 게 분명했다.

이 꽃들, 과연 무사할까? 주인이 국화를 종이에 잘 싸서 포장하며 지갑을 꺼내는 현우를 올려다봤다.

리시안셔스에 시선을 주고 있는 현우를 힐끔, 리시안셔스를 힐끔 번갈아 보던 주인이 서비스 정신을 발휘하며 커다란 미소를 지었다.

"예쁘죠? 리시안셔스라는 꽃이에요. 부케로도 많이 쓰이고. 납골당이랑은 잘 안 어울리지만 종종 찾으시는 분들이 계시거든요. 꽃말도 예뻐요."

대답 없는 현우를 향해 주인 여자가 종알종알 입을 움직였다. 그가 꽃에 시선을 뺏긴 이유가 꽃이 예쁘기 때문이라고 확신하고 있었다.

"변치 않는 사랑."

현우의 귀에 포장하느라 신문지가 바스락거리는 소리와 주인 여자의 말이 엇갈리듯 들려왔다.

여전히 연분홍색의 리시안셔스에 시선을 뺏긴 현우가 단단하게 굳어진 얼굴로 말없이 지갑에서 수표 한 장을 꺼내 테이블 위에 올려놓고 그대로 등을 돌렸다.

"손님! 꽃 가져가셔야죠!"

당황한 주인이 따라 나오는 소리가 들렸지만 현우는 뒤 한 번 돌아보지 않고 차에 올라탔다. 시동을 걸어 차를 출발시킨 현우가 창틀에 왼팔을 기대 턱을 만지작거렸다.

왜일까. 발에 챌 듯 흔하게 볼 수 있는 꽃을 봐도 이주가 생각났다. 아름답게 피어 있는 그 꽃에 시선을 뺏긴 게 아니었다. 강이주가 생각나자 동시에 그 목소리도 떠올랐다.

마치 모든 의식의 흐름 끝에 그녀가 존재하는 것처럼.

—네, 이주 플라워입니다.

몇 번을 망설이다가 결국 한 번만이라는 부질없는 간절함에 걸게 된 전화였다.

아마 넌 전화를 받으면서 웃고 있었겠지. 잘 웃었으니까. 상대가 아무리 차갑게 군다 해도 너는 꿋꿋하게 그 얇은 입술 끝을 올려 웃어 보이곤 했으니까.

그래서 도망치듯 꽃집을 나왔다. 계속 강이주를 떠올리고, 결국 또다시 미친 척 전화를 걸고, 그럼 만나러 가게 될지도 모르니까. 더는 우연도 없을 거고, 번호 따위 머릿속에서 지워 버리면 그만인데 그게 되지를 않았다. 스스로 조소가 터져 나올 만큼 우스운 상황이었다.

그녀의 생각이 멈춰지지 않는다. 현우가 비틀린 웃음을 내뱉었다. 우연히 마주쳤던 날들 이후로 계속되는 갈망.

나 같은 놈이, 감히 너를.

"병신새끼."

그가 작게 욕을 중얼거리며 주차장에 차를 세웠다. 연달아 짙은 한숨을 내쉬던 현우가 눈을 감은 채 운전석에 머리를 기댔다. 눈을 감기 무섭게 기겁하듯 제 앞에서 도망치는 이주가 그려졌다.

기억은 빌어먹을 정도로 선명했다.

"나 이제 갈게. 엄마, 아빠."

직접 만든 조화 장식을 부모님의 사진 옆에 살짝 올려 두고 유리문을 닫은 이주가 하늘에 계신 부모님이 보고 있을까 싶어 씩씩하게 웃어 보였다.

이주가 한 걸음 물러서 다시 두 개의 유골함을 번갈아 바라봤다. 자주 올 수 있는 게 아니라서 더 오래 머물고 싶었다. 나란히 놓인 부모님의 사진과 유골함을 바라보던 그녀의 입가에 따뜻한 미소가 걸렸다.

1년 전, 엄마가 돌아가신 후 아빠가 있던 납골당에서 이곳으로 옮겨 두 분을 함께 모시기로 한 건 아무래도 잘한 일이었다는 생각이 들었다. 두 분은 살아서도 늘 그리워하고 애틋해하며 사랑하셨으니, 하늘에서도 그럴 것이라 생각해서 내린 결정이었다.

지이잉. 가방 안에서 들리는 진동 소리에 걸음을 멈춘 이주가 휴대폰을 꺼냈다. 재훈이었다. 술이나 먹자는 얘기일 게 분명한 전화를 받을까 말까 고민하던 이주가 통화 버튼을 누르며 밖으로 향했다.

—어이, 강 사장님. 잘 살아 계십니까? 이주 플라워 숍 광고 하나 내실 생각 없으시고요?

꽃집 리모델링을 시작하고 정식으로 오픈한 후부터는 재훈의 휴대폰에 이름이 아닌 강 사장님으로 저장이 됐다는 건 지난번 술자리에서 알게 된 사실이라 황당할 것도 없었다. 이주가 낮게 웃으며 복도로 나와 2층 난간에 몸을 기댔다. 평일, 그것도 제일 한산한 시간대라 오고 가는 사람들은 극히 적었다. 발자국 소리 하나 나지 않는 추모관에 이주의 작은 목소리가 울렸다.

"요즘 살 만한가 봐? 작은 가게나 하는 사람한테까지 영업을 다 하시고."

재훈과는 고등학교 때부터 대학까지 함께였기 때문에 다혜만큼이나 각별한 면이 있었다. 같은 과를 나와 같은 회사까지 갈 정도였으니까.

1년 전 이주가 그만둔 회사에 다니고 있는 재훈은 늘 사직서를 품에 지니고 다니면서도 월세와 카드값 때문에 겨우겨우 월급쟁이로 버티고 있었다.

—작은 가게는 무슨. 이다혜 다녀왔다던데? 가게 겁나 예쁘다고 사진까지 보여 주더라.

"리모델링에 신경 좀 썼지."

—어쩐지. 인테리어 업체랑 매일 미팅한다고 술도 안 마셔 주고. 그러니까 오늘 마시자. 오빠 프로젝트 끝나서 3일 정도 한가하니까.

"3일씩이나?"

—응. 그래서 오늘도 마시고, 내일도 마시고, 모레도 마실 거야.

"무슨 술을 3일 내내 마셔. 회사는 안 가?"

이주가 나지막이 웃으며 말했다. 양쪽으로 나 있는 계단을 두고 복도 한가운데 서 있던 그녀의 고개가 살짝 틀어졌다. 희미한 발자국 소리에 저도 모르게 반응하고 말았다.

계단 쪽으로 향한 이주의 눈이 살짝 찌푸려졌다. 누군가가 올라오고 있었다. 평일이라지만 장소가 장소인 만큼 인기척이 느껴지는 게 당연한 일인데, 왜 이렇게 예민하게 반응하는 걸까.

상념을 깨트리듯 재훈의 목소리가 다시 들려왔다.

―그러니까 오늘 마시자. 오빠가 쏠게.

"나는 별로 안 내키는데. 애인이나 만나지 그래?"

―아, 왜. 내가 이다혜도 불러냈다니까? 근데 너 어디냐? 목소리가 왜 이렇게 울려?

"아, 나 지금……"

엄마 생일이라 부모님한테 와 있어, 라고 대답하려던 그녀의 입이 살짝 벌어졌다.

―뭐야. 강이주, 대답 안 해? 이주야?

재촉하는 재훈의 목소리가 귓가에서 멀어져 갔다.

"어떻게……"

놀라움으로 굳어진 이주가 희미한 목소리로 중얼거렸다.

언제였지? 카페에서 마주친 게 열흘 전쯤. 그리고 호텔 커피숍에서 마주친 건 이틀도 채 지나지 않았다. 7년간 단 한 번도 우연히 만난 적이 없다. 그런데 대체, 왜 자꾸.

귓속이 멍해졌다. 아무것도 들리지 않고, 그만 보였다. 핏줄이 튀어나올 만큼이나 세게 주먹을 쥐며 이주가 멀어진 휴대폰 너머로 들리는 희미한 재훈의 목소리에 겨우 정신을 차렸다.

막 모든 계단을 오른 현우 역시 난간에 기대선 이주를 발견하고 자리에 멈춰 있는 상태였다.

신의 장난 같은 우연이 원망스러웠다.

"어, 나 잠깐 넘어질 뻔했어."

―아이고, 이 덜렁이. 사장님이나 돼서 넘어지고 다니냐?

"내가 또 언제 넘어졌다고."

기어들어 갈 것 같은 목소리로 이주가 대답했다. 난간에 손을 올린 채 현우에게 등을 보이고 있었지만 느껴졌다. 제게 닿는 그의 강렬한 시선이.

연이어 발자국 소리가 들렸다. 멀어지는 소리가 아니라는 걸 깨달은 이주가 더 세게 난간을 쥐었다.

가까워진다. 조금씩, 점점 더.

현우만이 가진 차가움이 지척에서 느껴졌다. 위압감마저 드는 기운을 애써 외면하던 이주가 몸을 돌려 그를 마주 봤다. 깔끔한 슈트 차림이지만, 검은색 타이가 가장 먼저 눈에 들어왔다. 그제야 이곳이 납골당 내 추모관이라는 사실을 의식했다.

―너야 넘어지는 게 취미지. 그래서 오늘 나올 거지? 올 때까지 기다린다?

"봐서. 내가 전화 줄게."

―전화 꼭 해야 된다? 나 기다릴 거야!

재훈의 외침이 끝나기도 전에 전화를 끊은 이주가 마른침을 삼켰다. 또 도망가야 하나, 아니면 이대로 서 있어야 하나. 이주의 두 눈이, 옴짝달싹 못하는 입술이 그 갈등을 고스란히 드러냈다.

무덤덤한 얼굴로 그녀를 빤히 내려다보고 있던 현우가 탁

한 숨을 내뱉었다. 그것을 신호 삼아 그들의 시선이 공중에서 서로 맞닿았다.

"누구 보러 왔어?"

우스운 질문이었다. 그럼 추모관에 서 있는 이유가 뭐겠어. 겨우 물어보는 게 이거냐? 현우가 자학을 하며 이를 악물었다. 다시 만나지 못할 거라 생각했던 그녀를 만난 건 뜻밖의 장소였다.

아주 못지않게 당황한 현우였다. 알은체를 할까 생각도 들기 전에 이미 발은 그녀에게로 움직이고 있었다. 도망치고 싶은 얼굴로, 숨고 싶은 얼굴로 저를 피하려 드는 건 여전했다. 처음도, 두 번째도, 그리고 오늘도 그녀는 피하려고만 한다.

그가 씁쓸한 미소를 삼켰다. 당연한 일이다. 강이주에게 차현우는 잊고 싶은 남자일 게 분명하니까.

물끄러미 그를 보던 이주가 괜히 목덜미를 만지작거렸다. 피하기에는 너무 늦었다. 이미 눈앞에 마주 서 버렸다. 태연하게, 동요 없이 몇 마디 나누다가 돌아서면 끝이다.

귀 끝이 붉게 달아오르는 게 느껴졌다. 너무 가까이 서 있는 건 아닌가 싶어 물러나려고 했는데 뒤늦게 난간에 기대 있다는 사실을 깨달았다.

머리가 엉망일 텐데. 그나마 울지 않아 다행이었다. 화장까지 번졌다면 꼴이 말이 아니었겠지.

"네. 누구 보러 오셨어요?"

세 번째 우연. 이 말도 안 되는 우연이 결국 일어났다.

그냥 아까 눈이 마주쳤을 때 도망갔어야 했나. 끊임없이 망설이며 이주가 되물었다.

"어, 동생."

그녀는 낮게 신음하며 느리게 고개를 끄덕였다. 직접적으로 대답을 듣겠다고 던진 질문이 아닌데, 그는 아무렇지 않게 대답했다. 동생을 보러 왔다고. 큰 눈을 느리게 껌뻑이며 이주는 이 상황이 꽤나 불편하다는 것을 드러냈다.

나 지금 왜 죄인처럼 구는 거야.

"차 가져왔어?"

달아날 궁리가 가득한 머리로 이주가 어색하게 고개를 저었다. 그의 질문이 무엇인지 되새길 시간도 없었다.

"10분만 있어. 같이 나가자."

현우가 손목시계로 시간을 확인하며 말하자 이주가 급하게 입을 열었다.

"괜찮아요."

"같이 가."

우습다. 같이라니. 우린 같이 있을 수 없는 사이인데. 단호한 그의 말에 이주가 다시 거절하기 위해 입을 열었다.

"아니요. 혼자······."

"도망가려면 아까 갔어야지. 전에는 잘만 가더니."

비꼬는 게 분명한, 그저 기분대로 내뱉는 삐딱한 말투였다. 그녀가 알지 못하는 그와 아주 잘 어울리는.

이주의 미간이 살짝 일그러졌다. 손님 대하는 게 일의 절반인 그녀였다. 웃으면서 말하는 게 버릇이 됐는데, 현우 앞에서만은 그러지를 못했다.

당신은 여전히 나를 함부로 대하는구나.

"시비 걸어요?"

"아니."

"그럼요?"

"데려다주겠다잖아. 너는 거절을 하고 있고."

그럼 냅다 알겠다고 해? 이주가 입술을 깨물었다. 계속 거절을 하자니 우스워지고, 알겠다고 하자니 그에게 휘둘리는 것 같아 화가 났다.

"그건⋯⋯."

"세 번째야."

차갑게 말을 끊은 현우가 다시금 말을 이었다. 그 건조하고 단단한 얼굴에 할 말을 잃은 이주가 입을 벌린 채 멍하니 그를 올려다봤다.

"너랑 나랑 우연히 마주친 게."

더는 없을 것 같은 우연에 기대 그녀를 잡았다. 기억하고 있는 꽃집 이름도, 전화번호도 전부 잊고자 할 때 다시 나타난 이주를, 매번 놓치고 후회했던 그녀를.

잡아야 한다고 생각했다.

다음은 없었다. 다음을 기약할 수 있을 정도로 그는, 그녀의 앞에서 온전한 생각을 할 수 없었다.

"그러니까 지금은 기다려. 오래 안 걸려."

그러니까, 라는 말치고 앞뒤가 안 맞는 것 같은데. 이주가 아랫입술을 깨물며 곤란하다는 듯 고개를 저으려 했지만 현우는 가볍게 무시했다. 언제 기다리라고 했냐는 듯 차갑게 돌아선 그는 그녀가 있었던 곳 옆의 추모관으로 들어갔다.

살짝 보이는 현우의 모습에 고개를 기울이던 이주가 잔뜩 힘이 들어갔던 어깨를 축 내리며 소리 없는 한숨을 내쉬었다. 반복되는 우연에 몸도, 마음도 지쳐 가고 있었다.

왜 하필 또 여기서.

"제멋대로야, 아주."

작게 중얼거린 그녀가 발끝으로 대리석 바닥을 몇 번이나 두드리다 문득 고개를 들어 그가 사라진 입구 쪽을 바라봤다. 얼핏 추모관 내부가 보였다.

가운데서 멈춰 선 채 어느 한곳을 빤히 응시하는 그의 옆모습에 이주가 두 번째 한숨을 내뱉었다.

chapter 03
불편한 사이

불편해. 지금 드는 생각은 이것뿐이었다. 고집을 부리듯 창밖에 시선을 둔 이주는 몇 번이나 무의식적으로 터져 나오려는 한숨을 참았다.

대체 무슨 생각으로 이러는지 알 수가 없다. 서로 무시하는 게 최선의 정답일 텐데도 그는 막무가내였다. 쏘아붙이고 싶은 것을 몇 번이나 참았는지 모르겠다. 이대로 차에서 뛰어내리고 싶은 마음 반, 그냥 입만 다물고 있으면 되지 않나 싶은 생각 반이 그녀의 머릿속을 지배했다.

"밥 먹었어?"

순간 사레가 들린 그녀가 콜록콜록 연달아 기침을 토해 냈다. 현우가 말없이 내민 손수건을 받아 든 이주가 가슴을 쓸어내렸다. 하지만 잘못 들은 것이라 생각했던 질문을 현우의 입을 통해 재차 듣게 됐다.

"밥 먹고 가자."

와, 이 인간 정말.

"저요?"

"그럼 여기 너랑 나 말고 누구 또 있어?"

"저랑 밥을 왜 먹어요?"

필터 없이 나온 말에 그가 이마를 살짝 구겼다.

"못 먹을 이유는 없지."

"정말 없다고 생각하는 거 아니죠?"

"1년이나 과외했던 학생인데 밥 정도는 같이 먹을 수 있잖아."

아, 학생. 잔인해도 이렇게 잔인할 수가 있을까. 그의 평온한 목소리에 그녀는 할 말을 잃고 헛웃음을 내뱉었다.

웃음소리에 현우가 잠시 이주를 돌아봤지만 그건 아주 잠시였다. 과외했던 학생. 틀린 것도 아니고, 짝사랑했던 그에게 그녀는 고작 그런 존재였을 것이라는 생각을 하지 않았던 건 아니다.

하지만 그 밤이 존재했다. 사라질 수도 없는, 잊을 수도 없는. 물론 그가 잊었다 하면 할 말은 없겠지만, 이제 와서 일일이 따지는 것도 우스웠다.

그런데 뭐? 과외했던 학생? 못 먹을 이유가 없어?

험악하게 일그러진 미간을 억지로 피며 이주가 딱딱하게 말했다.

"세워 주세요."

"창문 확인해. 여기 고속 도로야."

"그럼 근처 휴게소에서 내려 주세요."

"휴게소 밥 별로지 않아?"

"밥 먹겠다고 안 했거든요?"

"먹자. 배고파."

뭐 이리 막무가내야. 허, 하는 숨을 내뱉은 이주가 혼자 미간을 찌푸리다가 다시 현우를 돌아봤다. 그녀의 혼란과는 전혀 상관없이 평온하기 그지없는 얼굴에 더 심술이 났다.

"착각하고 있는 것 같은데, 우리 안 친해요. 7년 만에 봤고요."

"그제도 봤지. 열흘 전쯤에도 봤고."

"강조 안 해도 알거든요?"

그는 대답 없이 입꼬리를 살짝 올렸다.

"밥 먹을 사이가 아닌 사람끼리 밥을 왜 먹어요?"

"넌 친한 사람이랑만 밥 먹어?"

"당연하죠."

"무슨 세상을 그렇게 좁게 살아."

그럼 그쪽은 말이 왜 이렇게 많아졌는데요! 고작 몇 마디 말을 한 것뿐인데도 확실히 전보다는 현우의 말수가 눈에 띄게 늘었다는 것을 알 수 있었다. 모든 게 불편했다. 이 말도 안 되는 우연들도, 그도, 그리고 차갑게 밀어내질 못하는 자신도.

1년이나 좋아했다. 일주일에 두 번. 많아 봤자 두 시간도 못 보는 얼굴을 숨도 못 쉴 만큼이나 좋아했다.

학원은 적성에 안 맞는 것 같단 그녀의 말에 과외 선생님을 알아보겠다던 엄마가 직접 현우를 소개하던 날. 잘 부탁한다며 제 앞으로 내밀어진 깨끗하고 정갈한 손에 제 작은 손이 감춰지던 그때부터였다. 풋풋한 짝사랑을 시작한 건.

아주 잠깐 대타로 하는 거라고 소개받은 것과는 달리 현우는 1년간 그녀를 가르쳤다. 과외하는 날만 손꼽아 기다렸으며, 현우가 오기 바로 몇 시간 전에는 머리가 이상하다고 머리를 하루에 두세 번 감는 날도 있었고, 몰래 엄마 화장품을 바른 날도 있었다. 일이 생겨 과외를 미루자는 연락이라도 오면 온종일 풀이 죽어 힘을 내지 못했던 날도 있었다. 그녀는 그 나이답게, 열아홉의 여자아이처럼 현우를 좋아했다.

하지만 지금의 그녀는 열아홉, 스무 살이 아닌, 스물일곱의 여자였다.

"모르는 사람이라고 그랬잖아요."

차가운 이주의 음성에 현우가 핸들을 쥔 손에 힘을 주었다. 카페 안에서 아는 사람이냐 묻는 직원들에게 아니라고 대답했었다.

현우가 마른침을 삼켰다. 우습다고 비웃는다고 해도 할 말이 없었다. 그때는 모른 척해 놓고 이제 와서 왜 이러느냐는, 나를 부정했던 사람은 내가 아닌 당신이지 않느냐는, 작은 힐난에 미간을 좁혔다. 틀린 말은 아니었다만 도망치듯 뒤돌던 그녀의 모습이 동시에 떠올랐다.

"내가 먼저 알은체했으면 도망 안 갔을 거야? 아니지 않아?"

너도 나를 부정하지 않았나, 유치한 마음이 들어 순간적으로 튀어나온 말이었다.

"자꾸 도망이라고 표현하지 마요. 그리고 지금 그게 중요해요?"

"그러니까 밥부터 먹어."

"싫다니까요."

"한식당 괜찮지?"

"아니, 저기요."

마땅히 현우를 부를 호칭을 찾지 못한 이주가 한숨을 내쉬는 사이, 그가 속도를 올려 액셀을 밟았다.

뛰어내릴 수만 있다면 그러고 싶은 마음이 굴뚝같은 이주가 고집스럽게 다문 현우의 입술을 노려보다가 창밖으로 고개를 돌렸다.

서울 인근에 위치한 한식당. 꽤 많은 가짓수의 반찬들을 쭉 둘러보던 이주는 적당량의 반찬을 집어 입으로 가져가는 현우를 힐끗 보다가 젓가락을 들었다.

음식은 죄가 없어. 아프리카에서 굶고 있는 애들을 생각해. 괜한 합리화를 펴부으며 이주가 가장 가까이 있는 전을 집어 들어 한입 베어 먹었다.

그 후로도 말 없는 식사가 계속됐다. 오로지 식사가 목적인 사람들처럼 현우는 음식에만 집중했고 그런 그의 눈치를 보면서도 이주 역시 지금 할 일은 밥 먹는 일뿐이라고 강조하고 싶은 사람처럼 음식을 입안으로 밀어 넣었다.

젓가락과 접시가 부딪치고 음식을 씹는 작은 소음만이 방

안에 맴돌았다.

현우가 입을 연 건 후식으로 수정과와 다과가 나왔을 때였다.

"직장은?"

대화를 피하려고 음식을 마구 입에 넣다 보니 잔뜩 배가 부른 이주가 그를 흘기다가 못마땅한 얼굴로 대답했다.

"엄마 꽃집 물려받았어요."

왜 여기 앉아서 이 맛있는 음식을 기분 나쁘게 먹어야 하는지 이유를 모르겠단 얼굴로 대답하는 그녀를 보며 현우가 쓴웃음을 삼켰다.

"아예 안 다녔어?"

"1년 전까지 다녔어요."

"어떤?"

"광고 회사요."

짧은 질문에 짧게만 대답했다. 현우가 잠시 침묵하다가 입을 열었다.

"원래부터 꽃집 물려받을 생각이었어?"

"언젠가 나이 들면요."

"그럼 지금은 너무 빠른 것 같은데."

그의 말에 잠시 잊었던 사실이 떠올랐다. 부모님을 모신 추모관에서 그와 마주쳐 이곳에 왔다는 사실을. 내가 지금 이걸 왜 대답하고 있는 거야. 그를 쏘아붙이던 시선을 거둔 이주가 테이블 아래로 두 손을 내림과 동시에 허리를 곧게 펴 자세를 고쳐 앉았다.

"그런 게 궁금하세요?"

"하지."

"왜요. 1년이나 가르친 학생이라서요?"

현우가 빳빳하게 고개를 든 그녀와 시선을 마주 봤다. 이 상황이 거북하기 그지없는 이주의 말투는 잔뜩 삐뚤어졌지만 그는 아니었다. 덤덤한 얼굴로, 1년이나 가르친 학생을 만났다면서도 반가운 얼굴도 아닌 표정으로 그녀를 바라보았다. 현우는 마치 이 상황을 예상이라도 한 듯 무덤덤했다.

"그것도 맞고."

"하!"

절로 터져 나오는 실소를 참지 못한 이주가 남은 수정과를 한입에 털어 마셨다. 꿀꺽 소리 나게 삼킨 그녀가 가방을 챙겼다.

"밥 먹었으니 일어나도 되죠? 먼저 가 보겠습니다. 봬서 반가웠어요."

현우의 시선이 그녀를 따라 위로 향했다. 아랫입술을 질끈 깨문 이주의 쏘아붙이는 시선에도 평온하기만 한 그를 내려다보며 그녀가 까딱 고개를 숙였다.

자리를 박차고 나온 이주가 서둘러 식당을 나왔다. 현우가 뒤를 따라오든 말든 그건 상관없었다. 빨리 벗어나고 싶었다. 그의 시야 밖으로. 현우의 존재를 느끼지 못할 곳이라면 어디든지.

인적 드문 곳에 위치한 한식당에서 꽤 오래 언덕을 내려가서야 큰길이 나왔다. 또각또각. 언덕을 내려가는 작은 구두가 바닥에 닿을 때마다 굽 소리가 울렸다. 워낙 길이 길어서 인지 지나가는 건 자동차들뿐이었다.

"진짜 어이가 없어서."

뭐야, 자긴 다 까먹었다 이거야? 그래. 잊었을지도 모른 다. 7년이나 기억하고 살았던 그녀가 더 이상한 걸 수도 있 다. 저런 놈도 첫사랑이라고 비만 오면 추억에 젖었던 자신 이 한심했다.

저게 정상인데. 아무것도 기억하지 못해야 맞는 건데.

짓이기듯이 입술을 깨물던 이주가 걸음을 멈췄다. 그날 밤, 현우는 그녀를 좋아해서 안은 게 아니었다.

그러니 당연했다. 자신만이 기억하고 추억하는 그 밤이 존 재할 수 있었던 건 그녀가 마음을 담았기 때문이고, 그가 저 리 태연하게 구는 건 마음을 담지 않았기 때문이다.

"너 나 좋아하지."

현우도 알고 있었다.

"그럼 나랑 잘 수 있어?"

그녀의 마음을. 그래서 자신을 안았을 터였다. 그 마음을 이용당했다. 잔인하게. 단 한 번도 후회한 적 없던 밤인데, 새삼 후회가 들었다. 저런 놈과의 일도 추억이라고 끌어안고 살았던 게, 너무나도.

저따위 놈, 전부 잊어버리자.

"아."

가방을 들지 않은 손으로 가슴 윗부분을 지그시 누른 이주가 낮게 신음했다. 급하게 밀어 넣은 음식이 체하기라도 한 건지 속이 메슥거렸다.

갑작스러운 체기에 순간 비틀거리던 이주가 차도 쪽으로 넘어지려는 찰나, 뒤에서 나타난 손이 그녀를 끌어당겼다. 정신이 없었던 이주는 제 팔을 거칠게 잡아당기는 그를 멍하니 뒤따르다 팔을 휘둘러 벗어났다.

현우가 몸을 돌려 그녀를 마주 봤다. 그의 걸음걸이를 따라잡느라 빨리 걷는 바람에 이주가 씩씩 숨을 내뱉으며 그를 쏘아봤다.

"데려다줄게."

"혼자 갈게요."

예상이라도 한 듯 그녀의 대답은 빠르고 정확했다.

"타."

"싫어요."

"혹시 화났어?"

하. 비릿한 웃음이 터져 나온 이주가 손으로 이마를 짚어 잠시 다른 곳을 보다 그를 올려다봤다. 화를 내고 열을 내는 이유를 모르겠다는 얼굴의 현우를 견딜 수 없었지만 마지막이라 생각하고 견디기로 했다. 이제 정말 잊을 거니까.

"내 입으로 그걸 얘기해야 돼요?"

"알아주길 바라는 거 아니면."

차갑게 돌아온 대답에 허탈감이 밀려왔다. 다시 마주쳐도 모른 척 지나가면 그뿐일 텐데 왜 여기까지 끌려온 거야, 바보같이.

"내가 왜요. 다시 볼 사람도 아닌데."

차갑게 쏘아붙이는 이주의 대답에 현우가 한쪽 입술을 작게 틀어 올려 웃었다. 삐딱한 그의 웃음에 이주의 시선은 더 사나워졌다.

"왜 웃어요, 지금?"

"우연이 세 번 겹치면 필연이라잖아."

"그래서요?"

"안 궁금해? 왜 자꾸 마주치는지."

"네. 안 궁금해요."

곧장 튀어나온 대답에 현우는 말없이 그녀를 내려다보기만 했다.

"혹시 같이 잘 여자가 없어요? 그래서 이래요, 나한테?"

현우의 입이 일자로 다물어졌다. 딱딱하게 굳어진 그를 올려다보며 이주가 한걸음 뒤로 물러섰다.

이런 식으로 얘기를 꺼낼 생각은 아니었다. 가능하다면 어떻게든 빨리 헤어지고 잊었으면 했다.

일주일 전도, 한 달 전도 아닌, 까마득한 옛날 일 따위는 그녀 역시 들추고 싶지 않았으니까. 오히려 그를 다시 만나 지금까지 이주가 끌어안고 살았던 추억이 더럽혀졌으니까.

"만나는 여자는 없어도 같이 자 줄 여자는 많지."

태연한 그의 대답에 이주가 그럴 줄 알았다는 얼굴로 등을 돌렸다. 다시 제 앞에서 등을 보이는 그녀의 팔을 잡아 현우가 돌려세웠다.

"왜 이래요, 진짜!"

그녀가 버럭 소리를 지르자 현우가 이주를 가까이 끌어당겼다.

"밥 먹자는 게, 집에 데려다주겠다는 게 그렇게 화날 일이야?"

한껏 가까워진 거리에 놀란 그녀가 주춤거렸다. 낮게 가라앉은 그의 목소리는 시리도록 서늘했다. 화를 억누르고 있는 게 보였다. 그게 더 기가 찼다. 왜 화를 참아? 당신이 왜?

겁을 먹은 듯한 이주의 표정에 현우가 나머지 한 손으로 제 얼굴을 쓸어내렸다. 사과를 하려고 했다. 몰인정했던 자신이 용서가 되지 않겠지만 그래야 한다고 생각했다.

하지만 미안하다, 잘못했다, 알았다, 그러니까 그만 보자. 그렇게 이어지는 결과를 맞을까 봐 두려웠다. 그래서 몇 번이나 참게 된 말. 미안해. 잘못했어.

다시는 그녀를 볼 수 없을까, 현우는 또 그 말을 삼켰다.

"그래도 그냥 타. 걸어가면 한참이야."

이주는 대답 없이 그를 물끄러미 올려다봤다. 팔을 세게 쥔 힘 덕분에 잡힌 팔이 아프기까지 했다. 속은 더 불편했다. 빨리 집에 가서 쉬고 싶은 마음뿐이었다.

지그시 눈을 감고, 그녀가 몇 번이나 한숨을 삼키더니 다시 눈을 떴다. 이주가 작게 고개를 끄덕이자 현우는 잡고 있던 그녀의 팔을 놔주었다. 다른 팔로 잡힌 부분을 몇 번이나 쓸어내리는 이주를 보면서 힘을 너무 세게 줬던가, 속으로 욕지거리를 내뱉은 현우가 운전석으로 향했다.

조수석에 오른 이주는 한참 동안이나 말을 하지 않았다. 그저 전부 후회하고 있었다. 오늘 부모님께 다녀온 것도, 하필 이 시간대를 고른 것도, 아까 그를 보자마자 피하지 못한 것도.

창문에 머리를 기댄 이주가 눈을 감았다. 편히 앉아 있으니 불편한 속이 괜찮아져야 정상인데 체기가 쉽게 사라지지 않았다. 현우가 옆에 있단 생각에 예민해져 더 그런 것 같았다.

차가 서울 시내로 들어서자 퇴근 시간대와 겹치는 바람에 조금씩 길이 막히기 시작했다. 여기서 내리고 싶다는 생각을 백번쯤 했을 때 이주가 입을 열었다.

"가까운 역에 세워 주세요."

"집까지 가."

"싫어요."

"강이주."

"불편해서 그래요."

한쪽 팔을 창틀에 기댄 채 손으로 턱을 만지작거리고 있던 현우의 시선이 힐긋 그녀를 향했다. 그의 기억 속에 이주는 눈이라도 마주치면 쑥스러움을 이기지 못하고 배시시 웃어 보이던 아이였다.

신경질적으로 구는 모습도, 화를 내는 모습도 본 적 없었다. 지금의 그녀를 이해 못 하는 건 아니었지만, 순간 보고 싶다는 생각이 들었다. 제 앞에서 수줍게 웃던 열아홉의 강이주를.

"내가 쿨하지 못한 건 아는데, 난 원나잇 했던 남자랑 편하게 못 있어요."

핸들을 쥔 현우의 손에 핏줄이 서릴 만큼 힘이 들어갔다. 내내 모른 척했던 이주의 마음을 들춰내 그 마음을 이용했던, 그렇게 해서라도 위로받고자 했던 그 밤. 아무 말 없이 제게 안기던 강이주. 힘 있게 아랫입술을 물던 현우가 정면으로 고개를 돌렸다.

"그러니까 모르는 사람인 척 헤어져요. 또 마주칠 일은 없겠죠."

그럼 진짜 하늘이 미친 거지. 우리 엄마, 아빠 일찍 데려간 것도 모자라 그건 너무 고약하잖아.

"마주치면."

"안 그럴 거예요. 설사 그래도 모른 척하면 돼요. 아까 필연이라고 그랬죠. 난 그런 거 안 믿어요."

필연은 만들어지는 게 아니다. 만드는 거지. 노력해서 우연을 필연으로, 그리고 인연으로.

이주가 느낀 필연이라는 건 그랬다. 그러니까 현우와는 상관이 없었다. 그와 어떤 것도 할 생각이 없으니까.

아무 말 없던 현우는 교통 체증이 조금씩 풀리자 가까운 역으로 차를 돌렸다.

"감사합니다."

작게 중얼거리는 이주의 말을 들으면서도 굳게 입을 다물던 현우는 그녀가 차에서 내리기 직전, 팔을 붙잡았다.

"하나만 묻자."

세 번의 만남을 그저 우연으로 끝낼 수 있을까. 그랬다면 아까 억지를 부리며 너를 붙들지도 않았을 텐데. 그렇다면 나는 지금 뭘 원하나. 그 망설임을 몇 번이나 되새기며 현우가 다시 입을 열었다.

"그날. 왜 그냥 갔어?"

우습다는 걸 안다. 이제야 묻는다는 게 얼마나 억지스럽고 잔인한 건지도. 쉽게 놔줄 생각이 없는 듯 현우는 집요하게 그녀를 바라봤다. 좁은 차 안. 마주 보고 있는 두 남녀의 시선이 맞부딪쳤다.

이주가 어금니를 깨물었다. 생생했다. 그 밤에 느꼈던 체온, 마음, 차갑기만 했던 그의 시선들이. 그 감정들이 여전히 그녀를 괴롭혔다. 몇 번이나 저를 안고 지쳐 잠든 현우를 오랫동안 바라보다 혼자 옷을 챙겨 입고, 조심스럽게 호텔을 빠져나왔다.

이른 새벽, 집으로 가는 택시 안에서 숨죽여 울었던 그때의 모든 감정들이. 이제 막 스무 살이 된 그녀가 감당하기엔 너무나 벅찼던 미움들이 되살아났다.

혼자였고, 외로웠고, 그래서 더욱 쓸쓸했다.

시간이 지난 뒤에도 그녀의 곁에 그는 없었다.

"확인하고 싶지 않았어요."

당신이 나한테 아무 감정 없다는 걸. 그런 마음으로 날 안았다는 걸. 내가 당신한테 아무것도 아니라는 걸.

그래서 먼저 도망쳤고, 후로도 쉽게 만날 수 있는 그를 찾지 않았다. 그녀 스스로 지켰던 마음이고, 추억이었다.

우연을 가장한 만남이 전부 다 망쳐 버렸다. 7년이 지나 다시 만난 현우는 그 밤이 아무것도 아니었다는 걸 되새겨 주고 있었다. 잊고자 마음먹었던 적이 없었는데, 이제는 정말 잊어야 한다.

싸늘하게 흘러나온 대답에 현우는 되묻지 않았다. 작게 고개를 까딱여 인사를 대신한 이주가 차에서 내리고, 역 안으로 사라지는 모습을 집요하게 바라보던 그가 무너지듯 운전석에 머리를 기댔다.

정체 모를 감정이 그를 덮쳤다.

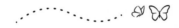

"삼성동 빌라 단지 현장 갔다 왔는데, 배수 공사 시기 맞춰서…… 뭐냐, 너?"

평소 술이라고는 현장에서 인부들과 막걸리 나눠 먹을 때 빼고 입에 대지도 않는 녀석이 웬일인가 싶었다. 회사에도 없고, 이른 시간에 집이라고 했을 때부터 알아봤어야 했는데.

한쪽에 가방을 내려놓은 승진은 주방 한편에 마련된 와인 바에 앉은 현우를 향해 다가갔지만 그는 말없이 양주를 따라 단숨에 들이켜기를 반복했다.

"뭐야. 갑자기 무슨 술인데? 안주도 없이."

혹시 집에서 무슨 일이 있었던 걸까. 괜한 걱정에 승진은 냉장고 문을 열었다.

역시나 부잣집 아들답게 냉장고 안은 갖가지 반찬들과 금방 데워 먹어도 맛있을 음식들로 가득했다. 집에서 보내 주는 사람이 매일 그가 없을 시간에 들러 음식을 만들어 놓고 가기 때문에 당장 먹을 수 있는 안주들도 많았다.

승진은 카나페를 챙겨 현우 앞에 마주 앉았다.

"새끼가 술을 마실 거면 이 형님도 불러서 비싼 양주 좀 나눠 마시고, 어? 그래야지. 아직 밤도 안 됐는데 혼자 술 마시면서 무슨 청승이야, 이게."

빈 잔을 제 앞에 가져와 가득 양주를 따른 승진이 중얼거려도 현우는 말이 없었다. 빈 크리스털 잔을 손에 쥔 채 만지작거리는 그를 물끄러미 바라보며 승진이 미간을 찌푸렸다.

설마 이 자식, 잠 때문인가.

"잠 못 잤냐? 약 먹어도 여전해?"

걱정이 짙게 묻어 나오는 친구의 물음에 현우가 쓰게 웃었다.

"뭐, 언제는 잘 잤나."

"자려고 노력이라도 하든가. 설마 너 수면제 왕창 먹고 술 마시는 거 아니지?"

오랜 불면증으로 내성이 생겨 버려 수면제를 복용해도 쉽게 잠을 자지 못했던 현우는 요즘 들어 더 잠들기가 어려웠다. 평소보다 점점 더 날카롭고 수척해지는 모습을 통해 승진은 그의 상황을 간단히 눈치챘다. 아무래도 잠을 못 잔 지 꽤 되는 듯싶었다.

2년 전, 준우의 기일이 다가올 때쯤이었다. 그때도 현우는 하루 두 시간도 채 자지 못하는 생활을 열흘 이상 지속하다가 눈에 실핏줄이 터지고 코피를 분수처럼 쏟으며 회사에서 쓰러졌었다.

단순 과로. 상황을 본 직원들은 모두 그렇게 알고 있다. 하지만 그는 의식을 차리지 못할 정도로 위태로운 상황이었다. 숨 쉬는 것조차 어려워했고, 구토를 반복했다.

승진은 그대로 친구 녀석을 잃는 줄 알았다. 잠을 못 자면 사람이 저렇게 망가질 수 있다는 것을 깨달았고, 윤수와 함께 그에게 정신과 치료를 권했다.

그게 벌써 2년 전인데도 현우는 전혀 나아지지를 않았다.

"혹시 어머니랑 무슨 일 있었어?"

현우의 입가에 비릿한 웃음이 걸렸다. 어머니라는 말이 이토록 어색할 수가 없었다.

한때는 세상 누구보다 자애롭고 다정하신 분이었지만 이제는 이질적으로 다가오는 이름, 어머니.

"별로. 그냥 날 못 견뎌 하시지."

현우가 차갑게 웃었다. 이런 말을 아무렇지 않게 내뱉을 만큼 무뎌졌다는 사실이 한스러웠다.

"승진아."

현우의 빈 잔에 술을 따라 주던 승진이 눈썹을 치켜세웠다. 술에 취한 것 같진 않았지만 그렇다고 온전한 정신으로 보이지도 않았다.

"7년 전의 나는 어땠더라."

짧게 떠올려 봐도 살면서 그때만큼 진창으로 살았을 때가 있었을까 싶을 정도로 엉망이었다. 원래부터 지옥 같았던 삶이었지만, 모든 사실을 알게 된 그때는 더 그랬다.

눈앞에 있는 모든 걸 다 부수고 정신을 차려보니 그는 상처투성이 몸으로 정처 없이 길을 헤매고 있었다. 그 길 끝은 여전히 그의 앞에 나타나지 않았다. 여전히 지옥이고, 여전히 밑바닥이다.

죽지 못해 사는 삶. 현재까지도 이어지는 삶에 후회도, 미련도 없었지만 헛된 희망도, 기대도, 미래도 전부 없었다. 아무것도 손에 쥐어 본 적이 없고, 아무것도 남아나지 않는 삶. 그 삶이 처음으로 눈앞에 닥쳤을 때, 찾아간 이가 바로 이주였다.

"저 새끼 몇 대 팬다고 정신 차리겠어, 생각하다 포기한 적이 수십 번이었지. 혹시 술 먹고 한강 가서 뛰어들까 봐 윤수랑 내내 너 따라다녔고. 그때 우린 진짜 무서웠어."

"……."

"네가 널 놓을까 봐."

"……."

"갑자기 그 얘기는 왜 꺼내는데? 요즘도 자주 악몽 꾸고 그래?"

왜 어머니는 내 어머니가 아닌 것 같은 건지, 왜 나는 가족이 아닌 타인 같은 건지, 왜 은우가 형이라 부르며 잘 따르는 모습을 볼 때마다 어머니가 외면하셨던 건지.

그럴 때마다 나를 끔찍하단 눈으로 보는 건지.

경악에 가까운 진실을 알고 집을 뛰쳐나왔을 때, 정신을 차리고 보니 이주의 동네였다.

이주가 도망치는 이유도, 화를 내는 이유도 전부 당연했다. 그녀에게 상처를 줬고, 용서를 빌지도 이유를 설명하지도 않은 채로 7년이 지났다. 회복될 수 없는 상처를 오늘 다시 헤집은 건 이번에도 자신이었다.

당연한 일이다. 돌아서고, 화를 내고, 네가 날 외면하려고 하는 것도.

그런데 강이주. 그게 아니지. 더 화를 내고, 욕을 퍼붓고, 뺨이라도 올려붙여야지. 너도 나한테 끔찍하다고, 역겹다고 그렇게 퍼부었어야지. 그래도 네 상처가 없어지지는 않겠지만, 더 독하게 굴어야 내가 다시는 너를 안 찾을 거 아니야.

"준우한테 갔다 왔어."

"기일이 오늘이던가?"

"기일에는 같이 못 가지. 어머니가 싫어하시니까. 나는 그분이 싫어하는 일 따윈 죽어도 못 하니까."

이젠 체념도, 원망도 없어 보이는 대답에 승진이 한숨을 삼켰다. 열다섯부터 당했던 온갖 정신적 학대를 생각하면 그 집과의 인연을 끊는 게 낫지 않겠냐고 말하고 싶었지만 그럴 수도 없다. 그래도 한때는 사랑하는 어머니였고, 현우가 갖고 있는 죄책감이나 부채감의 크기가 얼마나 무시무시한지 친구인 승진은 알 수 없으니까.

아무리 곁에 있었고, 그 모습을 전부 지켜봤다고 해도 당사자가 아닌 그로서는 이해할 수 없는 무게였다.

"은우 자식이 또 섭섭해했겠네."

현우가 서글픈 미소와 함께 투명한 유리잔에 담긴 호박색 액체를 내려다봤다. 모든 것에 부채감이 느껴졌다. 원망도 않고, 미워도 않고, 거리도 두지 않으려는 동생을 향한 미안함이 몸서리치듯 전신을 휩쓸었다.

은우야, 차은우. 어머니 앞에서는 부를 수 없는 다정한 목소리로 원 없이 불러 보고 싶었다. 그런 희망을 안고 살아간다. 언젠가는 그럴 수 있지 않을까.

"이해가 안 돼."

"뭐가?"

"어떻게 나를 형이라고 부를 수 있는지."

모든 걸 알게 됐을 때 현우는 스물다섯, 은우는 막 열세 살이었다. 감당하라고 하면 현우가 감당해야 했고, 버텨야 한다면 현우가 버텨야 했다. 근데 고작 열세 살인 은우가 무너지려는 그를 붙잡고 소리쳤다.

"형이 잘못한 건 뭐야. 아니, 대체 누가 잘못했다는 거야? 그럼 아버지가 준우부터 구했어야 했다는 거야? 그럼 형이 죽었을 텐데? 나도 준우 죽은 거 싫어. 나도 슬퍼. 근데 형은 내 형이잖아. 준우한테도 형은 형이잖아! 준우가 없는 게, 형 잘못이면 안 되는 거잖아!"

금방이라도 눈물을 터트릴 듯한 얼굴은, 울먹이는 그 목소리는 어린아이의 것이었지만 마음은 아니었다. 바닥 끝까지 추락해 버린 현우를 끌어올리기 위해 부단히도 애를 쓰고, 노력하고, 웃어 보이는 마음만큼은 현우보다 어른이었다.

"그게 그 자식 장점이지. 쉽게, 쉽게 사는 거. 네가 그 집에서 의지할 수 있는 유일한 버팀목이고."

모든 일의 원인이면서 한발 물러나 방관하는 아버지. 온갖 정신적 학대로 현우를 몰아붙이며 경멸의 시선으로 그를 바라보는 어머니. 우리 형, 하며 현우를 부모보다 따르는 은우.

그 주변을 비웃듯이 아슬아슬하게 달고 있는 이름, 가족.

나는 무엇을 위해 버티고 있는 걸까.

용서? 애정? 세상 그 누구보다 가족의 일원이고 싶은 마음이나 그런 기대? 차갑게 실소를 머금은 현우가 몇 번 더 잔을 비워 냈다.

승진은 독한 양주를 물처럼 쉼 없이 마시는 친구를 말려야겠지만, 말린다고 들을 현우가 아니기에 곧바로 포기했다. 팔짱을 낀 채 그 모습을 빤히 바라보고 있던 그가 문득 울리는 벨소리에 주머니에서 휴대폰을 꺼냈다. 윤수의 전화였다.

건축학과를 졸업했지만 곧 죽어도 설계 도면 따위는 평생 안 볼 생각이라며 윤수는 곧장 호텔에 취업했다. 고등학교 때부터 친구인 그들 사이에 자연스럽게 스며들 만큼 호탕하고 유쾌한 성격을 가진 그였다.

액정에 뜬 이름과 술기운 때문인지 미간을 찌푸리는 현우를 번갈아 흘기던 승진이 전화를 받았다.

"어, 나다."

─뭐하냐? 차현우 전화 안 받던데. 회사일 바빠?

"아니, 현우 집. 술 한잔하고 있다. 이리 오든가."

─난 오늘 당직이라 안 돼. 차현우한테 보고 좀 받을까 했지.

윤수의 목소리가 장난스럽게 변했다.

"보고? 무슨 보고."

─말하자면 길고. 차현우 앞에 있으면 좀 물어라. 지난번 꽃집의 그 아가씨랑은 무슨 사이냐고. 궁금해서 내가 밥이 안 넘어간다, 밥이.

꽃집의 그 아가씨. 암호와도 같은 말에 승진이 눈썹을 찌푸렸다.

"윤수가 너한테 보고받을 게 있다는데, 뭐야? 무슨…… 꽃집 아가씨?"

가만히 술을 따르고 있던 현우가 문득 고개를 들었다. 통화 중인 휴대폰을 들어 보이던 승진은 뭐가 있나 싶은 마음에 궁금하다는 듯 눈을 반짝였다.

"뭐야. 너 여자 생겼어?"

현우의 표정이 묘하게 굳어졌다. 이주 플라워. 그 이름을 다시 되새기던 그가 바 테이블 위에 턱을 괸 채 한쪽 입술 끝을 올려 웃었다.

"여자는 무슨."

비릿하게 웃으며 대답하는 현우를 물끄러미 바라보던 승진이 다시 휴대폰을 귓가로 가져갔다.

빈 크리스털 잔을 손에 꼭 쥔 현우의 초점 없는 시선이 정처 없이 흔들리다가 무너졌다. 아무런 상념도 하지 않고 이 대로 잠들고 싶단 생각에 현우가 지그시 눈을 감고 엎드렸다.

하지만 늘 그랬듯이 쉽게 잠들 수 없었다.

이주의 집은 꽃집에서 멀지 않은 작은 아파트로, 스무 살에 아빠가 교통사고로 돌아가시고 곧장 이사를 해 얻은 집이었다. 엄마와 둘이 살 때는 넓단 생각이 들지 않았는데, 혼자 살게 되니 이 집도 꽤 넓지 싶다. 아무도 없는 집에 들어오는 것도 적응을 해야 하는데 아직 그것조차 쉽지 않았다.

춥고 썰렁한 집에 들어오자마자 이주는 냉장고 문부터 열었다. 점심도 거른 채 바쁘게 하루를 보냈는데, 저녁에 갑자기 들이닥친 손님들과 주문 전화 때문에 뒷정리를 하느라 꽤 허기가 졌다. 텅 빈 냉장고를 보니 절로 미간이 찌푸려졌다.

"괜히 외로워지네."

이럴 줄 알았으면 어릴 때 동생 가지고 싶냐는 아빠의 물음에 열심히 고개라도 끄덕여 볼 걸 그랬다. 그랬다면 지금 혼자가 되진 않았을 테니까.

멍하니 냉장고 안을 들여다보던 이주가 찬장에서 인스턴트 밥과 3분 카레를 꺼냈다. 냉장고가 텅 비었을 때 빨리 해결할 수 있는 최고의 방법이었다.

가게 오픈 후에 자리 잡겠다고 연회장이며, 레스토랑 플라워 코디 일을 줄줄이 맡고, 블로그까지 열어 꽃집 운영을 하다 보니 집안일에 신경 쓸 틈이 없었다. 이제 꽃집도 자리 잡아 가니 주말엔 장이라도 봐야겠다, 생각하며 널찍한 접시에 밥과 카레를 담아 거실로 향했다.

작은 3인용 소파에 앉은 이주가 리모컨을 찾아 TV를 켰다. 요리 프로그램을 건너뛰고 줄거리도 모르는 드라마까지 건너뛰니 별로 볼 것이 없었다. 그렇다고 TV를 끄는 건 너무 조용해서 싫었다. 아무 채널이나 튼 다음 숟가락으로 천천히 카레를 비벼 입으로 가져가던 이주의 시선이 문득 서랍장 위에 놓인 우산으로 향했다.

거실에서 말린 우산을 곱게 개어 놓고 며칠 전 현우를 만났으면서도 잊고 있었다. 차라리 그때 고마웠다는 말이라도 전할 걸 그랬나. 아니, 내가 왜? 고작 우산 하나 건네준 걸 가지고? 서랍장 앞으로 다가간 이주가 서랍 안에 우산을 안 보이게 넣어 놓고서는 다시 소파에 앉았다.

밀어 넣듯 접시를 비워 내는 이주의 행동은 간결했다. 별 볼 일 없는 식사는 10분도 되지 않아 끝났다. 빈 접시를 내려다보며 쓴웃음을 삼켰다. 배가 부른데도 속이 더부룩한 게 좋은 식사는 아닌 것 같다.

역시, 우연은 고약했다.

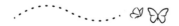

늦은 시간 집에 돌아온 은우는 도서관에서 공부하느라 저녁을 먹지 못했다는 아들의 말에 허겁지겁 상을 차리는 미영을 빤히 바라봤다. 그래 봤자 입만 움직일 뿐, 방에서 쉬고

있던 가사 도우미를 불러 이것저것 지시를 내리고 있었다.

그냥 라면 하나면 될 텐데, 곧 죽어도 아들 입에 인스턴트가 들어가면 안 된다고 생각하는 그녀였기에 은우는 입 밖으로도 꺼내지 못하고 조용히 말을 삼켰다.

"자, 얼른 먹어. 이 시간까지 공부하느라 피곤했지? 아버지는 오늘 늦으셔. 모임 있으시대."

급하게 차린 것치고 반찬 가짓수가 꽤 많았다. 접시를 제쪽으로 밀어 주는 미영을 보던 그가 고개를 돌려 주방에서 뒷정리를 하고 있는 도우미 아주머니께 싱긋 웃어 보였다.

"잘 먹겠습니다."

"아이고, 그래. 잘 먹어요."

생각지도 못한 인사에 그녀는 잠시 당황했지만 다시 뒤돌아서 하던 정리를 마저 했다.

순간 미영의 표정이 싸늘하게 굳어졌다. 하지만 이내 다시 웃음기를 머금더니 은우의 앞으로 물컵을 내밀었다. 그냥 물이 아닌, 이제 막 대학생이 된 은우가 고생한다며 아주머니를 닦달해 도라지와 버섯을 넣고 한참 우린 물이었다.

"전화를 하지. 기사를 보내거나 엄마가 갔을 텐데."

"뭐하러."

"공부는 안 힘들어? 용돈은 안 부족하고?"

"형이 줬어."

미영이 싫어할 거라는 걸 뻔히 알면서도 은우는 모른 척 대답했다. 역시나 환하게 웃고 있던 미영의 표정이 차갑게 굳어졌다. 은우는 애써 무시하고 맑은국에 밥을 말아 숟가락을 입에 가져갔다. 먹기 싫었지만 억지로라도 입안에 밀어 넣어야 했다. 그래야 빨리 이 자리에서 벗어날 수 있으니까.

"네가 거지야? 걔 돈을 왜 받아."

"형이 동생 용돈도 줄 수 있는 거 아냐? 형 회사도 자리 잡아서 잘나가는 것 같아. 엄청 바빠. 잘됐지, 뭐. 예전에 작은 사무실에 비하면 지금 엄청 커졌어. 건축 잡지랑 기사에도 실리는 것 같아."

쏘아붙이듯 날아오는 미영의 말에 은우가 부드럽게 대답했다. 애초에 현우 얘기를 꺼내지 않았으면 될 텐데 원인 제공을 했으면서도 일을 크게 만들긴 싫었다.

미영은 아들의 입에서 나오는 그 형이라는 소리가 치가 떨리도록 싫었다. 언젠가 끊어질 인연이라 생각했던 연은 여전히 이어지고 있었다. 고집스럽게도, 끔찍하게도.

"앞으로 걔한테 아무것도 받지 마."

걔. 현우가 다섯 살 때 데려와 키웠다던 미영은 그를 그렇게 부르고 있었다. 한때는 쌍둥이들보다 더 친아들처럼 키웠다는 아들을. 꼬박꼬박 미영을 어머니라 부르는 현우의 간절함은 또다시 외면당했다.

컵으로 향하던 은우의 손이 멈칫했다. 동시에 공기마저도 차갑던 현우의 아파트가 떠올랐다. 썰렁하리만큼 허전했고, 쓸쓸함이 공기로 느껴졌다.

형은 매번 그런 곳에서 눈을 감고, 뜨고, 하루를 시작하고, 하루를 끝낸다. 온기마저 없는 그런 감옥 같은 곳에서.

형의 곁에는 아무도 없다. 아마 지금 이 상황이 더 지속된다면 형은 점점 더 메마를 것이다. 지금까지 그랬던 것처럼. 은우의 시선이 식탁 위를 향했다. 다 먹지도 못할 많은 가짓수의 반찬들이 오늘따라 더 눈에 거슬렸다.

형은 어머니가 없다. 형의 어머니를 빼앗았다.

바로 내가. 아니, 우리가.

이런 어머니를 형은 원하고 있을까. 은우의 표정이 순식간에 싸늘해졌다.

"뭘 받지 마. 내 휴대폰도 형이 바꿔 준 거고, 노트북도 형이 사 준 건데. 나 수능 끝나고 형이 슈트도 해 줬어. 필요할 때 입으라고."

"갖다 버려, 전부. 엄마가 새로 해 줄게, 다."

"형인데 동생한테 그런 거 사 줄 수도 있지, 뭘 그래."

"휴대폰 내놔. 노트북도. 엄마가 갖다 버릴게. 걔는 왜 사람을 거지 취급한다니? 제깟 게 뭐라고 감히 너한테 그런 걸 사 줘."

점점 도가 지나치는 듯한 미영의 언사에 은우가 지친 한숨을 삼켰다. 이해할 수 없었다. 무책임하게 방관만 하는 아버지나, 준우의 죽음을 형에게 돌리는 엄마나, 스스로 형벌 같은 삶을 살고 있는 현우나.

모두가 불행해지는 길인데도 어느 누구도 그 길에서 벗어나지 않는다. 그게 정답은 아닐 텐데.

"은우 너, 다시는 걔 집에도 가지 마. 네가 집이 없어, 뭐가 없어? 잠은 집에서 자. 걔도 그래. 열두 살이나 어린 애가 철부지 짓을 하면 쓴소리를 해야지. 내가 그러라고 걔 내보낸 줄 알아?"

미영의 목소리가 점점 더 격해졌다. 우습다. 이 집에서 버티며 점점 더 말라 가는 현우를 보다 못한 아버지가 아파트를 구했고, 그는 거절하지 않고 받아들였다.

그때의 형은 어땠을까. 또다시 이 집안에서 거부당한 느낌이었을까? 혹시 쫓겨나는 느낌을 받지는 않았을까?

이사를 준비하는 현우를 보는 내내 가족들을 얼마나 이해할 수 없었는지 모른다. 그게 벌써 수년 전인데도 그랬다.

현우가 없는 집은, 은우에게 더 이상 집이 아니었다.

"엄마, 설마 형한테도 이랬어?"

설마 했던 생각이 확신으로 바뀌자 은우가 헛웃음을 내뱉었다. 그 모진 소리를 다 듣고 있었을 형 생각에 가슴이 쓰렸다.

"형은 누가 네 형이야! 네 형은⋯⋯."

"준우도 내 형이지. 근데 죽었잖아. 현우 형은 살아 있고."

싸늘한 아들의 음성에 미영이 눈물을 머금은 눈으로 은우를 내려다봤다.

유독 엄마의 눈물에 약한 은우는 또다시 이대로 무너질까 애써 미영을 외면했다. 3살 때 죽은, 기억도 나지 않는 쌍둥이 형의 부재로 인해 지옥에 살고 있는 현우가 여전히 가여우니까.

"너는 엄마 이해 못 하니?"

또다시 그 몹쓸 이해를 강요하는 미영을 보며 은우가 차게 웃었다.

"어떻게 이해해. 5살 때부터 형을 키웠다던 엄마가! 형을……!"

"……."

"그렇게 끔찍이 대하는데."

"그래. 친아들처럼 키웠어. 근데 걔가 우리 집에 무슨 짓을 했는지 알잖니."

"형이 뭘 했는데? 사고 나고 형은 보름 동안 의식 불명이었다며. 사고 기억도 없었다며! 형이 살고 싶어서 준우 밟고 나왔어? 준우는 살 수 있었는데 형이 준우 버리고 나왔어? 아니잖아! 형도 아팠잖아!"

"그게 면죄부가 되니? 준우는 죽었고 걘 살았어, 은우야. 네 아버지가……."

"걔라고 부르지 마. 형이야. 이름 있어, 형도!"

"은우야!"

네가 어떻게 나한테, 어떻게. 미영이 힘없이 중얼거렸다. 저도 모르게 목소리가 높아진 은우가 흐르는 눈물을 닦을 생각도 않는 미영을 바라보다 주방을 나섰다.

그러다 거실에 우두커니 서 있는 진욱을 발견했다. 그 뒤에 유령처럼 서 있는 현우도.

주방에서 일하고 있던 가사 도우미는 어느새 따라 나와 진욱의 가방을 든 채로 눈치를 보다 서재로 향했다. 거실엔 세 부자만이 남게 됐다. 마치 이 모든 일과 무관하다는 사람처럼 초연한 얼굴로 선 현우를 보며 은우는 금방 자신이 내뱉었던 말들을 후회했다.

그가 들었을 지독한 말들이 차례로 머리를 어지럽혔다.

또다시 듣지 않아도 될 말을 듣고, 받은 상처를 가리고, 혼자 체념할 현우의 오늘과 내일은 얼마나 괴로울지 상상하지 않아도 알 수 있었다.

"형."

현우가 괜찮으니 신경 쓰지 말라는 듯 편히 웃었지만 은우는 웃지 못했다. 늘 아팠다. 저런 형의 모습이. 늘 괜찮은 척하지만 어디선가 무너지고 있을 형의 마음이. 이런 것도 가족이라고 놓지 못하는 형의 진심이.

또 거부당하고, 외면당하고, 결국엔 버려질 텐데.

"올라가. 서재에 잠깐 들어갔다가 보러 갈게."

은우가 느리게 고개를 끄덕였다. 대체 무슨 말을 하려고 또 형을 집까지 불러들인 건지. 그가 이 집을 얼마나 싫어하는지 알면서.

"준우 기일이 며칠이나 남았다고 소란이야, 소란이."

진욱의 작은 꾸짖음에 2층으로 향하던 은우의 걸음이 멈췄다. 하. 바람 빠진 웃음소리로 진욱의 신경을 갉아 먹으며 은우가 몸을 틀어 아버지를 마주했다. 무덤덤하기 그지없는 얼굴에 이젠 화도 나지 않는다.

늘 생각했지만 이 집은 이상했다. 모든 사실을 알았을 때, 은우의 나이는 열세 살이었다. 고작 열세 살짜리도 아는 걸 왜 다들 모르는 걸까. 형은 아무런 잘못이 없는데. 형은 그저, 우리 형일 뿐인데.

아직도 잊히지 않는다. 말라 가는 형을 보며, 쉽게 잠들지 못하는 형을 보며 아파트 키를 건네주던 그 순간을.

넌 이제 우리 가족이 아니다. 그러니까 나가라. 형은 그렇게 받아들였을 게 분명했다. 배척당하고 외면당하던 순간에도 형은 아버지를 아버지라 불렀다.

은우와 시선이 마주친 현우가 작게 고개를 저었다. 그냥 올라가라는 뜻이었다. 아무런 말도 하지 말고 조용히. 자신마저도 외면하고 도망친다면 그의 곁에는 아무도 없게 된다. 형이 열다섯 살 때부터 이 집은 이랬다고 한다.

얼마나 끔찍할까. 얼마나 싫을까, 이 집이.

그런 현우를 보면서 동시에 이죽거림이 튀어나왔다.

"이 집에서 아버지 혼자만 평화로운 게 어제오늘 일인가요, 뭐."

진욱이 눈을 치켜세웠다. 작게 고개를 숙였다 든 은우는 그대로 등을 돌려 계단을 올랐다.

주방에서 미영이 흐느껴 우는 소리에 절로 미간이 찌푸려진 진욱은 서재로 걸음을 옮겼다. 남겨진 현우 역시 조용히 진욱의 뒤를 따랐다.

chapter 04
이상한 사람

적지 않은 얘기가 오갔다. 맞선과 앞으로 미래에 대한 것들. 결혼 생각이 아직 없다는 현우의 말에 진욱은 더 이상 강요는 않겠다고 했다. 다만 결혼이 너무 늦어서도 안 된다는 말 역시 덧붙였다.

선거와 상관없이 결혼은 꼭 생각해 볼 문제라는 진욱의 말에 현우는 굳이 대답하지 않았다. 평생 결혼 생각이 없다는 말을 해서 분란을 만들기엔 오늘 하루가 꽤 고단했다.

"네 엄마 말은 신경 쓰지 마라."

중국에서 들여온 연잎 차라 했던가. 맛이 좋다고 했지만 딱히 모르겠다. 찻잔을 내려놓으며 말하는 진욱을 무심결에 흘기던 현우가 예, 하고 대답했다.

"준우 기일은."

"며칠 전에 다녀왔습니다."

"그래, 잘했다. 일은 뭐 어려운 거 없냐."

"예. 없습니다."

아버지와 얼굴을 맞대고 있는 사람치고 그의 표정은 너무 형식적이고 딱딱했다. 마주 앉아 있으면서도 테이블에 시선을 두거나 진욱의 눈을 피하기 일쑤였다.

현우는 마지막으로 아버지와 눈을 보며 이야길 했던 게 언제였는지 기억도 나지 않았다. 아니, 그런 날이 있긴 했었는지 의심이 될 정도였다.

자신을 가엾게 여기는 아버지의 태도나 상황, 모든 것들이 그럴 수 있다고 생각하면서도 그에 대한 고마움이나 안쓰러움은 느껴지지 않았다. 항상 그랬듯이.

진욱에게도 자신을 보지 않는 아들의 태도는 이제 익숙한 일이었다. 그럼에도 가슴이 쓰려 왔지만 애써 티 내지 않으며 피곤할 텐데 은우한테 올라가 보라고, 갈 땐 따로 인사하지 않아도 된다는 말로 자리를 정리했다.

이제야 끝이구나, 이 답답함도. 드디어 벗어났다는 생각에 현우가 꾸벅 고개를 숙이며 자리에서 일어나 미련 없이 서재를 나섰다. 방문을 닫고 짧은 복도를 가로질러 2층 계단으로 향하던 그가 걸음을 멈췄다.

거실 한쪽에 있는 고급스러운 서랍장 위, 배 아파 낳은 두 아들의 돌 사진을 빤히 내려다보고 있던 미영이 인기척에 고개를 들었다. 분노는 순식간에 살기로 변했고, 곧 비릿한 웃음을 만들어 냈다.

"왔니."

"예."

"아버지가 부르면 밖에서 뵐 것이지, 뭐하러 집까지 와."

"죄송합니다."

영혼 없이 내뱉어진 사과에 미영이 어금니를 깨물다, 현우가 계단 앞에 서 있는 것을 알아챘다. 그녀의 낯빛이 금방 어두워졌다.

"아버진 뭐라고 하시니."

"별다른 말씀 없으셨습니다."

"맞선은 계속 볼 생각이니?"

"약속 잡아 주시면 보겠습니다."

"그래, 그럼. 그리고 은우, 공부하다 지금 왔다. 저녁도 제대로 못 먹었어. 귀찮게 하지 말고 이만 들어가. 너도 피곤할 텐데."

차갑게 돌아선 미영이 바로 안방으로 향했다. 살짝 고개를 숙인 채 가만히 있던 현우가 고개를 들었다.

미영이 보고 있던 사진이 그의 시야 안으로 들어왔다. 똑같이 생긴 쌍둥이 형제는 색감만 조금 다른 한복을 나눠 입고 서로를 보고 있었다.

현우가 손을 들어 액자 위를 쓰다듬었다. 온기는 전혀 느껴지지 않았지만 알 수 있었다. 이 앞에서 미영이 어떤 마음으로 사진을 보고 있었는지.

거실 계단 앞을 벗어난 현우가 집을 나섰다. 넓은 마당을 지나 현관까지 가는 동안 숨을 참고 있었던 건지 차고에 들어서자마자 가슴이 트인 듯 깊게 숨을 내쉬었다.

차에 올라 시동을 켜는 순간 전화벨이 울렸다. 직감적으로 은우라는 것을 안 현우가 블루투스를 귀에 꽂았다.

—형, 나 안 보고 가?

"응. 형 다시 회사 들어가."

—아, 그런 게 어디 있어. 형이랑 게임하려고 세팅 다 해 놨는데.

아쉬워하는 은우의 목소리에 현우가 싱긋 웃었다. 차는 어느새 큰길에 들어서 도로 위 수많은 차들 사이로 섞여 들어 갔다.

"게임은 무슨. 저녁 대충 먹었다며. 잘 챙겨 먹어."

—이 시간에 잘 챙겨 먹으면 배 나와서 안 돼.

"그럼 일찍 자. 아직 키 클 때 아닌가."

—나 정도면 충분히 큰 거야. 형이 비정상적으로 큰 거고.

은우가 말을 이을 듯 말 듯하면서 머뭇거렸다. 그에게서 느껴지는 조심스러움에 현우가 침묵했다. 은우가 무슨 말을 할지는 너무 빤했다. 그래서 참았다. 솟구치는 원망도, 끓어 오르는 분노도, 바닥까지 끌어내려도 모자를 만큼 또다시 찾아오는 절망도 늘 그래 왔듯이 참았다.

—혹시 들었어? 나랑 엄마.

뭐라고 답해도 미안하다고 할 게 분명한 물음에 현우가 미간을 만지작거렸다.

"어머니한테 그러지 마. 우시잖아."

—엄마야 눈물이 무기지, 뭐.

"은우야."

─알았어. 더는 뭐라 안 해. 그냥 형한테 미안해서 툴툴거리는 거니까 이만하고 운전 조심해. 형이나 밥 잘 챙겨 먹고.

　어린 동생의 잔소리를 끝으로 전화를 끊었다. 교통 체증이 시작된 도로 위에서 할 일을 잃은 현우가 차로 붐비는 도로를 힐끗거리다 운전석에 머리를 기댔다.

　막힌 도로는 좀처럼 뚫릴 생각이 없는 듯했다. 옆 차에서는 사람이 내려 앞에서 사고가 난 건 아닌지 확인하고 있었지만 현우는 그럴 생각이 없었다.

　지쳤고, 힘들었고, 쉬고 싶을 뿐. 아무래도 오늘 밤 역시 쉬이 잠들기는 그른 것 같다.

　"너 때문이야! 너 때문에 내 아들이 죽었어!"

　"나가 죽어! 내 아들 살려 내고 네가 죽어! 죽어 버리란 말이야!"

　그때의 울분이, 절망이, 슬픔이 여전히 제 안에서 끓어오르고 있었다. 미친 사람처럼 제 멱살을 잡고 흔들던 어머니의 모습이 끊임없이 그를 괴롭혔다.

　아마 절대 지울 수 없을 것이다. 평생을 갖고 살아야 하는 죄책감의 무게가 다시금 그를 압박했다.

　저도 모르게 인도 쪽으로 고개를 틀고 있던 현우가 작은 꽃집에 시선을 멈추었다. 그 앞에서 나란히 앉아 화분을 고르는, 신혼부부처럼 보이는 남녀에 눈길을 두다가 곧 이주를 떠올렸다.

길게 웨이브 진 갈색 머리칼. 하얀 피부. 동글동글한 이목구비. 갸름한 목선. 마음을 울리는 듯한 청아한 목소리. 고집스럽게 웃어 주지 않던 입술.

그리고 노란 우산, 빗속의 그녀.

다시 강이주가 생각나는 밤. 그래서 어쩌지 못하는 밤.

그는 속수무책으로 그 밤에 잠식되어 갔다.

혜미를 퇴근시킨 이주는 서둘러 장부를 정리했다. 오늘 들어온 꽃과 남은 꽃을 냉장고에 넣는 일도 그녀의 몫이었다. 테이블을 닦고 바닥을 쓸다가 잠시 가게에 더 있기로 했다. 가끔 혼자 사는 집으로 가기 싫어 그녀가 부리는 고집 중에 하나였다.

테이블 앞에 앉아 스케치북과 색연필을 꺼내 든 이주의 손이 하얀 종이 위로 머릿속에 있는 것들을 그려 나가기 시작했다. 부케 디자인이었다. 블로그 때문인지 요즘 들어 부케 주문이 많이 들어와 틈이 날 때마다 스케치를 하고 있었다.

곧 하얀 수국이 종이 위에 가득 들어찼다. 흐뭇하게 웃던 그녀가 몇 장의 스케치를 더 하더니 시간이 늦었음을 깨닫고 집에 갈 채비를 서둘렀다.

문이 꼭 닫힌 걸 확인한 이주가 팔을 쭉 뻗어 기지개를 폈다. 오늘 하루도 무사히 끝났음에 안도하며 집으로 걸음을 돌리다 우연히 바라본 곳에 시선이 고정됐다.

어디선가 낯익은 듯한 흰색 SUV가 4차선 도로를 사이에 두고 길 건너에 있었다.

설마. 숄더백을 고쳐 멘 이주가 고개를 저었다. 발에 채일 만큼이나 흔하게 생긴 흰색 차일 뿐인데 뭐가 익숙하다는 건지. 스스로의 생각이 우스운 듯 코웃음을 치던 이주가 다시 걸음을 재촉했다.

하지만 겨우 다섯 걸음을 걷고 숨이 턱 막힐 정도로 느껴지는 답답함에 그녀가 다시 등을 돌렸다.

어느새 차에서 내려 그녀가 서 있는 방향으로 다가오고 있는 차현우, 그가 보였다.

유난히 밤과 어울리는 남자가 걸어 들어왔다.

천천히, 그녀가 거닐던 길 한쪽으로.

꽃집은 어떻게 알고 찾아왔냐는 말에 그는 아주 간단하게 설명했다. 두 번째로 마주친 호텔에 대학 동기가 지배인으로 있다고. 완벽한 설명은 아니었지만 그녀는 이것저것 머리를 굴려 혼자 납득했다.

그러니까 주연을 아는 호텔 직원이 현우의 대학 동문이라는 거다. 그렇게 기막혀 할 일도 아니었다. 그간 지독했던 우연은 더 기막혔으니까.

팔짱을 낀 채로 그를 마주 보고 서 있던 이주와 현우의 사이로 적막한 공기가 지나갔다. 원망스럽게 노려보는 이주의 시선을 담담히 받아 내며 현우는 올곧게 그녀를 내려다봤다.

모른 척 지나갈 줄 알았더니 뜻하지 않게 말까지 건네는

황송함이라니. 하지만 그녀는 더 말이 없었다. 왜 왔냐, 미쳤
냐, 여기가 어디라고 오냐는 말 한마디 없이 그대로 멀어지
기 시작했다.

또각또각. 아스팔트 바닥 위에 작은 구두 소리가 울렸다.

여길 왜 왔더라. 뺨 한 대 안 맞고 저대로 돌아가 주는 게
감사할 정도인데, 차라리 한 대 맞더라도 붙잡고 싶었다. 하
지만 발은 뜻대로 움직여 주지 않았다. 굳은 듯 바닥에 콕 붙
어 그녀를 따라나설 엄두도 내지 않았다.

그녀와 우연히 마주친 뒤로 하염없이 머릿속을 뒤흔드는
상념이 끊이질 않았다. 이제 와서 뭘 어쩌자고 이래. 네가 한
짓은 영원히 지울 수가 없는데.

그런데 불현듯 멀어졌던 구두 소리가 다시 가까워졌다. 바
닥을 향해 있던 그의 시선이 자연스레 제 앞에 선 이주에게
닿았다.

피가 날듯이 아랫입술을 깨문 이주가 큰 숨을 내뱉으며 그
를 쏘아봤다. 그녀가 다시 왔다는 사실이 믿기지 않으면서도
반가웠다.

어쩌자고 다시 와, 강이주. 내가 정말 널 붙잡고 뒤흔들면
어쩌려고.

"내가 어이가 없어서."

뺨이라도 올려붙일 셈인가. 그렇다면 가만히 맞아 줘야겠
다.

"진짜 이상한 사람인 거 알아요?"

뺨 한 대도 때리지 못하고, 욕도 내뱉지 못하는 약한 마음

은 여전하다 생각하니 웃음이 났다.

결국 돌고 돌아 하는 말이 이상한 사람이라. 나쁜 놈도 있고 거지 같은 놈도 있고 개자식이라는 욕도 있는데. 역시 강이주, 변하지 않았구나.

왜 안심이 드는 건지 모르겠다. 어쩌면 열아홉의 강이주를 다시 만날 수도 있다는 희망이 생긴 탓일지도.

그때의 강이주를 그리워했었나 보다. 스무 살, 스물한 살이 된 그녀가 몇 년이 지나 대학을 졸업하고, 직장에 다니는 모습을 보지도 못하고, 함께하지 못해 후회가 되었다.

7년 만의 우연이 만들어 낸 감정이라 치기엔 우스웠다. 지난 시간 동안 미치도록 그녀만을 생각했던 것도 아니다. 그런데도 마치 기다렸다는 듯 빠져들고 있다.

끊어 내야 하는데, 이대로 돌아서야 하는데. 왜 지난날을 함께하지 못한 것에 대해 후회하고 있는가.

내가 혹시 너를.

"그게 아니지."

바지 주머니에 넣어 둔 손을 꺼낸 현우가 건조한 목소리로 말했다. 한참이나 목을 꺾어 그를 올려다봐야 했던 그녀는 가만히 시선을 맞춰 오는 현우를 마주 보며 눈썹 사이를 찌푸렸다.

"뺨을 치든, 욕을 퍼붓든, 그 정도는 해야……."

그가 낮게 웃었다. 웃음이 너무 처연하고 아파 치밀어 오르던 그녀의 화조차 절로 가라앉을 정도였다.

"좀 풀리지 않겠어?"

그래서 욕이 듣고 싶다는 거야, 지금? 나한테서? 이해할 수 없단 표정의 이주가 물끄러미 그를 바라봤다. 키가 큰 현우를 바라보느라 목이 아플 지경인데, 직선으로 닿는 그의 시선은 부담스러울 정도로 올곧았다.

당신은 알까. 짝사랑에 허우적대던 열아홉, 그 시절에 나는 당신이 날 이렇게 바라보는 순간을 내내 상상했다는 걸.

"대체 여기는 왜 왔어요?"

정말 이상해서 이해가 안 되는 남자.

그것 말고는 정의할 수 있는 말이 없어 그녀는 끝내 물었다. 돌아온 대답은 황당했다.

"잘은 모르겠는데."

"……."

"너 보려고 여기 있는 건 맞아."

"왜요."

우연히 마주치지 않았다면 평생 내 생각이라곤 조금도 하지 않았을 사람이 왜 나타나요. 왜 자꾸 보여요.

"그쪽이 나를 왜 봐요. 볼 이유가 전혀 없는데."

열아홉, 그 시절에 처음 만났을 땐 선생님, 하고 조곤조곤 불러 오던 목소리가 나쁘지 않았다.

그쪽이라. 한참을 고민하다 어렵게 꺼낸 첫마디가 선생님이었던 그녀는 이제 정말 없다.

"내가 아직도 반갑나? 설마 그래요? 반갑다고 여기까지 찾아왔어요? 스토커처럼 친구 통해 뒷조사해서?"

이주가 따지듯이 물었다. 하도 기가 차고 어이가 없어 묻

114

는 저에게 짜증이 이는 모양이었다. 반갑다고 말하고 싶은데, 그렇게 말할 수 없는 처지가 된 현우가 입을 다물었다.

"가세요. 다신 오지 마세요."

"주말에 뭐해?"

막 옆으로 몸을 트는 찰나였다. 이주가 다시 그를 돌아보며 몸을 바로 세웠다. 지나치게 평화로운 얼굴엔 여유까지 있었다.

"밥 먹을래?"

애꿎은 아랫입술을 물며 이주는 대답을 삼켰다.

"데리러 올게. 밥 먹자."

주말에 여자에게 밥을 먹자는 남자의 말에 많은 의미를 부여할 수도 있지만 그녀는 그러지 않았다. 더 이상 열아홉이 아니었고, 좋아하는 남자 앞에서 모든 걸 던져 버릴 만큼 무모하지도 않다.

무엇보다 남자는 다시 만나서는 안 될 사람이다. 그녀가 끊임없이 속으로 속삭였다.

"싫어요."

"왜?"

이주가 현우를 노려보며 말을 이었다.

"난 그쪽이 불편하고 앞으로도 계속 불편할 것 같아서요."

"그게 다야?"

"네."

"화가 난 건 아니고?"

그가 태연히 물었다. 7년 전 하룻밤을 뒤로하고 모른 척한 제게, 다시 만나 아무 일도 없었던 것처럼 구는 제게 화가 난 건 아니냐고.

"아니요. 내가 화를 왜 내요. 손뼉도 마주쳐야 소리가 나고, 억지로 당했던 것도 아니고, 심지어 7년 전 일이라 기억도 잘 안 나는데."

돌아서려는 이주를 붙잡기 위해 무슨 말이든 뱉어야 했는데, 하필 뱉은 말이 주말에 뭐하냐는 대단히 평범하고 노골적인 물음이었다.

후회는 없다. 그녀와 만나고 싶다. 함께 밥을 먹고 싶다. 그간 몰랐던 그녀의 과거에 대해 알아 가고 싶다. 지금은 오로지 그 생각뿐이었다.

이렇게 해서라도 이주를 붙잡고 싶은, 미련한 마음이라고 그는 짧게 인정했다.

"불편하다고 했잖아요. 그게 다예요."

거짓말도, 연기에도 재능은 없었지만 이주는 모르쇠로 일관했다. 거짓말. 얄궂게 소리 내어 말해 버리면 평온함을 가장한 저 얼굴은 금방 붉어지면서 아니라고, 진심이라고 목소리를 높일 것이다.

이대로 돌아서야 하는데. 다신 오지 말라며 현우를 한 번 노려본 뒤 등을 보이는 게 인지상정이다. 머리로는 그렇게 생각하면서 몸은 아직도 그의 앞에서 망설이고 있었다.

자, 셋을 세는 거야. 그리고 쿨하게 뒤돌아서 집에 가자. 가는 길에 치킨하고 맥주나 사서 진탕 취해 버리자. 전부 싹 다 잊는 거야. 그래야…….

"저기요."

지저분한 이주의 머릿속을 짧게 스치는 귀여운 목소리가 들렸다. 바닥을 향해 있던 이주의 시선과 그런 그녀를 올곧게 내려다보던 현우의 시선이 동시에 틀어졌다.

인형 하나를 품에 안고 현우의 바지 자락을 붙잡고 있는 여자아이가 물끄러미 그를 올려다보고 있었다.

얜 어디서 튀어나온 애야. 설마? 이주의 시선이 천천히 아이를 내려다보는 현우를 향했다. 시선을 느낀 현우와 눈이 마주치자 그는 낮게 웃으며 어깨를 으쓱였다.

"내 딸 아니거든. 난 또 네 딸인가 했다."

"누구예요, 그럼?"

"그러게. 누구냐고 물으면 대답은 하나? 꼬마 아가씨, 누구?"

현우가 아이의 시선에 맞춰 무릎을 굽히고 앉았다.

잘생긴 사람을 알아보는 건지 아이의 눈이 한순간 반짝이더니 현우에게서 떠날 줄 몰랐다. 아이의 앞에서 부드럽게 풀어지는 그의 얼굴을 이주가 말없이 바라봤다.

저런 얼굴도 할 줄 아는 사람이던가. 머릿속이 멍해지고 가슴 속이 싸해지는 기분에 이주가 마른 입술을 깨물었다.

"지유. 서지유."

10시가 다 된 터라 아이 혼자 돌아다닐 시간은 아닌데. 현우가 낮게 중얼거리는 사이, 이주가 주변을 돌아봤다. 근처에 엄마로 보이는 여자는 없었다. 아이는 혼자였다.

"지유야, 엄마는? 엄마랑 같이 있던 거 아니야?"

아이의 시선이 이주에게 향했다. 힘차게 고개를 끄덕이는 지유의 눈이 다시 반짝이더니, 현우에게로 시선을 돌렸다.

절대적으로 외모만 가지고 사람을 판단하는 아이의 눈은 현우에게서 떨어질 줄 몰랐다. 뭐가 이렇게 태평해. 엄마를 잃어버린 아이치고는 너무나 평온했다.

"엄마는? 엄마는 어디 있어?"

"과일."

"뭐?"

"사과 샀어."

이주가 질문하는데도 시선은 여전히 현우에게 머물렀다. 아무래도 엄마가 과일을 사는 동안 아이가 홀로 이곳까지 걸어온 모양이다.

"혹시 엄마 전화번호 알아?"

네다섯 살쯤 됐을까. 아이는 엄마의 연락처를 묻는 현우에게 가만히 팔을 내밀었다. 작고 하얀 팔을 걷은 현우가 낮게 웃었다. 휴대폰 번호를 새긴 팔찌가 있었다.

"똑똑하네. 아저씨가 엄마한테 전화해 볼게."

휴대폰을 꺼내 아이 엄마에게 전화를 거는 현우를 물끄러미 바라보던 이주가 몰래 한숨을 삼켰다. 어찌 됐든 쿨하게 헤어질 수 있는 타이밍은 이미 지나간 후였다.

"그거 예뻐?"

아이가 크게 고개를 끄덕이자 이주가 작게 웃었다. 조심스럽게 노란색 장미 한 송이를 꺼내 가시를 제거하고 줄기를

잘랐다. 행여나 못 본 가시가 있나, 살피던 이주가 지유의 손
에 꽃을 쥐여 줬다.

대체 혼자서 얼마나 걸어온 건지 전화를 받은 아이 엄마는
떨리는 목소리로 20분이면 간다고, 뛰어갈 테니 부탁 좀 한
다는 다급한 말로 전화를 끊었다.

어디서부터 걸어온 거냐는 이주의 물음에 지유는 배시시
웃기만 했다. 할 수 없이 닫았던 꽃집 문을 다시 열어 아이를
데리고 안으로 들어왔다. 현우는 당연하다는 듯 그녀를 따랐
다.

꽃 한 송이에 웃는 두 여자를 물끄러미 내려다보던 현우가
주변을 둘러봤다.

북유럽 어느 나라의 작은 시골 마을에 서 있는 풍경을 자
아내는 분위기가 신기할 정도로 꽃집과 어울렸다. 꽃은 평생
장미나 국화 정도만 봤던 그에게는 낯선 것들이 많았다.

냉장고에 가득 쌓인 꽃들하며 천장에 달린 드라이플라워,
한쪽에 전시된 선인장, 토피어리, 난초들까지. 2층 계단을
힐긋 올려다보던 현우가 우연히 장식 테이블 위에 놓인 그녀
의 명함을 발견했다. 수첩 사이로 삐죽 튀어나온 모양이 반
가울 정도였다.

"지유 안 졸려? 보통 잘 시간일 텐데."

아이의 한쪽 손엔 가시를 없앤 장미 한 송이가, 한쪽 손엔
요구르트가 있었다. 빨대를 쏘옥 물며 지유가 고개를 흔들었
다. 테이블에 지유를 옆에 두고 앉아 있던 이주가 아이의 머
리를 쓰다듬었다.

제계는 가시만 세우던 이주의 허물어진 모습을 묵묵히 바라보던 현우가 소리 없이 웃었다. 고작 저 정도 모습에 위로를 받고 있다는 게 꽤나 황당했다.

"넌 엄마가 없는데 울지도 않니."

네 엄마 목소리 봐서는 난리가 나셨던데. 이주가 지유의 부드러운 볼을 쓰다듬으며 말을 이었지만 아이는 말없이 빈 요구르트 병을 그녀에게 내밀었다.

마저 내부 구경을 마친 현우가 빈자리를 찾아 앉았다. 지유를 사이에 두고 나란히 앉은 그를 힐긋 보던 이주가 괜히 시선을 피하며 헝클어진 지유의 머리를 다시 묶어 줬다.

"가셔도 돼요. 아이 엄마 금방 올 거예요."

"저건 뭐야?"

그가 원목으로 벽에 고정시킨 선반을 가리켰다. 각종 허브들이 나란히 진열되어 있었다.

이건 무시지, 아주.

"허브요."

분홍색 머리끈으로 아이의 머리를 가지런히 묶어 주며 이주가 무심히 대답했다.

"저건?"

"리스요."

"그럼 저건."

"보면 몰라요? 화병이잖아요."

"아."

빈 병들을 보고 뭐냐고 묻다니. 참 쓸데도 없다 생각하는 사이 가게 문이 열렸다. 얼굴이 붉어져서는 다급한 얼굴로 들어오는 여자를 보며 현우와 이주가 동시에 몸을 일으켰다. 지유가 환하게 웃으며 엄마, 하고 달려가 여자의 품에 안겼다. 그제야 엄마를 잃어버린 아이 같았다.

"너 어디 갔었어! 엄마가 얼마나 찾았는지 알아? 가만히 있으라고 했지!"

혼이 나면서도 지유는 울지 않았다. 태연하게 꽃을 흔들며 저 언니가 줬어, 하고 말하니 아이 엄마가 기가 찬 듯 웃음을 터트렸다. 여자가 지유를 안아 들더니 그들 앞으로 다가왔다.

"정말 감사합니다. 대체 애가 어떻게 여기까지 걸어왔는지⋯⋯."

"아니에요. 아이가 안 울고 얌전해서 편하게 있었어요."

"별거 아니지만 감사해서요. 나중에 꽃 사러 꼭 한번 올게요. 정말 감사합니다."

아이 엄마는 연신 감사하단 말과 함께 들고 있던 검은색 봉투를 내밀었다. 지유를 잃어버리게 만든 그 사과였다.

엄마 품에 안겨 이주와 현우를 향해 아이가 해맑게 손을 흔들자 그녀도 마주 웃으며 손을 흔들어 주었다.

소란스러웠던 시간이 지나고 분위기는 다시 적막해졌다. 사과를 테이블에 내려놓은 이주가 현우를 돌아보며 물었다.

"안 가세요?"

"부모님은 잘 지내셔?"

이 남자의 화법은 참 알 수가 없다. 질문이 질문으로 돌아오는 게 벌써 몇 번째인지 모른다.

"네."

그러고 보니 현우가 과외를 했을 땐, 부모님이 다 살아 계셨었다. 두 분 모두 돌아가셨다는 말을 하고 싶지 않아 이주는 거짓말을 선택했다.

다시 보지 않을 사람에게 굳이 말할 필요를 느끼지 못했다.

"이사는 안 갔어?"

"갔어요. 그 집 안 살아요."

"그래도 이 근처겠네."

"네. 그런데 안 가실 거예요?"

"가야지."

현우가 완전히 그녀 쪽으로 마주 서며 말했다.

"데려다준다 하면 싫어할 거고. 싫은 것도 참 많은 강이주니까."

그렇게 만든 사람을 지금 그쪽만 모르거든요? 확 쏘아붙일까 말까 고민하던 이주가 그냥 고개를 돌리는 것으로 대답을 대신했다.

"데리러 올게. 주말에 시간 비워."

"네?"

"갈게."

가게를 나선 현우를 따라 밖으로 나간 이주가 허탈함에 짧은 한숨을 내뱉었다. 잡을 수도 있었다. 붙잡고, 오지 말라고 말할 수도 있는데 발이 움직이지 않았다.

마치 그녀의 마음을 눈치라도 챈 듯 느긋하게 차로 걸어가는 현우의 뒷모습을 빤히 바라보며 이주가 지그시 아랫입술을 물었다.

대체 나보고 어쩌라고.

뭐가 뭔지 하나도 모를 밤이 지나고 있었다.

가게에 혜미를 혼자 두고 집에 돌아온 이주는 입고 있던 원피스를 벗고 편한 셔츠와 청바지를 입었다.

신경 써서 드라이를 한 머리를 못마땅하다는 듯 쳐다보다가 좀 진한 듯한 눈 화장을 지워 버렸다. 전부 새로 다시 해야 했다. 물끄러미 거울 앞에 선 이주가 이마를 긁적이다 티셔츠를 벗고 아이보리색 실크 블라우스를 꺼냈다.

신경 쓴 티는 절대 내면 안 되는데.

"청바지는 좀 아닌가."

편해 보이는 치마가 있을 텐데. 남색 스커트와 카디건을 찾아 소파 위에 올려놓은 이주가 망설이다가 그대로 자리에 주저앉았다. 그에게 짜증을 낼 땐 언제고 어느새 현우를 기다리고 있는 모습이 한심하기 그지없다.

그래도 온다니까. 다시 가라고 할 수는 없으니까.

애써 자기 합리화에 빠져 옷을 몇 번이나 갈아입고 화장을 고치는 제 모습이 낯설어 순간 거울 속 자신에게 넌 누구냐고 물을 뻔했다. 무서웠다. 그리고 두려웠다. 감정의 경계가 눈 녹듯이 허물어지고 있는 지금 이 순간이.

"뭐야. 나 왜 이래."

손뼉도 마주쳐야 소리가 나는 거라고, 당신은 그저 손만 내밀었을 뿐 그 손을 붙잡은 건 나라고. 그 밤이 좋았든, 끔찍했든, 아름다웠든, 그건 당신과 함께가 아닌 온전히 나 혼자 감당해야 할 문제라고. 당신이 내 마음을 이용했든, 내 마음에 위로받았든 그저 내가 좋아했던 남자에게 처음을 준 것뿐이라며 합리화했던 7년이 무너지고 있었다.

새삼 후회가 밀려왔다. 왜 그 카페에 가서 당신을 만났을까. 하필 왜 그 호텔, 그 시간이었을까. 왜 그날 납골당에 갔을까. 기다리라던 당신 말을 왜 무시하지 못했을까.

후회하자면 밑도 끝도 없었다. 그날, 빗속에 위태롭게 서 있던 당신을 왜 모른 척하지 않았을까. 내 마음을 잔인하게 이용하려 드는 당신에게 왜 난 순순히 안겼을까.

소파 위에 무너지듯 앉아 있던 이주가 문득 고개를 들었다. 두려움을 견뎌 낼 시간도 없이 약속 시간은 빠르게 다가왔다.

"아, 사장님 오셨어요?"

테이블 앞에 앉은 현우에게 찻잔을 내려놓고 있던 혜미가 쟁반을 제 품으로 가져갔다.

1층 한가운데 자리 잡은 넓은 사각형의 작업대는 오전에 청소를 해서인지 깨끗했다.

그 옆 테이블에 꽤 편해 보이는 차림으로 앉은 현우를 보자니 어색한 느낌마저 들었다. 과하게 신경 쓴 티를 내지 않으려고 입었던 블라우스에 남색 스커트를 입은 이주는 애써 다행이라 생각했다.

지난 그의 모습을 상기시키며 이주는 슈트 차림이 아닌 진한 차콜색 드레스 셔츠에 검은색 바지를 입은, 유난히도 어두운 계열을 즐겨 입는 듯한 그를 흘겨보며 테이블 위에 가방을 내려났다.

"바쁘지는 않았어?"

자신의 얼굴에 닿는 현우의 시선을 애써 모른 척 무시하며 이주는 혜미에게 물었다. 고개를 끄덕인 혜미는 주문 전화가 와 적어 둔 메모를 그녀에게 보여 주며 바쁘게 입을 움직였다.

보고가 끝나고 손님이 주문한 미니 선인장 화분을 상자에 담아 2층으로 갖고 가는 혜미를 뒤로하며, 이주가 그제야 현우를 돌아봤다.

그는 그녀를 보고 있었다. 마치 내내 그랬던 것처럼.

"언제 오셨어요?"

"아까."

"밖에 계시지, 여긴 왜……."

"네가 안 올까 봐. 올 때까지 기다릴 작정이었거든."

괜히 가방을 여미던 이주의 손이 멈칫했다. 이런 말을 아무렇지도 않게 하는 사람이었나? 아니다. 좋은 것도, 싫은 것도 잘 드러내지 않을 만큼 무감각한 사람이었다.

지독하게도 무심한 사람. 살갑게 말을 붙여 봐도 대답이 돌아왔던 적이 별로 없었고 환하게 웃는 걸 본 적은 더더욱 없었다. 그래서 더 좋아했는지 모른다.

어려운 사람이라서, 먼 사람이라서.

"신기하다."

미지근해진 찻물을 단숨에 마신 현우가 몸을 일으켰다.

리모델링을 하면서 천장 공사까지 해 확 트인 공간인데도 키가 큰 그가 몸을 바로 세우자 넓다는 느낌이 안 들었다.

"뭐가요?"

"보통 여자는 화장품이나 향수 냄새가 나잖아."

이주가 물끄러미 그를 올려다봤다. 그런데요? 라고 묻는 듯한 그녀의 얼굴을 보며 현우가 싱긋 웃었다.

"근데 너한테선 이런 냄새가 나거든."

그가 가게 안을 둘러봤다. 꽃이라면 평소 다섯 손가락을 넘기지 못하고 겨우 이름만 대던 그의 눈에 생김새마저 특이한 꽃들이 들어왔다.

커다란 화병 앞으로 다가간 현우가 빤히 꽃을 내려다봤다. 구절초라고 손글씨로 적힌 팻말이 눈에 띄었다. 낯선 꽃들 틈에 생김새가 익숙해서 반가웠는데 이름은 입에 익지 않았다.

"이건 국화 아닌가."

현우가 혼잣말하듯 중얼거렸다. 알고 있는 몇 안 되는 꽃들 중 하나라고 생각했다. 익숙한 모양, 익숙한 색깔. 가방을 들고 옆에 다가선 이주가 대답했다.

"국화과예요. 구절초라고."

"약초 이름 같네. 이런 애도 꽃말이 있어?"

"네. 어머니의 사랑."

현우가 쓰게 웃었다. 하필 이 넓은 가게 안에서 제일 먼저 눈에 들어온 꽃의 꽃말이 어머니의 사랑이라니. 그와는 평생토록 인연이 없을 말이었다. 그런 사랑 따위 받은 적 없고, 앞으로도 받지 않을 테니까.

차갑게 굳어져 입을 다문 현우를 힐끗 흘겨보며 이주가 가방을 고쳐 멨다. 뭐랄까, 분위기가 좋지 않았다.

내가 뭘 잘못했나 고민하던 이주가 갑자기 고개를 돌린 현우와 시선이 마주치자 입술을 들썩였다. 뭔가 묻고 싶은데 물을 수가 없었다. 어차피 대답을 들을 수 있을 것 같지도 않았다.

"나가자. 네가 안 고를 것 같아서 메뉴는 내가 멋대로 골랐어."

현우가 먼저 가게를 나섰다. 타이밍 좋게 1층으로 내려온 혜미에게 일찍 문 닫고 퇴근하라는 말을 전한 이주가 그를 따라나섰다.

입 밖으로 긴장으로 똘똘 뭉쳐진 긴 숨이 터져 나왔다.

착각하지 않으셨으면 좋겠어요. 밥 먹자고 억지로 그러셨으니까 나온 거지. 다른 의미는 없어요, 라고 말할 생각이었다. 그런데 말을 꺼낼 타이밍도 찾지 못한 그녀는 어느새 현우의 눈치를 보고 있었다.

디저트로 나온 티라미수 케이크를 포크로 찍어 입으로 가져가던 이주가 뜨거운 아메리카노를 앞에 둔 채 손도 안 대는 현우를 바라봤다. 야경에 반하기라도 한 건지 창 쪽에 둔 그의 시선은 떠날 줄을 몰랐다.

밥 먹자고 한 게, 정말 밥만 먹자는 거야? 내가 괜히 의미 부여하고 난리 친 거야? 괜히 샐쭉해진 마음을 들키기 싫어 쌉싸름한 티라미수 위 코코아 가루를 포크로 툭툭 건드렸다.

음식도 맛있고, 야경도 훌륭한 분위기 좋은 레스토랑이었다. 게다가 주말에 적어도 이런 좋은 자리를 잡으려면 예약이 필수라는 걸 안다.

그런데도 그는 별 감흥 없이, 온통 연인뿐인 레스토랑에 앉아 혼자 다른 세상에 빠져 있었다. 싫다는 사람을 앞에 두고. 아니, 싫어하긴 했나? 입으로는 싫다 했지만 결국 몸과 마음은 여기 있다.

대놓고 좋아한 것보다 더 창피했다. 이상한 사람이라고 퍼붓고, 다신 볼 일 없다 엄포를 두고 그의 앞에 앉아 있다는 사실에 짜증이 났다. 왜 나를 내 마음대로 못 하는 건지. 이주가 핑크빛으로 칠한 아랫입술을 깨물었다.

자꾸만 생각이 났다. 신경 써서 옷을 고르고, 평소보다 더 화장에 공을 들였던 제 모습들이. 이럴 거면 밥을 먹자고 하질 말든가. 아니면 이런 데에 데리고 오지를 말든가.

"저 다 먹었는데요."

이주는 제게로 옮겨지는 그의 시선을 마주하며 옆자리에 둔 가방을 무릎 위로 가져왔다. 거울을 꺼내 입술에 뭐라도 바르고 싶지만 현우 앞에서 그러고 싶진 않았다.

식당에서 밥을 먹고 나면 의례적으로 하는 행동임에도 왠지 그의 앞에서는 싫었다. 잘 보이고 싶어서 하는 행동으로 오해라도 하면 큰일이니까.

"가게?"

"가야죠. 저녁 먹었잖아요."

"나 아직 커피 남았는데."

"드세요, 그럼."

퉁명스럽게 말을 내뱉은 이주가 휴대폰을 손에 쥐었다.

쓸데없이 포털 사이트에 접속해 뉴스를 검색하고 보지도 않으면서 높은 시청률로 고공 행진 중인 드라마 내용을 훑어보던 이주가 문득 제 정수리에 빤히 닿는 시선에 고개를 들었다.

왜 그렇게 봐요? 애써 입 밖으로 꺼내진 않았지만 제 눈이 어떠리라 그녀는 짐작으로 대신했고, 그는 턱을 괸 채 가만히 이주를 바라봤다.

"휴일은 없어?"

"내일이요. 매주 월요일."

"그럼 내일도 밥 먹을까?"

또 이런 분위기 좋은 곳에 데려와서 비싼 음식 시켜 주고 투명 인간 취급하게? 네가 키우는 강아지니, 내가?

전투적으로 말을 꺼낼까, 말까 고민할 것도 없었다. 그녀가 단호히 휴대폰으로 시선을 내렸다.

"아니요."

핑크빛 연애 중이라는 상투적인 연예인 스캔들이 제일 먼

저 눈에 들어왔다. 세상에, 얘네가 사귀어? 혜미나 다혜랑
있을 땐 난리 쳤를 주제를 봐도 그저 무감각했다.

아니, 이 남자에게 다시 화가 치밀었다.

사람을 자꾸만 제멋대로 천국으로, 지옥으로 보내는 이 남
자에게.

그것도 자기 멋대로 남의 마음에 다시 들어와서 어쩌지도
못하게 저를 휘두르는 이 남자에게.

"그럼 모레는?"

"바빠요."

"혹시 화났어?"

그럼 내 기분이 지금 맑음이겠니?

"아니요."

"미안. 생각이 좀 많았어."

"그런 거 아니라니까요."

속마음과 다르게 아니라는 목소리에 힘이 실렸다. 이주가
아랫입술을 깨물었다.

왜 이렇게 포커페이스가 안 되는 거야, 강이주.

"근데 왜 나 안 봐."

"보고 말고 할 게 어디 있어요. 오늘이 지나면 안 볼 사람
인데."

오늘이 마지막이야. 절대. 다시는 당신 상대 안 할 거야.
속으로 몇 번이나 다짐을 새기며 이주가 스크롤을 내렸다.
눈에 들어오지도 않는 연예면 기사 따위가 머릿속을 차지할
리 없는데도 이주는 애써 태연한 척 굴었다.

현우가 소리 없이 웃었다. 밥 먹자고 억지 부려 데려와 놓고 없는 사람 취급하며 딴 세상에 있었으니 서운할 만도 했다. 한편으로는 그녀가 그런 이유로 서운했다는 게 꽤 마음에 들었다. 이렇게 말하면 미친놈이라고 할 게 뻔하지만.

어머니의 사랑. 만개한 꽃들로 가득한 사이에서 왜 하필 구절초가 눈에 들어왔을까. 하염없이 떠오르는 과거의 상념에 빠져 있다가 이주를 봤다. 보채지도 않고, 성급히 말을 붙이지도 않고, 제 존재를 알리려 들지도 않는.

그녀의 토라짐을 꽤 긍정적으로 해석하는 사이, 조용한 현우가 이상했는지 이주가 다시 고개를 들었다.

눈이 마주치자 현우는 작게 웃으며 그녀의 포크로 케이크 한 조각을 입으로 가져갔다. 순간 먹던 포크를 빼앗긴 이주가 괜스레 미간을 좁혔다. 친밀한 행동에, 선을 넘나드는 그의 웃음에, 또다시 오해를 하고 마는 자신이 미치도록 싫었다.

"너는 자꾸 그러더라. 다시 안 볼 거라고."

"맞잖아요. 안 볼 사이."

"나는 너 볼 건데?"

그녀가 두 눈을 깜빡였다. 그러다 다시 화가 치밀었다.

"왜요?"

이주는 자꾸만 이유를 물었다. 왜 자꾸 찾아와요. 왜 나를 보자고 해요. 현우도 아직 찾지 못한 답이었다. 그 문제를 해결하는 과정에 그녀를 끼어들게 해 죄책감이 들었지만 애써 모른 척했다.

"처음에는 사과를 하고 싶었지."

"……."

"그러다 생각을 해 봤어. 사과를 하면 이제 널 볼 핑계가 없어지는데."

혼잣말 같은 그의 느른한 목소리가 그녀에게 정확하게 들려왔다. 입술이 바싹 마르는 것을 느끼며 이주는 우울한 웃음과 함께 긴 머리를 단숨에 쓸어 넘겼다.

결국 목적이 그거였나 보다. 사과. 씁쓸해졌다. 자꾸만 눈앞에 나타나 자신을 뒤흔드는 그의 목적이 단순히 사과라는 게. 강이주, 대체 너 뭘 기대한 거야.

"하지 마요, 사과. 그럼 정말로 내가 걷어차 버릴 수도 있으니까."

내 선택, 내 의지였는데 그걸 당신이 왜 사과를 해? 사과한다고 없던 일이 되는 것도 아닌데.

"어차피 못 해. 당분간은 널 계속 보고 싶거든."

무책임하게 대답한 그가 힘없이 웃었다. 심장이 툭 하고 끊어지는 느낌. 뭔가 텅 비어 버린 듯한 공허함을 발견한 이주의 눈에 망설임이 어렸다.

사람을 참 잘도 갖고 노네. 방금 전만 해도 나를 지옥으로 보냈던 주제에. 그렇다고 지금이 천국인 것도 아니었다.

지옥과 천국은 결국 한 끗 차이다. 결정은 상대방이 하는 거다. 사람의 감정을 갖고 흔드는 건 결국 사람이니까.

"그거, 전부 마음대로 하겠다는 말로 들려요."

이주의 말에 현우가 자조 섞인 미소를 지었다.

"그럼 너한테 나, 더 나쁜 놈이겠지."

싫어요, 나는 그쪽 안 봐요. 집에서 거울을 보며 연습했던 말은 끝내 하지 못했다.

지금 이곳이 천국인지, 지옥인지 그녀도 알 수 없었다.

chapter 05
내가 바라볼 사람

"뭐냐. 건축 사무소에 왜 설계 도면보다 꽃이 제일 먼저
보여?"

평소와는 다른 사무실 분위기에 승진이 눈살을 찌푸렸다.
클라이언트 미팅을 다녀온 그를 제일 먼저 반긴 건 유난히도
많이 보이는 꽃들이었다. 이름 모를 꽃들 사이로 여직원들이
환히 웃으며 그를 반겼다. 남직원들은 이런 사무실 풍경에
어색한 듯 승진과 같은 얼굴을 하고 있었다.

"차 대표님이 사 오셨어요. 구 대표님 책상에도 뭐 하나
올려놓으시던데요?"

"차 대표가? 이걸 다?"

그럴 리가 없다는 얼굴로 승진이 되물었다.

"네. 너무 낭만적이에요, 차 대표님. 이런 거 챙기시는 줄
몰랐는데."

"그러니까요. 사무실 분위기가 다 환해졌어요."

여직원들이 입을 모아 기분 좋은 콧소리로 현우를 찬양했다. 평소 직원들과 공적인 업무 외에 전혀 교류가 없는 현우였다. 직원들에게 편히 말을 놓는 승진과 다르게 신입 사원한테도 정중하게 말을 높이는 그가 아닌가.

살갑게 말 한마디 붙인 적이 없던 현우가 사무실을 가득 채울 만한 꽃들을 들고 오는데 놀라지 않을 수가 없었다.

"드디어 미쳤나."

갑자기 왜 안 하던 짓을. 대표실로 들어가는 승진의 얼굴이 떨떠름해졌다. 자신의 책상을 보자마자 미간도 같이 자연스레 좁혀졌다. 웬 이름 모를 초록색 식물이 한쪽에 떡하니 자리를 잡고 있었다.

초록색 식물. 승진이 표현할 수 있는 말은 그게 다였다.

친구가 사무실에 들어와도 알은체는커녕 고개 한 번 돌려 확인하는 법이 없는 현우에게 다가간 승진이 의심스러운 눈으로 그를 흘겼다. 설계 도면을 책상 위에 둔 채 컴퓨터로 작업을 하던 현우의 시선이 그제야 승진을 향했다.

"밖에 뭐냐? 우리가 언제부터 꽃을 키웠는데?"

"여직원들 복리 후생."

"네가? 나도 아니고 네가? 내 책상에 저건 뭔데."

"무슨 허브래. 스트레스 감소에 좋다 그러던데."

"혹시 윤수가 말한 그 꽃집의 아가씨한테서 사 왔냐? 저 많은 걸?"

현우가 말없이 웃었다. 이름도, 어떻게 관리해야 하는지도 모르면서 이것저것 고른 다음에 전부 포장해 달라고 했다.

스트레스 쌓이면 잔소리 늘어놓기 바쁜 놈한테는 뭐가 좋은지 묻는데도 뚱한 얼굴로 저만 노려보는 여자가, 처음에는 딴 데서 사라고 쫓아내려고 했던 여자가 그 꽃집의 아가씨란 말은 하지 않았다.

그녀는 상자에 가득 신문지에 쌓인 꽃을 담으면서 말했다.

"다시는 오지 마요."

그런 말을 들으면서도 왜 미소가 지어졌는지는 여전히 의문이다. 제대로 미친 건가. 뭐, 그럴 수도 있다. 문제는 그게 영 나쁘지 않다는 거지.

"와, 이 새끼. 야, 나 방금 소름 돋았어. 보이냐?"

"미팅은 어떻게 됐어. 컨펌 받았어?"

"말은 왜 돌려? 저거 다 뭐냐니까?"

"1팀 회의가 2시였지? 나 아직 도면도 못 받았는데."

"너 진짜 여자 생겼어?"

여자. 낯선 단어에 현우의 미간이 좁게 파였다. 그동안 연애를 하지 않은 건 아니었다. 여자는 만났다. 단, 결혼을 전제로 하지 않는 연애 상대로. 올바른 가정 따위 알지 못하는데, 어떻게 가족을 만들 수가 있겠냐는 그의 생각이었다.

만났던 모든 여자가 처음엔 그의 생각을 긍정적으로 받아들였다. 그러다가도 결혼 적령기가 다가오거나 만나는 기간이 길어지면 하나같이 부모님을 뵙길 종용했고 은근히 결혼을 강요했다. 평소 현우가 입고 걸치고 다니는 모든 것들을 보며 그의 배경이 심상치 않다는 걸 대충이나마 눈치챘기 때문에. 그럼 끝이었다. 관계에서 결혼이란 단어가 나오면 그대로 끝.

연애를 할 때 그는 꽤 성실한 남자였다. 한마디로 결혼은 하지 않되 연애는 해도 좋다는 주의였다. 누군가에게 사랑받는다는 건 낯설면서도 좋았다. 알지 못하는 감정이었지만, 받은 만큼 되돌려 줄 수 없어도 상관없었다. 그렇게라도 외로움을 털어 내고 사랑을 채우고 싶었는지도 모른다. 텅 비어 허전함밖에 모르는 마음을.

하지만 그것마저 귀찮아진 지 오래였다. 여자를 멀리한 게 한 1년쯤 됐을까. 혹시 고자가 된 건 아니냐는 승진의 말이 사실일 수도 있겠다는 생각이 들 정도였다.

강이주, 너를 내가 여자로 보고 있을까.

웃음이 났다. 싫다는 여자를 데리고 저녁을 먹고 일하는 가게에 가서 취향에도 없는 꽃들을 산다. 이미 간단하게 풀어 버려 벌써 나와 버린 답이 떡하니 버티고 있는데 인정을 하지 않고 있다.

그렇다면 왜?

너한테 위로받았던 건 7년 전 딱 하루뿐이었고 수년이 지나 요즘 몇 번 우연히 마주쳤을 뿐이다. 그때 지지 못한 책임감의 유예일까, 아니면 쌓여 있던 그리움이 폭발한 걸까. 그리움이란 단어도 낯설게만 느껴지는 사이인데.

그리워했다. 결국 내가 너를.

네 지난날을 함께하지 못해서 후회했던 감정이 그리움이라는 걸 몰랐다. 어차피 이렇게 될 마음인 것을.

"뭐야. 왜 갑자기 심각해?"

컴퓨터 모니터를 향했던 현우가 몸을 일으켜 창문 블라인드를 걷자 구름 한 점 없는 하늘이 그를 반겼다. 비가 왔으면 싶은데, 하늘은 자신의 마음도 모르고 그저 맑기만 했다.

"그래도 될까."

현우가 뜻 모를 말을 중얼거렸다. 담배를 꺼내다 말고 지금 서 있는 곳이 사무실이라는 것을 다시 상기시킨 승진이 뭘? 하고 되물었지만, 대답하지 못했다.

"망칠 수도 있어, 내가."

겁이 나기 시작했다. 그녀에 대한 모든 것이. 평범하게 살아왔다. 꾸밈없이 자랐다. 그래서 앞으로 행복할 자격이 충분한 그 애를 내가 망치지는 않을까. 더럽히진 않을까. 이미 바닥까지 내려온 인생에 타인을 멋대로 끌어들여도 괜찮은 걸까.

"뭘 망쳐. 꽃? 아니면 꽃집의 아가씨?"

지금으로선 추리할 수 있는 게 그것뿐인 승진이 말을 던졌다. 창틀에 걸터앉은 현우가 무표정한 얼굴로 하늘을 올려다봤다. 영문을 몰라 멍하니 현우를 바라보다 제 책상에 놓인 것과 비슷한 화분을 내려다보며 승진은 기억났다는 듯이 입을 열었다.

"아. 너 오늘 병원 가는 날 아니냐? 이번엔 빠지지 마라. 형님이 이런 걸 일일이 챙겨야겠냐?"

그의 마음도 모르고 날씨는 그저 맑기만 했다.

2년 전부터 승진과 윤수가 제발 잠이라도 자라며 억지로 밀어 넣어 정기적으로 병원에 다니고 있었다.

"신에 의해서 주어진 것 중에서 광기는 좋은 것 중에서도 가장 좋은 것이라는 말이 있어요. 플라톤이 한 말인데, 혹시 아세요?"

주치의가 차트를 덮으며 말했다. 현우가 표정 없이 대답도 않자 담당의는 그럴 줄 알았다는 듯 고개를 끄덕였다. 항상 그럴듯한 명언을 말하며 진료를 시작하는데 오늘은 저것인 모양이다.

"잠은 여전히 못 주무세요? 악몽도 계속 꾸시고?"

"예."

"수면제는요. 드시면 얼마나 주무세요? 또 약은 얼마나 드시고."

매번 올 때마다 듣는 질문. 현우는 소리 없이 한숨을 참았다.

"하루에 한두 알 정도. 먹으면 네 시간은 잡니다. 적게는 두 시간 정도."

"약을 먹는데도 겨우 두 시간에서 네 시간이라. 크게 달라진 건 없네요."

담당의가 다시 차트를 열더니 알 수 없는 말들을 적어 나갔다. 힐긋 차트를 흘겨본 현우가 속으로 조소했다. 저 손으로 자신이 얼마나 비정상인지 쓰고 있다고 생각하니 괜히 우스워졌다.

약을 먹어도 크게 달라진 게 없다. 그건 좋아지지 않고 오히려 나빠지고 있다는 말과 같지 않은가. 현우가 억지로 튀어나오려는 욕지거리를 겨우 참았다.

"늘 말씀드리는 거지만 수면제는 불면증에 일시적인 수단일 뿐이지, 근본적인 치료는 원인을 찾아야 할 수 있어요. 약에 내성이 생겼을 수도 있고요. 조금 더 효과 센 약으로 처방해 드릴게요. 악몽은 여전히 어떤 꿈인지 기억이 안 나시고요?"

흐릿했다. 모든 게 전부 다. 그저 들려오는 건 귓가를 찌르는 차의 브레이크 소리, 날카로운 비명, 제 몸을 덮치는 열기가 만들어 낸 아이의 울음소리.

잊었던 사고 기억을 찾은 후로 반복되는 악몽에서 들리는 것들이다. 그 끔찍한 소리들이 싫어 본능적으로 몸이 잠을 거부하고 있었다.

2년 전, 병원에 처음 찾아왔을 때 불면증과 우울증이라는 흔하디흔한 진단을 받았다. 놀랍지도 않았다. 침대에 누워 잠에 들기 위해 노력하는 것도 지쳐 갈 때였다.

매일 새벽같이 잠들고, 새벽같이 일어나는 삶. 몸에 쌓인 피로와 불면으로 신경이 날카로워지게 된 것도 그때쯤이었다.

"뭐 좋은 일은 없으세요? 축하받을 일이요. 길에서 5만 원을 주웠다거나 우연히 마트에서 물건을 샀는데 영수증에서 내가 산 물건이 몇 개 빠져 있다거나 좋아하는 여자가 생겼다거나."

담당의가 하얀 치아를 드러내며 웃었다. 순간 이주를 떠올린 현우의 굳어져 있던 얼굴이 약간 풀어졌다. 웃었다고는 할 수 없을 정도로 미묘한 웃음이 그의 입가에 그려졌다.

"어라, 웃으시는 거 처음 봐요."

놀랍다는 듯 담당의가 말을 이었다. 애써 들키지 않으려 현우가 다시 웃음을 감추자 담당의가 입술을 길게 늘어뜨리며 차트에 무언가를 또 적어 나갔다.

"좋아하는 분, 생기셨나 봐요. 축하할 일이네요."

"그게 축하할 일입니까?"

"그럼요. 환자분 얘기를 들어 줄 사람이 생겼다는 거니까. 세상에 무조건 내 편을 들어주는 사람 만드는 게 가장 행복한 일이잖아요. 나만 바라보는 사람. 얼마나 멋져요? 그러니까 축하할 일인 거죠. 꼭 고백하시고 성공하시길 빌게요."

나만 바라보는 사람. 나만 바라볼 사람.

그리고 내가 바라볼 사람.

강이주, 너는 내게 그런 사람일 수 있을까.

아침에 눈을 뜨면 이주를 생각한다. 혼자 있는 시간뿐만 아니라 요즘 들어 매일 그녀에게 몰두하고 있었다.

이 마음이 뭔지 알고 있다. 하지만 그래도 되는 건지 잘 모르겠어서 그게 얼마나 힘든 길인지를 알기에 섣불리 손을 잡을 수가 없었다.

아니, 잡는다고 하면 잡혀 주기는 할까.

"다음번에도 웃는 얼굴로 봤으면 좋겠어요."

아까보다 차트에 적는 게 뭔가 많았다. 뭘 저렇게 적는 걸까. 현우가 문득 고개를 들자 눈이 마주친 담당의가 씨익 웃으며 다시 차트를 덮었다.

—제 번호는 어떻게 아셨어요?

병원에서 나와 회사가 아닌 이주의 가게로 차를 몰았다. 사거리만 지나면 이주 플라워였다. 한참을 망설이다가 결국 그는 이주에게 전화를 걸어 그녀의 목소리를 듣고야 말았다.

누구세요, 하고 묻는 청아한 목소리에 현우는 나야, 하고 짧게 대답했다. 잠깐의 침묵. 그리고 터져 나온 한숨 소리. 작은 웃음이 났다. 나를 귀찮아하고 싫어하는 여자에게 제대로 미친 게 아닌가 싶지만 그녀의 목소리를 들을 수 있다는 사실에 이마저도 좋았다.

"네 가게 알려 준 친구."

—그런데요.

"가게야?"

—아니요. 저 끊을게요, 바빠서요.

그렇게 전화는 끊어졌다. 다시 걸까, 그럼 받지 않겠지. 그래도 전화하지 말란 소리는 듣지 않았으니 다행인가. 생각을 접는 사이 어느새 그녀의 가게 앞에 도착했다.

꽃시장에서 도착한 꽃들을 가게 안으로 들여놓는 아르바이트생이 보였다. 창밖으로 그 모습을 바라보며 이주의 부재를 다시 확인한 현우가 재차 망설였다. 두어 번 정도 마주친 저 아르바이트생이 자신을 기억할 것이라 확신은 하지만 이주가 어디 있는지 알려 줄 지는 의문이었다.

회사로 들어갈까, 고민하며 현우가 시트에 편히 머리를 기대 눈을 감았다. 어떻게 보면 당연했다. 끊임없이 밀어내고 거부하며 뒷걸음만 치는 이주가. 뭘 하고 싶단 생각도, 뭘 해야 한단 생각도 없는데 그는 이미 그녀를 찾고 있었다. 이주가 있는 곳을 찾아, 그 맑은 얼굴을 보고 힘든 하루를 조금 위로받고 싶었다. 이기적이게도.

순수한 그 마음을 이용해 위로받았던 그 하룻밤으로도 모자라서, 뭘 더 위로받고 싶은 걸까. 또 어떤 상처를 주고 싶어 이러는 걸까.

멈춰야 한다는 걸 안다. 끝도, 미래도 보이지 않는 그런 관계를 만들자, 말을 할 수도 없다. 지금의 나를 이해시킬 수도, 설명해 줄 수도 없으니 멈춰야 하는데, 왜 멈춰지지 않는 건지 모르겠다.

더 후회하지 않기 위해 시작하려는 지금, 시작도 하지 말아야 한다는 것을 스스로도 너무 잘 알고 있었다.

갖고 싶은 것을 욕심내지 않는 방법을 잘 안다. 깨닫는 것은 쉬웠고, 때문에 욕심내지 않는 건 너무나 당연했다. 어머니의 사랑이 그랬고, 가족이란 존재가 그랬다. 내 것이 아니야, 이건 다 은우 거야. 그렇게 생각하면 오히려 한결 가벼워진 마음으로 살 수 있었다.

그런데 나는 왜 지금에서야 너를 욕심내고 있는 건지 모르겠다.

감고 있던 눈을 뜬 현우가 조수석에 아무렇게나 던져 놓은 휴대폰으로 시선을 내렸다. 진동 소리를 내며 액정 위에 윤수의 이름이 반짝거렸다.

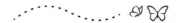

　예식이 끝날 때까지 총 책임자인 주연과 함께 그녀는 바쁘게 움직였다. 연회장 테이블 곳곳에 이주의 손이 닿지 않는 곳은 없었다.

　테이블 장식과 동시에 특별히 신부의 부케를 맡았는데, 마지막에 신부가 오케이 했던 부케를 마음에 들어 하지 않아 다시 부케를 만드느라 늦어졌다. 컬러 조합 핑계로 태클을 거는 바람에 처음부터 다시 만들어야 했던 것은 예상 밖의 일이었지만 그런대로 잘 마무리했다.

　테이블 장식을 맘에 들어 하는 하객들에게 따로 부케처럼 포장을 해 선물하는 게 좋겠다는 주연의 의견에 이주는 쉴 틈이 없었고, 예식이 끝날 때까지 구두 때문에 발뒤꿈치가 벗겨지는 줄도 몰랐다.

　"아, 이제 끝났다. 이주야, 정말 수고 많았어."

　"뭘요."

　"해 보니까 어때. 쉬운 일 아니지?"

　"그러게요. 만만치 않네요. 지배인님 아니었음 진짜 힘들 뻔 했어요."

　하객들이 전부 빠져나간 빈 연회장 안에서 주연이 이주의 어깨를 토닥였다. 그녀보다 더 바빴던 주연은 진이 빠진 얼굴로 수고했단 말을 건넸다. 페이는 일주일 내로 입금될 거란 말을 전하고 주연은 다시 신랑, 신부의 폐백실로 뛰어갔다. 이주보다 5cm는 더 높은 구두를 신고 뛰어다니는 주연을 보며 그녀가 고개를 저었다.

다음부턴 운동화 신고 일하면 안 되나. 호텔 직원도 아니고 그저 플라워 코디네이터 일을 하는 것뿐인데 단정하게 차려입었으면 한다는 호텔 측 말이 괜히 거슬렸다.

"그래도 돈 많이 주니까 참자."

돈 주는 사람은 항상 옳은 거라고 그렇게 생각해야지. 홀을 정리하는 직원들 사이로 가방을 챙긴 이주가 절뚝거리며 연회장을 나섰다. 발 상태로 보아 버스는 무리고 아무래도 택시를 타야 할 것 같았다. 다음에는 아예 굽 없는 단화를 신어야겠다고 생각하는 사이 어느새 호텔 로비에 들어선 이주가 주변을 두리번거렸다. 라운지 쪽이 꽤 한산했다. 넓은 소파에 앉은 이주가 천천히 오른쪽 구두를 벗었다.

"아, 미쳐. 괜히 벗었다."

물집이 잡혀 있던 발은 구두를 벗자마자 살갗이 벗겨져 벌써 피가 맺혀 있었다. 긴 한숨을 내쉬며 구두를 다시 신으려는데, 별안간 앞에 드리운 그림자에 고개를 들었다. 자신의 앞에 무릎을 꿇고 물집 잡힌 발을 멋대로 만지는 남자는 다름 아닌 현우였다.

"여, 여긴……."

"걸을 수 있겠어?"

현우가 다정히 물었다. 얼떨떨한 얼굴로 그를 내려다보던 이주가 놀란 얼굴로 발을 빼려고 했다. 하지만 현우는 쉽게 그녀의 발을 놓아주지 않았다.

"뇨, 뇨요. 뭐하는 거예요, 지금."

달아오른 얼굴로 이주가 주변을 돌아보며 작게 속삭이자 현우는 곤란한 기색을 보이는 그녀를 올려다보다 곧 발을 잡고 있던 손에 힘을 풀었다.

"여기 왜 있어요?"

"기다렸지. 안 나와서 들어와 봤고. 밴드는 있어?"

"아니요."

"있어, 그럼."

무슨 도깨비도 아니고 갑자기 하늘에서 뚝 떨어진 현우에게 적응할 시간도 없이 그는 데스크에서 반창고 하나를 받아 들고선 그녀에게 다가왔다.

이주의 왼쪽 대각선 소파에 앉아 반창고를 건넨 현우가 무심한 얼굴로 그녀의 발을 훑었다. 얼떨결에 반창고를 받아 든 이주가 당황하며 발을 그의 시선 밖으로 감췄다.

"여긴 어떻게 왔어요? 혹시 혜미가 말했어요?"

"네 가게랑 번호 알려 준 친구. 연회장에서 너 봤다고 해서 나도 너 보러 왔어."

현우의 시선이 퉁퉁 부은 이주의 발에서 얼굴로 향했다. 금방이라도 왜요? 하는 질문이 튀어나올 듯한 얼굴로 이주가 헛웃음을 내뱉었다.

진짜 이상한 사람이야. 아니, 이상한 놈.

저를 보러 왔다는 달콤한 말을 들어도 마음은 그저 싱숭생

숭했다. 아랫입술을 지그시 물며 반창고를 물집 잡힌 자리에 붙인 이주가 조심스레 구두를 신었다. 그리고 도망치듯 현우를 뒤로하고 라운지를 빠져나왔다.

대리석 바닥을 울리는 제 구두 소리와 겹쳐 들리는 그의 발소리를 들으며 이주가 걸음을 서둘렀다.

막 호텔 입구에서 택시를 잡으려는 찰나 어느새 성큼 다가온 현우가 허공으로 뻗은 그녀의 손을 붙잡았다.

"내 차 타고 가."

"……."

"이것도 싫어?"

그의 말이 끝나기 무섭게 물집 잡힌 곳이 아려 왔다. 이대로 차에 타게 되면 무슨 일이 벌어질까. 또 헛된 기대를 하고, 무참하게 짓밟힐지도 모른다.

왜 자꾸 내 앞에 나타나요. 내 가게에서 꽃은 왜 사 가요. 왜 자꾸 날 볼 거라 그래요? 내 손은 왜 막 잡아요. 사람 헷갈리게, 또 기대하게.

이제는 희미해졌다 생각한 상처가 벌어지고 있는데도 어느새 마음은 또 기울기 시작했다.

불안할 정도로 흔들리는 이주의 눈동자가 아래를 향했다. 그에게 붙잡힌 작은 손이 사정없이 떨렸다.

"진짜 이상한 사람이에요."

지나가는 바람처럼 그녀가 낮은 목소리로 말했다.

"나도 알아."

그가 인정한다는 듯이 고개를 끄덕였다.

그래, 확인해 보자. 자꾸만 다가오는 당신이 어떤 마음인지. 다가오고 있으면서, 다가오고 싶으면서 다가온다 말도 못 하는 그런 마음. 그리고 끝을 내야지. 어느 쪽이든. 내가 다쳐도 좋고, 당신이 다쳐도 좋고.

그에게 잡힌 손을 뺀 이주가 한걸음 물러섰다.

"아니요. 데려다주세요."

그렇게, 끝을 내야지.

라디오에선 은은한 팝송이 흘러나왔다. 노래가 낯익었다. 제목이 뭐더라, 생각하던 찰나 노래가 끝나고 교통 방송이 나왔다. 잠실 대교가, 영동 대교가 어쩌고 하는 말을 흘려들으며 이주가 창밖으로 시선을 던졌다.

"숙제는?"

주말 끼고 4일이나 못 봤는데 얼굴을 마주하자마자 숙제부터 찾는 현우를 물끄러미 올려다보던 이주가 노트를 내밀었다.

학교에서 오자마자 샤워하고 엄마 화장품을 몰래 가져와 바르기까지 했는데. 가장 예쁜 머리핀까지 꽂고, 방 청소까지 싹 하고, 곳곳에 향수까지 뿌렸는데 현우는 작은 변화도 눈치채지 못하는 듯했다.

한 장씩 노트를 넘기며 그가 표정 없이 고개를 끄덕였다. 저 무표정한 얼굴에 미소가 그려지면 어떨까? 그건 또 얼마나 멋질까 싶어 이주가 남몰래 상상했다.

"잘했네. 뭐 모르는 거 있어?"

없었다. 현우에게 잘 보이고 싶어서 과외하기 전보다 더 열심히 공부하고 있었다. 하지만 조곤조곤 설명하는 현우의 낮은 목소리가 더 듣고 싶어 이주는 손가락으로 아무 곳이나 가리켰다.

"왜 이 식을 써야 하는지 잘 모르겠어요."

그녀의 짧은 한마디에 현우는 문제와 이주를 번갈아보았다. 알 수 없는 듯한 표정이 그의 얼굴 위로 보이자 이주가 어깨를 움츠렸다.

설마 아무 문제나 짚은 걸 들켰나. 이주가 걱정하는 것도 잠시, 현우가 그녀의 앞으로 노트를 펼치며 설명을 이어 나갔다. 수줍게 달아오른 이주의 부끄러운 시선은 그를 떠날 줄 몰랐다.

"호텔에선 무슨 일해?"

차갑고 냉랭한 분위기에 섣불리 말을 걸지 못하고 있던 현우가 신호 대기에 걸린 틈을 타 물었다.

그의 목소리에 일주일에 세 번이나 보는 과외 선생님한테 빠져 허우적대던 시절을 떠올리고 있던 이주가 정신을 차렸다. 익숙한 건물들이 보이는 걸 보니 조금만 더 가면 가게가 있는 길목에 도착할 것이다.

"친구분이 그건 안 알려 주셨어요?"

"플라워 코디네이터, 어쩌고 했던 것 같은데."

"그거 맞아요. 연회장 테이블이나 무대 플라워 장식하고
그래요."

아아. 이해했다는 듯 현우가 고개를 끄덕였다.

"내 직업은 안 물어봐?"

"건축학과 나왔으니까 집 짓는 일 하겠죠."

"기억하네."

그래서 뿌듯하다는 건가. 이주가 입을 열 타이밍에 신호가
바뀌었다. 교통 방송이 끝나고 라디오에선 다시 노래가 나왔
다. 유명 인디밴드의 노래였는데 얼마 전부터 이주가 즐겨
듣는 노래기도 했다. 볼륨을 조금 키운 이주가 창에 머리를
기댔다.

좋아하는 노랜가 싶어 현우가 라디오에 잠시 시선을 주었
다. DJ가 말했던 제목은 기억이 나지 않았지만 가사라도 기
억해 무슨 노래인지 검색이라도 해 볼 생각이었다. 좋아하는
노래 같으니까 알아 두면 좋겠지.

"저녁 안 먹었지?"

"네."

"먹자고 하면 먹어 주나."

혼잣말을 내뱉듯 현우가 말했다. 창밖을 향했던 이주의 시
선이 그에게 향했다. 핸들을 잡은 손이 유난히 고와 보였다.
건축한다는 사람 손이 뭐 저렇게 고울까. 하는 짓은 전부 미

운 사람 손이 뭐 저렇게 예쁠까.

"저녁만 먹어요?"

"와인도 한잔하면 좋고."

"그다음은요. 잘까요?"

"……."

"저녁 먹고 와인은 뭐하러 마셔요. 어차피 난 쉬우니까 자자하면 같이 잘 텐데."

싸늘한 목소리가 가슴 언저리를 다시 한번 건드렸다. 심장이 쿵 소리를 내며 추락했다. 수줍게 웃으면서 선생님, 하고 작은 목소리를 내던 열아홉의 그녀는 더 이상 없다. 이미 깨달은 사실이다. 부채감과 동시에 찾아온 죄책감은 그의 입을 다물게 했다. 자신 때문에 그녀는 변할 수밖에 없었다.

차가 멈췄다. 어느새 가게 앞이었다. 소리 나게 숨을 내뱉은 이주가 정면을 향했던 시선을 들어 현우를 돌아봤다.

"내가 쉽죠, 지금."

"……."

"밥 먹자 하니 밥 먹고, 데려다준다고 하니 차 덥석 타고. 그러겠네. 쉽겠네. 싫다고 튕길 땐 언제고 하자는 거 다 하고 있네요, 내가 또."

"강이주."

"쉬워도 댁이랑은 안 자요. 밥도 안 먹어. 그러니까……."

상처받는 사람이 당신이든, 나이든 확인해 보기로 했다. 내게 남자로 다가오려는 당신이 어떤 마음인지. 당신도 모른다고 하던 마음을, 내가.

난 그럴 자격이 있고, 그 자격은 당신이 줬으니까.

"다시는 보지 말아요."

차가운 한마디를 내뱉고 이주는 차에서 내렸다. 그리고 계산했다. 다섯 걸음? 열 걸음? 당신이 내 손을 잡는다면 그건 언제일까. 아니, 안 잡을 수도 있다. 만약 후자라면 그녀 역시 미련 없이 잊어 줄 것이다.

고약한 우연 몇 번은 몇 주 정도 머리 아픈 걸로 끝을 내겠다 마음먹었다. 어쩌면 꽤 오랜 시간 또다시 후유증을 앓겠지만. 치기 어렸던, 수줍었던 열아홉에 앓았던 짝사랑의 열병이 지금 끝났다고 치자. 그리고.

"인생 공부한 셈 치고."

홀홀 털어 버리자. 가방을 고쳐 멘 그녀가 가게로 걸음을 옮겼다. 또각또각. 아스팔트 바닥을 울리는 구두 소리가 유난히 느리게 들렸다.

자존심은 쥐뿔도 없는 여자 같으니. 부러 천천히 걷던 이주의 입가에 자조의 빛이 스쳤다.

그때였다. 손목을 잡아당기는 힘에 의해 몸이 되돌려진 이주가 현우를 마주봤다.

"강이주."

맹렬히 흔들리는 두 눈동자는 두려울 정도로 그녀를 향했다. 맞닿은 시선 밖으로는 어떤 움직임도 없었다. 그는 망설였고, 그녀는 오기로 버렸다.

왜 잡아. 왜 보여 줘. 이렇게 당신 마음 보여 주면 난 어떡하라고. 붙잡았으면서, 더 다가오지도 못하는 그런 마음 보여 줘서 어쩌자고.

그 안에 내재된 두려움. 그 근간은 무엇일까. 무엇 때문에 다가오는 것조차 어려워하는 걸까. 손목이 붙잡힌 이주가 한 걸음 뒤로 물러서며 숨을 삼켰다.

행여나 이대로 그녀가 멀어질까, 현우가 손목을 더 세게 죄며 서늘한 목소리로 입을 열었다.

"약속할 수 있는 게 없어. 결혼도, 미래도, 아무것도."

"……."

"그래도 너, 강이주."

"……."

"이주야."

다가오지만, 다가온다 말도 못 하는 그 마음은.

"내 옆에 있으라면 있을래?"

꽤 잔인했고, 서글펐고.

"너 그럴 수 있어?"

유난히도 당신과 나를 춥게 했다.

"사장님. 무슨 일 있으세요?"

"아니."

"근데 왜 그러세요?"

"내가 뭘."

"그냥 계속 이상하신데. 배달 온 거 여기 그냥 둘까요, 아님 제가 정리하고 퇴근할까요?"

약속이 있어 오늘 하루 일찍 퇴근할 수 있겠냐던 혜미가
막 꽃시장에서 배달 온 꽃들을 가게 안에 들여놓으며 말했
다. 알아서 정리하겠다며 혜미를 퇴근시킨 이주가 신문지에
곱게 포장된 꽃과 큰 화분들을 훑어보다 작업대 위에 엎드렸
다.

손님이 없는 한적한 낮 시간. 몰려오는 졸음을 애써 물리
치며 억지로 몸을 들었다. 타이밍 좋게 울린 휴대폰 진동 소
리에 시선을 뺏긴 이주가 문자를 확인했다. 오늘 저녁 약속
잊지 말라는 재훈의 문자였다. 30분 쯤 전에는 다혜가 연락
하더니, 이젠 번갈아서 아주 난리였다.

나는 내일 일하는데, 치사하게 자기들 쉬는 날에만 맞추
고. 이주가 알았다며 답장을 써 내려갔다.

며칠이 지났다. 잔인한 몇 마디와 함께 생각해 보란 말을
남긴 그 남자는 하루에 한 번씩 꼬박꼬박 전화를 걸어 밥 먹
었냐는 시시콜콜한 얘기를 꺼냈고, 그제는 아무 일도 없었다
는 듯 꽃집에 들러 지난번보다 더 많은 꽃을 사 갔다. 뒷좌석
에 잔뜩 꽃을 싣고 난 그가 돌아보며 물었다.

"생각해 보고 있어?"

그리고 깨달았다. 그와 저 사이에 생각해 볼 일이 있었다
는 것을. 이 남자가 너무 멀쩡한 얼굴로 나타나서 순간 꿈인
가 했다.

남한테 폭탄을 던져 놓고 태연하게 꽃이나 사 가던 남자는 그렇게 말했다.

결혼도, 미래도 약속할 수 없는데 옆에 있을 수 있겠냐고. 그 말은 있어 달라는 거잖아. 내가 자기 옆에 있어 줬으면 좋겠다고.

그런데 왜 나를?

"나 원래 이렇게 자존감 없는 애였나."

그녀가 힘없이 중얼거렸다. 이주는 다시 작업대 위에 팔을 뻗어 그 위에 얼굴을 기댔다. 엎드린 이주의 시선이 힐긋 휴대폰을 향했다. 어느새 하루에 한 번씩 걸려 오는 그의 전화를 기다리고 있었다. 이런 자신이 싫으면서도 인정할 수밖에 없었다.

신의 장난 같은 우연들이 만들어 준 재회. 마치 그럴 운명이라는 듯 서로에게 이끌렸던 시간들. 밀어내고, 버티고, 다시 돌아서도 그 자리에 있는 남자를 향한 지독한 끌림. 옛 짝사랑의 헝겊을 벗어 낸 그녀를 대신해 있는 그대로의 마음으로 다가오고 있는 남자.

하지만 결혼도, 미래도 없이 그냥 연애만 하자는 남자다. 머리는 아니라고 얘기한다. 그럼에도 마음은 속수무책으로 그에게 끌려가고 있었다.

멈추라고, 그만두라고, 결국 상처받는 건 네가 될 거라고. 뻔히 아는 얘기를 머릿속으로 끊임없이 집어넣어도 그때뿐이었다.

생각나는 건 차현우. 그 남자뿐.

"미치겠다, 정말."

고백이란 걸 받았지만, 공허함이 만들어 낸 빈자리는 여전히 쓸쓸했고, 괜히 마음만 무거워졌다.

"그래. 선은 그만 보겠다고?"

클라이언트 미팅을 끝내고 회사로 들어가던 길을 틀어 미영의 화랑에 들렀다.

현우는 제 앞에 커피를 내려놓고 사무실을 나가는 비서의 구두 소리를 배경 삼아 느긋하게 고개를 끄덕였다. 우아한 몸짓, 흐트러짐 없는 정갈한 손놀림으로 찻잔을 입으로 가져가는 미영은 누가 봐도 기품 있어 보였다. 어릴 때부터 그리 교육받았고, 그게 당연하다 여기며 성장했을 것이다.

그리고 자신의 앞에서만 차디찬 얼음 같은 사람.

"예."

"겨우 세 번 봤잖니."

"당분간 회사일로 정신없을 것 같습니다. 아버지껜 제가 말씀드리겠습니다."

"다른 이유는 없고?"

미영이 확인하듯 되물었다.

"예, 없습니다."

"그래. 서른두 살이 결혼 서두를 나이는 아니지. 그것도 자기 사업하는 남자가. 다 네 결혼으로 선거 덕 보려는 네 아버지 욕심이야. 마음에도 없는 선 자리 나가느라 네가 괜히 고생했다. 그래도 아버지가 다시 얘기 꺼낼 수 있으니 그건 생각해 둬라."

미영이 비릿하게 웃었다. 내 아들이라면 몰라도 감히 네가, 라는 속내가 포함된 말을 못 알아듣진 않았지만 현우는 무덤덤하게 날카로운 시선을 받아 냈다. 아버지의 욕심을 채운다면, 아버지를 돕는다면 그건 네가 아니라 내 아들일 것이라고. 굳이 보지 않아도 알 수 있는 속내를 들여다보고 싶진 않았다. 맞선 본 여자들도 모두 그 욕심에 고른 여자들일게 뻔했다.

숨이 턱 막혀 왔다. 습관적인 편두통이 다시 시작되는 것 같았다. 보일 듯 말 듯 희미하게 미간을 좁힌 현우가 미세하게 눈을 찌푸렸다가 다시 평정을 찾았다.

"그리고 은우 말인데."

"예."

"지난번에도 얘기했지만 집에서 재우고 뭐 사 주고 그러지 않는 게 좋겠다. 애가 집도, 돈도 없는 애가 아닌데 네가 뭐하러 그러니. 아직 어려 철이 없이 구는 거니까 너무 받아주지 말고. 버릇된다."

"예. 알겠습니다."

"가 보렴. 피곤하니 좀 쉬어야겠다."

손으로 이마를 짚는 미영에게 고개를 살짝 숙여 인사를 대신한 현우가 재킷 단추를 채우며 몸을 돌렸다.

그때, 찻잔을 다시 들던 미영이 현우를 불러 세웠다.

"참, 일주일 뒤 아버지 생신 말이다."

"……."

"고모네 식구들하고 외식할 듯싶은데 너는……."

"출장이 있을 것 같습니다. 제가 따로 연락드리겠습니다."

원하는 대답을 얻었다는 듯 미영이 고개를 끄덕였다. 평범한 부모라면 어디로 출장을 가는지, 얼마나 가는지, 날짜를 바꿀 수는 없는지 여러 말이 오갔겠지만 그런 건 없었다.

없는 출장 스케줄을 거짓으로 만들어 내는 것도 이젠 습관이었다. 화랑을 나온 현우가 바로 차를 회사로 몰았다. 목을 죄고 있던 넥타이를 아무렇게나 풀어헤치고는 짧은 한숨을 내뱉었다.

신호에 걸려 브레이크를 밟은 현우가 미간을 좁히며 조수석 서랍을 열었다. 있으리라 생각했던 약은 없었다. 회사까지 이 편두통을 참아야 한다니 끔찍할 정도였다.

당장의 이 고통을 끝낼 수 있는 약이 지금의 그에게는 절실했다. 현우가 숨을 거칠게 내뱉더니 곧장 차에 시동을 걸었다. 차는 빈 차선을 자유자재로, 혹은 위태롭게 옮겨 다녔다.

가족일 수 없는 가족. 내 어머니가 될 수 없는 어머니. 형이지만, 형이 되어 줄 수 없는 동생. 끔찍한 편두통보다 더 끔찍한 현실을 마주할 때면 비참해진다. 참혹해진다. 나락으로 떨어지는 것보다 더 아팠다. 언젠가 괜찮아질 거라는 기대는 천천히 무너진다.

회사에 도착한 현우가 늘 주차하던 자리에 차를 대고 빠르게 계단을 올랐다. 군더더기 없이 빠르고 간결한 행동이었다.

"오셨어요? 구 대표님이 찾으셨는데."

"대표님, 수지 공사 현장에서 연락 왔었습니다."

사무실까지 가는 길이 이렇게 멀었나. 가는 동안 들려오는 직원들의 여러 말에 대답도 않고 곧장 2층 대표실로 향했다. 직원들은 하나같이 급한 업무로 현우를 찾다가 심각해 보이는 그의 얼굴에 다들 입을 다물었다.

쾅! 큰 소리가 나며 대표실 문이 닫혔다. 동시에 그의 입에서 큰 한숨이 터져 나왔다. 더는 참을 수 없었다. 눈앞이 흐릿할 정도로 정신이 멀어지고 있었다.

다급한 걸음으로 현우가 승진의 자리를 지나쳐 책상으로 다가갔다.

"왜 그래. 무슨 일 있어?"

서랍을 열어 내용물을 책상 위로 전부 쏟은 현우가 익숙한 약통을 손에 들었다. 두 알을 꺼내 삼킨 현우가 크게 숨을 토해 냈다. 식은땀이 맺힌 그의 이마가 뜨겁게 경련했다. 꽤나 익숙한 장면인 듯 승진이 물이 담긴 컵을 내밀었다.

"어머니 만났냐?"

"어."

순식간에 컵을 비운 현우가 물음에 짧게 답했다.

"많이 아파? 병원 가야 되는 거 아니야?"

"약 먹었잖아. 괜찮아지겠지."

"대체 무슨 얘기를 들었으면 얼굴이 하얗게 질려서 와?"

별다른 건 없었다. 평소와 같았을 뿐이다. 시간이 지나면 점점 익숙함에 무뎌져야 할 텐데 왜 더 힘들어지는 건지 모르겠다. 무뎌지고 괜찮아지면 편해질 수도 있겠다고 생각했는데 그게 아니었던 모양이다.

의자에 주저앉은 현우가 손으로 얼굴을 쓸어내렸다. 땀에 젖은 이마가 느껴졌다. 그의 목울대가 크게 움직였다.

그때, 노크 소리와 함께 사무실 문이 열리고 직원 한 명이 들어와 현장에서 온 전화를 알렸다. 승진이 받겠다며 사무실을 나가자 혼자 남은 현우가 긴 숨을 몰아쉬며 푹신한 등받이에 등을 기댔다.

점점 지쳐만 가고 있었다. 그 앞에서 죄인처럼 앉아 무너지지 않으려 버티는 것도 힘에 부쳤다. 마음이 약해지고 있는 걸까, 몸이 약해지고 있는 걸까. 이젠 한계가 느껴졌다.

작은 숨을 몰아쉰 현우가 지그시 눈을 감았다. 어머니와의 독대 이후 습관처럼 찾아오는 편두통도, 폐부를 찌르는 듯한 옛 기억도 점점 옅어지기를 바라며.

하지만 어찌 된 일인지 두통은 쉽게 사라지지 않았다.

chapter 06

행복하게 해 주고 싶은 사람

"소개팅."

"귀찮아. 우리 연애는 셀프로 하자?"

"아, 누가 여자 손을 내 손에 쥐어 주라고 그랬냐? 소개만 시켜 달라고, 소개!"

"소개팅은 함부로 시켜 주는 거 아니랬다. 그런 의미에서 난 패스. 이주한테 시켜 달라고 해."

다혜가 저와 재훈이 사이에 앉은 이주를 턱 끝으로 가리켰다. 홀짝홀짝 조용히 소주를 마시고 있던 그녀는 제게 닿는 두 친구의 시선을 받으며 허리를 세웠다. 알딸딸하니 취기가 오르자 기분이 나쁘지 않았다.

"그래, 이주야. 우리 좋은 사람 만나야지. 내가 너 소개팅 시켜 줄게. 그러니까 너도 나 괜찮은 여자 있으면 소개시켜 줘. 어때, 콜?"

재훈의 너스레에 이주가 작게 비웃었다. 취해도 정신은 온전했다. 그저 조금 말이 어눌해질 뿐.

"너 헤어진 지 얼마나 됐다고."

"될 만큼 됐어. 외로워서 사리가 쏟아져 나오겠다, 아주."

서로의 흑역사에 대해 왁자지껄하게 떠들다가, 직장 상사 험담을 늘어놓다가, 또 얼마 전 헤어진 애인 욕까지. 결국 외롭다는 결론에 도달하기 무섭게 재훈은 다시 소개팅 타령을 시작했다.

"좋은 사람이 어떤 사람인데?"

"응?"

"좋은 사람 만나자며. 그건 어떤 사람이냐고."

그저 웃어넘길 줄 알았던 이주가 심오한 질문을 던지자 재훈이 고민에 빠진 얼굴로 미간을 찌푸렸다. 이주에게 귀찮은 일거리를 넘겼던 다혜가 턱을 괸 채로 그녀를 바라보았다.

"심오한 질문인데, 이거 진짜 어렵다."

재훈이 짐짓 심각한 얼굴로 중얼거렸다.

"난 그거."

가만히 이주를 지켜보던 다혜가 고민에 빠진 재훈 대신 입을 열었다.

"나를 행복하게 해 주는 사람 말고, 내가 행복하게 해 주고 싶은 사람."

"……."

"그래서 그 사람이 웃으면 나도 행복해지는 거."

"오, 책 좀 읽었는데."

행복하게 해 주고 싶은 사람. 이주가 다혜의 말을 곱씹었다. 지금까지 그런 사람이 있었는지 모르겠다. 연애를 안 한 것도 아니고 남들 해 본 만큼은 해 봤다 생각했는데 다혜 말을 듣고 나니 그동안 만났던 사람들을 정말 좋아하긴 했었나 의구심이 들었다.

자연스레 현우가 떠올랐다. 지독하게 말이 없고 차분한 사람. 열아홉의 강이주에게는 그저 어른 같았던 사람. 너무 예뻐서, 예쁜 사람이라 좋아할 수밖에 없었던 사람.

그는 어째서 우연히 만나지만 않았더라면 닿지 않았을 인연을 다시 엮고자 하는 걸까. 끝났던 인연을 다시 이어 보겠다는 그의 마음이 허황된 결심은 아닐까. 자꾸만 혼란스러워진다.

언젠가는 끝날 인연으로 내가 당신 곁에 있겠다면 우리의 끝은 어디로 향하게 되는 걸까.

"너 누구 있어?"

"응?"

"누구 있으니까 그런 걸 물어보는 거 아니야?"

역시 이다혜 눈치는 백 단이었다. 진짜 그런 거냐고 물으며 재훈이 이주의 팔을 흔들었다. 그럴 리 있겠냐고 이주가 대답하자 기분 나쁘게도 재훈은 금방 고개를 끄덕였다.

"그래, 연애 못 하는 강이주가 우리 몰래 남자를 만들었을 리가 없지."

"아니거든! 나도 만날 만큼은 만났어, 왜 이래."

이주가 부정하자 얘기는 또 그녀의 과거 연애사로 튀었다.

가장 신난 건 재훈보다 더 속속들이 그녀에 대해 알고 있는 다혜였다.

"언제였지? 대학 때 복학생 선배? 내가 그 인간 만나지 말라니까."

재훈이 열심히 고개를 끄덕거렸다. 이주는 희미해진 얼굴을 떠올리려고 애를 썼지만 역시 무리였다. 눈이 좀 작았던 것 같긴 한데.

"또 언제야, 회사 들어가기 전에 봉사 활동에서 만난 놈. 그놈도 내가 아니다 싶었어."

마치 남의 얘기를 듣는 듯 이주는 고개만 끄덕거렸다. 얼굴은 기억이 났다. 다만, 그것 말고는 남은 기억들이 별로 없었다. 갖고 있는 추억도 별로 없었던 지난 연애들에 대한 회의일까. 애꿎은 손가락만 만지작거리는 이주의 표정이 우울해졌다.

"마지막으로 회사 다닐 적에 사수였던 놈. 내가 사내 연애는 하는 게 아니랬지?"

다섯 손가락도 필요 없는 내 연애사가 이렇게 볼품없었나, 싶을 정도로 과거의 기억은 순식간에 지나갔다. 이주는 씁쓸하게 웃었다. 그놈은 내가 얼굴도 이름도 다 기억을 한다고 따지고 싶었지만, 그게 더 비참했다.

그녀는 손바닥의 주름들을 가만히 내려다보며, 머릿속으로는 현우를 떠올렸다. 가장 오래된 첫사랑이자, 함께한 추억이 가장 적었던 그를.

나는 이 순간 당신이 가장 강하게 떠오른다.

차현우, 따뜻한 말 한마디 건넨 적 없는 당신에 대한 기억이 더 선명해진다.

재훈과 다혜가 과거를 되짚으며 이주의 연애사로 신이 나서 말을 주고받는 사이, 테이블에 올려 둔 휴대폰으로 시선을 돌린 이주의 눈동자가 크게 흔들렸다. 다시 취기가 오르고 있었다.

술이나 한잔하자는 승진의 말에 피곤하다는 핑계를 대고 곧장 퇴근한 현우가 침대 옆 협탁에서 막 진통제를 꺼냈을 때였다. 지독하게 요란한 벨소리가 두통을 자극했다.

오전부터 시작된 두통이 가시지 않고 있었다. 씻지도 않고 바로 온갖 신경 치료제 약들로 가득한 곳에서 손쉽게 약을 찾은 현우가 눈치 없는 벨소리에 미간을 좁혔다. 시계를 확인하니 벌써 자정이 넘은 시간이었다.

주변을 두리번거리다 휴대폰을 찾은 현우가 액정에 뜬 이름에 잠시 굳어졌다. 시간이 멈춘 듯했다. 행여나 끊어질까 서둘러 통화 버튼을 오른쪽으로 밀었다.

—혹시 자요?

휴대폰 너머 들려오는 목소리는 꽤 또렷했다.

주변은 조용했지만 차 소리가 들리는 것 같았다. 집이 아닌 걸까. 현우가 다시 시간을 확인했다.

"자려고. 근데 넌 안 잔 목소리네."

―어떻게 잠을 자요. 머리가 터질 것 같은데.

댁이 이렇게 만들었잖아요. 이주의 말이 끝나기 무섭게 자동차 소리가 들렸다. 확신이 들기 무섭게 주름진 그의 미간이 더 깊어졌다.

"설마 밖이야?"

―네.

"술 마셨어?"

―네…….

끝에 살짝 웃는 소리마저 들렸다. 이 시간에 술 먹고 밖이라니. 더군다나 꽤 취한 게 분명했다. 머리보다 몸이 먼저 움직였다. 한숨을 삼킨 현우가 차 키와 지갑을 챙겼다.

"어디야."

―부르면 와요?

느리게 이어지는 그녀의 말에 현우는 망설이지 않았다.

"가. 어딘데."

현관문을 닫았는지도, 거실에 켜놓은 불을 껐는지도 기억이 나지 않았다. 몇 번이나 다급하게 엘리베이터 버튼을 눌러 성급한 마음을 표현했다. 대답 없는 그녀의 숨소리가 더 그를 자극했다. 현우는 다시 한번 어디냐고 채근했다.

―집 앞 놀이터요.

이주가 말했다. 목소리에서 확실한 술기운이 느껴졌다. 그것도 잔뜩. 현우가 불안한 마음에 미간을 찌푸렸다. 동시에 엘리베이터가 도착했고 그는 이번에도 닫힘 버튼을 몇 번이나 눌렀다.

"혹시 근처에 누구 있어?"

목소리에 짜증이 묻어 나왔다. 짜증을 내려고 한 건 아닌데, 아차 싶었다.

—혼잔데요?

하지만 이주는 눈치채지 못하고 잘도 대답을 늘어놨다. 혼자 불안하고, 혼자 서두르고, 혼자 화를 내고 있었다.

지하 주차장에 도착한 엘리베이터에서 내리며 현우는 쓴웃음을 삼켰다.

차에 오르며 시동을 건 뒤에도 현우는 이주에게 계속 말을 붙였다. 이주 플라워까지 아무리 밟아도 20분은 걸렸다. 그 근처 놀이터를 찾는 것도 꽤 시간이 걸릴 게 뻔했다.

"어디 카페 같은 데 들어가 있으면 좋을 것 같은데."

—싫어요, 귀찮아.

"강이주."

—그네 타고 있어요. 어라, 맥주 떨어졌다.

심지어 아직도 술을.

어디 들어가 있으라고 사정하는 것보다 차가 속력을 내는 게 더 빠를 듯싶었다. 최대한 한적한 도로로 차를 몰았다.

다행히도 이주는 한마디만 건네도 꽤 길게 대답을 해 주었다. 점심은 언제 먹었는지, 저녁은 뭘 먹었는지, 오늘 가게에 손님이 얼마나 있었는지 일상적인 것들을 물으면 대답은 배가 되어 돌아왔다.

—올 때 맥주 사 올래요? 컵라면도.

"더 마실 생각이야?"

—별로 안 마셨어요. 내 친구들이 다 마셨지.

"술은 누구랑 마셨어?"

—친구들이요.

"설마 거기 남자도 있었어?"

—있었죠. 나 소개팅시켜 준대요. 연애 너무 오래 안 했다고 애들이 막 놀리는 거 있죠. 너무해, 진짜.

술에 취한 그녀는 대답을 곧잘 했고, 잘 웃는 듯했다. 평소보다 말도 많아졌다.

현우가 낮게 웃었다.

"얼마나 안 했는데."

—회사 입사해서 만났으니까 음, 그게 언제더라.

손가락을 세어 가며 시기를 가늠하고 있을 그녀를 떠올리며 현우가 액셀을 최고 속도로 밟았다. 주변에 차들이 많았다면 욕 꽤나 먹었을 듯싶었다.

신호 한 번 걸리지 않고 단숨에 이주의 가게가 있는 큰길 근처로 들어선 현우가 계속해서 말을 잇는 이주의 목소리를 배경 삼아 미간을 쓰다듬었다. 생각해 보니 머리가 터질 것 같았던 두통이 씻은 듯이 없어졌다.

신기한 일이었다. 온종일 두통 때문에 고생했는데, 강이주 목소리 하나에 이렇게 없어졌다는 사실이.

"사내 연애도 했어?"

—당연하죠. 나 CC도 했는데.

"할 거 다 했네, 강이주."

—그러니까요. 왜 나보고 연애 못 했다 그러는지 모르겠

어. 그러니까 사내 연애했던 게 언제냐면…….

투정하듯 중얼거리는 목소리가 점점 작아졌다. 설마 잠들진 않겠지. 현우가 더 속력을 냈다.

—언제 와요? 오고 있어요?

숫자를 세다 까먹은 모양이다. 말을 돌리는 걸 보면. 언제가 마지막이었는지 듣고 싶었는데 다시 추궁하면 들을 수 있을까.

"가고 있어."

—근데 왜 안 와.

"금방 가."

—멀었어요? 언제 오는데.

"거의 다 왔다니까."

이주의 가게를 지나친 현우가 근처 동네를 이 잡듯이 뒤집기 시작했다. 집도 가게 근처라 했으니 분명 놀이터도 이 근처일 것이다.

—거짓말. 또 그럴 거죠. 모른 척 무시하고 안 올 거잖아.

방금 전과 다르게 잔뜩 심울해진 이주의 목소리에 현우가 잠시 숨을 참았다. 핸들을 잡은 손등 위로 하얀 핏줄이 서렸다. 그녀의 말이 무엇을 뜻하는지 곧장 알아챘다.

—우리 집도, 학교도 알았으면서 왜 안 찾아왔어요? 정말로 하루 자면 그만이었어요?

다행히 멀지 않은 곳에서 놀이터를 찾은 현우가 브레이크를 밟았다. 그네에 앉아 모래 바닥을 신발로 비비적거리고 있는 그녀가 멀리서도 확연히 보였다. 시동을 끄고 차에서 내린 현우가 휴대폰을 귀에서 떼지 않은 채 이주를 향해 걸었다. 주변 바닥에 널브러진 맥주 캔들이 눈에 띄어 미간을 구기는데, 그녀의 목소리가 다시 들렸다.

—나는 기다렸는데.

"……."

—그래도 기다렸어요, 계속.

걸음을 멈춘 현우가 놀이터 입구에서 이주를 바라봤다.

나도 내내 너를 기다렸다. 만약 네가 그때 내게 왔다면, 나는 아마 너를 붙들고 놔주지 않았을 거다. 그리고 바닥까지 무너진 나를 전부 보여 줬겠지.

7년 전이었다. 스물다섯. 엄마를 어머니라고 어렵게 소리 낼 때마다 소름 끼쳐 하는 얼굴로 저를 보는 이유를 이해하게 된 날. 왜 어머니의 아들이 될 수 없는지를 알게 된 날.

아, 당신은 내 어머니가 아니었구나.

그래서 당신은 나를 그토록 미워했구나.

그리고 지금 난 이렇게 망가지고 있구나.

지독하게 이기적인 마음으로 네게 위로를 받고, 상처를 남겼던 그날.

그 하루가 지나고 집 앞으로, 학교 앞으로 여러 번 너를 눈에 담기 위해 찾아갔었다.

"이주야! 사진 찍자, 사진!"

"여기로 모여! 하나, 둘, 셋 하면 찍는다!"

너의 졸업식, 네가 짓던 예쁜 웃음을 기억한다. 커다란 꽃다발 속에 미소를 숨기는 네 얼굴을 조금이라도 더 보고 싶어 얼마나 애를 썼는지 모른다. 잘 지내고 있어 다행이라고 생각했으면서도 오늘이 널 찾아오는 마지막이라고 다짐했다.

하지만 마지막이 될 수 없었다. 나는 네가 궁금했고, 부정했지만 그리워했다.

"어떡하지. 이주, 너 동아리 들 거야?"

"나는 생각 안 해 봤는데. 동아리 들게?"

"응. 고르고 있는데 너도 생각 있나 해서. 아니면 나랑 같이 들래?"

너의 스무 살, 네가 짓던 예쁜 웃음을 기억한다. 대학교 앞으로 찾아가 친구들과 나란히 캠퍼스 밖을 나서는 너를 차 안에서 바라보며 잘 지내는 것 같아 다행이란 생각도 들었다. 앞에 나서지는 못했다. 그날도, 또 그날도. 마지막이라는 다짐은 여전했다. 하지만 역시 지켜지지 않았다.

"나는 비지찌개 싫은데. 엄마, 부대찌개는 안 돼?"

"안 돼. 골고루 먹어야지. 그래야 키 큰다, 너?"

"쳇, 키는 예전에 다 컸거든요?"

꽃 같은 너의 예쁜 웃음은 여전했다. 그 순간을 기억한다.

엄마 손을 붙잡고 장바구니를 대신 들며 뭐가 그리 즐거운지 골목이 떠나가라 웃던 네 발걸음 소리마저도 기억한다.

그래도 앞에 나서지 못했다. 그럴 수 없었다. 밑바닥도 보이지 않을 정도로 무너진 내게, 와 달라고 말할 수가 없었다. 비웃음이 터져 나왔다. 상상만으로도 끔찍한 일은 그의 망설임을 짓밟았다.

또다시 마지막을 다짐했다. 속으로 온갖 욕을 퍼부으며 사라지자 각오했다. 스스로 설명할 수도 없는 감정을, 제게 닥친 지옥 같은 현실을 그녀와 함께 나눌 수 없었다. 이주의 예쁜 웃음만 기억하고자 했다.

늘 예쁘게 웃기를. 내가 아닌, 다른 이의 옆에서.

다시 오지 않을 과거인데도, 그저 상상해 본 과거인데도 불구하고 꼬리에 꼬리를 문 불안은 두려움으로 변했다. 너를 잡지 못한 과거를 후회하지만 그래도 다행이라는 생각이 지워지지 않는다. 7년 전의 차현우는 볼품없었고 비참할 정도로 형편없었으니까.

현우가 진한 한숨을 참아 냈다. 입술 끝이 아릴 정도로 말문이 막혔다.

—근데 진짜 오고 있는 거 맞아요? 왜 이렇게 안 와.

이주의 투덜거림에 전화를 끊은 현우가 천천히 그녀에게 다가갔다. 언젠가는 멀리서 바라보기만 했다. 그것만으로도 넘친다고 여겼다.

"어라? 끊어졌다. 뭐야, 왜 끊어."

조용한 휴대폰을 노려보며 이주가 불만을 터트리는 사이

현우는 그 앞에 섰다. 발끝에 힘이 실린다. 늘 뒤에 서서 없는 사람처럼 그녀를 몰래 훔쳐봤던 과거가 또다시 스치듯이 지나친다.

부를 수 없어 아팠고, 부르지 못해 꿈같았던 네 이름은 내게 꿈이었다.

"강이주."

꿈을 불러 본다. 다정하게 소리 내어.

그넷줄을 손으로 잡은 이주가 고개를 들었다. 현우를 발견한 그녀의 눈이 부드럽게 곡선을 그렸다.

"우와, 진짜 왔네."

그래, 이번엔 왔어. 내가 너를 욕심내기로 했거든. 아주 잠시라도 내가 너를.

"집에 가자."

그러니 한 번만 봐줘.

"나랑."

그네에 앉아 빤히 저를 올려다보는 이주를 향해 현우가 크고 깨끗한 손을 내밀었다. 그리고 불러 본다.

"강이주."

부르고 나서 바로 후회해도 좋을, 그 이름을.

"혹시 내일 출근해요? 아, 오늘인가. 12시 넘었으니까."

해장은 무조건 라면이라며 편의점에 현우를 끌고 온 이주는 야외 테이블에 자리를 잡고 앉아 뜨거운 물을 부은 컵라면이 익기를 기다렸다. 삼각 김밥은 옵션이라고 할 때 그나마 이해는 했는데 어째서 소주까지 같이 계산을 한 건지는 의문이었다.

의외로 술꾼이었나.

"하지."

턱을 괴고 이주를 빤히 바라보며 현우가 짧게 대답했다. 함께 계산한 작은 플라스틱 소주잔에 이주가 술을 따랐다.

"토요일인데요?"

"일이 많거든."

"안 됐다. 나는 내일 가게 문 혜미가 열기로 했는데."

딱 넘치지 않을 만큼 술을 따른 이주가 배시시 웃으며 말했다.

"그럼 내가 괴롭히고 있는 거네요? 내일 출근하는 사람, 늦은 시간에 불러내고 집에도 못 들어가게 하고."

이주가 소주 한 잔을 그대로 입안으로 넘겼다. 그 모습을 조용히 지켜보던 현우가 한숨을 삼켰다. 그만 마셨으면 좋겠는데.

"계속 마실 거야?"

"네."

"취한 것 같은데."

"에이, 이 정도는 뭐 그냥 술기운 도는 정도죠. 알딸딸하니 좋은데요, 왜."

말이 끝나기 무섭게 빈 잔에 다시 술을 따라 마신 이주가 나무젓가락을 뜯더니 반듯하게 뜯겼다며 아이처럼 좋아했다. 3분이 지나 알맞게 익은 라면을 휘휘 저으며 이주가 무심한 투로 물었다.

"그런데요."

벌써 여름이라고 해도 과언이 아닐 5월이라지만 자정이 지난 시간이니 쌀쌀한 건 어쩔 수 없었다. 민소매 원피스에 얇은 카디건 하나만 걸친 그녀가 감기에 걸리진 않을지 걱정하며 현우는 이주의 이어질 말을 기다렸다.

"혹시 금수저세요?"

"뭐?"

"드라마에서 보면 금수저들 정략결혼하잖아요. 혹시 성격 나쁘고 돈 많은데 예쁜 약혼녀 있어요?"

그러고 나서 라면 뚜껑을 접시 삼아 면발을 들어 올리며 맛있겠다고 중얼거리는 이주였다.

설마 그런 여자가 있겠어, 하는 얼굴로 물어오는 얼굴이 참 맑고 깨끗해 보였다. 티 하나 없어 보이는 맑음이 있었다. 그래서인가. 더럽고 바닥까지 다 보인 내가, 널 원하는 이유.

"없어."

"그런데 왜 나랑은 결혼도, 미래도 없어요?"

"누구와도 없어."

결국 곁에 아무도 두지 않겠다는 그의 목소리는 평온하지만 쓸쓸했다.

"혹시 만나는 여자들마다 이런 말부터 하고 시작했어요?"

"하기는 해. 만나기 싫으면 말라는 식이었어, 늘. 근데 너는 좀 다르고."

"……."

"내가 널 계속 찾아오잖아."

그렇구나. 나는 좀 다르구나. 이주가 고개를 끄덕이며 대답했다.

삼각 김밥을 뜯어 한입 베어 물고는 다시 라면으로 시선을 돌린 이주가 뜨거운 라면을 호호 불어 가며 입에 넣었다. 군더더기 없이 깔끔한 행동이라 누가 봐도 술을 마셨다는 생각은 하지 않을 듯싶었다.

"그런데요."

이번엔 뭘 물을까. 벌써 라면을 반이나 비운 이주가 컵라면을 통째로 든 채 국물을 한 모금 마셨다. 테이블에 라면을 내려놓은 이주가 시선을 들어 그를 마주 봤다. 현우를 보는 또렷하고 깨끗한 눈에 흔들림은 없었다.

"그럼 나랑 그냥 놀자고 만나는 거예요?"

"……."

"난 그런 거 잘 못 하는데."

그것도 남자랑. 벌써 석 잔째 소주를 들이킨 이주가 미간을 찌푸렸다.

"쓰다."

혼잣말하듯 중얼거린 그녀가 다시 현우를 바라봤다. 눈이 마주치자 그가 고개를 저었다.

"놀고 싶으면 너 말고 다른 여자를 만났겠지."

"놀아 본 적은 있나 보네."

퉁명스럽게 찌푸려진 미간이 귀여워 빤히 바라보던 현우가 쓰게 웃었다.

어느새 이주는 네 잔째 소주를 따르고 있었다. 말려야 할 텐데, 현우가 망설이는 사이 그녀는 단숨에 술을 비우고 목 넘김이 채 가시기도 전에 잔뜩 인상을 썼다.

술은 썼고, 앞에 앉은 남자도 썼다.

"그런데."

세 번째 그런데. 흡사 청문회를 방불케 하는 물음에 현우가 묵묵히 이주의 말을 기다렸다.

"왜 결혼을 못 해요? 아니, 결혼은 그렇다 치고 왜 미래도 없어요? 그러니까 당장 전화할게, 하고 헤어져도 내일을 장담할 수 없고 지금 좋아한다고 말해도 1초 앞도 모르는 거잖아요."

"……."

"그러니까 언젠가는 헤어지자는 거잖아요. 언젠가는."

그녀에게서 치열하게 고민한 흔적을 발견한 현우는 대답하지 않았다.

그가 한참 동안 말이 없자 이 우스운 상황에 놓인 제 처지가 꽤 가여워진 이주가 힘없이 웃었다. 좋아한다는 말을 해주지도 않고 이별을 말하는 남자와 시작을 해 볼까. 아닌 척했지만 꽤 고민했던 제 흔적이 이렇게 한심할 수가 없었다.

"그게 뭐야. 헤어질 건데 왜 만나. 왜 사랑해."

끝이 온다면 그건 당연히 강이주, 네 몫이라고 현우는 소리 내어 말할 수 없었다. 어떤 확신도 줄 수 없어 입을 다물고만 있자 이주는 가만히 그를 노려보다 몸을 일으켰다.

재촉해도 듣지 못할 대답이라면 이대로 가는 게 더 나았

다. 나쁜 놈. 이기적인 놈. 자기밖에 모르는 놈. 가방을 챙겨
일어나는 이주의 몸이 비틀거리자 현우가 손을 뻗어 그녀의
가느다란 손목을 잡았다.

"놔요."

이주가 그의 손을 뿌리쳤다. 비틀. 다시 한번 이주가 균형
을 잃고 넘어질 뻔하자 현우가 힘을 주어 그녀의 두 어깨를
붙들었다.

"데려다줄게."

낮게 속삭이는 목소리를 물리치듯 이주가 질끈 눈을 감았
다가 뜨며 그를 밀어냈다. 그리고 가까이 선 그를 올려다보
며 눈물 어린 얼굴로 말했다.

"어떻게…… 그땐 안 그랬잖아! 내가 선생님 좋아하는 거
다 알면서도. 그런데 지금은……."

"……."

"너무 늦었잖아."

이주가 구두를 신은 발로 불안정하게 한 발 물러섰다. 끝
도 없는 물음에도 그는 아무것도 대답하지 않았다. 그 무엇
도 확신을 줄 수 없었으니까.

"그러니까 당신은 좋은 사람이 아니에요."

언젠가 다혜가 물었다. 비만 오면 떠오르는 첫사랑에 대
해. 그때의 나는 뭐라 대답했더라.

"어떤 사람이었는데?"

"……예쁜 사람."

아니다. 당신은 이제 내게.

"나쁜 사람이지."

그러니까 만나선 안 될 사람. 만나면 아픈 사람.

이주가 망설임 없이 등을 돌렸다. 내내 비틀거리는 걸음 걸이였지만 단 한 번도 넘어지지 않고 곧장 집으로 향하면서 뒤에서 들리는 걸음 소리에 뒤돌아 얼굴을 볼까, 아니면 이 대로 모른 척할까 끊임없이 고민했다.

집 안에 들어가 무너지듯 현관문에 기대앉은 이주가 무릎 에 얼굴을 묻었다. 봐 줄 사람도 없지만, 아주 잠시만이라도 숨고 싶었다.

다음 날 아침. 눈을 뜬 이주가 침대를 더듬거려 휴대폰을 찾았다. 시간을 확인하고 이제 일어나야겠다고 생각하던 찰 나 확인하지 못한 문자 한 통을 발견해 침대에서 몸을 일으 켜 앉았다.

〈미안해. 강이주.〉

한참을 망설이다 보냈을 짤막한 한 줄을 몇 번이고 되새기 며 읽어 보던 이주가 문자를 삭제하려던 손을 멈추고 침대에 서 일어났다.

거실 창문으로 다가가 커튼을 걷자 맑은 하늘이 그대로 방 안에 쏟아져 들어왔다. 햇빛 아래에 무릎을 구부리고 앉은 이주가 하늘을 올려다봤다.

비가 왔으면 싶은데.

구름 한 점 없는 하늘을 보던 이주가 눈을 감았다. 눈을 감으면 비가 내릴 것 같았지만 결국 비는 오지 않았다.

"선 안 보겠다고 그러네요. 일이 많이 바쁜 모양이에요."

마주 앉은 채로 들려오는 어머니의 목소리에 은우가 고개를 들었다. 형의 얘기가 분명했다. 사이에 앉은 진욱이 컵을 입으로 가져가며 되물었다. 표정에는 변화가 없었다.

"그래?"

"네. 바쁜 일 끝나면 다시 알아보자 그랬어요. 그렇게 하겠대요."

"그러지, 그럼."

주어가 빠졌는데도 불구하고 대화는 막힘없이 흘렀다.

형을 현우라고 소리 내어 부르는 게 그렇게 어려운 일인가. 밥상에서, 아니 이 집에서 형의 이름이 사라진 게 언제였던가를 가늠하며 은우가 돌 씹는 기분으로 밥알을 씹어 넘겼다.

"참, 다음 주 당신 생신 때는 같이 외식 못 할 것 같다고 했어요. 출장이 잡혔다나 봐요."

국을 한 수저 떠 입으로 가져간 미영이 말을 끝내기 무섭게 미간을 좁혔다.

"아줌마, 국이 좀 짜네요."

부엌에 서성거리며 뒷정리를 하던 도우미가 식탁으로 다가오더니 다시 끓여 오겠다며 냉큼 국을 가져갔다.

"별로 안 짠데. 전 괜찮아요, 먹을게요."

국을 가져가려는 도우미의 손을 막은 은우가 웃음기 섞인 목소리로 말했다.

"먹지 마. 짠 거 먹으면 안 좋아."

"내 입맛에는 맞다니까."

"뭐해요, 아줌마. 얼른 안 가져가고."

은우 말은 들은 체도 하지 않고 미영은 주방에 선 도우미를 바쁘게도 부려먹었다. 한마디 하려던 걸 꾹 참은 은우가 대충 밥을 입안으로 구겨 넣었다.

"오늘 뭐 할 계획이냐."

다시 내온 국을 숟가락으로 한술 떠 입으로 가져가며 진욱이 은우를 향해 물었다. 막 젓가락을 내려놓은 은우가 컵으로 손을 뻗었다. 대답 없는 은우 대신 미영이 대답했다.

"오늘 은우 공강이라 한의원이라도 갈까 해요. 2학기도 개강했는데 보약 한 제 해 먹이려고요."

"그럼 큰애 것도 같이하지. 심부름은 은우, 네가 하고. 오랜만에 가서 형 얼굴이나 보고 와."

"……."

"아주머니, 잘 먹었어요."

아내한테도 안 하는 살가운 소리를 도우미에게 남기며 진욱은 부엌을 빠져나갔다. 남편 입에서 나온 '큰애', '형'이란 말에 싸하게 굳어지는 미영의 얼굴을 보던 은우가 한숨을 삼켰다.

"엄마."

은우가 목멘 목소리로 그녀를 부르자 미영이 문득 고개를 들며 언제 그랬냐는 듯 웃어 보였다.

"넌 그냥 병원만 가. 아주머니 시키면 돼. 아주머니, 삼성동에 보낼 반찬 몇 가지 좀 해요. 좋아하는 거로."

어떻게 해서든지 현우의 이름을 절대 부르지 않는 미영의 고집은 여전했다. 은우 형, 큰애, 현우. 그렇게 불렀던 기억은 모두 잊은 듯했다. 더 먹으라는 미영의 말에도 불구하고 먼저 일어선 은우가 2층으로 향했다.

자신의 방이 아닌 현우 방으로 들어간 은우가 침대에 드러누우며 휴대폰을 손에 들었다. 전화를 걸었지만 얼마 지나지 않아 통화는 끊어졌고 회의 중이라는 그의 문자를 읽은 은우가 그대로 눈을 감았다.

미영을 이해하지 못하는 건 아니었다.

남편이 결혼 전 낳은 혼외 자식을 들여야 했던 이유는 결혼한 지 3년이 넘도록 임신이 되지 않아 시댁에서 받았던 온갖 멸시 때문이라고. 사고가 나고 한참 후, 명절에 모인 고모들 목소리 속에서 그 얘기도 함께 들었다.

현우를 친아들처럼 키우다 그가 열두 살이 됐을 때, 어렵게 쌍둥이를 임신했고 아이들이 태어나고 나서도 미영은 차별받는다는 소리를 듣게 하지 않기 위해 더 애를 쓰고 노력해 현우를 키웠다고 했다.

학교에서 체육 시간에 상처라도 만들고 오는 날이면 호들 갑을 떨며 병원에 갔고, 배우고 싶다는 것들을 아낌없이 지원했다. 밥상은 항상 현우가 좋아하는 반찬들로 가득했고, 자기 전마다 아이들 방에 들러 잠든 모습을 확인하는 것도 그녀의 일상 중 하나였다.

그런 엄마를 무참히도 무너뜨린 건 겨우 세 살 된 준우의 죽음이었다. 쌍둥이 형의 죽음은 엄마를, 형을 전부 무너뜨 리기에 충분했다.

"형……."

울음 섞인 목소리가 터져 나왔다. 엄마도, 형도, 그렇게 죽은 준우도 가엾지만 그래도 현우가 제일 가엾단 생각이 들었다. 분풀이할 대상도 없이 혼자 삭히고 참고 억누른 채 홀로 쓸쓸하게 무너지고 있을 형이, 엄마라고 생각했던 이에게 다시는 이름으로 불릴 수 없을 그가 은우는 가여웠다.

죄책감도, 부채감도 지지 말라 하는데도 미련을 떨며 모두가 제 잘못인 양 가족 앞에 고개를 숙이는 현우를 더는 보고 싶지 않다. 이딴 집에 무슨 미련이 있어서, 대체 무슨 꼴을 더 당하고 싶어서.

얼마나 그렇게 있었을까. 조용하던 휴대폰이 진동했다. 액정에 뜬 우리 형이란 세 글자를 하염없이 바라보던 은우가 긴 한숨을 내쉬며 웃는 얼굴로 전화를 받았다.

"응. 나야, 형."

우리 형. 그럼에도 불구하고 우리 형.

은우가 생각했다. 오늘도 형이 내 곁에, 우리 곁에 살아 있어 줘서 다행이라고.

"사장님. 요즘 진짜 이상해요."

"응?"

"무슨 일 있으세요? 예약 주문도 자꾸 실수하시고."

아아. 방금 전 선인장을 찾는 손님에게 허브를 내왔던 이주가 어색한 미소로 대답을 대신했다. 혜미는 괜한 걸 물었다 생각하며 꽃시장에서 막 도착한 꽃과 화분들을 마저 정리했다. 작업대에 그린 수국과 리시안셔스, 하얀 백합을 필요한 만큼 올려놓고 포장지와 리본까지 준비한 이주가 앞치마를 질끈 동여맸다.

하얀 백합은 간혹 구하기가 힘들어서 주문한 지 며칠이 지나서야 받을 수 있었다. 여자 친구가 백합을 너무 좋아해서 꼭 백합으로 꽃다발을 만들어 프러포즈하고 싶다는 남자가 얼마나 수줍어 보였는지 모른다.

적당히 피어난 백합에선 은은한 향기가 흘렀다. 이주는 서두르지 않고 꽃다발을 만들었다. 그린 수국과 리시안셔스를 더한 꽃다발에 유칼립투스를 추가하자 더 풍성해지고 백합의 기운이 살아난 듯했다.

보라색 포장지에 꽃다발을 싸고 그 위로 연보라색 리본과 하얀색 리본을 번갈아 대며 고민하다가 하얀색 리본을 골랐다. 싱긋 미소를 지으며 작업대 위에 완성된 꽃다발을 올려놓은 이주가 멍하니 백합을 내려다봤다.

"예쁘다."

변함없는 사랑, 순결을 바치겠다는 남자의 수줍은 프러포즈를 받을 여자는 어떤 사람일까.

"결혼 말고 연애만 하자는 남자보다야 훨씬 낫지, 뭐."

말이 끝나기 무섭게 가게 문이 열리고 꽃다발을 주문했던 남자가 들어왔다. 생각보다 더 근사하고 예쁘다는 칭찬을 들으며 꽃다발을 건네고 건투를 빈다고 하자 남자가 결연한 얼굴로 감사하다며 가게를 나섰다. 적당한 설렘과 긴장감이 웃도는 남자의 뒷모습을 지켜보던 이주가 작업대 앞에 앉아 짧은 한숨을 내뱉었다.

정신없는 며칠이 지나갔다. 혜미가 무슨 일이 있을 거라고 생각하는 것도 어찌 보면 당연했다. 하지도 않던 실수에 어제는 주문까지 잘못 넣어 냉장고에 들어가지 않을 만큼 많은 양의 꽃들이 배달됐다. 차현우, 그 남자로 인해.

달랑 문자 한 통을 남겨 두고 현우는 며칠 내내 연락이 없었다. 매일 하던 전화도, 잊을 만하면 가게로 걸음 하던 것도 마치 약속이나 한 듯이 뚝 끊어졌다. 다신 보지 않을 사이라고 매번 못 박듯이 얘기했던 건 이주였고, 그녀가 원하는 대로 이루어졌다. 반복되었던 우연들은 마치 없었던 일인 듯 신기루처럼 사라졌다.

끝나야 할 인연이 끝난 것뿐이다. 시작되지 말아야 할 인연이 시작하지 않았을 뿐이다.

이렇게 잊고 지워 버려야 할 인연인데 나는 무슨 미련이 있어서, 고작 고약한 우연에 무엇을 더 기대해서 또 한 번의 이별을 겪나. 이별이라고 할 수 없을 정도로 나약하고 작은 헤어짐일 뿐인데.

정말 그것뿐인데 뭐가 이리도 쓸쓸하고, 또 아픈 건지.

"나 왜 이래, 진짜."

심장이 쿵 소리를 내며 지끈거렸다. 누군가 계속해서 아프라고 찌르는 것 같았다. 손바닥으로 가슴을 쓸어 보고 진정시키려 호흡을 길게 해 봐도 그때뿐, 여전히 아팠다.

고약했던 우연들. 두어 번의 짧았던 저녁 식사. 다가오고, 밀어내고. 시작도 전에 이별을 얘기했던 고백. 술김에 토해 버린 진심. 특별히 기억할 것도, 가슴에 남을 것도 없는 그와의 짧은 인연을 묻어야 한다.

그래야 하는데…….

두 손으로 얼굴을 가린 이주가 옅은 한숨을 삼켰다. 퍽퍽한 마음 한쪽 구석은 주인의 마음도 모르고 속절없이 흔들리고 있었다.

chapter 07
구원이고, 소망이고, 희망이 될

현우가 피로감이 섞인 한숨과 함께 시동을 껐다. 길 건너편 꽃집에서 막 화분을 품에 든 여자 둘이 나란히 나오고 있었다. 가게 앞까지 나와 인사를 한 이주가 앞치마에 두 손을 넣으며 저녁 하늘을 올려다보다 다시 가게로 들어갔다.

나흘 만에 찾아와 이주를 빤히 바라보던 현우가 힘없는 웃음을 지었다.

두 시간의 마라톤 미팅 후에 승진은 곧장 쓰러질 것 같은 얼굴로 버티는 현우를 억지로 회사 밖으로 밀어냈다. 하지만 그가 차를 끌고 온 곳은 집이 아닌 이주의 가게 앞이었다. 정신없이 바쁜 와중에도 여기 찾아올 정신은 있었던 모양이다.

나흘 전, 공사 현장에서 인부가 추락 사고를 당해 다리를 다쳤다. 그리고 토목 공사가 한창이던 수지 주택 공사 쪽 법무팀에서 갑자기 서류상의 오류를 발견했다는 보고가 올라

왔다. 덕분에 공사가 며칠간 중단됐다.

동시에 송아 박물관 최종 공모에 올라 PT 수정도 해야 했고, 실시 설계까지 마친 대학로 아트 센터의 건축주가 갑자기 미팅 중 말을 바꾸는 바람에 직원들은 다 만든 모형을 다시 뜯어고쳐야 했다.

전화할 틈 없이 바쁘게 지나간 나흘 동안 현우는 고작 일곱 시간을 잤다. 가뜩이나 불면증 때문에 남들 자는 수면량의 절반도 미치지 못하던 그는 오늘 회의가 끝나고 몸을 일으키다가 비틀거리기까지 했다.

그 모습을 본 승진이 억지로 그를 회사 밖으로 내보냈고, 회사 직원들은 아직도 야근 중이었다. 악재가 겹쳐도 이렇게 한꺼번에 오냐며 투덜거리던 승진의 앞에서 현우는 이주를 떠올리며 맞장구를 칠 뻔했다. 하필 터져도 이때 터질 건 뭐냐고.

이동 중에도, 회의 시작 전 아주 잠깐의 여유가 주어졌을 때도, 미팅에 앞서 건축주를 기다리고 있을 때도. 전화를 걸까, 그럼 받을까. 받지 않고 무시하는 건 아닐지, 아니면 받은 다음에 또 나쁜 놈이라 실컷 욕을 해 줄지 오만가지 생각을 하며 망설이다 결국 걸지 못했던 전화가 수십 통이었다.

다신 오지 말라는 여자 앞에 뻔뻔하게 얼굴을 들이밀 땐 언제고 며칠 전화 못 했다고 아예 그녀 머릿속에서 잊혀진 건 아닌지 무서워하는 꼴이라니.

현우의 시선이 줄곧 창밖을 향했다. 유모차 하나를 끌던 여자가 가게 안으로 들어갔다. 작업대 앞에 있던 이주가 여자를 향해 인사를 하더니 환한 웃음과 함께 들리지 않는 얘기가 시작됐다. 전면이 모두 유리로 된 이주의 가게 너머를 유심히 지켜보던 현우의 휴대폰이 울린 건 그때였다.

—나야. 쉬는데 미안하다. 1팀에서 전화 왔는데 대학로 아트 센터 PT, 네가 확인해야겠다. 나 지금 현장 나가는 길인데 노트북 방전이야.

"지금 보내라 그래. 노트북 있어."

—어. 확인하고 바로 쉬어라. 알았지? 너 진짜 자야 돼, 인마.

현우만큼이나 못 자고, 못 먹고, 일에 매진했던 승진이 전화를 끊었다. 조수석에 있던 가방에서 노트북을 꺼낸 현우가 바로 메일을 확인했다. 빠르게 PT를 확인하는 그의 표정이 사뭇 진지해지더니 블루투스를 귀에 꽂았다.

담당 직원에게 전화를 걸어 수정 사안에 대해 몇 가지 지시를 남기던 현우가 문득 노트북에 고정된 시선을 들었다. 팔짱을 낀 이주가 꽃집 안이 아닌, 차 바로 옆 인도에 서 있었다.

—대표님? 대표님?!

블루투스 너머로 들리는 직원의 목소리에 현우가 나중에 다시 연락하겠다며 전화를 끊었다.

노트북을 닫고 블루투스를 귀에서 빼자 어느새 이주가 조수석 문을 열더니 그대로 차에 올라탔다.

익숙하게 안전벨트를 찾아 매는 그녀를 멍하니 바라보던 현우가 당황한 듯 헛기침을 터트렸다. 이 차에 얼마나 그녀를 어렵게 태웠었는지 기억이 빠르게 스쳐 지나갔다.

"왜 놀라고 그래요? 여기까지 왔으면서."

"아니, 저기……."

"배고파요. 뭐 먹으면서 얘기 좀 해요."

이주가 퉁명스레 정면으로 시선을 고정한 채 말했다. 얼떨결에 그녀를 옆에 앉히게 된 현우가 잠시 망설이다가 노트북을 뒷좌석으로 옮긴 뒤 시동을 걸었다.

뭘 먹겠냐고 묻기도 전에 이주는 사거리 24시 카페로 가자고 했다. 카페에 들어와 카운터 앞에 서서는 메뉴를 빤히 보다가 와플과 아이스 아메리카노를 주문했다.

가만히 서 있던 현우는 물끄러미 저를 올려다보는 그녀의 시선에 안주머니에서 지갑을 꺼냈다.

"계산 말고 고르라고요."

그게 그런 뜻이었나. 머쓱해진 현우가 낮게 신음했다.

"아메리카노 마셔요? 전에 샷 추가도 하는 것 같던데."

커피라면 나흘 내내 마셨기 때문에 말만 들어도 질릴 정도였다. 하지만 빤히 올려다보는 이주의 시선을 견디는 것보단 커피 한 잔을 더 마시는 게 낫겠다고 생각하며 말없이 고개를 끄덕였다.

비가 왔던 첫 번째 우연이 만들어진 날. 카페에서 직원들이 주문했던 걸 기억하는 건가. 현우가 주문은 안 하고 저를 빤히 보기만 하던 이주와 눈이 마주쳤다.

눈썹을 살짝 움직여 왜 그러냐고 눈으로 묻자 이주가 곧장 되물었다.

"밤새웠어요?"

"어?"

"피곤해 보이는데."

현우가 대답 없이 목 뒤만 만지작거렸다. 굳이 말하지 않아도 이미 낯빛만으로 피로가 보인다는 건, 승진을 통해 알고 있던 사실이었다. 하지만 그렇다고 대답하면 그럼 여긴 왜 왔냐고 따지진 않을까 싶었다.

대답 없는 현우를 대신해 이주는 생과일주스도 함께 주문했다.

"가서 앉아요. 그렇게 서 있지 말고."

현우는 주문한 메뉴를 계산하는 이주를 힐끔거리다 한가한 창가 자리를 잡고 앉았다.

아, 뭐가 이렇게 어색하지. 그가 작은 소리로 헛기침을 내뱉었다.

카운터 앞에 진동벨을 들고 기다리던 이주가 음료와 와플을 들고 자리에 다가왔다. 생크림이 듬뿍 올라간 와플을 먹음직스럽다는 듯이 보는 그녀가 스물일곱이 아닌, 열아홉처럼 느껴져 괜히 웃음이 났다.

턱을 괸 현우가 나이프로 와플을 조각내는 이주를 바라봤다. 열아홉의 강이주를 잠시 떠올리며. 뭐든지 수줍어하고 문자 한 통 보내는 것도 부끄러워하던, 화장기 하나 없는 얼굴이 제 목소리 하나에 붉어지던 그 순간들을.

"시럽 빼 달라고 했어요. 단 거 싫어하죠?"

이주가 생과일주스를 그의 앞으로 내려놓으며 말했다.

어떻게 알았냐는 듯 그가 빤히 보자 태연하게 설명을 덧붙였다.

"옛날에 과외할 때요. 엄마가 간식 갖다 주면 단 것들은 죄다 안 먹었잖아요."

"그랬나."

"그랬어요. 그래서 내가 그때 혼자 먹느라 살이 얼마나 쪘는데."

"별로."

와플 한 조각을 입으로 가져가던 이주가 눈을 동그랗게 떴다. 시선이 마주치고 현우가 태연히 말했다.

"괜찮았다고."

달달한 걸 먹어서 그런 걸까. 별거 아닌 말인데 괜히 가슴이 뛰었다. 예뻤다는 말도 아닌데. 아, 내가 이럴 줄 알았어. 와플 조각을 하나 찍어 다시 입에 넣으며 이주가 불만스럽게 미간을 좁혔다.

현우는 그녀가 와플 접시를 다 비울 때까지 아무런 말도 꺼내지 않았다. 그저 창밖과 이주를 번갈아 보며 시간을 보냈다. 이주를 만나기 전 온몸을 위협하던 피곤은 어느새 사라진 지 오래였다.

이렇게 마주 보고 있다는 사실만으로 즐거워도 되는 건가. 현우가 소리 없는 웃음을 삼켰다.

"바빴어요?"

마지막 남은 와플 조각을 입에 넣으며 이주가 물었다.

"응, 좀."

"전화할 시간도 없을 만큼?"

시간은 있었다. 용기가 없었고 망설임이 길었을 뿐.

"기다렸어?"

"네."

"왜?"

"이제 끝인가 했거든요."

이주가 망설이지 않고 대답했다. 목소리 끝엔 서운함이 달려 있었다. 바라던 일인데, 그게 분명한데. 하지만 후련하지 않았고, 나약한 그리움만 남았다. 그래서 내가 당신 앞에 앉아 있는 거고.

"그런데?"

"뭐가 그런데예요. 기다렸다는 거지."

허리를 세우고 앉은 이주가 현우를 마주 봤다. 결혼 말고 연애만 하자던 남자를 이해할 수는 없다. 언젠가는 헤어질 남자와 시작할 바보 같은 여자가 되고 싶지도 않다.

다만 그가 보여 주는 기묘한 애틋함, 정체 없는 결핍. 그게 자꾸만 마음에 걸렸다. 당신은 언제부터 나였을지 알아보고 싶었다.

그래서 자꾸 당신을 생각하고 기다리는 건지도 모른다. 신이 만들어 준 우연 몇 번에 만들어질 인연이라면, 인연이겠지. 그렇게 쉽게 생각해 볼까 했다.

머리는 아니라 하고 마음은 맞다 하는 인연이 과연 인연일까. 내가 그렇다고 우기면 되는 걸까. 그럼 한 번 우겨 볼까.

"그러니까 내 말은요."

"……."

"우리 딱 세 번만 더 볼까요?"

그의 앞에선 도통 웃을 줄 몰랐던 입술이 휘어지며 엷은 미소를 만들어 냈다. 손님을 배웅하고 눈에 익은 흰색 SUV를 발견했을 때 쿵 내려앉았던 심장은 당신에게 뛰었던 거다.

묘하게 뛰던 가슴은 당신의 부재가 채워졌기 때문이다. 아니라 하는 것도 우스운, 너무나도 확실한 흔들림을 어떻게 더 모른 척할 수 있을까.

"데이트해요, 세 번. 그러면 알 수 있을 것 같아요."

"뭐를?"

나를 행복하게 할 사람인지, 내가 행복하게 해 주고 싶은 사람인지.

후회할 수 있겠지만 후회하지 않으려 노력할 거고, 상처받을 수도 있겠지만 열심히 사랑한다면 아마 그거대로 괜찮지 않을까.

이주가 말없이 웃었다. 내일 눈을 뜰 때, 기분 좋게 웃을 수 있을 것 같았다. 우리가 서 있는 길의 끝은 당신도, 나도 가 봐야 알겠지만.

"……예쁜 사람."

나는 당신을 계속 예쁜 사람으로 보고 싶다. 나쁜 사람이 아닌.

"나중에 알려 줄게요."

편안해진 이 마음은 현우에게 비밀로 해야겠다.

며칠간 연락이 없던 괘씸죄로.

1년간 했던 과외가 끝났다. 승진이 대신 맡게 된 과외였는데, 막상 끝이 나니 뭔가 허전했다. 도리어 시간이 괜히 많아진 것만 같은 느낌이 들었다.

이주의 대학 합격 소식만을 남겨 놓은 지금, 현우는 이제 열셋이 된 은우와 함께 집을 나섰다. 어머니 몰래 게임기를 사 주기로 했는데 은우가 그걸 기억하고 아침부터 현우를 재촉했다.

갖고 싶었던 게임기를 품에 안은 은우의 머리를 쓰다듬으며 현우가 나지막이 웃었다. 집으로 돌아가는 길, 은우는 현우와 밤새 게임을 할 생각으로 꽤 들떠 있었다.

"근데 형, 이제 과외 안 하는 거야?"

"응. 이제 안 해도 돼."

"왜?"

"그 누나 시험이 끝났거든."

"그럼 그 누나는 이제 안 봐?"

"뭐, 아마."

과외가 끝나고 이주는 잘 지내냐는 문자 한 통 없었다.

하긴, 과외했던 내내 저를 좋아하면서도 겉으로 드러내지 않으려 애를 쓰던 아이였다.

곧 있으면 졸업식일 텐데. 현우가 머릿속으로 날짜를 셈했다. 가지도 않을 졸업식이지만 기억은 해 두고 싶었다.

꽃집 딸이니까 예쁜 꽃다발을 들고 사진을 찍겠지. 그 모습을 보면 뭔가 기분이 좋아질 것 같았다. 멀리서 그냥 보고만 올까.

"그럼 형이 나 공부 가르쳐 줘."

"잘하잖아."

"나는 잘하는 것 같은데 엄마가 뭐라 하니까 그러지."

은우가 볼멘소리를 터트렸다. 현우가 대답 없이 길을 재촉했다. 구박을 받는 것조차 부럽다고 하긴 너무 우스웠다. 그것도 띠동갑인 동생에게.

"다 너 위해 그러시는 거지."

"와, 엄마랑 똑같은 말하는 것 봐."

"진짜야. 나중에 크면 알아."

은우가 일자로 입을 다물었다. 순간 따질 뻔했다. 그럼 엄마는 왜 나를 위해서만 살아? 왜 형을 위해서는 살지 않아? 피해자가 현우임을 아는데도, 가족인데도, 한집에 살면서도 타인처럼 현우를 대하는 미영에게 다시 화가 일었다.

그런데 참아야 한단다. 현우가 그렇게 말했다. 형이 그렇게 말했으니 그저 참아야 한다고 생각했다.

"난 나중에 크면 형이랑 살 거야."

"그 소리 백번은 들었다."

"형은 혼자 안 살 거야?"

이해가 되지 않는다는 듯 은우가 말했다. 현우가 쓴웃음을 지었다. 일찍 철이 든 은우는 자라면서 알게 된 사실들이 많았다. 형은 내 형이지만, 엄마는 형을 싫어한다는 것. 부모님은 사이가 좋지 않지만 쌓아 놓은 많은 것 때문에 이혼은 하지 않는다는 것.

그것 때문에 쇼윈도 부부라는 말도 알게 됐다. 얼마 전 설날에 모인 고모들이 하는 수다 속에서 한때는 엄마가 현우를 애지중지, 친아들보다 더 친아들처럼 키웠다는 소리 역시 들었다. 그래서 혹시 막둥이인 제 존재 때문인가도 싶었던 은우였다. 울면서 형에게 달려가 물었다.

혹시 내가 태어나는 바람에 그러는 거냐고. 왜 엄마는 형을 나처럼 사랑하지 않냐고.

침대에 누워 자고 있던 현우는 그런 동생을 가만히 내려다보다 웃으며 말했다.

"형은 이제 다 컸잖아. 엄마가 필요한 건 내가 아니라, 은우 너고."

그때 은우는 알지 못했다. 차마 엄마도 형을 사랑할 거야, 란 말을 삼키고 삼킨 현우의 심장은 이미 망가지고 있다는 걸.

"근데 진짜 밤에 치킨 시켜 줄 거야?"

"그렇다니까."

낮은 언덕을 오르면서 은우가 배시시 웃었다. 아이다운 천진한 웃음이었다. 인스턴트나 배달 음식은 전혀 못 먹게 하는 어머니 때문에 치킨이 꽤 고팠던 모양이다.

"그럼 형, 일단 들어가서 게임기 설치만 도와……."

커다란 대문을 지나 계단을 오르고 넓은 정원을 지날 때였다. 집 안에서 와장창 뭔가 깨지는 소리가 들리자 은우의 입이 다물어졌다. 동시에 나란히 현관문 앞에 선 현우 역시 청각을 곤두세웠다.

또다시 커다란 소리가 났다. 뭐가 깨진 건지 추측해 보자 미술관 관장인 미영의 취미로 모아 놓은 값비싼 도자기들이 떠올랐다. 무슨 일인가 싶어 현우가 조용히 현관문을 열자마자 옆에 선 은우가 놀란 얼굴로 그의 옷깃을 잡았다. 괜찮다고, 별일 아닐 거라며 현우가 따뜻하게 은우의 손을 감쌌다.

"왜 그랬어! 대체 왜 그랬냐고! 우리 준우 살려 내. 살려 내란 말이야. 내 자식 살려 내라고!"

준우. 교통사고로 죽은 은우의 쌍둥이 형이자, 현우의 동생이었다. 10년 전, 현우가 열다섯일 때 일어났던 사고.

현우의 눈이 뜻을 모른 채로 속절없이 가라앉았다. 잔뜩 겁을 먹은 나머지 형의 옷깃을 쥔 은우의 손이 파르르 떨렸다.

"내가 얼마나 후회하는지 알아? 왜 그때 준우를 당신 품에 안겼을까. 왜 은우만 데리고 친정에 다녀왔을까. 내가 왜! 얼마나 나를 죽이고 싶은지, 당신이 알아?"

한 손에 도수 높은 양주를 들고 위태롭게 비틀거리며 미영이 비소를 내뱉었다. 그 앞에는 진욱이 초점 없는 시선으로 미영을 방관하며 서 있었다. 그들은 현관 앞에 있는 아이들의 존재를 눈치채지 못했다.

"대체 왜 그랬어! 걔만 당신 자식이야? 준우는? 죽는 게 뭔지도 모를 그 아이가 왜 죽어야 했는데!"

"그만해."

"뭘 그만해. 어떻게 그만해. 내 새끼가 죽었는데. 당신이 내 새끼를 죽이고 당신 새끼를 살렸는데! 매일 밤 상상해. 얼마나 아팠을까, 얼마나 뜨거웠을까! 산 채로 불에 타 죽었을 내 새끼를 어떻게 잊어!"

말려야겠다는 생각으로 신발을 벗고 안에 들어서려던 현우가 급히 현관문과 이어진 문 뒤로 숨었다.

"형……."

은우가 무슨 일인지 눈물을 머금은 얼굴로 현우의 손을 붙잡았다. 그들의 시야에서 전혀 보이지 않을 형제가 겁에 질린 얼굴로 서로를 부여잡고 있었다.

내 새끼를 죽이고 당신 새끼를 살렸는데!

미영의 음성이 또렷하게 박혀 자꾸만 머릿속을 헤집었다.

"당신은 죄책감도 없어? 어떻게 그 어린 걸 차 안에 버리고 올 수가 있어! 어떻게 현우만, 그 애만 빼 올 수가 있어! 우리 준우, 아직도 꿈에 나와 엄마를 불러. 내가 어떻게 가진 아인데. 당신 부모들한테 임신도 못 하는 여자라고 온갖 멸시를 당해도 참았어. 당신이 결혼 전에 낳았다는 아들까지 데려와 친아들처럼 키웠어. 그런 나한테 신이 주신 선물이야. 당신이 그걸 짓밟은 거라고!"

"술이 과했군."

처절한 외침이 끝나고 진욱은 단 한마디 위로의 말조차 전하지 않은 채 미영을 비난했다.

깨진 도자기 조각들이 즐비한 거실 위를 위태롭게 서 있던 미영이 힘없이 주저앉았다. 발에 생채기가 나고 다리에 깨진 자기 조각이 박혀도 고통을 느끼지 못하는 듯했다. 깨진 조각들 사이로 미영의 피가 흘렀다. 발이 움직일 때마다 바닥에 핏자국이 새겨졌다.

"당신……!"

놀란 진욱이 다가가려 하자 미영이 그 앞으로 들고 있던 양주병을 던졌다.

"웃기지 않아? 내 자식을 죽인 남자와 살고 있는 나나, 이런 나를 감당하겠다는 당신이나. 그래도 당신 집안에 득 볼 거 다 보고 있어 손자를 잃고도 아무 말 못 하는 내 부모나. 우스워. 우스워 죽겠어."

그 순간 현관에서 쿵 하는 소리가 났다. 놀란 은우가 안고 있던 게임기를 떨어트린 소리였다. 진욱과 미영의 시선이 동시에 현관으로 향했고 그 안에서 굳은 듯 선 현우와 은우를 발견했다. 진욱의 눈이 커지더니 조심스레 발걸음을 뗐다.

"현우야."

아닐 거라고, 부정하고 부정해 보지만 덧없는 진실 앞에 놓인 그는 처참하게 무너졌다.

미영과 눈이 마주친 현우의 온몸에 소름이 돋았다. 어깨를 들썩이며 웃는 그녀의 모습은 가히 정상으로 보이지 않았다. 한동안 미영의 끔찍한 웃음소리가 거실을 울렸다.

두통이 시작됐다. 기억에도 존재하지 않던 소리들이 들렸다. 끔찍한 비명 소리. 차체가 부서지는 소리. 지독한 파열음. 그 안에서 저를 부르는 아버지의 음성.

그렇게 지옥 속에서, 그는 더한 지옥을 만났다.

정원 아래 계단에서 굴러 머리를 다쳤고 보름 정도 의식 불명 상태였던, 드라마와도 같았던 순간에 놓인 적이 있었다. 보름 만에 의식을 찾아 일어났을 땐 병실에 아버지뿐이었다. 사고에 대한 기억은 없었고, 아버지가 계단에서 넘어졌다고 설명하기에 현우는 그런 줄로만 알았다.

깨어나 보니 많은 게 달라져 있었다. 준우가 교통사고로 죽었단 말을 들었을 땐 아직 꿈속인가 싶을 만큼 믿기지 않았다. 깨어난 그 시점부터 한없이 다정하고 인자하던 어머니의 사랑은 오직 은우만을 향했고, 그에겐 온통 멸시와 증오만이 남아 있었다.

자상한 아버지의 얼굴에서 미소가 사라졌다. 고작 세 살 된 동생의 죽음으로 그 역시 힘들었지만 어머니의 변화가 어찌 보면 준우 때문일 수도 있겠다고 생각하며 견뎠었다.

한없이 다정했던 어머니로 돌아오기를 기다리고, 또 기다리면서.

하지만 진실은 그게 아니었다. 교통사고로 아수라장이 된 차 안에 아버지와 준우가 자신과 함께 있었고 가까스로 의식을 찾은 진욱이 그를 빼내 오느라 미처 준우를 구하지 못했다. 기름이 새어 나오는 바람에 빠른 속도로 폭발한 차 안에서 작은 준우의 시신은 산산이 부서져 갔다.

어떻게 잊고 있었을까. 그것도 새까맣게.

진실과 마주하기 무섭게 기억이 마구잡이로 헤집어졌다. 사고가 있던 날, 외식을 하고 미영은 급히 친정으로부터 연락을 받았다. 은우를 진욱에게 맡기려고 했지만 엄마랑 떨어지지 않으려는 은우 때문에 미영은 은우를 데리고 갈 수밖에 없었고 진욱의 차에는 현우와 준우, 세 명뿐이었다.

그러다 마주 오던 차와 사고가 났고 진욱은 현우를 구하는 대신 준우를 구하지 못했다.

살아남았다는 이유로 그는 죄인이 되었다.

사고에 대한 기억을 찾고 어머니가 친어머니가 아닌, 은우와 준우의 엄마라는 걸 알았다. 그길로 도망치듯 뛰쳐나와 정처 없이 떠돌았다. 어디로 가는지 알 수 없었다. 눈앞에 길이 있어 무작정 걸었다. 그러다 이주를 봤다.

노란색 우산, 나를 발견하고 커지던 너의 두 눈동자, 조심스럽지만 정확하게 내게 오던 걸음들.

모든 것들을 기억한다. 너를 본 순간, 마음에 일렁이던 파도가 점차 더 강도를 높여 왔다. 너였구나, 내가 널 찾아 여기까지 왔구나.

"비 오잖아요."

내게 우산을 쥐여 주고, 망설임 없이 빗속으로 뛰어들던 너를 잡았던 그 순간, 나는 너만 보였다. 설명되지 않았다. 살아남은 죄인으로, 어머니에게 받았던 거짓된 사랑으로 무너져 가는 삶을 지탱했어야 했던 순간 내 머릿속에 떠오르는 게 왜 너였는지.

네가 날 좋아해서? 내가 널 좋아해서? 날 좋아하는 여자라면 누구도 상관없었나?

아니다. 너여야 했다. 강이주, 너만이 나를 위로할 수 있었다.

"너 나 좋아하지."
"그럼 나랑 잘 수 있어?"

그 밤, 네가 있어 위로받았고 조금은 견딜 수 있었다. 날 좋아하는 네 마음을 버티기 위해 이용했어야 했다. 너뿐이었다. 늘 두근거리는 시선으로 내 모습을 좇던 너를 안으면서 안심했다.

그래, 이 애는 날 좋아해. 적어도 이 세상에 강이주만큼은 나를. 단 하나의 빛줄기를 얻은 것 같았다. 누군가는 구원이라 부르고, 누군가는 소망이라 부르고, 누군가는 희망이라 부르겠지만 현우는 감정의 이름을 붙이지 않았다. 생각나는 단어들을 어두운 심연 속으로 감추고 또 감췄다.

그날 너는 두려워했고, 무서워했다. 겁에 질려 제대로 침조차 삼키지 못했다. 하지만 뿌리치지 않았다. 파르르 떠는 손으로 어깨를 쓰다듬어 주고, 거친 숨을 참고, 아파하는 신음을 삼키고, 이를 악물며 눈으로 의사를 물어오는 제게 고개를 끄덕거렸다.

몇 번이나 깨달았다. 그녀의 마음을 확인하면서 자기 위로를 받는 방식이 얼마나 잔인한 것인지.

비참해지는 순간이 찾아올 때마다 그녀는 속삭였다. 괜찮다고.

단 하나의 위로, 단 하나의 위안.

거짓된 모성애로 길러진 삶이 송두리째 뽑혀 나가기 전에 나는 너를 안았다. 강이주, 너는 모른다. 그 밤, 네가 있어 다행이었다는 것을.

의문이 들었다. 누군가를 기다리는 평범한 일조차 설렘으로 다가오는 이 순간을 기억하며 행복이라 불러도 되는 건지. 너한테 지독한 상처를 안겨 준 내게 허락될 일인 건지.

약속 시간보다 이른 시간에 도착한 현우는 5분이면 도착한다는 이주의 문자에 카운터 앞으로 다가갔다.

위압적인 키와 어깨를 더 돋보이게 하는 슈트를 입고 나타난 현우를 물끄러미 올려다보며 점원들이 직접 주문을 받기 위해 작은 암투를 벌였다. 결국 승리한 건 내 평생 저렇게 잘생긴 남자랑 언제 말을 섞겠냐고 한탄하던 나이 많은 매니저였다.

"손님, 주문하시겠습니까?"

최대한 상냥하게 현우와 눈을 마주치며 매니저가 환히 웃자 그가 무덤덤한 얼굴로 카드를 내밀었다.

"오렌지 생과일주스, 와플 하나요."

주문받은 매니저가 꽤 의외라는 얼굴로 포스기를 찍었다. 뒤에 선 점원들도 의아하긴 마찬가지였다. 저렇게 남자답고 잘생긴 남자가 달달한 것만 주문하니 뭔가 어울리지 않았다.

"그리고 아이스 아메리카노 샷 추가해서 하나요."

"아, 예. 주문 확인해 드리겠습니다."

역시나 그럴 줄 알았다는 듯, 혼자 온 게 아니라 여자랑 같이 온 게 분명하다고 점원들이 저마다 눈짓을 주고받았다.

다시 카드를 받아 든 현우가 진동벨과 함께 카페 안을 훑었다. 지난번과 비슷한 자리를 찾아 앉은 그가 무심결에 창밖으로 시선을 던졌다. 한가롭게 카페에 앉아 여자를 기다리는 일은 해 본 적이 없지만, 그는 지금 묘하게 들떠 있었다.

진동벨이 울리기도 전에 점원이 직접 주문한 음료와 와플을 가져다주었다. 아까 주문받은 매니저 뒤에 서 있던 직원이었다. 수줍게 얼굴을 붉히며 맛있게 드시라며 속삭이는 점원을 보던 현우의 시선이 카페 입구로 향했다.

문이 열리는 소리와 함께 바로 현우를 찾은 이주가 엷게 웃으며 그에게 다가갔다.

"일찍 왔네요?"

"응."

"와플도 시켰어요? 배고파요?"

"너 먹으라고."

조금만 목소리가 더 유하고 부드러웠다면 이 남자가 너무 다정한 거 아닌가 착각할 정도였다.

이주가 자리에 앉자 점원이 진동벨을 들고 빠르게 카운터로 돌아갔다. 약간 소란스러운 카운터를 흘겨보며 이주가 눈을 동그랗게 떴다.

"왜 저래요?"

"뭐가?"

이주에게 닿는 관심의 눈초리가 심상치 않다. 그녀가 짧은 웃음을 터트렸다. 역시 잘생긴 남자는 어딜 가든 대접을 받는다더니.

"혹시 카운터 앞에서 끼 부렸어요?"

"뭐?"

"맞네. 끼 부렸네."

어쩐지 셀프 서비스인 곳에서 직접 서빙을 한다 했다. 눈치도 없는 이 남자는 지금 카페에서 얼마나 많은 사람들의 주목을 받는 건지도 모를 것이고.

이주가 포크를 들었다. 오늘 먹은 거라곤 가게에서 혜미와 시켜 먹은 도시락뿐이어서 다행히 출출할 때이기도 했다. 싱긋 웃으며 포크를 손에 든 이주가 생크림이 듬뿍 올라간 와플을 흐뭇하다는 듯 내려다봤다.

"나 보고 싶은 영화 있어요."

와플을 보기 좋게 썰며 이주가 말을 꺼냈다. 그래? 하고 현우가 되묻자 그녀가 열심히 고개를 끄덕였다.

"SF물이에요. 그런 거 별로 안 좋아하죠?"

"영화관 잘 안 가."

그럼 집에서도 안 보냐고 묻자 현우는 그렇다고 대답했다.

이주는 와플 한 조각을 입으로 가져가며 순간 현우에게 권할까 싶었지만 이내 생각을 접었다. 단 건 싫어하는 사람이니.

"마지막으로 갔던 게 언제인데요?"

"대학 다닐 때."

"네?"

너무 놀라 반문해 버린 이주가 눈을 크게 떴다. 서른두 살의 그가 대학교에 다닐 때라면 적어도 5년 전 얘기라는 건데.

"보통 여자 친구 만나면 영화관에 많이 가지 않나?"

"너는 그랬어?"

그가 되묻자 이주는 당황한 티를 내며 오물오물 와플을 씹었다. 입가에 생크림이 묻은 것도 모르고.

"뭐, 보통은 그러죠. 특별한 날 아니면 영화 보고, 밥 먹고, 카페 가서 수다도 떨고."

입가에 그대로 생크림을 묻힌 이주를 보며 현우의 입이 호선을 그렸다. 닦아 줄까 했지만 그 모습을 조금 더 바라보고 싶어 그대로 두기로 했다.

"난 안 그랬어."

"그럼 뭐 했는데요? 두 번째 만날 땐 그거 해요."

그게 뭔 줄이나 알고 이렇게 겁도 없이. 눈앞에 그려지는 상상을 한쪽으로 밀어 넣은 채 현우가 덤덤하게 대답했다.

"밥 먹고, 선물도 하고, 몇 번 그러다……."

그가 말을 멈추자 이주가 의심이 짙은 눈동자로 되물었다.

"그러다?"

현우가 시선을 슬쩍 피하는 것이 보여 이주는 머릿속에 상상했던 말을 꺼냈다.

"몇 번 그러다 뭐, 잤다고요?"

적나라한 말을 아무런 감흥도 없이 내뱉는 제 모습에 이주는 아주 잠시 얼어붙었다. 나 지금 질투하나. 이 남자의 옛 여자들에게?

"자랑할 것도 되게 없네요."

어딘가 불편한지 그가 시선 둘 곳을 찾으며 이리저리 눈을 피하다 겨우 입을 열었다.

"나 자랑 안 했어."

"그럼 눈치가 없네요, 쓸데없이."

어쩐지 평범하고 달달한 연애와는 거리가 먼 사람일 것이라 생각은 했었는데. 괜히 두 번째 데이트 얘길 꺼냈나. 이주가 스트로를 입에 물었다. 적당하게 달달한 오렌지 주스가 목을 넘어가자 시원한 느낌에 머리가 맑아지는 듯했다.

"여기, 묻었는데."

"네?"

현우가 손짓으로 입가를 가리키자 이주가 손바닥으로 황급히 입술을 가렸다. 입술을 움직여 크림을 닦은 이주가 당황한 사이 현우가 작은 소리를 내며 웃었다.

요즘 들어 자주 보는 그의 웃는 모습을 바라보다 이주가 마저 크림을 닦아 냈다.

"그냥 너 하고 싶은 거 하자, 세 번 다."

"그래도 돼요?"

"응. 나 너한테 잘 보이는 중이잖아."

와플과 오렌지 주스. 잘 보이겠다는 남자의 목적은 너무나 뚜렷해서 모른 척하기도 민망할 수준이었다.

그 후로 사소한 얘기가 오갔다. 주로 이주가 묻고, 현우가 대답하는 식이었다. 원래 묻는 것 외에는 입을 여는 사람이 아니니까.

며칠 전까지 유지됐던 냉기 가득한 분위기는 눈 녹듯이 사라졌다. 짐 하나를 내려놓으니, 해결이 되지도 않았는데 확실히 마음 한편이 전보다 편해졌다. 정확히 하는 일을 묻자 현우는 건축 사무소를 운영한다고 했고 사무실은 어디 있냐, 그럼 대표인 거냐는 등의 질문들이 주를 이뤘다.

"나도 뭐 하나 물어도 돼?"

아, 너무 묻기만 했나. 이주가 서둘러 고개를 끄덕였다.

"왜 하자 그랬어?"

"뭘요?"

"이거."

아, 데이트. 그가 갑자기 물을 줄은 몰랐던 이주는 기습당한 기분으로 대답을 망설였다. 어, 음, 저기. 추임새를 넣어 가며 애꿎은 와플을 뒤적거렸다.

그러다 곧 결심한 듯 허리를 세우고선 접시 위에 포크를 살짝 내려놨다.

"그 전에요."

"……."

"왜 나한테 그런 말했어요? 그런 연애는 덜 복잡하고, 더 자유로운 여자 찾아서 하는 게 맞는 것 같은데. 나처럼 복잡하고 생각 많은 애 말고."

현우가 픽 소리를 내며 웃었다. 제 딴엔 해도 되는 질문인가, 싶어 꽤 오래 고민을 했건만 상대방이 웃자 기분 나쁜 듯 이주가 미간을 좁혔다.

"그게 쉽지. 지금까지도 그랬고."

갑자기 궁금해졌다. 그는 어떻게 살아왔을까. 나를 조금은 생각했을까.

"몰라. 나도 늘 아니면 말고, 식이었는데 네가 안 된다고 하면 어쩌나, 거절하면 어떡하나 온종일 그 생각만 하고 살았어."

"……."

"불안해서 죽는 줄 알았어."

현우의 시선이 진지하고 담담한 이주의 눈과 맞닿았다.

이 마음을 너에게 어떻게 설명할 수 있을까. 표현하고 싶지만 어렵고, 말해 주고 싶지만 힘이 들었다.

단 한 번도 누군가에게 마음을 드러내 본 적이 없다. 마음 없이 살았던 그는 다가가는 것조차 어려워 매번 망설임을 겪었다.

나를 필요로 하고, 좋아하고, 사랑해 주는 누군가가 있다는 그 안도감이 좋았다. 그래서 여자를 만났다. 짧은 만남, 쉬운 헤어짐. 몇 번을 반복해도 채워지지 않는 허무. 하지만 너에게만큼은 그런 마음이 들지 않는다.

내가 너를 좋아하고, 내가 너를 필요로 하는 이 마음을 그저 알려 주고만 싶다.

"그리고."

"……."

"네가 좋다는 것 정도는 알아."

그녀의 시선보다 더 담담한 그의 고백. 절절한 사랑 고백도 아니고 지나가는 투로 네가 좋다는 남자에게 떨려도 되는 걸까 싶었다. 마음이 움직였다. 소리도 냈다.

방금, 이렇게 쿵.

좋다는 말을 쉽게 들을 줄은 몰랐기 때문일까. 티 나게 당황한 이주가 와플을 씹다가 오렌지 주스를 마시다가 빨대를 잘근잘근 깨물었다. 그러다가 얼굴에 닿는 그의 진득한 시선을 못 견디겠다는 듯 어색하게 웃으며 현우를 마주 봤다.

결국 지금 할 수 있는 소리란.

"이제 영화 보러 갈까요?"

어색한 상황을 모면할 수 있는 방법이 겨우 이것뿐이라는 듯 이주가 말하자 현우가 피식 웃으며 고개를 끄덕였다.

chapter 08
강이주의 남자

"남자 생겼지, 너?"

막 현우와 통화를 끝낸 이주가 이마를 긁적이며 대답을 피했다. 직장 동료 집들이에 가게 됐다며 선물로 다육 식물을 사러 불쑥 가게에 온 다혜는 급하게 약속을 미루는 통화를 엿듣고 확신했다. 이거, 정말 냄새가 난다고.

"누군데?"

"……."

"설마 유부남이야? 그래서 말 안 해?"

"야, 아니야. 유부남은 무슨."

없다는 말 대신 있다는 뉘앙스를 강하게 내비친 이주가 말끝을 흐렸다. 다혜의 눈매가 가늘어지더니 곧 피식 웃는 소리를 냈다.

"근데 왜 말을 안 해? 유부남도 아닌데."

다혜가 앉아 있는 작업대로 다가온 이주가 포장지를 괜히 만지작거렸다.

"그냥 아직 사귀는 것도 아니고."

"아. 썸 타는 중?"

썸이라니. 그런 달달한 말로 정의할 관계도 아니지만 딱히 표현할 말이 없다 생각한 이주가 대충 고개를 끄덕였다. 분명히 현우에 대해 말한다면 다혜는 헤어지길 종용하며 극구 말릴 게 뻔했다. 책임질 생각도 없으면서 연애만 하자는 남자. 다혜가 딱 싫어하는 스타일이었다.

"뭐 하는 남잔데? 몇 살?"

이건 좀 대답하기가 쉬웠다.

"건축가. 서른둘."

"오, 나름 전문직. 그냥 사원?"

"아니. 사무소 차린 지 조금 됐대, 친구랑 공동 대표."

"심지어 자기 사업하는 남자야? 어떻게 만났는데?"

이건 좀 어려운 질문인데. 우연히 만났다. 그 우연이 몇 번 반복됐다. 그러다 보니 우여곡절을 겪고 이제는 데이트하는 사이가 됐다고 말하기엔 다혜가 납득하기 어려울 게 뻔했다. 그녀 자신도 납득이 어려운 일이니까.

"나중에. 나중에 말해 줄게."

이주가 낮게 웃으며 다혜가 포장해 달라고 한 다육 식물을 한군데 모았다. 투명한 비닐 쇼핑백에 하나씩 포장해 넣고, 마무리로 쇼핑백에 노란색 리본까지 단 이주가 다혜에게 쇼핑백을 내밀었다.

하라는 대답은 안 하고 일만 하는 이주를 빤히 올려다보며 다혜가 다시 입을 열었다.

"사귀자는 말 안 해? 썸 탄 지 오래된 거 아니야? 야, 그거 썸 오래 타면 흐지부지된다? 확실히 해야 돼, 확실히."

남의 연애에 한마디씩 얹는 건 도가 튼 다혜의 말을 흘려 들은 이주가 친구의 손에 억지로 쇼핑백을 들려 주었다.

"계산이나 하시죠?"

"진짜 말 안 해 줄 거야?"

"글쎄, 말해 줄 게 없다니……."

그 순간 투명한 유리창 너머로 보이는 현우를 보고 놀란 이주가 멍하니 입을 벌렸다. 분명히 회사 근처라고, 아직 출발 전이라던 통화 내용을 떠올리며 이주가 가게 안으로 들어오는 현우의 앞으로 다가갔다.

현우 역시 그녀가 가게에 있을 거란 생각은 못 했는지 뜻밖이란 얼굴로 다혜와 이주를 번갈아 봤다.

"여긴 왜 왔어요? 카페에서 보기로……."

"친구랑 있대서. 가게에는 없는 줄 알았어."

내가 없는데 여길 와요? 이해가 안 간다는 듯 이주가 미간을 좁히자 현우는 오히려 머쓱해져 할 말이 없었다.

"회사라면서요."

"매상 좀 올려 주려고. 너 있을 때는 네가 못 사게 하니까."

"또 여직원들 복리 후생?"

현우가 대답 없이 웃기만 했다. 웃는다고 해도 보일 듯 말

듯 입꼬리만 올라간 모습이었다. 동시에 그의 시선이 다혜에게 향했다. 호기심 어린 표정으로 자신을 향한 관심을 대놓고 내보이는 걸 보니 아무래도 이주의 친구인 듯싶었다. 그게 아니라면 빤히 볼 이유는 없으니까.

현우가 말없이 작게 고개를 숙여 인사를 대신했다. 다혜는 어느새 이주의 옆으로 다가와 현우를 물끄러미 올려다봤다. 외모, 대단히 출중하니 무조건 합격. 목소리, 그윽하니 마음에 들어 합격. 언제 어떻게 망할지 모르는 사업이지만 번듯한 직업까지 있다니, 그것도 합격.

언젠가 잘생긴 남자는 얼굴값 할 것 같다며 싫다던 이주의 말이 떠올랐다.

그런 주제에 이런 남자를 골랐다는 거지, 강이주?

나 꽤 괜찮은, 아니 아주 괜찮은 남자입니다라는 티를 온몸에 덕지덕지 바른 듯한 현우를 관찰하는 일이 꽤 즐거운지 다혜가 씨익 웃었다.

집 짓는 남자답지 않게 깔끔한 진회색 슈트를 입은 그를 위아래로 빠르게 훑으며 그에게 손을 내밀었다.

"안녕하세요, 이다혜라고 합니다. 이주 제일 친한 친구예요."

보는 사람이 민망할 정도로 현우를 쳐다보는 다혜를 말릴까 하던 이주는 한숨을 삼키며 그대로 내버려 뒀다. 더하면 더했지, 하지 말란 눈치를 줘도 가만히 있을 친구가 아님을 모르지 않았다.

"차현우입니다."

짧은 악수 후에 현우가 명함을 건넸다.

HS건축 설계 사무소 대표 차현우

이주도 못 본 명함을 먼저 받은 다혜가 차현우 씨, 하고 작게 중얼거렸다. 이주가 훔쳐보듯 다혜의 곁에 서서 힐긋 명함을 내려다봤다. 그 모습을 지켜보던 현우가 웃음을 참았다.

"제가 데이트 방해한 것 같은데. 방해꾼은 이만 사라져야겠네요."

제발 좀 갔으면 좋겠다는 친구의 얼굴을 한 번, 그리고 멀끔한 얼굴로 희미하게 입꼬리를 올려 웃는 남자를 한 번 번갈아 보던 다혜가 지갑에서 카드를 꺼내 이주에게 내밀었다. 계산 안 할 거야? 하고 묻는 친구를 쓱 노려보던 이주가 카드를 받아들곤 카운터로 향했다.

"근데 여자 친구의 절친을 우연히 만났을 땐, 예의상 다음에 식사 대접하겠단 소리도 하는 건데요."

여자 친구. 이주는 아직 아니라 했지만 다혜는 확신이 깃든 목소리로 물었다. 장점으로 말하면 솔직한 거고 단점으로 말하면 필터 없이 말하는 성격의 다혜는 이주가 들리지 않을 정도의 작은 목소리로 말을 꺼냈다. 다혜와 눈이 마주친 현우가 그런 거냐는 듯 고개를 끄덕였다.

"그러겠습니다."

거참, 성격 한 번 깔끔하네. 두서없이 말이 길지도, 그렇다고 유머가 넘치는 것 같지도 않은 남자를 향해 다혜는 떨떠름한 얼굴을 감추며 웃었다. 무엇보다 첫인상이 중요한 법이니까.

계산을 마무리하고 이주에게 전화하겠단 말을 남겨 둔 채 가게를 나선 다혜가 택시에 오르기 전 몸을 돌려 가게 쪽을 바라봤다. 전면이 유리로 된 이주 플라워 안에는 현우와 나란히 선 이주가 남색 앞치마를 풀며 무언가 떠들고 있었다.

현우는 그런 그녀를 바라보기만 하고, 혼자 신이 난 이주는 조잘조잘 말을 멈추지 않았다.

언뜻 모르는 사람이 보면 여자 혼자 푹 빠졌다고 생각할 수 있겠지만 다행히도 그건 아닌 것 같았다. 남자의 눈에는 분명 설명하기에 낯간지러운, 그러니까 자신의 여자를 보는 다정함이 있었다.

뭔가 느낌이 싸했다. 썩 좋은 기운을 가진 남자가 아니라는 기분이 들었다.

좋은 기운을 가져다준다는 건 존재 자체만으로도 즐거워진다는 건데 뭐랄까, 뭔가 차갑고 어렵고 불편하고. 한마디로 이주와 접점이 크게 없을 것만 같은 남자였다.

세상 혼자 살 것만 같은, 그런 위압감이 느껴지는 남자.

"서늘하네."

다혜가 살짝 미간을 찌푸렸다. 5분은 친구의 남자를 판단하기에 너무 짧은 시간이다. 제대로 된 저녁 식사를 대접받을 때 다시 살펴보자.

택시에 오르며 재훈의 번호를 찾은 다혜가 바로 통화 버튼을 눌렀다. 그리고 생각했다. 강이주의 연애가 대체 얼마 만인지를 떠들기 위해선 얼마간의 시간이 필요할까, 하고.

첫 번째 데이트는 영화를 보고 파스타 전문점에서 저녁을 먹는 것으로 마무리했었다. 느끼한 게 취향이냐는 이주의 물음에 현우는 여자들이 좋아한다고 하던데, 하고 무덤덤하게 대답했다. 다정히 웃으면 더 설레었겠지만 그것만으로도 좋아 이주는 웃음을 감춰야 했다. 카페, 영화, 저녁 식사. 싱겁기만 한 첫 번째 데이트는 4일 전이었다.

이주가 조수석에 앉아 안전벨트를 매는 모습을 현우는 조용히 바라봤다. 이제는 익숙하다는 듯 제 차, 그리고 제 옆을 찾는 그녀가 낯설지 않았다. 당연했고 편안했다. 스스로 위험하다 느낄 정도로.

하지만 그 위험을 떨쳐 버리고 싶진 않았다.

"오늘은 뭐할까?"

"또 내가 정해요?"

"그러기로 했잖아. 가고 싶은 곳 없어?"

현우가 물었다. 음, 신음을 흘리며 고민하는 척하더니 이주는 바로 한강 데이트를 꺼냈다.

꼭 한번 해 보고 싶었던 한강 데이트의 정체는 푸른 여름 하늘 아래에서 돗자리를 펴고 거기 앉아 치맥을 먹는 거였다. 대학생 때나 즐겼던 일이다.

"저녁 다 됐는데? 돗자리도 없고."

"돗자리는 거기서 팔아요. 그리고 이런 날씨에 한강에 사람이 얼마나 많은데."

"아."

"혹시 싫어요? 옷이 좀 불편하려나?"

이주가 현우의 옷차림을 살피며 조심스럽게 물었다. 건축 일을 하는 남자가 매번 슈트를 챙겨 입는다는 게 약간 어색했다. 드라마나 영화에선 편한 청바지에 점퍼, 셔츠 차림이지 않은가. 현우는 매번 짙은 회색이나, 남색, 검은색 계열의 슈트를 입곤 했다. 오늘도 마찬가지였다.

"아니야. 안 불편해."

"그럼 다행인데 항상 슈트만 입네요? 그쪽 일 하는 사람은 복장이 좀 자유롭지 않아요?"

"보통 그런 편이지. 현장 나갈 일이 많으니까."

"그런데요?"

가만히 이주를 내려다보던 현우가 머릿속으로 미영을 떠올렸다. 일을 시작하고 얼마 있지 않아 갑자기 집에 불려 간 적이 있었다. 물론 먼지가 묻고 흙 자국이 남았던 작업복 차림은 아니었다. 급하게 갖춰 입었다고 생각했는데, 미영은 셔츠 윗 단추를 푼 현우를 보며 넥타이 정도는 해야 하는 거 아니냐며 못마땅해했다. 그 일을 계기로 그는 현장에 있으면서도 항상 슈트와 넥타이를 고집했다. 조금의 흠도 보이고 싶지 않아 생긴 버릇이 습관이 되었다.

"버릇이야. 미팅도 수시로 있고. 현장 나갈 땐 그나마 편하게 입어."

"어울려서 좋아요. 슈트 입는 남자들 멋있는데."

이주가 하얀 치아를 드러내며 환하게 웃었다. 마주 웃던 현우가 차를 출발시켰다. 다행히 퇴근 시간을 비켜 간 시간대라 그들은 생각보다 빨리 한강 변에 도착할 수 있었다.

강아지를 데리고 산책 나온 부부, 노상을 즐기러 온 대학생들, 무릎에 기대 누워 소소한 애정 행각을 벌이는 커플들 사이, 꽤 조용하고 한적한 곳에 자리를 잡은 이주가 돗자리를 사 들고 온 현우의 손에서 냉큼 뺏어 자리를 깔았다.

생각보다 너무 좋은 자리를 맡았다며 신난 이주를 대신해 현우가 치킨을 주문했다. 한 마리면 되겠냐는 그의 물음에 이주는 단호하게 고개를 젓더니 자신 있게 손가락 두 개를 폈다.

"다 못 먹을 것 같은데."

"못 먹어도 고!"

이주가 자신 있게 외쳤다.

서늘한 강바람이 앞머리를 스치고 드러난 이마를 건드리다가 그녀의 가녀린 어깨를 만지작거리며 지나갔다. 돗자리에 두 다리를 뻗은 그녀를 흘깃 바라보던 현우가 슈트 재킷을 벗었다. 그리고 순간 고민했다. 실크 원피스 위에 하얀 살결이 비칠 만큼 얇은 카디건 차림. 어깨에 덮어 줘야 하나, 쭉 뻗은 하얀 다리를 가려 줘야 하나.

마치 그의 고민을 알겠다는 듯 피식 소리 나게 웃던 이주가 그의 손에서 옷을 가져가더니 매끈한 다리 위에 재킷을 덮었다.

"이런 것도 안 해 봤구나."

"티 나?"

"엄청요."

퍼득퍼득 소리가 나더니 근처에 있던 비둘기 떼가 낮게 날아 무리 지어 자리를 옮겼다. 알고 보니 앙증맞은 남매가 그만 바닥에 과자를 쏟아 버린 것이었다. 주위로 모여드는 비둘기를 보고 겁을 먹은 남매가 울음을 터트리자 부모가 난감하다는 듯이 아이들을 한 명씩 품에 안아 들었다.

그 모습을 바라보는 이주의 입꼬리가 위로 향했다. 현우의 시선은 그런 그녀에게 닿아 떨어질 줄 몰랐다.

"귀엽죠."

"응, 그러네."

한동안 그런 두 아이를 바라보니 어느새 치킨이 도착했다. 진짜 다 먹을 수 있냐는 물음에 이주는 자신 있게 고개를 끄덕였다.

돗자리와 함께 사 온 맥주를 꺼내 내밀자 이주는 닭 다리 한 입, 맥주 한 모금을 반복했다. 어느새 닭 다리는 뼈만 남아 있었고 맥주도 반이나 비어 있었다.

"운전해야죠?"

그가 대답도 하기 전에 당연하다는 듯 이주는 현우 몫의 맥주를 제 옆으로 가져갔다. 손 씻으러 가기 귀찮다면서 젓가락으로 야무지게도 치킨을 먹는 그녀를 물끄러미 바라보며 현우가 작게 웃었다.

시원한 강가의 바람. 시끌벅적한 아이들과 어른들, 그리고 청춘들의 웃음소리. 그 속에 섞여 있는 제 모습이 어색할 정도로 낯설었다. 한결 여유롭다는 얼굴로 사람들은 저마다의 삶을, 이 순간을 즐기고 있었다. 그게 또 부러워졌다. 그 속에 이미 속해 있으면서도.

결국 한 마리를 깔끔하게 비운 이주는 남은 치킨을 내려다보며 고민하더니 그를 두고 편의점에 다녀왔다. 사 온 일회용 접시에 치킨을 담아 가까이 있는 대학생들에게 가져가자 작은 환호성이 들려왔다.

여자애들도 있는데 굳이 남자애들한테 줬어야 했나. 미간을 찌푸리며 이주를 기다리는데 그녀는 바로 오지 않았다.

5분쯤 지났을까. 이주가 저 멀리서 테이크 아웃 커피 두 잔을 들고 오는 게 보였다.

"자요. 후식은 내가 사는 거예요."

신고 있던 구두를 벗고 다시 돗자리 위에 두 다리를 뻗고 앉은 이주가 그에게 커피를 내밀었다.

말없이 커피를 받아 든 현우가 다시 슈트 재킷으로 이주의 다리를 가렸다. 기다렸다는 듯 재킷을 덮어 주는 그를 물끄러미 바라보며 이주가 살며시 미간을 찌푸렸다.

더운데. 작게 중얼거렸지만 현우는 일부러 못 들은 척했다. 그녀의 맨다리를 보는 것보다 덥다며 짜증을 부리는 것이 훨씬 나았다. 그의 입장에서는.

"괜찮아?"

"뭐가요?"

"술 마셨잖아."

"고작 맥주 두 캔에 무슨. 옛날엔 소주 두 병도 거뜬했어
요."

지금은 나이가 들어서 그러지. 이주가 말을 덧붙였다.

"아닌데. 금방 취하던데."

"지난번은 뭐. 좀 마시기도 했고."

"주사도 약간 있는 것 같고."

"지금 구박해요?"

작은 타박이 계속되자 발끈한 이주가 현우를 돌아봤다. 그
가 하하 기분 좋은 웃음소리를 냈다.

별 하나 보이지 않는 서울 밤하늘을 배경 삼아 현우와 나
란히 앉은 이 순간. 다시 회상할 땐, 지금을 그리워할까? 아
니면 잊고 싶어 할까.

웃음소리를 끝으로 한동안 두 사람은 말이 없었다. 주변에
있는 모두가 다들 시끌벅적한데 그들만큼은 마치 다른 세상
에 있는 이들처럼 침묵을 지키고 있었다.

"우리 좀 이상하죠?"

"뭐가?"

대뜸 꺼낸 이주의 말에 현우가 되물었다.

"뭔가 온도가 없어."

차갑지도 그렇다고 뜨겁지도. 무덤덤하게 모든 걸 받아들
이지도 그렇다고 격렬하게 거부도 하지 않는.

이주가 현우의 앞으로 손을 내밀었다.

"손, 잡을까요?"

수줍게 묻는 목소리에 현우가 낮게 웃으며 그녀의 손에 깍지를 꼈다. 전해지는 따뜻한 기운에 이주의 미소가 깊어졌다.

이런 거구나, 이런 게 마음인 거구나.

"이러면 좀 뜨거워지나."

"천천히 해야죠, 천천히. 세 번째 데이트 끝나 봐야 아는 거고."

그녀가 잡은 손을 흔들며 말했다. 이제 마지막 데이트가 남았다. 그 끝엔 어떤 결말이 나올까. 나를 행복하게 할 사람일까, 내가 행복하게 해 주고 싶은 사람일까.

그와의 만남을 기다리고, 할 일 없이 휴대폰을 들여다보며 연락을 기대했다. 미래가 없다는 사람인데도 어느새 미래를 머릿속에 그려 넣고 있었다. 어쩌면 이미 답은 나왔는지도 모르겠다.

장난스럽게 말하는 이주의 옆모습을 빤히 바라보던 현우가 시선을 거뒀다.

"데이트, 한 번 남았네요."

일기장에 혼자 끄적이는 말처럼 이주가 말했고 현우는 대답하지 않았다. 꿈처럼 사라질지도 모르는 그녀를 인정하고 싶지 않았다.

"내가 뭐라고 할 것 같아요?"

"글쎄."

"지금 남의 얘기해요? 본인 얘기거든요?"

서늘한 바람에 가슴을 반 정도 덮는 이주의 머리칼이 약하게 움직였다. 옆모습을 가리는 부드러운 머릿결을 감상하듯 바라보던 현우가 손을 뻗어 그녀의 머리를 귀 뒤로 넘겨 주었다. 갑작스러운 스킨십에 놀란 이주가 그를 돌아봤다.

현우가 기다렸다는 듯 대답했다.

"너랑 함께 있는 지금이 마지막일 수도 있단 생각은 해."

"……."

"그럼 간절해져. 더 욕심내면 안 될 것 같아 참아도 보고. 그래도 다시 네 앞을 서성이고."

결핍. 그게 보였다. 가진 게 많은 사람 같은데도 그는 가진 게 없는 것 같았다. 정말 말도 안 되는 생각이지만, 직감적으로 알았다. 마음으로 느껴질 정도였다. 왜 당신의 마음은 이토록 가난해 보일까. 어째서 당신 삶에 나타난 지 얼마 되지도 않은 내가 당신의 전부 같은 걸까.

그걸 자신이 채울 수 있을 거란 생각은 들지 않았다. 사람이, 사람에게 부족한 걸 어떻게 채워 줄 수 있을까. 세상에 그렇게 완벽한 사람은 존재하지 않을 텐데. 조금씩 부족하고, 조금씩 모자라야 사람인데.

하지만 이거 하나는 알 수 있었다. 이 사람은 나를 원한다. 그것도 간절히.

"근데 그거 어떻게 알았어요?"

급하게 화제를 돌리며 이주가 현우를 돌아봤다. 그녀의 의도를 모르지 않기에 현우는 가만히 그녀를 따라 주었다. 모르겠다는 듯 저를 보는 그를 향해 이주가 기억을 더듬었다.

"내가 선생님 좋아했던 거."

"아, 그거."

선생님이란 호칭이 심하게 거슬렸지만 현우는 바로잡지 않았다. 열아홉의 강이주를 만난 것 같아 잠시 설렘을 느꼈다.

"나 진짜 티 안 냈는데."

이주의 기억으로는 그랬다. 감추느라 얼마나 힘들었는데. 빨대를 오물거리며 입에 물고 있는 그녀를 바라보던 현우가 장난스럽게 말했다.

"티 엄청 났어."

"설마. 진짜요?"

"응."

현우가 간단히 대답했다. 주저리주저리 설명도 없이 그가 입을 다물자 이주가 대답을 재촉하려 맞잡은 손을 흔들었다. 그럼에도 반응이 없자 이주가 손에 힘을 꼭 주며 잡아당겼다. 이 남자가 정말. 이럴 땐 말을 길게 해야지.

"빨리 대답 안 해요? 어떻게 알았냐니까?"

"너는 왜 대답 안 해?"

내가 뭘요? 하는 얼굴로 이주가 눈을 동그랗게 떴다.

"전에 물었잖아. 이거 왜 하자고 했냐고."

이주가 기억난다는 듯 작은 신음을 내뱉었다. 대답을 피하려 던진 질문에 그는 좋아한다는 소소한 고백을 했었다. 그걸 정말 몰라서 묻는 걸까. 이주가 아랫입술을 살짝 깨물며 나란히 앉았는데도 머리 하나는 큰 그를 올려다봤다.

"후회할까 봐서요."

"……."

"첫사랑이랑 데이트할 기회를 놓치는 머저리는 아니거든요, 내가."

"……."

"이젠 대답하죠? 진짜 어떻게 알았어요?"

물끄러미 저를 내려다보는 그의 덤덤한 시선을 맞받아치며 이주가 재촉했다. 반짝이는 두 눈동자를 마주한 현우가 호선을 그리며 입꼬리를 올렸다.

나를 이렇게 보는데, 내 앞에서 이렇게 조르는데 어떻게 모를 수 있을까. 지금의 너와 열아홉의 네가 다르지 않았으면 좋겠다는 말을 뒤로 삼키며 현우가 몸을 일으켰다.

"뭐예요, 대답 안 해요?"

이주가 다시 한번 재촉했지만 현우는 대답 없이 잡은 손을 잡아당겨 그녀를 일으켰다.

돗자리를 정리하고 다시 주차장으로 가는 길 내내 이주의 질문에 현우는 모르쇠로 일관했다. 나를 따라 움직이던 네 시선 때문에 알았다고 솔직하게 대답하면 마음을 들켰다는 생각에 금방이라도 도망칠 이주였다. 그래서 현우는 선물처럼 다가온 순간의 여유를 즐기기로 했다.

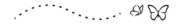

"형."

아파트로 곧장 퇴근한 현우가 막 구두를 벗고 현관에 들어설 때였다.

"은우야."

"이게 뭐야?"

현우의 시선이 곧장 은우의 손에 들린 약으로 향했다.

화장실 찬장과 침대 옆 수납장에 저런 약만 한가득이었다. 열어 보면 바로 들통날 일이지만, 열어 볼 사람이 없단 전제 하에 안일하게 두었는데 하필 은우가 그걸 발견할 줄은 몰랐다. 현우의 낯빛이 급격하게 어두워졌다. 그럴수록 은우의 불안한 마음은 점점 확신으로 기울어 갔다.

"형, 병원 다녀? 방 안에 저것들 다 뭐야?"

인터넷 검색만 해도 쉽게 나오는 약의 정체를 묻는 동생은 어리석지 않았다. 그저 형을 위하고, 좋아할 뿐.

현우가 대답 없이 다가가 은우의 손에 있는 약을 뺏어 들었다. 날카롭게 번득이는 은우의 눈이 그를 향했다. 배신감. 현우는 그걸 보았다. 열두 살 어린 동생의 눈에서.

"잠 안 올 때 가끔 먹는 거야."

"가끔? 근데 저렇게 많아? 수면제 종류 아닌 것도 있었어. 그건 뭔데?"

"필요할 때마다 사다 버릇해서 많은 거야. 별로 먹지도 않아."

저를 달래듯이 말하는 어투에 은우는 더더욱 신용을 잃어 갔다. 보약은 잘 챙겨 먹고 있나, 어떻게 지내나 하는 생각에 학교에 갔다가 잠깐 들른 차였다. 약국에서 사 온 비타민이나 영양제들을 둘 곳을 찾던 중에 뒤져 본 서랍장에서 약을 발견했다. 이내 같은 것들을 화장실 선반에서도 발견했다.

그것들을 인터넷으로 하나하나 검색하면서 손끝이 떨리고 심장이 저렸다.

이렇게나 힘들었는데. 이렇게나 고통스러웠는데.

아무것도 몰랐다는 죄책감. 고작 얕은 이해심으로 쉽게 봤었던 형의 아픔을, 죄의식을 이제야 깨달은 은우는 도저히 참을 수 없었다. 참아지지 않았다.

"약국에서 일반적으로 처방 안 되는 약들인 거 알아. 형, 병원 다니고 있었어? 대체 언제부터?"

쓰디쓴 대답을 삼킨 현우의 목울대가 크게 움직였다. 무슨 대답을 내놓아도 동생의 불안을 해소하지 못하리라는 걸 알았다.

"언제부터냐니까!"

"……."

"그렇게 괴로웠어? 뭐가. 우리 엄마가? 준우랑 똑같이 생긴 내가? 혹시 나 보면 준우 생각나? 그래서 그래? 준우도 살아 있었으면 나처럼 자랐을까, 그래?"

"은우야."

"형은 살았잖아! 살았으면 산 사람으로 살아야지, 왜 이러는데 진짜!"

참을 수 없는 분노, 배신감. 형이 어느 순간 자기를 떠날 수도 있다는 생각에 미친 듯이 화가 치밀어 올랐다. 살았는데. 살았으면 감사해야 하는 건데.

"언제까지 그렇게 살 건데. 살았으면 감사해야지. 고마워

해야지. 뭐가 그렇게 힘들어. 뭐가 그렇게 아파! 준우 몫까지
잘 살아야지. 왜 이딴 걸 먹으면서 죽지 못해 사는 얼굴로 사
냔 말이야!"

벽에 약통이 부딪치고 바닥에 약이 그대로 쏟아지면서 작
은 소음을 만들어 냈다. 한 발짝 은우 앞으로 다가간 현우가
이를 악물며 눈물을 참는, 이제 고작 스무 살인 동생을 내려
다보며 쓰게 웃었다.

"그런 거 아니야, 인마."

"형……."

씩씩거리며 큰 숨을 몰아쉬다가 결국 울음 섞인 목소리로
애틋하게 속삭이는 형이란 말에 현우가 다시 웃음 지었다.

"가끔 두통이 조금 심할 때가 있어. 네 말대로 처방을 받
은 것도 있고 아플 때마다 사 버릇해서 많아진 거야."

"……."

"죽으려고 모은 거 아니라고, 인마."

현우가 다정한 목소리로 달랬다. 끔찍한 생각을 심게 했다
는 죄책감과 부채감이 한꺼번에 찾아왔지만 은우는 몰라야
했다. 그는 형이니까. 그리고 살아남았으니까.

"형."

은우가 다시 한번 현우를 불렀다. 눈앞에 살아 있는 그의
존재를 다시금 되새기듯, 이대로 형이 사라져 버릴까 늘 불
안해했던 마음을 그대로 드러내며.

"죽지 마. 죽지 마, 형……."

울먹거리듯 들려오는 목소리에 그는 묵묵히 동생의 머리

를 쓰다듬었다. 저녁 먹으러 가자고 다정히 말하는 목소리가 은우를 더 울게 했다.

강이주의 남자라는 주제로 재훈과 다혜가 함께 있는 채팅방이 유난히 시끄러웠다. 결국 무음으로 바꾼 휴대폰을 소파에 올려놓은 이주가 주방으로 향했다.

월요일이라 꽃집도 쉬고 따로 약속도 없었다. 저녁으로 뭘먹어야 하나, 텅 빈 냉장고를 빤히 바라보다 이주는 결국 요거트와 스푼 하나만 들고 다시 소파로 돌아갔다.

적막함이 싫어 그저 소음의 용도로 TV를 틀어 놓고 포장지를 벗겨 낸 요거트를 떠먹었다. 동시에 시선이 휴대폰으로향했다. 잠수 탄 이주를 향해 질타를 던지는 친구들을 무시하고 통화 목록을 찾았다.

점심쯤에 통화했던 현우는 오후 내내 클라이언트 미팅이있다고 했다. 지금쯤이면 퇴근하지 않았을까. 통화 버튼만누르면 끝날 고민을 이주는 하루의 반복처럼 다시 시작했고, 결국 고민 끝에 휴대폰을 다시 손에서 내려놓았다.

세 번의 데이트 중 마지막 데이트가 남았다. 고민은 꼬리에 꼬리를 물고 망설임은 가면 갈수록 허물어져 갔다.

그가 좋다. 그가 날 원하는 것처럼 나도 그를 원하는지는모르겠다. 그의 부족한 내재된 무언가를 채워 줄 수 있는지알 수 없지만 그렇게 해 주고 싶다.

나를 행복하게 해 줄 사람인지, 내가 행복하게 해 줄 사람인지 고르라면 그는 후자로 시작해 내게 행복을 채워 줄 사람이다. 그래서 먼저라고 생각했다.

차현우, 그 사람을 행복하게 해 주는 것이 내 행복을 위한 일이라고 결론을 내리니 오히려 마음이 가벼워졌다. 더 그를 기다리게 되고, 더 그를 생각한다.

결혼도, 미래도 그가 제게 다가오기 전 망설였던 이유는 생각하지 않기로 했다. 현재에 충실한 삶을 사는 것. 내일은 생각하지 않고 오늘 하루 최선을 다해 사랑하는 것. 한 번쯤은 꿈에도 그리웠던 삶이니까.

멋이 잔뜩 들어간 이 말을 어떻게 고백해야 있어 보일까 했던 고민은 싱겁게 끝났다. 멋있게 고백하는 법은 몰랐다. 그냥 솔직하게 부딪쳐 보는 수밖에.

벌써부터 보고 싶은 그에게 당장이라도 만나자고 할까 봐 몇 번이나 한숨을 삼켰던 오늘 하루, 저녁이 여물어 갔다. 목소리라도 들어야겠다는 생각에 그녀가 다시 휴대폰을 손에 들었다. 요거트가 바닥을 드러낼 때쯤, 약속이나 한 듯 휴대폰이 울렸다. 액정에 뜬 현우의 이름을 보고 멍하니 있던 이주가 정신을 차리고 전화를 받았다.

"여, 여보세요?"

놀란 목소리가 급하게 튀어나왔고 아뿔싸, 이주의 미간이 순식간에 일그러졌다.

―무슨 일 있어?

걱정이 짙게 묻어 나오는 그의 목소리에 이주가 이마를 감싸던 손을 거뒀다.

"아니요. 무, 물이 넘쳐서요."

─물?

"네, 근데 웬일이세요?"

이주가 질끈 눈을 감았다. 웬일이라니, 내숭도 이런 내숭이 따로 없다. 그동안 이유 없이 그와 한 통화가 몇 번인데, 새삼스러울 것도 없는데 그녀는 지금 더 새삼스럽게 굴고 있었다.

─집이지?

"네."

─그럼 잠깐 내려와.

"네?"

─기다릴게. 천천히 내려와.

전화를 끊고 이주는 잠시 생각했다. 발코니로 나가 확인할 틈도 없이 상황을 알아챈 이주가 황급히 옷장으로 향했다. 입고 있던 파자마를 벗어던지고 편해 보이는 청바지와 후드 티셔츠로 갈아입었다. 잠시 화장대 앞에 앉은 이주가 탄식을 터트렸다. 아침에 머리라도 감은 게 다행일 지경이었다.

이 상태로는 절대 못 나가. 빠르게 손을 움직였다. 간단한 기초화장만 했는데도 벌써 2분이 지났다.

어쩔 수 없이 비비크림은 과감히 포기한 이주가 휴대폰만 챙긴 채 집을 나섰다. 빠르게 계단을 내려가니 빌라 앞에 턱하니 차를 세워 둔 채 기대 서 있던 현우가 그녀를 발견하고 싱긋 웃었다. 남의 속도 모르고.

"누가 잡아가? 뭐가 이렇게 급해."

"아, 아니. 그냥 기다릴까 봐."

이주가 모자가 달린 후드를 뒤집어쓴 채 옷을 올려 얼굴의 반을 가리곤 대답했다.

"얼굴은 왜 가려?"

"그냥, 뭐."

낮이 아니라 밤이라 천만다행이다. 이 마음을 그가 알까 싶어 이주가 대답을 머뭇거렸다.

시선을 마주치지 못하는 이주의 귓가로 낮게 웃는 웃음소리가 들렸다. 문득 고개를 들었을 땐 차 문을 열고 안에서 현우가 뭔가를 꺼내고 있었다.

어느새 제게 내밀어진 걸 멍하니 바라보다 그를 향해 고개를 들자 현우가 그녀의 손에 쇼핑백을 쥐여 주었다.

"저녁 안 먹었지?"

이런 말은 보통 이 시간에 안 하지 않나.

"9시 넘었는데요?"

"안 먹었잖아."

"어떻게 알았어요?"

"그냥 넘겨짚어 봤어. 진짜 안 먹었어?"

유명한 일식집의 초밥을 포장해 온 현우를 감탄하듯 바라보던 이주가 그럼 그렇지, 라고 중얼거리며 짧게 웃었다.

이젠 그가 하는 별거 아닌 행동에 대단한 의미를 부여하는 제 모습을 보는 것도 일상이 돼 버렸다.

와, 나 진짜 어쩌다가.

"이걸 나 혼자 다 먹으라고요?"

"부모님 계시잖아. 아, 부모님 안 계셔서 밥 안 먹었나."

그의 물음에 이주가 고개를 숙인 채 입을 다물었다. 생각해 보니 아직 현우에게 말을 하지 않았다. 저 집에 혼자라는 사실을. 오히려 잘 계신다는 거짓말을 했었지.

"여기 단골이에요?"

"응. 동생이 좋아하거든."

"동생이랑 저녁 먹은 거예요? 퇴근 언제 했는데?"

꼬치꼬치 제 생활에 대해 묻는 그녀를 사랑스럽다는 듯 바라보던 현우가 나지막이 대답했다.

"7시쯤. 동생이 놀러 왔었어."

아아. 그녀가 대답 없이 고개를 끄덕였다. 너무 따지듯이 물었나 싶어 이주는 애꿎은 아랫입술만 깨물었다.

현우가 갑자기 말이 없어진 이주의 머리칼을 장난스럽게 쓰다듬었다.

"들어가 먹어. 그리고 이건 약속한 거 아니니까 세 번째 데이트 아닌 거다."

당연히 아니지. 데이트에 이러고 나가는 여자는 없다. 후드로 얼굴을 반이나 가린 상태인데 말이다.

고개를 끄덕이자 현우가 들어가라는 듯 턱으로 안쪽을 가리켰다. 이대로 먹을 것만 챙겨 들어가 포식을 하면 그만인데, 이주는 쉽게 그러지를 못했다.

조금 더 같이 있고 싶은 마음은 나 혼자 가지고 있나. 아니면 이 사람이 잘 감추는 걸까.

굳이 세 번째 데이트까지 기다릴 필요가 없어졌다. 그가 와 주었고, 그녀는 그를 보내고 싶지 않았다. 혼자 있던 집은

너무 쓸쓸했고, 외로웠다. 편하게 온기를 나누고 싶은 사람
이 앞에 있는데 또다시 혼자가 된다면 그건 또 너무 슬플 것
같았다.

"혹시 바빠요?"

그의 잘생긴 얼굴에 익숙한 미소가 걸렸다.

"별로."

붙잡아 줬으면 하는 마음을 속으로 감추고 있던 현우가 고
개를 저었다.

"그럼 나 먹는 거 볼래요?"

chapter 09
네 책임이야

아파트의 내부는 단출했다. 부모님은 어디 가셨냐는 말에 이주는 대답 없이 웃기만 했다. 이상했지만 더 이상 묻지 못한 현우가 거실의 작은 소파에 앉았다. 세 가족이 살기에 지극히 단란해 보인단 생각을 하며 장식장 위에 자리를 잡은 많은 액자들을 하나씩 헤아렸다.

부모님의 웨딩 사진, 그녀의 어린 시절 사진, 함께 찍은 가족사진까지. 더 가까이 가서 보고 싶은 마음에 몸을 일으켜 다가갔다.

초등학교 졸업식인 듯 제 품보다 큰 꽃다발을 품에 안고 손가락으로 브이를 그리고 있는 그녀의 사진을 집어 든 현우가 빙그레 웃었다.

"가질래요?"

가까이서 들리는 그녀의 목소리에 현우가 고개를 돌렸다.

이주가 거실 테이블 위에 초밥과 마실 차를 내려놓으며 말을 이었다.

"가져도 돼요. 앨범에 똑같은 거 하나 더 있거든요."

세 번째 데이트면 끝이니까 이별 선물이라는 건가. 뭔가가 가슴을 쿡쿡 찔렀다. 이게 아프다는 건지는 잘 모르겠다. 기분이 좋지는 않았다.

그녀의 말 한마디에 의미를 부여하는 제 모습이 꽤 어색한 듯 현우가 손수 액자를 챙겼다.

결명자차라며 이주가 내민 차를 받은 현우가 보리차와 같은 색을 띠는 차를 내려다봤다. 그리고 내내 궁금하던 것을 물었다.

"부모님은 어디 가셨어?"

갑자기 돌아오시면 어쩌나. 걱정이 내포된 그의 물음에 이주가 초밥 하나를 입에 넣었다. 대답은 않고 묵묵히 초밥만 먹는 그녀를 물끄러미 바라보던 현우가 집 안을 다시 돌아봤다.

곳곳에 있는 가족사진들, 일상적인 집에는 당연히 있을 법한 소지품들. 약간은 오래된 듯 낡은 가구들. 그녀를 과외했을 적에 거실에서 본 듯한 TV와 수납장들. 다른 집들과 별다를 게 없는데도 뭔가 익숙한 기운이 느껴졌다.

제 아파트도 이랬다. 어딘지 모르게 공허하고 약간 서늘해서 외로움마저 묻히는 듯한, 말로 설명할 수 없는.

대타로 과외를 맡게 되면서 이주를 만났고, 낯선 집에서 낯선 사람들을 통해 진정한 가족이라는 걸 느꼈다.

그 중심에는 강이주가 있었다.

부러웠다. 생기가 도는 아늑하고 따뜻한 집. 웃음소리가 어색하지 않은 식탁 위. 그가 잊고 있던 것들 속에서 늘 웃음을 잃지 않는, 강이주라는 열아홉 소녀.

"뭐? 계속하겠다고? 왜? 네가 돈이 궁한 것도 아니고."

"그냥. 계속할게. 이미 적응도 했고."

"실습 때문에 시간도 없을 텐데. 과외가 생각보다 시간 많이 들어. 정말 괜찮겠어?"

"어. 괜찮아."

그녀의 수능이 끝날 때까지 계속해서 과외를 했던 건 아마 그 때문인지도 모른다. 강이주의 가족. 그는 앞으로 절대 누릴 수 없을 것들. 그게 부러웠고 욕심이 났다.

지금 생각해 보면, 그가 욕심냈던 게 따뜻했던 가족의 기운이 아닌 이주였을지도 모른다고 현우는 잠시 생각했다.

"되게 맛있다. 유명한 곳인가 봐요."

3개의 포장 그릇 중 한 개만 가져온 이주가 금방 초밥을 비웠다. 어디 멀리 가신 건가 싶어 현우 역시 물음을 그대로 삼키며 따뜻한 차를 비워 냈다.

그는 더 묻지 않았고, 그녀는 계속해서 대답을 미뤘다. 얼마 지나지 않아 이주는 젓가락을 내려놓았다.

"돌아가셨어요."

묵묵히 내뱉어진 말에 현우의 시선이 이주를 향했다.

"아빠는 스물하나에 교통사고로, 엄마는 1년 전에 암으로 요."

덤덤하게 제 부모의 죽음을 말하는 사람은 없다. 단지 익숙해진 것뿐.

"말 못 했어요. 다시 만날 인연이 아니라고 생각했으니까."

거실 카펫 위에 앉은 이주가 소파에 앉은 현우를 올려다봤다. 서로의 시선이 얽혀들고 이주가 작은 웃음을 지었다.

부드럽게 휘어지는 그녀의 눈을 내려다보며 현우가 참았던 숨을 뱉었다. 타인의 죽음을 애틋하게 여기는 편은 아니었다. 그녀의 부모님이지만, 어쨌든 그에게는 타인이었다.

그저 지금은 짧은 시간이라도 혼자였을, 그래서 외로웠을 그녀만이 보였다.

이제야 이해가 됐다. 입사한 지 1년 만에 회사를 그만두고 꽃집을 물려받았다던 이주를 마주쳤던 장소 중엔 납골당도 있었다.

현우는 그곳에서 그녀를 잡았다. 몇 번의 기회 끝에.

"그렇게 보면 반칙인데. 나 괜찮아요. 아빠는 너무 갑작스러웠지만 엄마는 꽤 오래 아프셨어요."

"……."

"이제 더는 아프지 않으셔도 되니까 만족해요. 엄마 가신 곳엔 고통도 없을 거고, 또 아빠랑 만나셨을 테니까."

그런 이주에게 자신은 무얼했던가. 너를 책임지지는 못한다고, 너와의 미래는 없다고, 그저 연애만을 원한다고 무책임한 모습을 보였다. 단 한 번의 상처로 족하지 못해 또 네게 상처를 주려고 했다. 이토록 외로웠을 너를.

그런데 괜찮다고? 뭐가? 대체 어떻게 괜찮을 수가 있어. 어떻게 괜찮다고 말할 수 있어.

"잘 모르겠어."

"뭐가요?"

"지금 너."

"부모님 얘기 왜 하냐고 묻는 거예요?"

설마 그걸 진짜 몰라서 물어요? 하는 얼굴로 현우를 돌아봤다.

현우의 표정에 깃든 불안과 염려는 그녀가 생각한 그대로였다. 늘 덤덤하고 무감각해 보이는 얼굴에, 웃어도 그저 입꼬리만 올려 웃는 남자의 얼굴에서 보이는 불안은 오로지 자신을 향했다.

마음을 준다고 해도 먼저 불안해하는 당신. 겁을 먹고 걱정부터 하는 당신. 그래서 나한테 말했겠지, 아무것도 약속할 수가 없는 기약 없는 연애를 하자고.

이주는 상상했다. 그의 입가에 번지는 기쁨을, 제 마음을 확인하고 다가오는 그의 손길을. 그렇다면 그것으로 충분할 것이다.

"내가 욕심난다고 그랬죠."

나지막한 음성에 그는 쉬이 입을 열지 못했다. 여전히 욕심내면서도 평온한 삶을 망치는 길인 것 같아 늘 너와의 만남이 마지막이라는 걸 스스로에게 상기시켰다.

그럼에도 더 간절하고 소중해졌고, 그것만으로도 족하다
여겼다.

"나도 욕심이 나요."

용기를 얻은 이주가 고개를 끄덕거렸다.

당신이 너무 좋아서.

"나중에 버림받겠지, 곧 헤어지겠지. 그런데도 기다려요."

내가, 당신을.

"첫사랑과 재회라. 뭔가 폼……."

나잖아요, 라고 말을 마무리 지으려고 했다. 하지만 그러
지 못했다. 현우의 입술이 마른 그녀의 입술을 그대로 삼켜
버렸다.

그녀의 팔을 꽉 움켜쥔 채 이주를 끌어올린 현우가 목덜미
를 부드럽게 감싸며 입술을 밀어붙였다. 무릎을 세우고 있는
이주가 행여나 불편할까, 그대로 그녀의 허리를 안아 소파
위에 앉혔다.

그의 입술이 그녀의 아랫입술과 윗입술을 번갈아 깨물다
가 그사이를 야릇하게 핥아 내렸다. 진하고도 야한 움직임에
이주가 들뜬 숨을 내뱉었다. 너무 빠르고, 거칠었다.

"버림받는 건 네가 아니야. 나지. 네가 날 버릴 때, 그때
끝나. 우리는."

뜨거운 숨결 사이로 그가 고백하듯이 토해 낸 말은 아팠
다.

시작과 동시에 끝을 정하는 관계가 정상인지는 모르겠다.
아무래도 좋다. 아무것도 약속할 수 없는 게 얼마나 큰 고통

인지를 이제는 알 것 같으니까.

버리지 않겠다고, 네가 날 버리라고 약속해야 하는 처지가 얼마나 가여운 것인지를 이제는 이해할 것 같으니까.

무엇보다 온전히 나를 원하고 있는 당신의 마음 하나만을 보기로 했다. 용기를 내서 조금 편안해지자고. 사랑과 두려움은 한 끗 차이라고 했던가. 두려움을 이기고 사랑을 해 보기로 했다. 당신에게 버림받을 거란 두려움에서 벗어나 그 시간을 아끼고 아껴서 당신을 사랑하기로 했다.

"미친 것 같아. 지금 내가."

현우가 이주의 이마에 이마를 맞대며 속삭였다. 다시 입맞춤이 시작됐다. 마치 처음인 양 시작부터 뜨겁고 격렬했다. 숨을 제대로 쉴 수가 없었다. 그것조차 허락하지 않을 만큼 강했다.

혀가 짓눌리고 입술이 쓸리고 그에게 삼켜졌다. 현우는 어쩔 줄 모르는 이주의 손을 잡아 손가락 사이사이에 제 손가락을 끼워 넣었다.

더는 놔주지 않겠다고. 너를 놓아야 하는 그 끔찍한 경험은 단 한 번으로 족했다. 너는 모른다. 살아남은 죄가 얼마나 끔찍한지. 살아남았기에 겪어야 했던 잔혹함이 무엇인지. 대신 너는 나를 구해 주고, 살아가게 하겠지.

내가 너로 인해 살아간다면 왠지 꽤 잘 살아갈 수 있을 거란 생각이 들었다. 네가 날 버리는 순간, 다시 나락으로 떨어지는 기분이겠지만 너와의 짧은 추억일지라도 붙잡고 산다면 꽤 괜찮지 않을까.

소파 위, 그의 품 안에 갇힌 이주가 정처 없이 현우에게 매달렸다. 따뜻했다. 언제나 혼자였던 곳에서 타인의 체온을 느낀다는 것 자체가 황홀한 일임을 깨달았다. 격렬한 키스에 숨이 말라 갈 즈음, 현우가 이주를 놔주었다.

"후회해. 그때 너를 찾았어야 했던 건데."

소파 위 끝까지 밀려난 이주가 그의 목을 감싸 안았다. 겨드랑이 사이에 팔을 넣어 그녀를 안아 든 현우가 제 허벅지 위에 이주를 앉혔다.

금세 얼굴이 붉어진 이주가 그를 내려다봤다. 언제나 올려다보기 바쁜 현우가 제 아래에 있자, 기쁜 듯 이주가 그의 귓불을 부드럽게 어루만졌다. 다시 숨결이 뒤섞이며 부드러운 꽃술을 건드리듯 혀와 혀가 야릇한 소리를 내며 얽혀 들었다.

7년 전의 얘기를 꺼낸 그에게 괜찮다고, 난 절대 그 밤을 후회하지 않는다고 이주는 몇 번이나 마음속으로 속삭였다.

"지금도 잘 모르겠어."

다급하게 얽혔던 입술이 다시 떨어지고 잠깐의 틈을 엿보던 이주가 급하게 숨을 몰아쉬었다.

"언젠가 너를 다치게 할까 봐 겁나는데 그럼에도 옆에 두고 싶어."

모순된 말이었지만 상관없다. 내가 옆에 있다면 괜찮을 사람이니까. 그녀는 이제 확신할 수 있다. 이주가 소리 없이 큰 숨을 내쉬는 현우의 차가운 뺨을 감쌌다.

그녀를 원하고 있다는 것. 그로 인해 조금씩 위안을 받고 있다는 것. 이 사람을 행복하게 해 줄 수도 있다는 일말의 가능성이 그녀를 움직였다.

어느새 멀어졌던 현우의 입술이 부드럽게 그녀의 입술을 열었다. 이주는 주춤거리다 그의 혀를 다시 반기며 꽤 대담하게 움직였다.

현우가 타액이 섞여 번들거리는 입술을 떼어 내고 그녀의 입술 주변을 혀로 핥으며 할짝거렸다. 간지럽다며 쿡 웃음을 터트린 이주가 현우의 부드러운 귀를 쓰다듬으며 말했다.

"그럼 옆에 둬요."

"……."

"있어 볼게요."

만개한 꽃이 피어나듯 화사한 미소와 함께 이주가 먼저 그의 얼굴 위로 다시 입술을 부딪쳤다. 그리고 다짐했다.

후회하고, 후회하더라도, 후회하지 않으리다.

평범한 사람이 좋았다. 만나서 밥 먹고, 영화 보고, 얘기하고, 손도 잡고, 목이 늘어난 티셔츠에 슬리퍼를 신고 만나도 좋을 만큼 편한 사람.

지금까지의 그녀라면 분명 그랬다. 하지만 평범함과 전혀 반대되는 삶을 힘겹게 견뎌 내고 있는 남자와 연애를 시작하게 됐다. 심지어 어떤 걸 견뎌 내고 있는지, 어떤 상처가 있는지도 알 수 없는 남자와. 세상 어떤 여자가 버려질 걸 알면서 사랑을 하냐고, 스스로에게 자문했지만 답은 얻지 못했다.

그저 차현우가 좋았고 그 옆이 좋았다. 그가 가진 결핍을 채워 주고 싶었다. 생각보다 그와 함께할 시간이 짧을 수도, 어쩌면 길어질 수도 있다. 그럼에도 그 시간이 기다려지는 건 어쩔 수 없었다.

⟨밥 먹었어?⟩

세 차례나 연이은 꽃다발 포장 손님들이 전부 가게를 빠져나가고 앞치마 주머니에서 휴대폰을 꺼낸 이주가 싱긋 웃었다. 현우가 웬일인지 먼저 문자를 보냈다. 투정 부린 보람이 좀 있나. 이주가 엊그제 종일 문자 한 통 없냐고 잔소리했던 기억을 떠올렸다.

⟨네. 도시락 먹었어요. 식사했어요?⟩

답장을 하고 어지러워진 작업대 위 쓰레기들을 정리하는 사이, 휴대폰이 울렸다.

⟨막걸리 마시고 있어.⟩

막걸리라니. 이제 낮 2시인데? 이주가 휴대폰을 바라보며 고개를 기울였다.

〈막걸리요?〉

〈응. 현장에서 인부들하고. 비 와서 일 못 하거든.〉

비는 점심이 조금 지난 뒤부터 내리기 시작했다. 아니, 그
렇다고 이 시간에.

〈많이 마셨어요?〉

〈엄청.〉

이주가 빨리 문자를 보내자 답장 또한 일찍 도착했다. 술
마신다더니 휴대폰만 붙잡고 있는 모양이다.

그럼, 그럼. 당연히 이래야지. 연애의 기본은 좀 갖췄네.

〈혹시 취했어요? 회사는 어떻게 들어가려고.〉

〈그러게. 큰일 났다. 나 어떡하지.〉

이 사람이 왜 이래. 이주가 헛웃음을 터트리며 바로 통화
버튼을 눌렀다. 정말 휴대폰만 보고 있었던 건지 현우는 금
방 전화를 받았다. 왁자지껄하게 시끄러운 목소리들이 한데
어우러져서 들려왔다.

"괜찮아요?"

―응. 나 술 잘 마시거든.

그런 사람치고는 목소리에 졸음이 잔뜩 묻어났다. 이주가

미간을 찌푸렸다. 마음에 들지 않았다.

"근데 무슨 큰일이 났다는 거예요?"

—큰일 났지. 낮술 했잖아.

"술 잘 마신다면서요."

—막걸리는 못 마셔.

"잘됐네. 잠 잘 오겠네요."

괜스레 심술이 나서 이주가 툴툴거리며 대답했다. 예전 남자 친구가 하루가 멀다고 술을 마셔서 속상하다는 다혜의 말이 생각났다. 갑자기 현우의 주변이 소란스러워졌다.

차 대표 여자 친구야? 뭐야, 애인 있었어? 아니, 그럼 주말에 애인이랑 데이트해야지, 현장엔 뭐하러 와? 저저, 웃는 것 봐. 애인 목소리 들으니 좋은가 보구먼? 차 대표, 그렇게 웃을 줄도 아는 사람이었어?

구수한 사투리를 내뱉는 사람도 있었고, 술에 취한 듯 발음이 정확하지 않은 목소리도 있었다. 그중에 현우가 웃고 있다는 사실 하나는 확실히 알 수 있어 기분이 좋아진 이주가 희미하게 입꼬리를 올렸다. 남에게서 듣는 여자 친구라는 소리에 발끝부터 간지러워졌다.

—올래?

"네?"

—아니다. 와라.

"거기요?"

—응. 나 데리러.

목소리가 자못 귀엽기까지 했다. 그냥 대리운전 불러요,

나도 일하는 사람이거든요? 하고 툴툴거리고 싶었지만 마음은 이미 현우에게 가 있었다.

지난번에 술에 취한 저를 데리러 한밤중에 달려왔던 그의 노고 또한 생각났다. 기가 막히게도 가게 앞 횡단보도에는 과제 때문에 좀 늦을 것 같다던 혜미의 모습이 보였다.

그래도 한 번은 튕겨야지, 하는 생각에 입을 열려던 찰나 현우의 말이 먼저 들렸다.

—이주야.

가슴이 쿵. 그저 이름을 부른 것뿐인데 달콤한 고백이라도 들은 사람처럼 두근거렸다.

고작 이름 한 번 불렸다고 이렇게 무너질 마음이라니.

—올 거지?

아, 결국 한 번 튕겨 보는 것도 못 해 보고.

"사장님, 저 왔어요!"

때맞춰 가게 문을 열고 들어오는 혜미의 우렁찬 목소리가 들려왔다. 동시에 휴대폰 너머 현우가 엷게 웃는 것이 느껴졌다. 결국 이주는 앞치마를 벗을 수밖에 없었다.

지하철에서 내려 공사 현장까지 택시를 타고 도착한 이주는 먹구름으로 흐릿했던 구름 사이로 해가 비추자 우산을 곱게 접었다. 주택 공사 중인 것 같은데도 현장은 꽤 넓었다. 하긴, 근처 집들을 보니 집값이 어마무시한 동네 같았어.

안쪽으로 들어가다가 시멘트 건물 한가운데서 술판이 벌어진 현장을 확인한 이주가 순간 어떻게 다가가 말을 걸어야 하나 망설였다. 벽에 기대 눈을 감고 있는 현우를 옆에 있던 인부가 흔들어 깨우더니 또 술을 먹이고 있었다.

"저러니 취하지."

입을 모아 원샷을 외치는 소리 속에서 이주가 중얼거리며 걸음을 뗐다.

"어, 이주다."

술은 꽤 한다던 현우가 컵에 든 막걸리를 다 비우고 미간을 찌푸리다 이주를 발견하고선 엷게 웃었다.

"어이구, 차 대표 애인? 반가워요. 우리 여기 인부들이올시다. 여기 앉아요, 앉아. 차 대표랑 일하면서 애인은 처음 보네."

"반장님, 행동도 빠르셔라!"

"아이고! 거 남의 여자 손목은 왜 막 잡고 그래요? 차 대표 화낼라!"

다시 한번 하하하, 인부들이 시끄럽게들 웃어 댔다. 반장이라는 나이 지긋한 중년의 남자가 이주를 잡아 현우의 옆에 앉혔다. 다들 현우를 데리러 왔다는 걸 아는지 술은 권하지 않았지만 안주로 있던 수육을 깨끗한 접시에 덜어 권했다.

"이거 한 번 먹어 봐요. 차 대표가 사 온 건데 아주 맛있어."

"아, 파전도 좀 덜어 드려. 거기 음료수 있지 않아?"

현우와 인사할 틈도 없이 이것저것 권하는 대로 넣느라 이주의 입은 금방이라도 터질 것 같았다. 입안 가득 찬 수육과 김치를 한꺼번에 씹으며 현우를 돌아봤다.

벽에 뒷머리를 기댄 채 이주를 빤히 바라보고 있던 현우가 그녀의 입가를 다정히 닦아 주었다.

"감사합니다."

연신 입을 오물거리는 이주에게 인부 한 명이 음료수를 건네자 그녀가 밝게 웃으며 인사했다. 그 모습에 선남선녀끼리 아주 잘 어울린다는 인부들의 덕담이 이어졌고, 인사 한마디에 참한 신붓감이 된 이주였다.

"가게는?"

여전히 벽에 기댄 채 그녀를 뒤에서 바라보고 있던 현우가 그녀의 손을 잡았다. 어른들 앞에서 예의가 아닌 것 같아 손을 빼려고 했지만 현우는 오히려 손에 깍지를 껴 다시 잡았다. 할 수 없이 반짝거리는 시선들을 견디며 이주가 작게 대답했다.

"혜미 출근했어요."

"과제는 다 했대?"

"네. 그래도 혼자 가게 보면 바쁠 텐데, 누구 때문에 내가 땡땡이를 다 쳐요."

이주가 걱정 어린 투로 말하고 다시 현우를 돌아봤다. 꽤 마신 모양인지 눈을 감았다가 뜨는 걸 반복하고 있었다. 술 잘 마신다더니 그건 또 아닌 모양이라고 생각하던 찰나, 한쪽 구석에 빈 막걸리 통의 수를 세어 보며 그녀가 쓴웃음을 삼켰다. 많이 마시긴 했구나.

현우가 이주의 어깨 위로 얼굴을 기대 왔다. 아무래도 잠이 든 듯싶었다. 어깨를 흔들어 깨워도 그는 일어날 생각을 하지 않았다. 어제도 거의 새벽까지 회사에 있었다던 그였다.

그녀가 망설이는 사이, 다시 야유가 시작됐다. 못 볼 걸 봤다며, 차 대표까지 그럴 줄 몰랐다며. 그 와중에도 만난 지는 얼마나 됐냐, 차 대표가 잘해 주냐는 질문을 던지는 사람도 있었다.

"아이고, 구 대표 왔어?"

쏟아지는 질문 공세에 제대로 대답도 못 하고 있을 때였다. 멀리서 편한 청바지에 남방 차림인 남자가 인사를 하며 다가오다 이주를 발견하고선 눈을 동그랗게 떴다. 인부들이 입을 모아 차 대표 애인이라고 한마디씩 거들었다.

"안녕하세요."

아, 이런 난감할 때가. 못 믿겠단 얼굴의 승진과 눈이 마주치자 현우 때문에 일어서지도 못하고 있던 이주가 어색하게 웃어 보였다.

승진이 네비게이션에 직접 찍어 준 주소로 현우를 데리고 온 이주는 경비원의 도움으로 집 안에 들어올 수 있었다.

"어쩐지 사무실에 꽃향기가 진동을 하더니. 드디어 꽃집 아가씨의 정체를 알았네요."

제 명함을 받고 꽃집의 아가씨 노래를 부르던 승진에게 같이 가지 않겠냐고 했지만 현우 대타로 아저씨들 상대하러 왔다던 그가 그토록 안쓰러울 수가 없었다.

다음에 다른 친구와 다 같이 식사 한번 하자는 그의 말에 이주가 고개를 끄덕였다. 다른 친구의 정체는 아마 제 휴대폰 번호와 가게를 알려 준 장본인일 것이다. 인간관계가 그렇게 넓어 보이는 사람은 아닌 것 같으니.

침대에 현우를 눕힌 이주가 벌써부터 뻐근한 어깨를 문지르며 침대 위에 걸터앉았다. 잠든 그의 얼굴이 아기처럼 순했다. 순하다는 말이 절대적으로 안 어울리는 남자지만.

강해 보이는 턱선과 굳게 다물어진 입술, 날렵한 콧날, 단정한 눈매를 차례로 올려다보던 이주의 입꼬리가 흐뭇하게 위로 향했다.

누구 남잔지 몰라도.

"참 잘생겼다."

감탄하듯 내뱉어진 말을 들었는지 현우가 작게 뒤척였다. 얼마 자지도 못하고 현장에 나갔을 그를 생각하며 이주가 금방 입을 다물었다.

막 몸을 일으키는 그녀의 눈에 침대 옆 협탁 위에 놓인 액자가 눈에 들어왔다.

"언제 챙겼대."

가져가도 된다고 한 건 그녀였지만, 정말로 챙겼을 줄이야. 침실이라는 개인적인 공간에 놓인 자신의 사진이 어색한 듯 이주가 사진을 뚫어져라 바라봤다.

문득 궁금해졌다.

매일 눈을 뜨면, 당신은 이걸 보면서 무슨 생각을 할까.

"나도 사진 달라고 해야지."

거실로 나온 그녀는 혼자 살기에는 꽤 큰 아파트를 둘러봤다. 금수저 아니라더니 아무래도 거짓인 듯싶다.

서른을 두 해 전에 넘긴 사람이 혼자 살기엔 지나치게 크고 넓은 집이었다. 정상적으로 군대를 다녀오고, 대학을 졸업해 일을 시작한 남자가 이 정도의 집을 덜컥 사는 건 거의 불가능에 가까웠다.

이주 혼자 사는 아파트의 3배는 될 듯싶었는데 가구가 거의 없어 더 넓어 보이는 건지도 모르겠다. 눈에 띄게 깔끔해 보일 정도로 몇 없는 어두운 계열의 가구를 찬찬히 살펴보며 이주가 조금 굳어진 얼굴로 소파 위에 앉았다.

평일 오후, 모두가 조용한 시간이라지만 지나치게 고요하고 적막했다. 현우가 혼자 사는 집이기 때문이라고 치부하긴엔 뭔가 불편했다.

너무 서늘하고, 차갑고, 메마르고, 썰렁했다. 마치 절대 편안히 잠들 수 없는 곳 같았다. 오래전부터 그랬던 것처럼.

타인의 공간에 들어오면 원래 이런 느낌인 걸까. 그도 이랬을까, 생각하며 이주가 턱을 괴었다.

색이 없는 깔끔한 벽지, 단색의 가구들, 백과 흑. 이곳에서 그녀는 마치 이방인 같았다. 절대 받아들여질 수 없는.

그 흔한 화분도, 그림도, 사진도 없이 정말 필요한 것들만 갖춰진 집이라는 생각부터 들었다. 이 넓은 집에서 그저 최소한의 공간만 사용하는 것 같았다.

현우의 자리이면서, 동시에 아닌 느낌.

잘 만들어진 모델하우스 같은 집에 살면서 그 역시 이런 느낌을 받는 걸까.

"별로다."

그게 너무 싫었다. 지울 수 없는 불안정함에 이주가 짓이 기듯 아랫입술을 깨물었다.

마치 그에게 거부당하는 것 같았다.

자주 가는 아틀리에에서 사 온 하얀색 티 테이블만 있던 테라스였다. 그가 기억하기로 오늘 아침까지만 해도.

테라스에 생겨난 작은 정원을 바라보며 현우가 활짝 열린 테라스 문틈에 기대섰다. 정원 주인은 어디로 갔는지, 지저분하게 어질러진 흙과 테라스 한쪽에 제 자리가 생기기를 기다리고 있는 각양각색의 화분들을 번갈아 봤다. 그중엔 선인장과 허브도 있었다.

저건 꽃인가. 새싹도 자라지 않은 화분을 빤히 바라보며 현우가 속으로 생각했다. 전부 초록색이라고 지칭하고 싶지만, 그래도 어느 정도 눈에 익은 것들이었다. 이것도 학습의 효과인가.

드디어 현관 비밀번호 소리가 들렸다. 승진이 비밀번호까지 친절히 알려 준 모양이라 생각하며 현관 앞으로 이주를 마중 나갔다.

"어? 일어났어요?"

저건 또 뭘까. 바닥엔 계단식으로 된 3층짜리 선반이 놓여 있고, 그녀의 품에는 초록색 잎사귀가 즐비한 식물이 안겨 있었다.

현우가 이주의 품에서 그것을 건네받고 한 손으로 선반까지 들었다. 이건 어디에 둘 거냐는 물음에 이주가 씨익 웃으며 테라스 쪽을 가리켰다. 멍청한 질문이었다.

"앤 나무야?"

"설마 나무겠어요?"

모습은 나무줄기와 흡사하다 생각하며 현우가 이건 어디 놔야 하냐는 듯 어깨를 으쓱였다.

이주가 가리킨 곳은 테라스가 아닌 커다란 소파 옆 작은 공간에 자리한 원목 수납장 위였다. 허리쯤에 오는 수납장 위에 내려놓으니 꽤 그럴듯한 인테리어가 됐다. 뿌듯하다는 듯 이주가 허리에 두 손을 올려 설명했다.

"골든 아이비예요. 잎사귀 주변이 골드 색깔인데 볕에서 기르면 초록색으로 변해요. 물은 자주 주지 말고 열흘에 한 번씩. 마르고 물기 없어 보일 때만 줘요. 키우는 데 별로 안 어려울 거야. 다 그런 애들로 골라 왔어요."

생기 있는 얼굴로 설명하는 이주를 지그시 바라보며 현우가 물었다.

"가게에서 가져온 거야?"

"혜미한테 부탁해서 배달시켰어요."

"쟤들은 뭔데?"

"어, 저 옆에건 칼랑코에. 꽃도 나요, 키우기도 쉽고. 그리고 저기 아직 새싹도 안 난 건 시클라멘이라는 봄꽃이랑 무스카리고 저 위쪽엔 다육 식물 몇 개랑 민트……."

웃지도, 그렇다고 화를 내는 것도 아닌 얼굴의 현우를 바라보며 이주가 입을 다물었다.

설마 화난 건 아니겠지? 그를 빤히 보는 이주의 눈동자가 빠르게 위아래로 움직였다. 그러다 현우가 엷게 웃고 있다는 것을 깨닫고서는 배시시 웃음을 터트렸다.

"내 멋대로 해서 화난 건 아니죠?"

왜 그런 생각을 할까. 그가 바로 고개를 저었다.

"다행이다. 괜히 긴장했네."

현우는 두 손바닥을 비비며 다시 시작해 볼까, 각오까지 내뱉는 이주의 두 손을 잡아 살며시 끌어안았다. 얇은 블라우스가 떠밀려 내려가 드러난 이주의 어깨에 얼굴을 묻었다.

어느새 그의 두 팔이 그녀의 허리를 끌어안았다.

"나 저거 마무리해야 돼요."

쑥스러워하는 이주를 대신해 현우는 더 깊게 얼굴을 묻었다. 그녀는 향수를 뿌리지 않아 좋았다. 온몸 전체에 묻어난 꽃향기와 적당하게 섞인 이주의 살 내음이 그대로 전해졌다.

현우의 커다란 손이 그녀의 등을 부드럽게 쓰다듬었다. 이주의 온기를 느끼고 확인하고 싶은 열망을 그대로 담아.

"조금만."

결국 이번에도 지는 건 이주였다. 그 먼 곳까지 술에 취했다고 데리러 갔었으니 말 다 했지.

"그래요, 그럼. 조금만."

당황하던 이주는 이내 몸에 힘을 풀고 그의 허리에 팔을 둘렀다.

"승진이 만났겠네."

"술 취한 애인 픽업하는데 큰 도움을 좀 받았죠."

"나 취한 거 아니었는데."

퍽도 아니겠다고 생각하며 이주가 혀를 찼다.

"양주나 보드카에는 강한데, 막걸리만 마시면 그렇게 된다고 벌써 승진 씨가 다 얘기했거든요. 그런데 어떻게 그래요? 도수는 훨씬 약한데. 세상에, 사귄 지 일주일 만에 술 취한 애인 뒤치다꺼리한 사람은 나밖에 없을 거예요."

"그 아저씨들을 누가 감당해, 죄다 주당인데."

현우가 대답하자 이주가 낮게 웃었다.

그래 보였어요, 정말. 이주의 속삭임이 그대로 귓가를 통해 전해졌다. 기분 좋은 침묵이 찾아왔다. 서로의 품 안에서 이 순간을 기억하기 위해 가슴에 새기고 마음에 새겼다.

침묵이 끝나 갈 즈음 현우가 여전히 그녀를 품에 놓지 않은 채 이주의 귓불에 간질이듯이 입을 맞추었다.

"네가 만들었으니까 네 책임이야."

"뭐가요?"

"여기, 작은 정원."

현우가 고개를 들며 말했다. 이주 역시 얼굴을 뒤로 빼며 그를 올려다봤다.

현우의 개인적인 공간에 만들어 놓은 작은 정원이 마치 그의 마음에 자리를 잡은 제 존재처럼 느껴졌다.

그래서 다행이었다. 여기 이렇게 내가 있어서.

"당연하죠. 내가 그거 노린 건데."

"진짜?"

"그럼요. 불시에 찾아와서 내 애기들 안 죽였나, 여자 귀걸이 같은 거 떨어지진 않았나, 살펴볼 거니까 그렇게 알아요."

이주가 빙그레 웃으며 대답했다. 가만히 그녀를 내려다보던 현우가 기다렸다는 듯 입술을 내렸다. 짧게 입을 맞추고 또다시 입술이 부딪쳤다.

다물린 입술을 가르고 들어오는 부드러운 그의 혀에 긴장한 듯 몸을 움츠리던 이주가 불현듯 쿡 웃음을 터트렸다. 왜 그러냐 물으며 현우가 따라 웃자 이주가 그의 어깨에 다정히 이마를 묻으며 웃음을 멈추지 않았다.

"막걸리 냄새나요."

"진짜?"

"응, 엄청."

그녀가 웃으며 고개를 끄덕이자 현우는 그럼 안 되지, 하고 작게 중얼거렸다.

그가 곧장 이주의 손을 잡아끌었다. 어디로 가나 했더니 화장실이었다. 새 칫솔을 그녀에게 꺼내 주고, 그는 치약도 짜 주었다. 거울 앞에 나란히 선 채로 양치질을 하는 모양새가 우습기 그지없었다.

우리 조금 있으면 엄청 진한 키스할 거예요! 예고하는 모양새랄까.

거품을 전부 뱉어 낸 이주가 볼을 빵빵하게 만들어 입을 헹굴 때였다. 거울을 통해 그와 눈이 마주친 이주가 웃자 현우의 눈 역시 곡선을 그리며 휘어졌다.

한 번 터진 웃음은 쉽게 그쳐지지 않았다. 행복하고, 꽤 평화로운 시간이었다.

chapter 10
아니, 사랑이야

　회사가 떠들썩했다. 1년을 넘게 준비했던 송아 박물관 공모 최종 당선작에 올랐다는 기쁨에 사무실 직원들은 쾌재를 부르느라 바빴다. 태연해 보였지만 나름대로 긴장하고 있었던 현우는 나른해진 몸을 의자에 깊게 묻었다.

　그리고 이주를 떠올렸다. 잠깐의 여유가 생길 때마다 늘 복잡한 제 머릿속을 비집고 떠오르는 얼굴. 어제도 보고, 그제도 봤는데 또 보고 싶었다.

　보러 갈까.

　"안 되겠다. 일요일에 출근까지 시켰는데 오늘 회식이라도 시켜 줘야지. 그리고 내일은 회사 나오지 말라 그러자. 주말도 다 반납했는데."

　사무실 안으로 들어온 승진이 어깨를 들썩이며 말했다. 저 공모 때문에 멀쩡하게 가정 있는 직원들을 야근시키고, 주말에 출근시키고, 걸핏하면 김밥이나 샌드위치로 식사를 때우게 했던 지난날을 반성하자는 의미에서 회식을 하자는 말에 현우는 자리에서 일어나며 지갑에서 카드 한 장을 꺼냈다.

"계산은 이거로 해."

"이야, 부잣집 아들이라 이거지? 좋다! 오늘 양껏 쓴다. 근데 같이 안 가?"

"약속 있어."

약속은 아니다. 일방적으로 보러 갈 생각뿐.

"누구. 이주 씨랑?"

당연한 걸 뭘 묻냐는 듯 현우가 친구를 흘기며 옷을 챙겨 입었다. 어차피 같이 회식을 가도 오래 붙어 있는 녀석이 아니니 카드 한 장이면 족하다는 생각에 승진이 막 몸을 돌렸다.

"이번엔 좀 다른 것 같다?"

막 차 키를 챙겨 들던 현우가 승진을 마주 봤다. 물끄러미 제게 닿는 친구의 시선에 승진이 어색한 웃음을 삼켰다.

여자를 만나는 것도 오랜만에 보는 일이긴 했지만, 종종 보이는 모습은 과거의 현우와 현저히 달라 보였다. 가벼운 마음으로 여자를 만나진 않았어도 늘 그 무게는 보통 이하의 것이었다.

그것도 1년 전 얘기였다. 만났던 여자를 단 한 번도 가족이나 친구에게 소개시킨 적도 없었고, 일하는 곳으로 불러낸 적도 없었다. 시간이 날 때면 통화를 하고, 여유가 생기면 얼굴을 보러 가는 게 전부였다. 일부러 시간을 내서 여자를 만나는 녀석이 아니었다.

그런데 그는 지금 영락없이 평범한 연애를 하는 남자의 모습이었다. 그게 더 놀라웠다. 평범한 연애가 안 되는 녀석인데 지금 이 순간은 사랑에 빠진 여느 평범한 남자처럼 보이는 것이.

"좋아 보인다는 말이야, 인마. 매일 죽을상을 하고 인상만 쓰고 다니던 녀석이. 약도 좀 줄지 않았어?"

현우의 시선이 힐긋 책상 아래 잠가 둔 서랍으로 향했다. 아예 안 먹는 건 아니지만 그래도 약을 찾는 횟수가 줄어든 건 사실이었다.

"근데 어떻게 만났냐, 이주 씨는?"

식물이라면 잡초밖에 모르던 놈이 대체 어떤 인연으로 꽃집 아가씨를 꼬셨을까. 윤수와 머리를 맞대도 알 수 없던 해답을 위해 승진이 물었다.

"너 대신 과외했었잖아, 예전에."

"뭐?"

"간다. 회식 잘하고."

승진의 어깨를 툭 하고 치며 현우가 서둘러 사무실을 나섰다. 가뜩이나 잠도 못 자는 녀석이 잠도 줄여 가며 매일 얼굴을 보러 갔었다. 그런데도 저렇게 또 보고 싶을까.

그런데 과외라니. 저 자식이 과외를 했었던 게 내 대타로 잠깐 하려고 했던 것밖에……

"야, 그럼 그때!"

승진이 문득 든 생각에 뒤를 돌아봤지만 현우는 이미 사무실을 나선 뒤였다.

"혜미 시급 올려 줘야겠어요. 자꾸 이러니까 내가 혜미한
테 너무 미안하잖아요."

차에 오르며 이주가 투덜거렸다. 연락 좀 하고 올 수 없냐
는 잔소리는 혜미의 시급 얘기로 끝이 났다.

"내가 보너스 주지, 뭐."

"말은 잘해요. 어디 갈 건데요?"

이주가 그를 돌아보며 묻자 현우는 입술을 길에 늘어뜨려
웃으며 그녀에게 손을 뻗었다.

어깨를 움츠린 이주의 기대와는 달리 현우는 안전벨트를
매 주고선 자리로 돌아왔다. 살짝 긴장한 듯한 모습을 바라
보며 현우가 그녀의 이마에 손가락을 튕겼다.

"무슨 생각을 하면 표정이 그래?"

"갑자기 가까이 오니까 그러지."

이주가 맞은 이마 부분을 문질렀다.

"그래서 어디 갈 건데요?"

"멀리."

"멀리?"

"드라이브 가자. 바람 쐬고 싶어. 발 가는 대로 가 보다가
마음에 드는 데 있으면 자고 오자."

순간 이주는 잘못 들었다고 생각했지만 이 좁은 차 안에서
그럴 리 없다는 생각이 들기 무섭게 입안이 바싹 마르는 듯
했다. 반면 그의 얼굴은 태연했다.

"내일 회사 안 가요?"

"응. 안 가도 돼. 너도 내일 가게 쉬잖아."

그렇긴 한데. 이주가 머뭇거리며 고개를 끄덕였다. 내심 머릿속에 깃든 생각을 꺼내야 하나 고민하던 찰나 차가 출발했다.

"바다가 좋아, 산이 좋아?"

"바다요."

망설임 없이 이주가 대답했다. 하지만 머릿속은 다른 주제로 가득했다.

이걸 물어, 말아.

"남해는 너무 멀고, 서해 아니면 동해?"

"동해요."

"국도가 좋아, 고속 도로가 좋아?"

"고속 도로. 드라이브는 모름지기 휴게소 음식 먹는 거에 있어요."

"그래. 먹고 싶은 거 다 먹자."

현우가 웃으며 대답했다. 어느새 차는 고속 도로에 들어섰고 조수석에 편히 등을 기댄 이주가 고개를 돌려 현우를 바라봤다. 운전하는 남자는 섹시하단 말이 불현듯 떠올랐다.

그러고 보니 표정이 꽤 좋아 보였다. 무표정할 땐 그저 차갑기만 했던 얼굴에 옅은 미소가 걸려 있었다. 뭐 좋은 일이라도 있는 걸까.

"들떠 보여요. 좋은 일 있어요?"

그의 미소가 더 짙어졌다. 그녀 역시 덩달아 기분이 좋아졌다. 역시 그녀의 기분을 좌지우지하는 건 현우뿐임을 인정할 수밖에 없었다.

"공모전 준비하던 거 잘됐거든."

막바지에 접어든 공모전 준비 때문에 그는 바로 얼마 전까지 한창 바빴었다. 짬을 내서 얼굴이라도 보는 날이면 잔뜩 피곤이 쌓인 채였다. 이주는 그보다 더 활짝 웃으며 축하한다고 전했다.

"내 생각보다 유능한가 봐요?"

"응, 돈 많이 벌었어. 그래서 너 맛있는 거 사 주려고."

"어? 그럼 회 사 줘요, 회."

"회 좋아해?"

"없어서 못 먹죠."

"그럼 오늘 저녁은 그거 먹을까?"

"우리 오늘 같이 자요?"

목소리가 겹쳐졌다. 이주는 그가 던진 질문에 고개를 끄덕이며 그거 먹어요, 하고 대답했지만 운전 중이었던 현우는 섣불리 대답을 하지 못했다. 손가락으로 핸들을 두드릴 뿐.

입술을 살짝 깨무는 그의 얼굴을 바라보며 이주가 느긋하게 웃어 보였다. 이 남자, 당황할 줄도 아는 사람이었나 보다.

"아니, 나는 자고 오자니까 그건 줄 알았지."

너무 노골적이었나. 이주가 설명을 덧붙였지만 현우는 대답이 없었다. 이 남자가 왜 이러나 싶어 이주의 시선이 집요하게 현우를 좇았다. 붉게 달아오른 그의 귓불이 가장 먼저 눈에 들어왔다.

"설마 지금 부끄러워해요?"

아무래도 맞는 모양이다. 얼굴까지 붉어지는 걸 보면.

"뭐야. 처음도 아니고."

"……."

"왜 나랑 자자고 안 해요?"

이주는 더 대담해져 보기로 했다. 7년 전의 일로 죄책감을
가지고 있을 그를 대신해.

"싫어요, 나랑 자는 거?"

누가 보면 남자랑 백번은 더 자 본 여자 같다고 생각하겠
지만 별로 상관없었다. 어쩌다 보니 이주의 경험은 7년 전
그때 이후로 전무에 가까웠다.

"설마."

현우가 쓰게 웃으며 대답했다. 매일 너를 안는 상상을 하
다 지쳐 새벽마다 찬물에 샤워를 하는 기이한 경험을 하고
있다고는 말하지 않았다.

"근데 왜요?"

"네가 그러니까 무섭잖아. 왜 그래?"

"내가 무서워요? 아, 오늘 나랑 잘 생각은 아니었구나."

이주 스스로도 그동안 볼 수 없었던 제 대담함에 놀라고
있던 와중에 고개를 끄덕이며 대답했다.

차선을 바꾸고 직진 도로를 달리며 현우가 난감함에 미간
을 좁히다가 그녀를 흘겨봤다. 정면을 응시하고 입을 다물고
있던 이주의 표정은 전혀 괜찮아 보이지 않았다.

아, 이게 아닌데. 그는 고속 도로에 들어선 지 15분도 되지 않아 졸음 쉼터에 차를 세웠다.

"강이주."

어렵게 꺼낸 얘기는 아니었지만 대놓고 거절을 당할 거란 생각은 못 했다.

무안함에 저 혼자 얼굴을 식히고 있던 이주가 슬쩍 현우를 돌아봤다. 그는 입술을 일자로 다물고 안쪽으로 오물거리는 이주를 빤히 응시했다.

"나 너한테 잘 보이고 싶어."

현우의 부드러운 시선이 제게 닿음과 동시에 그의 입이 열렸다.

"나도 너 안고 싶고, 자고 싶어."

다정한 목소리는 아니었지만 차가워 보이지 않으려고 노력하는 그 모습에서 따뜻함이 묻어 나왔다.

"근데 내가 함부로 안으면 7년 전하고 다를 게 없잖아."

알고 있다. 먼저 손을 내밀어도 그가 함부로 손을 잡지 못하는 이유 따위는.

그런데 어째서 서운하고 마음에 안 드는 건지 모르겠다. 꼭 그래야 할 필요가 있는지도 잘 모르겠고.

이주가 대답 없이 물끄러미 그의 시선을 마주 봤다. 현우의 입술이 작은 곡선을 그리며 웃고 있었다.

"그러니까 겁도 없이 선 넘지 마. 시한폭탄 건드리는 거야."

시한폭탄. 그렇게까지 참아야 해요? 목 끝까지 치밀어 오르는 물음을 삼키고 이주가 고개를 끄덕였다.

현우가 손을 뻗어 그녀의 머리를 가볍게 쓰다듬다가 곧 핸들 위로 손을 옮겼다. 제 머리를 훑고 지나가는 그의 큰 손이 멀어지는 것을 아쉬워하며 이주가 한숨을 삼켰다.

시한폭탄은 자신일지도 모르겠다는 생각을 하면서.

날이 좋아서일까. 바닷가에 사람은 많았다. 그것도 온통 연인. 차에서 내린 이주는 양팔로 기지개를 피며 현우에게 다가가 그의 팔에 팔짱을 꼈다.

"우리도 걸어요."

이주는 그를 데리고 무작정 백사장 쪽으로 다가갔다. 바닷바람에 춥지 않냐고 현우가 물었지만 전혀 춥지 않았다.

저 멀리 보이는 수평선, 높게 치는 파도, 푸르다는 표현이 부족할 정도로 눈부신 바다.

지난 1년 엄마가 돌아가시고 꽃집을 다시 열기 위해 무수히 노력했던 시간들이 지나갔다. 조금의 여유를 돌아볼 틈도 없이 앞만 보면서 달렸던 그때, 집 앞 공원조차 나가 본 적이 없다는 걸 깨달았다.

엄마의 꿈을 어깨에 짊어지고 세상에서 홀로 살아갈 준비를 하는 내내 그녀에게 여유라는 건 있을 수 없었다.

"좋다."

"그러게."

"바다 진짜 오랜만에 보는 것 같아요. 자주 와요?"

"별로. 너는?"

"난 진짜 오랜만이에요. 엄마가 아프기 전에 둘이 오긴 했었는데."

이주와 현우는 천천히 백사장을 걸었다. 끝도 없이 이어진 바다에 온통 시선을 뺏긴 이주를 현우는 잠시 아무 말 없이 지켜봤다. 옛 기억을 떠올리고 있을 그녀의 얼굴에 행복에 대한 그리움이 맺혔다.

행복. 그는 가진 적 없고, 가져서도 안 되는 것.

새삼 알고 싶어졌다. 이주가 그리워하는 행복은 어떤 건지.

"좋았어?"

"언제요, 엄마랑 왔을 때?"

현우가 말없이 고개만 끄덕였다. 이주의 입가에 미소가 더 짙어졌다.

"좋았죠. 아빠 돌아가시고 얼마 안 됐을 땐데 우리 둘이서 행복하게 잘 살아 보자, 뭐 이런 의미로 왔던 여행이었거든요. 엄마가 아파서 잘 안 됐지만. 그래도 여행은 좋았어요."

현우가 손을 내려 이주의 손에 깍지를 끼워 잡았다. 그녀에게 그가 지금 느끼고 있는 행복이 전해질까 싶은 마음에 손에 힘이 가해졌다.

"없어요, 그런 기억?"

대뜸 바다를 향했던 시선을 거두고 현우의 앞에 선 이주가 물었다. 한눈에 들어오는 바다와 이주를 마음껏 눈에 담으며 현우는 곧장 고개를 저었다.

"별로."

"에이, 없을 리가 없는데. 잘 생각해 봐요. 기억 못 하는 게 아니고?"

적어도 열다섯 이전까진 행복했던 것 같다.

다정한 부모님, 형만 따라다니는 동생들. 유복하고 평화로 웠던 유년 시절. 하지만 사고를 겪고, 의식 불명 상태에 있다 가 기적적으로 깨어난 이후로는 많은 게 달라져 있었다.

그 후로 그의 삶에서 행복이란 건 찾을 수 없는 것에 가까 웠다.

이주는 어두워지는 그의 표정을 지그시 바라보며 맞잡은 손을 잠시 내려다봤다. 또 보고 말았다. 다 가진 듯한 그에게 서 풍기는 무언가의 결핍을.

뭐가 부족해서 당신은 가끔 당장 죽어도 상관없다는 듯 무 력한 얼굴을 하고 있을까.

"행복이 뭐 별건가."

그녀가 대수롭지 않다는 어투로 말하며 고개를 들었다. 한 걸음 그에게 가까이 다가서자 낯익은 향이 느껴졌다.

현우에게서만 나는 은은한 향은 사람을 기분 좋게 만들었 다. 보디로션 냄새일까, 아니면 향수 냄새일까. 꽃향기에만 익숙한 이주가 그의 대답을 기다렸다.

"내 기준에서는 별거야."

아직 그에게서 너를 만난 것 자체가 행복이란 대답을 듣기 엔 부족한 듯싶었다. 그녀는 그 행복을 알려 주기로 했다.

행복이란 게 실은 꽤 쉽게 다가온다는 것을.

"어디서 들은 말인데요. 행복은 할 일이 있는 것, 바라볼 희망이 있는 것, 사랑할 사람이 있는 것. 이 세 가지라던데."

묵묵히 이어지는 이주의 말을 들으며 현우는 지그시 그녀를 내려다봤다. 약속이나 한 듯이 부드럽게 시선이 부딪치고 이주가 짙은 미소를 그리며 다시 입을 열었다.

"직장 있으니까 할 일 있는 거고, 사랑할 사람 여기 있고, 바라볼 희망이 아직 없으면…… 나로 해요. 그 희망, 내가 돼 줄게. 나 별로 안 바빠요."

어쩌면 자만인지 모르겠다. 좋아한단 말은 들어도 사랑한단 말은 비슷하게라도 듣지 못한 주제면서. 하지만 묘한 자신감이 들었다.

이 사람, 나를 사랑할 거라고. 그래서 내가 옆에 있어 줬으면 하는 거라고.

예쁜 말을 내뱉고, 사랑스럽게 미소 짓는 얼굴을 지그시 내려다보던 현우의 입가에도 그녀와 비슷한 미소가 걸렸다.

할 일, 사랑할 사람, 바라볼 희망. 그 모든 게 되어 주겠다는 여자를 만난 게 그의 삶에서 가장 큰 행복이라는 것을 깨달았다.

지금 너와 함께하는 순간, 네가 내 옆에 있어 다행인 지금. 알려 주고 싶었다. 내 행복을 걱정하는 너에게.

"지금."

"네?"

"지금 약간 그런 것 같아."

아, 이렇게 피드백이 빠른 남자라니.

멍하니 있던 이주가 소리 없이 고개를 끄덕였다.

"다행이네요."

"뭐가."

"내 사랑이 누군가를 행복하게 해서?"

이런 쑥스러운 말을 잘도 내뱉을 줄은 정말 몰랐는데.

사랑을 고백하고, 사랑을 고백받은 연인의 시선이 한곳으로 모였다. 바로 지금 이 순간, 행복하다고 말한 현우는 쑥스러운 듯 멋쩍게 웃다가 바다와 정반대 방향을 가리키며 말했다.

"회 사 줄까?"

그녀가 큰 소리로 웃음을 터트렸다. 부끄러워 모면하려 했던 말에 그 역시 웃지 않을 수 없었다.

"괜찮아?"

"네. 근데 약간 알딸딸해요."

소주 한 병을 나눠 마셨는데 겨우 반병에 얼굴이 발그레해진 이주가 두 볼을 감싸며 말했다.

생각보다 일찍 도착한 터라 자고 가지 않고 늦게라도 돌아갈 생각을 하고 있던 현우는 이주가 계속 술을 권하는 바람에 반병 정도 술을 마셔 결국 돌아가지 못하는 사태가 발생했다.

대리 기사를 불러 인근 호텔 앞에 내린 현우는 행여나 이주가 넘어질까 봐 그녀의 손을 잡고 안으로 들어갔다.

"더블 룸 두 개요."

프런트 앞에 선 현우가 카드를 꺼냈다. 그 순간 이주와 남직원의 눈이 마주쳤다. 다정하게 손 붙잡고 들어온 연인이 더블 룸 두 개를 말하는 상황은 적잖이 당황스러웠고, 시선이 닿은 이가 남자가 아닌 여자 쪽이라는 것도 꽤 난감한 일이었다.

이주의 미간이 희미하게 찌푸려지는 것을 보며 남자가 생각했다. 오늘의 일지에 꼭 적으리라고.

"아, 네. 금방 확인해 드리겠습니다."

남직원이 컴퓨터 모니터로 시선을 내렸다. 현우 옆에 선 이주가 턱을 괸 채 빤히 그를 쳐다봤다. 불만이 가득한 시선을 모른 척하며 현우가 괜히 딴청을 피웠다.

"싱글 룸도 있는데 왜 더블 룸에서 자요?"

"넓은 침대에서 편하게 자라고."

"아, 그런 의미?"

술기운이 올라 알딸딸한 이주가 무의식적으로 고개를 끄덕이다 가방을 뒤적거려 지갑을 찾았다. 룸 두 개를 전부 그가 계산하게 둘 수는 없었다. 지갑을 손에 쥔 이주가 문득 행동을 멈췄다.

따로 자자고? 여기까지 와서? 침대가 두 개 있는 트윈 룸도 아니고 그것도 각각 따로? 가방을 향했던 이주의 시선이 느리게 직원을 향했다.

모니터로 빈 객실을 확인하던 남직원은 제게 닿는 시선을 느끼고 이주 쪽으로 고개를 들었다. 눈이 마주친 것과 동시에 이주의 눈이 반짝반짝 빛이 났다.

술에 취한 그녀는 99%의 확률로 이성보단 감정을 중요시

한다. 그리고 웃음이 헤퍼진다. 바로 지금처럼.

"그냥 더블 룸 하나 주세요."

"아, 네?"

"더블 룸 하나요."

또렷한 발음으로, 환한 웃음과 함께 반짝이는 눈으로 이주가 말했다. 손가락 하나를 세워 친히 하나라는 걸 강조하며.

어떻게 하면 좋겠냐는 눈으로 남직원이 현우를 돌아봤다. 눈에 띄게 당황한 그가 이주에게 살짝 몸을 기울였다.

"강이주."

"그게 더 싸요. 뭐하러 따로 자."

합리적인 이주의 말에 현우가 입을 다물었다. 호텔 프런트에서 일하면서 난생처음 겪는 상황에 웃음을 꾹 참은 남직원이 곧장 더블 룸 하나를 결제해 방 키와 카드를 현우가 아닌, 이주에게 내밀었다.

마치 꼭 그래야 한다는 듯이.

"감사합니다. 좋은 시간 보내십시오."

"네, 저도 감사해요."

대체 뭐가. 현우의 마른 입술이 당황함에 살짝 벌어졌다. 술에 약간 취한 이주는 웃음이 헤펐다. 남직원이 쑥스러울 만큼 환한 미소로 화답한 이주가 현우의 팔을 잡아끌었다. 얼떨결에 그녀에게 끌려가게 된 현우는 엘리베이터에 둘만 남게 된 다음에야 상황을 파악했다.

호텔에, 그것도 밀폐된 룸 하나에 그녀와 단둘이다.

낮게 웃음을 터트린 현우는 벽에 등을 기댄 채 이주 쪽으로 몸을 틀었다.

"강이주."

"네?"

"그러니까 나랑 한방에서 자시겠다?"

"뭐, 그게 더 싸니까."

이주가 곧장 대답했다. 시선은 위로 향한 채 절대 그를 쳐다보지 않으면서.

붉어진 이주의 귀를 확인한 현우의 미소가 더 짙어졌다. 깜찍하다고 해야 하나, 앙증맞다고 해야 하나. 그의 목소리가 장난스럽게 변했다.

"남자랑 호텔 많이 오셨나 봐?"

"그래 보였어요?"

"능숙하던데."

"그럼 그렇게 생각해요. 난 뭐 연애 처음인 줄 아나."

애써 태연한 척, 부끄럽지 않은 척 저질러 놓고 후회하는 속내를 들키지 않으려 이주가 기계적으로 고개를 끄덕였다. 그 모습을 지그시 바라보며 현우가 벽에 머리를 기댔다.

"너 나 이러려고 술 먹였지."

"에이, 나눠 마신 거죠."

"약간 강요하던데."

"내가 억지로 입 벌려서 먹인 것도 아니잖아. 근데 설마 싫어서 이래요, 지금? 싫으면 바닥에서 자요. 난 허리 아파서 바닥에서 못 자요."

어떻게 싫을 수가 있어? 그제야 고개를 돌려 이주가 불안한 듯 그를 보며 물었다. 옆으로 선 채 그녀를 내려다보던 시선을 거두지 않고 그가 혼잣말처럼 대답했다.

"보통은 싫어할 수 없지."

"설마 보통 외의 남자는 아니죠?"

"그건 아니고."

지나치게 빠른 대답에도 이주의 표정엔 변화가 없었다. 안심하는 것도, 그렇다고 반기는 것도 아닌 얼굴로 그녀가 다시 정면으로 고개를 돌렸다. 더는 무를 수도 없었다. 이미 손에는 카드 키까지 들려 있지 않은가.

미쳤어, 강이주! 대체 무슨 생각으로. 정말 호텔 많이 와본 여자라고 생각하면 어떡하려고.

이주의 속내라도 읽은 건지 현우가 피식 소리를 내며 웃었다.

"궁금하네."

저음의 목소리가 유난히 가깝게 들린다고 생각했다. 이 사람은 알까. 자신의 목소리가 상대를 살 떨리게 할 만큼 설레게 한다는 것을. 태연함을 장착한 이주가 그를 올려다봤다. 술기운에 얼굴이 화끈거렸다.

"뭐가요?"

"강이주랑 호텔 온 남자."

높낮이 없는 톤의 말을 바로 이해했다. 그런 적이 한 번이라도 있었으면 덜 억울하겠다. 하지만 지금 이 순간에는 왠지 있어야만 할 것 같단 생각이 들었다.

"그럼 내가 궁금해하면 나도 알 수 있나? 차현우랑 호텔

갔던 여자들?"

이주가 눈을 마주치며 물었다. 여자들에서 '들'에 강조를 하는 순간 타이밍 좋게 엘리베이터 문이 열렸다. 내릴 생각은 않고 저만 빤히 내려다보는 현우와 열린 문을 흘겨보며 이주가 어색한 웃음을 흘렸다.

"안 내려요?"

"고민 중이야."

"또 뭘요?"

"강이주가 왜 강이주답지 않은 일을 벌일까."

"……."

"괜히 불안하게."

엘리베이터 문이 다시 닫혔다. 하지만 움직이지는 않았다. 묵묵히 현우를 올려다보던 이주가 열림 버튼을 누르고 멋대로 그의 팔을 잡아끌었다. 현우는 순순히 엘리베이터에서 끌려 나와 주었다. 마치 기다렸다는 듯.

"나답지 않은 일 맞아요. 근데 우리 연애 자체가 나한테는 나다운 일은 아니에요."

현우가 쓴웃음을 삼켰다. 이대로 끌려가도 되는 걸까, 다시 한번 망설임이 일었다. 누구는 병신에 고자라고 욕을 할 수도 있겠지만 지금의 그는 그랬다.

강이주가 어렵다. 하지만 갖고 싶다.

"보통 남자들은 이럴 때 뭐라고 꼬셔요?"

"그걸 고민할 만큼 어려운 여자는 안 만나 봐서."

"자랑이다, 참."

잡고 있던 현우의 팔을 놓고 한 발 물러선 이주가 손에 쥔 카드 키를 만지작거렸다.

너무 성급했나? 정말 싫은가? 호텔만 오면 일이 술술 풀릴 줄 알았는데, 설마 나를 닳고 닳은 여자라고 생각하는 건 아니겠지? 여러 가지 생각들이 지나갔다.

여기까지 끌고 왔으면 이제 자기가 알아서 해야 되는 것 아닌가? 현우의 말대로 먼저 이러는 건 충분히 강이주답지 않은 일이었다.

하지만 알려 주고 싶었다. 7년 전과 다르게 저를 함부로 안고 싶지 않다고, 그때와는 달라지고 싶다 얘기하는 그에게.

"선생님 다시 만나고 조금 후회했어요. 그때 안기지 말걸, 괜히 그랬어요. 그만큼 다시 만난 차현우는 나를 복잡하게 했거든요."

"……."

"그래도 분명한 건 7년 전에 나는 후회하지 않았어요. 나를 필요로 하는 사람한테, 내가 죽도록 좋아하는 사람한테 안겼을 뿐이에요."

그러니까 더는 죄책감 느끼지 말아요. 우린 잘못을 저지른 게 아니고, 당신도 내게 죄를 지은 게 아니니까.

현우가 천천히 손을 내려 그녀의 손을 붙잡았다. 아무것도 묻지 않고 온전히 제게 안겼던 스무 살의 강이주를 떠올리며 카드 키를 가져갔다. 엷게 그려진 그의 미소가 좀 더 짙어지더니 이주를 잡은 손에 힘이 들어갔다.

"왜 그렇게 웃어요? 사람 무안하게 만들어 놓고."

괜히 불안해진 이주가 손끝을 내려다보며 물었다.

"좋아서."

"뭐가요?"

매력 없이 매달리는 내가요? 뒷말을 삼키며 이주가 고개를 들었다. 그의 눈이 부드럽게 휘어지며 다시 미소를 그렸다. 이주의 앞에서만 그랬다. 그녀가 앞에 있을 때만 실없는 웃음이 자꾸자꾸 터져 나온다.

이번에는 그가 그녀를 끌어당겼다. 설레고 긴장되는 마음을 추스를 시간도 없이, 정신을 차려보니 어느새 문 앞이었다. 하지만 현우는 문을 열지 않았다. 그녀의 물음에 대답하기 위해 다시 시선을 마주쳤다.

"죽도록 내가 좋았다는 강이주가."

"아, 그건……."

이주가 마른 입술을 깨물었다. 언제 그런 말을 했지, 지난 말을 되새기는 표정이 역력했다.

"근데 강이주."

"네?"

그가 눈을 반짝이며 그대로 손을 잡아당겨 이주를 품에 안았다. 그녀의 어깨에 얼굴을 묻으며 현우가 장난스럽게 중얼거렸다.

"이 상황에서 선생님은 좀 아니지 않아?"

카드 키를 접촉시키자 문이 열리는 소리가 났다. 밤이 시작되는 순간이었다.

웃기는 일이었다. 술까지 먹여 운전을 못 하게 했다. 그리고 바다까지 와서 그의 발을 묶어 놓았다.

그것만 했나? 뻔뻔하게 룸 하나를 달라고 했던 장본인이면서 이주는 세차게 두근거리는 심장 소리가 그에게 들릴까, 행여나 들린다면 얼마나 부끄러운 일일까 고민하고 있었다.

룸에 들어오자마자 씻겠다고 말하려는 순간, 현우가 단숨에 그녀에게 달려들었고 벌써 키스만 10분째. 이주는 생각이 많았다. 이다음은? 이다음은 없는 건가? 작은 원형 테이블 위에 그녀를 앉히고, 테이블 모서리 쪽을 손으로 붙잡은 채 현우는 유일하게 입술만 움직이고 있었다.

그녀의 입술 위에서 춤을 추듯, 유연하고 빠르게.

"이름 불러 봐."

그는 키스하는 내내 이주가 편히 숨을 쉴 수 있게 살짝 입술을 떼면서 자꾸 이름을 불러 달라고 말했다.

부끄럽게도 자신의 타액으로 번들거리는 그의 입술을 빤히 바라보던 이주가 눈을 들어 그를 올려다봤다. 먼저 꼬신 사람은 자신인데 룸에 들어오기 무섭게 주도권이 뒤바뀐 느낌이었다.

"이름."

살짝 벌어진 이주의 입술 위를 한입에 삼키며 현우가 재차 강조했다. 부를 시간도 주지 않으면서 이름은 왜 자꾸 부르라는 걸까. 단숨에 그의 혀가 그녀의 입안을 부드럽게 휘젓고 지나갔다.

혀가 서로 비벼지면서 질척이는 소리를 냈다. 한참 후에 그의 입술이 멀어지더니, 이주의 떨리는 두 눈 위에 입을 맞췄다. 너무 뜨겁고, 격렬해서 숨이 헐떡였다.

"안 불러 줄 거야?"

"내가 어떻게 불러요."

"그럼 설마 오늘 내내 선생님이라 부르게?"

대답할 여지조차 주지 않으며 현우가 여리고 작은 입술을 머금었다. 물고 빨고 핥아 내리다가 부드럽게 깨물고. 야릇한 숨결이 몇 번을 오고간 끝에야 입술이 떨어졌다. 이 남자, 정말 딱 숨 쉴 시간만 주고 있다.

"이름."

집요할 정도로 이름에 집착하는 현우를 물끄러미 바라보며 이주는 문득 장난을 치고 싶어졌다. 이렇게 딱딱한 남자가 가끔 뭉글뭉글할 정도로 부드러운 모습을 보일 때가 아니면 언제 쳐 보겠는가. 이주의 입가가 호선을 그렸다.

"현우야."

"뭐?"

"야, 차현우."

마치 아이 이름을 부르는 듯한 이주의 장난에 현우가 미간을 좁혔다가 피식 웃음을 터트렸다.

"까분다."

"아니면……."

이주가 오른쪽으로 고개를 살짝 기울였다.

"차현우 씨?"

그의 눈빛이 살짝 변했다. 나쁘지 않은 쪽이라 확신하며 이주가 다시 입을 열었다.

"응, 이거다. 현우 씨."

난생처음 불러 보는 이름에 혼자 수줍어 어쩔 줄 모르는 그녀의 입술 위로 다시금 현우의 입술이 내려앉았다.

한입에 삼켜진 다음 그의 혀가 밀고 들어왔다. 혀끝이 닿으며 타액이 뒤섞였다. 머리가 하얘질 정도로 야하고 질척한 키스에 이주는 침대로 옮겨지는 줄도 몰랐다.

"다시."

어느새 침대에 누워 현우를 올려다보게 된 이주가 그의 어깨를 붙잡았다.

"현우 씨."

"다시."

"현우 씨……."

다시 입술이 닿으며 현우가 천천히 옷을 벗어던졌다. 상의를 전부 벗고 그녀의 허리춤으로 손을 넣어 부드러운 맨살을 어루만졌다. 여전히 입술은 떨어지지 않은 상태였다.

이주가 그의 목에 팔을 둘러 감는 사이 현우가 가슴 밑을 어루만지다 조심스럽게 그 위를 손으로 쥐었다.

7년 전 그 밤, 그는 절대 부드럽지 않았다. 한없이 거칠었고 끝없이 잔인하게 굴었다. 눈 한번 마주치지 않았고 고통에 차 신음하는 그녀를 부드럽게 안아 준 적도 없었다.

입술이 떨어지고 현우는 브래지어 훅을 풀어 그녀가 입은 블라우스와 속옷을 한꺼번에 벗겨 냈다. 눈에 드러나는 나신을 황홀하게 바라보다 그녀의 앞에서 제가 얼마나 자격이 없는지를 깨달았다. 그럼에도 물러설 수도, 멈출 수도 없었다.

"그날 네가 필요했어."

이주는 그가 말하는 그날이 언제인지 바로 깨달았다.

"혼자 있기 싫었어. 무슨 일이든 저지를 것 같았거든."

따뜻했고 뜨거웠다. 더 만져 줬으면 좋겠다는 생각에 아래쪽으로 피가 몰리는 느낌이 드는 순간, 이주의 손이 그의 뺨을 어루만졌다. 왜냐고 물어야 하는데, 무슨 일이 있었던 거냐고 물어야 하는데 그녀의 입이 떨어지지 않았다.

"잊어 줬으면 해. 아니, 잊어."

"……."

"오늘이 우리 처음이야, 강이주."

여전히 알지 못한다. 당신이 알려 주지 않으니까. 그때 당신은 무엇 때문에 괴로웠고 무엇 때문에 위로가 필요했는지. 당신이 위로가 필요한 순간, 어째서 우리 집 근처에 있었는지. 아무것도 모르지만, 이렇게 미안해하는 당신밖에 지금은 알 수 없지만.

"치사하고 비겁한 거 알죠? 그래도 나는 후회 안 해요."

그의 뺨을 지나 그녀가 부드럽게 머리칼을 쓸어 넘겼다.

"그러니까 난 안 잊어요. 잊을 거면 차현우, 혼자 잊어요."

감히 내 여자라고 부르기도 버거울 만큼 예쁜 말을 내뱉는 이주를 내려다보며 그는 생각했다.

언젠가 보내야만 하는 너를, 나는 보낼 수 있을까.

꼭 보내야만 하나.

"진짜 미치겠다, 너 때문에."

한숨과 토해 낸 현우의 말을 끝으로 더는 대화가 이어지지 않았다. 가슴을 쥐고 부드럽게 쓰다듬기만 하던 그가 한입에 가슴을 삼켰다. 혀로 할짝거리는 소리가 났다. 온몸에 소름이 돋으며 나른해지는 기분에 이주가 손으로 시트를 쥐어 잡았다. 집요하게 가슴 중심을 삼키고 깨물다가 그 위를 길게 핥았다.

"아."

피가 날듯이 입술을 깨물며 신음을 참던 이주가 결국 그가 주는 자극에 못 이겨 신음을 내뱉었다. 현우가 낮게 웃으며 반대편 가슴을 삼켰다.

그의 손이 이렇게 야했던가. 투박하리라 생각했던 손이 전해 주는 황홀경은 말로 설명할 수 없었다. 미친 듯이 뜨거워져만 갔다. 그가 준 자극 때문에 잔뜩 부어올라 버젓이 흥분의 증거를 보이는 가슴을 그는 손으로 어루만지며 다시 괴롭혔다.

아래부터 느껴지는 묘한 자극에 이주가 간헐적인 신음을 흘렸다. 여전히 유두는 그의 입술 안에 있었다. 한 번도 느껴 본 적 없는 쾌감에 머리가 하얘질 정도까지 이르자 이주가 더는 참을 수 없는 듯 현우의 얼굴을 잡아 올렸다.

두 눈이 마주치고 뜨거운 숨결이 서로 오갔다. 눈물이 맺힌 눈을 빤히 바라보던 현우가 시트를 쥔 그녀의 손에 깍지를 끼워 잡았다. 마치 생명줄을 붙잡은 듯 이주가 손에 힘을 주었다.

"왜 너한테 갔는지 모르겠어. 그냥 발 가는 대로 갔을 뿐인데 너희 집 근처였어."

입술이 맞닿으며 서로의 혀가 뒤엉켰다. 혀를 세차게 빨아당기던 힘이 약해지는가 싶더니 그가 그녀의 새하얀 목 위로 입술을 내렸다. 피부 위에 입술을 묻고, 그 위를 또다시 핥으며 그녀의 온몸을 가질 작정인 듯 움직임을 멈추지 않았다.

"어쩌면 사랑이었을 지도 몰라."

아마 지금도 사랑인 것 같아. 아니, 사랑이야.

그러나 마음에 품은 말을 더는 내뱉을 수 없었다. 사랑을 확신하는 건 그녀에게 더 큰 잘못을 저지르는 것과 같았다. 그의 죄책감이 거기까지는 용납할 수 없다고 아우성을 치고 있었다.

목을 타고 올라간 입술은 귓불로 향했다. 그의 귀 가까이에서 이주의 신음이 들렸다. 혀를 굴려 귓바퀴를 핥자 신음이 더 짙어졌다.

그제야 샤워를 안 했다는 걸 떠올린 이주가 헐떡이는 신음 사이로 말을 내뱉었다.

"샤, 샤워 먼저……."

"나중에."

거절은 빠르고 단호했다. 농밀한 입맞춤이 다시 이어지다가 현우의 입술이 점점 그녀의 몸 아래로 향했다. 아래로 내려가는 그의 입술은 뜨거웠고 거침없었다.

마지막 옷이 벗겨지고 키스와 가슴에 닿는 손길만으로 젖어 가는 여성으로 입술을 움직이려는 찰나 이주가 다시 그의 뺨을 잡았다.

시선이 닿자 이주는 손을 뻗어 그의 목을 휘감았다. 뜨겁게 달아오른 신체가 빈틈없이 맞닿았다. 단단한 허벅지 위에 올라탄 그녀가 현우의 어깨를 껴안은 채 다시 입술을 내렸다.

한시도 떨어져 있고 싶지 않다. 조금도 거리를 느끼고 싶지 않다. 나는 역시, 열아홉의 강이주처럼 속수무책으로 당신에게 빠져든다.

"긴장돼요."

입술이 떨어지고, 뜨거운 숨결과 함께 토해지는 목소리에 그는 이주의 허리를 꼭 껴안았다.

"나도."

"실은 나, 조금 겁먹었어요."

차마 고백할 수 없었던 솔직한 감정을 내뱉은 이주가 엷게 웃었다.

미소가 그려지는 어여쁜 입술에 현우는 다시 짧게 입을 맞추었다.

"나도."

네가 싫어할까 봐, 네가 무서워할까 봐 나 역시 겁이 난다. 사랑한다는 고백 대신, 이렇게밖에 너를 안을 수 없는 나에게서 결국은 네가 떠날까 봐 역시 두렵다.

마치 생각을 읽은 듯 이주가 그의 뺨과 귓불을 부드럽게 어루만졌다. 손길 하나하나에 묻어 나오는 애틋함에 현우는 말을 삼켰다.

사랑하고 있다는 고백. 너를 사랑할 수밖에 없다는 진심. 어쩌면이라는 가정을 붙일 수밖에 없는 나약함.

"이주야."

목울대를 울리는 숨겨 온 진심 속에서 현우는 그녀의 이름을 불렀다. 사랑하는 이의 이름을 담은 그의 목소리는 애정이었고, 소유였고, 죄책감이었다.

이주는 그에게 이름 한 번 불린 것뿐인데도 마치 눈물이 터질 만큼 감동적인 고백을 받은 것 같았다.

"좋아해요, 정말 좋아해요."

사랑한다는 말 대신 좋아한다는 말로 마음을 전했다.

알고 있다고.

당신의 두려움을, 자책했을 시간을. 그리고 그 누구보다 나를 사랑하고 있음을.

이주는 좋아한다는 고백과 함께 그에게 키스했다. 뒤엉킨 입술 사이로 감추는 진심들이 느껴졌다. 침묵 속에서 현우는 그녀에게 열중했다. 말로 할 수 없는 고백 대신 휘몰아치는 감정들로 그녀를 만졌다.

"아……!"

배꼽 위를 지분거리던 현우의 입술이 그녀의 숨겨진 밀지에 닿았다. 숭배하듯, 경배하듯 닿은 입술에서 애처로움마저 느껴졌다. 입술을 열어, 감춰 놓은 혀를 내밀어 자극을 하는 것조차 조심스러웠다.

감은 눈에 눈물이 차올랐다. 숨소리 하나까지 자극적인 침대 위에서 그는 온전히 이주만을 위해 움직였다. 상처뿐이었던 그 밤처럼 욕심내지 않았다. 서두르지 않았다.

그래서 더 미치도록 애잔했다. 이렇게 따뜻할 거면서, 나만 위할 거면서.

현우는 천천히 그녀의 안으로 부푼 자신을 밀어 넣었다.

그가 멈추지 않았으면 하는 마음에 이주는 신음을 참았다.

"괜찮아. 소리 내."

이를 악문 그녀가 고개를 흔들었다. 끝까지 들어온 그의 것이 점점 더 뜨거워졌다. 머리부터 발끝까지 전부 느낄 수 있었다.

"강이주, 이주야."

한 번 부르는 것조차 많은 용기를 필요로 했던 이름을 부르며 현우는 천천히 허리를 움직였다. 피가 맺힌 그녀의 입술을 열어 일부러 신음을 토하게 만드는 손길마저도 조심스러웠다.

그녀의 골반을 틀어쥐고 현우가 재차 속도를 높였다. 천국인지, 나락인지 분간이 안 갈 정도로 열락에 빠진 이주는 그보다 먼저 절정에 올랐다. 의미를 알 수 없는 눈물이 눈가를 타고 흘러내렸다.

그는 눈물을 보인 그녀를 위해 움직임을 멈추고 기다렸다.

"괜찮아요……. 멈추지 마요."

죽을힘을 다해 참고 있는 그를 향해 이주는 입술 끝을 올렸다. 웃어야 했다. 옆으로 흘러내린 눈물이 안타까운 듯 현우가 혀를 내밀어 눈물을 핥았다. 그가 다시 움직이기 시작했다.

그녀는 몇 번이나 참았다. 소리 내어 묻고 싶었지만 꾹 눌러 삼켰다.

사랑한다고. 사랑한다 말하면 안 되냐고. 날 사랑하고 있는 당신은 왜 그 말조차 버거워하는 거냐고.

하나가 된 순간에도 두 사람은 끝내 침묵했다.

chapter 11

균열

　팔에 감기는 부드러운 느낌에 현우가 바로 눈을 떴다. 제품 안에서 잠든 이주의 얼굴이 가장 먼저 보였다.

　살짝 얼굴을 들었던 현우가 다시 베개 위에 누우며 엷게 웃었다. 눈을 뜨니 강이주가 보인다. 나쁘지 않았다. 아니, 오히려 좋았다. 너무 좋아 아침부터 잠든 여자를 상대로 키스하고 싶을 만큼. 아, 이건 너무 유치할까.

　천천히 팔을 빼고 살짝 몸을 일으켜 시간을 확인한 현우가 쓴웃음을 지었다. 아침 먹고 바로 출발할 생각이었는데 벌써 시간은 점심을 향해 가고 있었다.

　이주가 얼마나 잘까, 잠시 고민하던 현우는 곧장 욕실로 향했다. 샤워를 하고 머리를 대충 말린 다음 옷을 챙겨 입었는데도 이주는 여전히 잠들어 있었다. 이대로 30분 정도 계속 자면 좋겠는데.

바로 룸을 나선 현우는 데스크에 말해 시간을 더 연장하고 호텔 내에 있는 상점들에 대해 안내를 받았다. 속옷과 갈아입을 편한 옷들을 사고 다시 룸으로 돌아오니, 이주는 아까 그 자세 그대로 잠들어 있었다.

시트로 대충 가린 몸 위로 울긋불긋한 흔적들이 보였다. 지난밤, 아니 해가 뜰 무렵까지 그가 만든 흔적들이었다.

7년 전 그 밤을 회개라도 하듯 현우는 긴 밤 내내 이주를 정성스레 대했다. 핥고 깨물다가 같은 자리를 다시 핥기를 반복했다. 차마 상상도 하지 못할 그녀의 밀지에 입을 맞추며 자극했다. 이주의 몸 구석구석 그의 손길이 닿지 않은 곳이 없었다.

그녀는 아픔을 보이지 않으려 입술에 피가 맺힐 정도로 신음을 참아 냈다. 처음 그의 남성을 밀어 넣었을 때도 그녀는 꽤 아파 보였다. 거의 처음이나 다름없었던 강이주는 힘들어했을 지난밤. 두 번을 안고 까무러질 듯 잠들었다가 새벽 무렵 깨서는 다시 그녀를 안았다.

회상을 끝내고 현우가 화장실에서 옷을 갈아입다 어제 속옷을 그대로 입었단 생각에 다시 샤워를 했다. 개운한 느낌 그대로 욕실을 나갔는데 어느새 일어난 이주가 시트로 온몸을 가린 채 침대 위에 무릎을 세우고 앉아 있었다.

"이제 일어났어?"

이주가 말없이 고개를 끄덕였다. 분명 어제 일을 후회하거나 창피해하는 것 중 하나인데 왠지 전자는 아닐 거란 생각이 들었다. 아니, 아니었으면 했다.

"몸은."

그녀 앞에 걸터앉은 현우가 다정스레 묻자 이주는 대답 없이 고개만 끄덕였다. 그게 괜찮다는 말인지 알 수가 없었다.

제멋대로 괜찮다는 말로 해석한 현우가 되물었다.

"아프진 않고?"

다시 반복되는 끄덕임에도 이주는 시선을 들어 그를 보지 않고 있었다. 어젯밤 그녀가 내뱉었던 신음에 먼저 흥분해 달아오를 뻔했던 것을 상기하며 현우가 낮게 웃었다.

"아파하던데."

"뭐, 오랜만이라."

"얼마나 오랜만인데?"

지난 연애사를 발가벗은 채 묻는 건 정상이 아니지 않을까 생각하며 이주가 대답을 삼켰다. 더는 할 말이 없었다. 어제 한 말이 있었기에.

"다시 궁금해지네. 강이주랑 호텔 온 남자."

짓궂게 들려오는 목소리에 그녀가 시트 위로 얼굴을 반쯤 가렸다. 룸 안으로 들어오기 전까지 이주는 제법 능숙한 척, 연애가 처음은 아니라는 말까지 했다. 물론 맞는 말이지만 또 전부 맞는 말은 아니었다.

"사내 연애했던 그놈? 아니면 CC였다는 그놈?"

이주가 놀란 얼굴로 고개를 들었다. 어떻게 알았어요? 그녀의 눈이 그렇게 묻는 듯했다.

현우가 피식 소리를 내며 웃었다. 이주의 입술이 반쯤 벌어졌다. 무슨 남자가 아침부터 저렇게 눈이 부실까.

"어떻게 알았어요?"

"네가 얘기 안 했으면 내가 모를 얘기지, 보통."

"그렇긴 한데."

대체 언제? 그녀가 기억을 헤집어 보는 사이 현우가 다시 물었다.

"그래서 어떤 놈이랑 와 봤는데?"

이미 현우는 7년 전 이후로 그녀가 처음이라는 걸 알아차 렸지만 놀릴 심산으로 계속 물었다. 민망해 얼굴이 붉게 물 들어 가는 모습을 보자니 꽤 즐거웠다.

"대학생이 무슨 돈으로 호텔을 가요."

점점 작아지는 목소리에 현우가 제 생각이 잘못됐나, 하는 마음에 미간을 좁혔다. 애정 없이 몸만 오갔던 그의 연애와 는 판이하게 달랐을 그녀와 행복한 비명을 질렀을 그놈은 누 굴까 진심으로 궁금해졌다. 짜증도 나는 것 같고.

"그럼 사내 연애?"

"뭐, 오긴 했죠."

그 둘만 얘기했었나. 중간에 한 놈 더 있긴 했는데. 이주 가 속말을 삼켰다. 아무래도 이건 말을 하지 않는 게 좋을 듯 싶었다.

"왔는데?"

"도망갔어요. 갑자기 겁이 나서."

그 후로 흐지부지 헤어졌다는 말은 속으로 삼킨 이주가 꾹 입을 다물었다. 그러다 고개를 들고서는 약간 찌푸린 얼굴로 말했다.

"나도 물을 거야, 나도. 차현우랑 호텔 갔던 여자들. 왜 나만 취조해요?"

"나는 나쁘지 않은데, 괜찮겠어?"

"뭐가요?"

현우의 시선이 빠르게 그녀의 머리부터 발끝까지 훑어 내렸다.

"다 벗고?"

"네?"

그제야 알몸인 제 상태를 깨닫고 시트를 잡아당겨 더 몸을 꼭꼭 옭아맸다.

낮게 웃던 현우가 손에 쥐고 있던 쇼핑백을 내밀었다.

"속옷이랑 갈아입을 옷."

"사 왔어요?"

"그럼 주워 왔을까. 씻고 갈아입어. 눈 감고 있을게."

욕실로 가는 동안 부끄러워할 그녀를 위해 현우가 눈을 꼭 감았다. 망설이던 이주는 쇼핑백을 받아 들며 침대에서 일어났다. 부리나케 욕실로 향하려던 그녀가 다시 몸을 되돌려 그의 입술에 촉 소리 나게 입을 맞췄다.

현우의 눈이 떠지기도 전에 그녀는 쪼르르 욕실로 달려갔다. 문이 열리고 닫히는 소리가 들리기 무섭게 그가 작게 웃었다. 그녀의 흔적이 그대로 남은 침대 위, 세상에 다시없을 행복을 느낀 사람처럼.

"행복이 뭐 별건가."

별거 아닌 행복이 성큼 다가왔다.

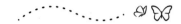

현우와의 소소한 연애는 즐거웠다. 손을 잡고 길을 걷는 것조차 특별하게 다가올 만큼. 그를 생각하고 기다리는 것으로 하루를 시작하고 끝을 맺는 것이 이제 일상이 됐다.

이주는 그 일상을 부정하지 않고 온전히 받아들였다. 그를 받아들인 것처럼.

"혼자 와도 되는데요."

"새벽이잖아."

"그러니까요. 출근하는 사람 붙잡아 온 것 같잖아요. 이따 피곤할 텐데."

그녀의 걱정에도 불구하고 현우는 이주의 손을 잡아끌었다. 새벽부터 열리는 꽃 도매 시장. 매일은 아니지만 거의 격일로 방문하는 곳이라 여느 때와 다름없이 남들은 전부 잠들어 있을 시간에 홀로 일어나 부지런히 나갈 준비를 할 때였다.

현우에게 전화가 와서 받았더니 집 앞에 와 있음을 알렸다. 어제도 분명 자정까지 야근한 것 같던데. 아직 해가 뜨지 않아 어둑한 하늘을 올려다보던 이주가 그를 돌아봤다. 분명 몇 시간 자지 못한 얼굴이었다.

"이번만이에요. 다음부터는 절대 안 돼요."

"알았어. 이번만."

현우가 그녀를 보지 않으며 대답했다. 그의 대답이 거짓이라는 걸 눈치챘지만 더는 보챌 수 없었다. 빨리 볼일을 끝내고 돌아가야 현우가 조금이라도 눈을 붙일 수 있겠다 싶었다.

"꽃은 배달되는 건가?"

"네."

"운전은 안 해?"

"할 줄 아는데 숍 리모델링하면서 돈을 너무 많이 쓰는 바람에 차 살 엄두가 안 났어요. 내년쯤에 사려고요. 배달 업체 쓰는 것도 비싼 것 같고."

"그냥 나를 쓰지 그래?"

현우가 이주의 손을 붙잡으며 말했다. 시장 안으로 들어서자 머리부터 발끝까지 꽃향기가 그들을 감싸는 듯했다.

늘 이주에게서 났던 은은한 꽃향기의 근원이 바로 이곳이었을까.

"아무래도 그게 더 비싸게 먹힐 것 같아요."

"누가 돈 받는대?"

"그러니까 갑자기 왕창 뜯어 먹히면 어떡해요."

"아, 다른 의미로? 설마 진심이야? 당장 어디라도 들어갈까?"

현우의 능청스러운 웃음에 이주는 귓불까지 붉어진 채로 주변을 급히 살폈다. 괜히 부끄러워 그의 가슴을 팔꿈치로 툭 치며 말했다.

"장난칠래요, 진짜?"

"내가 뭐라고 했는데 그렇게 놀라?"

"이상한 뜻으로 말했잖아요. 누구를 바보로 알아."

"무슨 이상한 뜻. 내가 언제 널 먹는대?"

현우가 넓은 어깨를 으쓱였다. 뻔뻔하기까지 한 그의 얼굴을 바라보며 이주가 어이없다는 듯이 웃었다. 그가 먼저 그녀의 손을 잡아당겼다.

"살 거 많다며. 이럴 시간 있어?"

"누가 먼저 놀렸는데."

작은 투정을 시작으로 그녀는 바쁘게 시장 내부를 돌아다녔다. 늘 다니던 집에서 꽃을 주문하고 예쁜 화분을 구입하는 그녀를 지켜보며 현우는 묵묵히 따라만 다녔다.

꽤 오랜 단골인지 이주는 상인들과도 허물없이 지내는 것처럼 보였다. 그중에는 그녀를 며느리라고 부르는 이도 있었다. 이주가 민망한 웃음으로 그를 돌아봤다.

"아들이 있으신데 자꾸 저한테 장가보내신다고. 같이 온 김에 남자 친구 있다고 얘기할까요?"

그의 눈빛이 설명을 요구하는 것 같아 괜히 찔린 이주가 현우에게 팔짱을 낀 채로 말했다. 조금 전 들렸던 도매상에 고작 10분 있었는데 며느리 소리만 10번을 넘게 들었다.

이주를 아이고, 우리 며느리 왔네! 하고 반기던 나이 지긋한 주인이 뒤돌아 포장하는 동안 현우의 눈썹이 삐죽 산을 그렸다.

"많이 친한가 봐?"

"엄마가 꽃집 할 때부터 단골이요. 표정 좀 풀죠?"

"내가 어떤데?"

"좋아 보이지는 않아요. 그러게 따라오지 말라니까."

그 후로도 한 시간 가까이 이주는 시장 곳곳을 돌아다녔다. 당장 가져갈 짐만 추려 현우의 차에 싣고 둘은 함께 아침 식사를 하기로 의견을 모았다.

"내가 살게요. 오늘 부려먹었으니까."

이주가 안전벨트를 매며 말했다. 부드럽게 액셀을 밟은 그의 입가에 미소가 번졌다. 차 안 곳곳에 그녀에게 스며든 꽃 향기가 퍼지는 듯했다.

"가난한 자영업자한테 얻어먹을 생각은 없는데."

"설마 지금 나 무시한 거예요? 요즘 내가 얼마나 바쁜데. 결혼 시즌이라 주문도 못 받을 정도로 바쁘거든요?"

"그래서 내가 이 새벽에 너를 보러 온 건 알아?"

"와, 생색. 현우 씨 바쁠 때는 열흘 내내 못 본 적도 있어요. 난 자기 생각해서 투정도 안 부렸는데."

창문에 한쪽 팔을 기댄 채 운전 중이던 현우가 기대고 있던 손으로 입가를 만지작거리며 웃었다. 그의 웃음소리에 이주가 돌아봤다.

"왜 웃어요?"

"듣기 좋아서."

"뭐가요?"

"한 번만 더 해 봐."

"아, 이름 부른 거요?"

"말고."

이주는 제가 했던 말들을 다시 떠올렸다. 하지만 아무리 생각해 봐도 막상 짚이는 건 없었다.

"대체 뭘 해 보라는……. 아, 설마 자기?"

현우가 대답 없이 다시 웃음을 터트렸다. 그러다 본인도 민망한지 헛기침을 내뱉으며 웃음을 참았다. 하얀 치아까지 드러내다가 웃음을 꾹 참는 그를 옆에서 바라보던 이주의 눈이 반짝거리며 빛났다.

"그게 그렇게 좋았어요? 아주 좋아 죽네."

"그런 거 아니야."

"아니긴. 입꼬리가 여기까지 올라갔는데. 내가 다 봤거든요? 그런 거 좋아하는구나. 나는 또 몰랐지."

재미있는 건수 하나 물었지, 아주. 현우가 대답 없이 손으로 입가를 가린 채 운전에 집중했다. 아예 제 쪽으로 몸을 틀고 앉아 빤히 보기만 하는 이주 때문에 그것도 실패하고 말았지만.

"그만 봐."

"왜요. 내가 내 자기 보겠다는데."

"그만하라니까."

"자기만 좋아요? 오빠는 별로인가?"

이주는 똑똑히 보았다. 현우의 입술이 슬쩍 올라오다가 그 자리에서 멈추는 것을.

"오빠."

"……."

"현우 오빠, 대답 안 해요? 오……."

오빠 소리에 재미를 붙인 이주의 입이 한껏 오므려졌을 때 현우의 입술이 빠르게 그녀에게 닿았다 떨어졌다. 너무 순식간에 지나간 일이라 피할 틈도 없었던 이주가 눈을 동그랗게 뜨며 앞을 확인했다.

"미쳤어, 운전 중인데!"

"그래서 더하고 싶은 거 참잖아."

"사고 나면 어쩌려고."

조수석으로 편히 돌아앉으며 이주가 중얼거렸다. 발끝부터 전해지는 쑥스러움을 견디느라 노력 중인 그녀에게 그가 대뜸 손을 내밀었다.

"이리 내. 대신 잡고라도 있게."

"꿩 대신 닭이에요?"

말은 그렇게 하면서도 이주는 그의 손 위에 제 손을 턱 올렸다. 부드럽게 손이 겹쳐지고 손가락 사이가 얽혔다.

그것만으로도 좋은 듯 이주가 꾹 웃음을 참으며 제 손가락 사이에 얽힌 그의 예쁜 손가락을 내려다봤다. 매일 관리 받는 손처럼 깔끔한 손톱 아래 가늘고 긴 손가락은 탐이 날 정도였다. 무슨 남자가 목소리도 예쁘고, 손도 이렇게 고울까.

"그것도 공대 나온 남자가."

"뭐?"

운전에 집중하느라 이주의 목소리를 듣지 못했는지 현우가 되물었다. 그녀가 씩 웃으며 손을 흔들었다.

"아니에요. 운전해요."

역시 예쁜 사람. 목소리도, 손도 예쁜 이 남자의 어디가
또 예뻐질지 기다려졌다.

신경 써서 옷을 고르고, 화장을 했다. 그의 집에 둘 화분
을 챙겨 쇼핑백에 넣고, 어제 한 시간이나 정성을 들여 어제
디자인한 꽃다발을 들었다.

누구 줄 건데 그렇게 신경 쓰느냐는 혜미의 물음에 환한
웃음으로 대답을 대신하고 가게를 나선 그녀의 걸음은 현우
에게 향했다.

전망 좋은 레스토랑을 어렵게 예약했으니 예쁘게 하고 왔
으면 좋겠다는 현우의 문자를 받고 이주의 기분은 내내 들떠
있었다. 약속에 늦을 것 같다는 연락을 받기 전까지는.

"나 회사 앞에 다 왔는데."

그가 끝나는 시간에 맞춰 서프라이즈로 나타날 생각이던
이주의 목소리에는 실망한 기색이 역력했다.

—회사로 왔어? 데리러 간다니까.

"그냥 한 번 와 보고 싶어서. 알았어요, 일해요."

—잠깐만.

막 전화를 끊으려는 이주를 현우가 다급하게 막았다. 한
박자 쉬고서는 말했다. 회사로 오라고.

"가도 되는 거예요?"

—응, 돼.

"아니, 직원들 있잖아요."

―상관없어. 들어와, 내가 내려갈게.

전화를 끊고 이주가 그의 회사 쪽으로 천천히 걸었다. 인터넷 검색을 하니 주변을 지나가다 건물이 너무 예뻐 사진을 찍었다는 글이 꽤 있을 정도로 유명한 듯했다.

정거장에서 내려 골목 위쪽으로 쭉 걸으니 끝자락에 인터넷에서 본 사진 속 건물이 보였다.

"예쁘다."

화이트 톤의 직사각형 건물이 층마다 다리로 연결된 구조였다. 몇 개의 사각형을 겹쳐 놓은 듯한 특이한 구조의 건물을 올려다보며 그의 사무실은 어디쯤일까 생각하던 중 현우가 밖으로 나왔다.

"이게 다 뭐야?"

"현우 씨 집에 놓을 것들. 그런데 사무실에 기증할게요."

팔꿈치까지 셔츠를 접어 올린 현우가 이주의 손에서 쇼핑백을 받아 들었다. 늘 단정하게 매져 있던 넥타이는 벗고 일하는지 목 부근의 단추가 두어 개 풀어져 있는 모습이 꽤 편해 보였다.

"들어가자."

남은 손으로 이주의 손을 잡은 현우가 그녀를 이끌었다. 계단 하나를 오르기도 전에 놀란 이주가 손을 잡아 빼려고 하자 그가 뒤를 돌아봤다.

"손 놓고 가요. 사람들 볼 텐데."

"상관없어."

"내가 상관있거든요?"

"그것도 나는 상관없고."

현우는 고집스레 그녀의 손을 꼭 잡고 성큼성큼 계단을 올랐다. 숨이 차오를 때쯤 깔끔한 형식의 사무실이 드러났다. 자동문이 열리고 안으로 들어서기 무섭게 사람들의 시선이 하나둘씩 이주에게 쏟아졌다.

대충 둘러봐도 20명이 넘어 보이는 직원들이 있었다. 밖에서 보던 것보다 훨씬 넓어 보였다. 위층, 그리고 저 옆 건물에 있는 사무실까지 합하면 직원 수가 꽤 되는 듯했다.

작은 회사인 줄만 알았던 이주가 어색하게 웃자 사무실 한가운데에 넓은 책상을 두고 회의 중이던 승진이 그녀를 알아보고 먼저 다가왔다.

"이주 씨? 여기까지 웬일이에요?"

"같이 저녁 먹기로 해서요. 잘 지내셨어요?"

"나야 잘 지냈죠. 저녁 약속 있어서 아까 표정이 그랬냐?"

승진이 팔짱을 끼며 알 만하다는 듯 웃어 보였다. PT를 마친 후배들이 클라이언트의 수정 사항을 들고 사무실로 돌아와 보고를 하는 내내 현우의 표정이 좋지 못한 것을 떠올렸다.

현우가 모르는 척 승진에게 커다란 쇼핑백을 내밀었다.

"뭐야, 이건?"

궁금해하는 승진을 향해 이주가 대신 대답했다.

"공기 정화 식물이에요. 스트레스에도 좋고."

"이주 씨 덕분에 안 그래도 사무실이 쾌적해졌는데. 아,

여기 인사해. 이쪽은 우리 차 대표 애인, 강이주 씨."

승진의 말에 기다렸다는 듯 직원들이 너나 할 것 없이 호기심 어린 시선으로 인사를 해 왔다.

어디를 보고 인사를 해야 할지 몰라 이주는 몇 번이나 서로 다른 방향으로 고개를 숙였다. 가만히 지켜보던 현우가 잡고 있던 이주의 손을 잡아끌었다.

직원들과 승진의 짓궂은 시선을 온몸으로 받으며 이주는 현우의 사무실로 들어갔다.

내부는 넓고 쾌적했으며 깔끔했다. 벽 쪽에는 승진의 책상이, 넓은 창 쪽에는 현우의 책상이 있었다. 그의 책상 위에는 언젠가 그녀가 사무실에 갖다 놓으라고 건넸던 스투키가 놓여 있었다.

"물 잘 줬나 봐요. 아직 안 죽었네?"

"누구 원망을 들으려고."

"칭찬해 줘야겠다, 참 잘했다고."

스투키 잎을 만지작거리며 이주가 다시 그의 사무실을 둘러보았다. 처음 오는데도 곳곳에 보이는 그녀의 흔적들이 꽤나 마음에 들었다.

"직원들이 많아요. 회사가 꽤 큰가 봐요."

"마흔 명 정도. 상장은 아직."

"승진 씨랑 공동 대표예요?"

"대표는 공동인데 지분은 차 대표가 7할이죠."

조금 열린 문틈 사이로 대화를 듣고 있었는지 승진이 안으로 들어오며 말했다.

"그래도 처음엔 작았어요. 조그마한 오피스텔에서 시작했으니까. 처음에 자본금을 거의 저 녀석이 들고 와서 그나마 그 정도도 가능했죠."

"넌 왜 들어와?"

"손님 대접, 인마. 오셨는데 아무것도 안 드리냐?"

가운데에 놓인 커다란 회의용 테이블 위에 커피를 내려놓은 승진이 이주에게 찡긋 눈인사를 남기고선 유유히 사무실을 나갔다.

문이 꼭 닫히고 다시 현우와 둘만 남게 된 이주가 어깨를 으쓱였다.

"일해야 하는 거 아니에요? 해요. 방해 안 하고 있을게요."

"그나저나 이 말을 못 한 것 같은데."

테이블 의자를 빼고 앉아 책이라도 읽을 생각이던 이주는 가까이 다가오는 그를 물끄러미 응시했다. 어느새 코앞까지 온 현우가 그녀의 뺨 위로 손을 가져갔다.

"오늘 예쁘다."

낮고 부드러운 음성이 전하는 울림을 그대로 전해 받은 듯 이주가 멍하니 그를 올려다봤다. 예뻐 보이려고 작정하고 꾸미고 나온 것인데, 정작 칭찬을 받으니 어쩔 줄을 몰랐다.

귓불까지 붉어지는 것을 느끼며 이주가 고개를 숙여 마주쳐 오는 시선을 피했다.

"갑자기 뭐예요. 놀랐잖아."

"왜 놀라. 예쁘니까 예쁘다고 한 건데."

"아, 진짜……."

뺨을 감싼 손에 힘이 들어간다고 생각하는 순간, 얼굴이 그에게 끌려갔다. 입술이 맞물리는 건 순식간이었다.

그녀를 본 순간부터 입을 맞추고 싶었던 현우는 그 열망을 담아 시작부터 진하게 입술을 부딪쳤다.

살짝 열린 입술을 벌리고 무작정 혀를 밀어 넣은 현우가 그녀의 허리를 당겨 안았다. 혀와 혀가 맞물리고 얽히면서 입술 사이로 넘나드는 모습이 적나라하게 드러났다.

급하게 몰아붙이는 듯한 키스에 놀란 것도 잠시, 이곳이 현우의 사무실이라는 걸 깨달은 이주가 가슴을 밀어냈지만 손이 잡히는 바람에 물거품이 됐다.

"무, 문이라도 잠가야……."

반대쪽으로 고개를 틀기 위해 잠깐 입술이 떨어진 틈에 꺼낸 말도 끝을 맺지 못했다. 다시 틀어 막힌 입술 사이로 그의 혀가 자리를 잡았다.

유연하게 움직이던 현우의 혀가 그녀의 혀를 잡아채 당기다가 문지르며 자극했다. 온몸에 찌릿찌릿한 전기가 통하는 것 같아 이주는 꼼짝도 하지 못했다.

현우는 그녀의 허리를 두 손으로 붙잡아 테이블 위에 앉혔다. 그녀를 사이에 두고, 두 팔로 테이블의 양옆을 지탱한 현우의 키스는 계속됐다. 아프고, 열렬하게.

금방이라도 문이 열릴 것 같아 이주가 불안해하자 현우는 고개를 돌리지 못하게 그녀의 뒷목을 꼭 붙잡았다.

에라, 모르겠다. 될 대로 되라지. 어쩔 줄 몰라 하던 그녀의 팔이 현우의 목을 감았다.

두 사람의 몸이 더욱 밀착되자 갈급하게 그녀의 혀를 삼키던 행위도 끊기지 않았다.

이주의 목을 감싸고 있던 그의 뜨거운 손이 그녀의 뺨을 지나 귓불을 만지작거렸다. 입술로도, 손으로도 절대 사무실에서 벌일 수 없는 애무와도 같은 행동에 이주는 몇 번이고 신음을 삼켰다.

언제고 끝날까. 아니, 끝나기는 하는 걸까.

숨결은 뜨겁고 입술의 움직임은 짙었다. 맞붙은 입술 안에서 나는 질척이는 소리와 낮은 신음조차 감당하기 어려울 정도였다.

갑자기 왜 이러는 걸까. 의아함을 벗어던지고 그에게 매달리던 이주가 참았던 숨을 몰아쉬자 비로소 현우의 입술이 떨어졌다. 기다리던 순간인데도 왜 아쉬운 건지, 그녀가 거친 숨을 내쉬며 생각했다.

"또 갑자기……."

놀란 이주가 뒤늦게 정신을 차린 듯 말을 꺼냈다.

침대 위에서나 잠자리 중에 할 법한 키스를 했다. 그것도 커튼이 활짝 열린 커다란 창문이 있는 그의 사무실에서. 심지어 현우 혼자 쓰는 곳도 아니었다.

제 실수를 깨달은 듯 불안해하는 이주를 내려다보며 현우가 픽 웃었다. 숨 돌릴 틈도 주지 않았더니, 이제야 자각한 모양이다.

"누가 이걸 예고하고 해. 하고 싶으니까 하지."

"이, 이런 건 예고해야죠!"

"이런 게 뭔데?"

현우의 입꼬리가 장난스럽게 올라갔다. 그가 즐기고 있다는 걸 깨달은 이주가 테이블에서 내려와 바닥에 섰다.

"일해요. 빨리 끝나야 저녁 먹으러 가죠."

그럴 생각으로 그녀를 데려왔다. 그런데 이주를 코앞에 두고 과연 일을 할 수 있을까. 현우가 웃음을 삼키며 고개를 끄덕였다.

이주가 손을 뻗어 그의 머리를 쓰다듬었다.

"착하다."

그녀의 장난기 어린 손길에 두 사람은 동시에 웃음을 터트렸다. 뜨거웠던 공기의 온도가 점차 낮아지며 작은 설렘이 다가오고 있었다.

"가기 싫다."

저녁을 먹고 근처 테이크 아웃 커피 전문점에서 커피를 사서 나오는 길에 이주가 내뱉은 소리였다.

하마터면 마시고 있던 커피를 뱉을 뻔한 현우가 억지로 웃음을 참았다. 장난스레 눈을 반짝이는 이주는 천진난만한 얼굴로 그의 대답을 기다렸다.

대놓고 유혹하는 모습이 아찔할 정도로 사랑스러웠다.

이걸 그녀도 깨달았으면 하는데.

"안 들어가 봐도 돼?"

"마감은 혜미가 하기로 했어요."

"그래서?"

꼭 그녀의 입을 통해 들어야겠다는 듯 그가 짓궂게 웃으며 물었다. 그 말까지는 쑥스러운지 입술을 삐죽 내밀던 이주가 현우의 재촉에 입을 열었다.

"자고 가면 안 돼요?"

그가 억지로 웃음을 참았다. 안 될 일도 되게 만들고 싶은 심정까지 감춰야 할 지경인데 안 되냐고 묻다니.

"어디서."

"뭐, 정원 관리도 할 겸."

"할 겸?"

"현우 씨 집에서."

사랑스러운 모습에 현우가 손을 뻗어 붉게 물든 이주의 뺨을 잡아 올렸다. 시선을 마주한 두 사람의 입술이 짧게 닿았다가 떨어졌다.

이주가 웃음을 참았다. 틈만 나면 키스하는 버릇을 들여 놨으니, 정말 큰일이다. 눈만 껌뻑이는 그녀의 볼을 쭉 늘어 트려 잡아당긴 현우가 다시 핸들 위로 손을 올렸다.

"큰일이다."

"뭐가요?"

"너한테 매번 지는 것 같아서."

그것도 나쁘지 않은데. 속말을 감춘 이주가 홀로 뿌듯해하는 사이 현우는 금방 집에 도착했다. 지하 주차장에 차를 세우고 그와 손을 잡은 채 엘리베이터에 오른 이주가 괜히 쑥스러운 듯 붙잡은 손을 흔들었다.

"뭐야, 왜 그래."

그가 낮게 웃으며 묻자 이주는 오히려 고개를 저었다.

"그냥 쑥스러워서요."

"대체 뭐가?"

"대놓고 자고 간다고 한 건 또 처음이라."

쑥스럽다고 해 놓고 이유까지 술술 말하는 이주를 내려다보며 그가 잡은 손에 힘을 주었다. 다른 손에는 그녀가 만들어 온 꽃다발이 들려 있었다. 사무실에 놓자는 승진의 말을 무시하고 꽃다발을 집까지 가져온 현우였다.

"나도."

"네?"

"너랑 하는 건 다 처음 같아."

이렇게 설레는 것도, 마음이 향하는 것을 두려워하면서 감추지 않게 된 것도. 현우의 나지막한 음성에 홀린 듯 이주가 멍하니 그를 올려다봤다.

현우가 부드럽게 웃으며 그녀의 머리 위를 쓰다듬었다. 순간 이주는 그의 사무실에서 뜨겁게 키스한 후에 머리를 쓰다듬으며 착하다고 말했던 제 모습이 떠올랐다.

"자주 그래도 돼. 허락할게."

"진짜요?"

"응."

실은 매일 와 줬으면, 매일 함께 있었으면 하는 마음을 감추며 현우가 고개를 끄덕였다.

"무르기 없기예요."

마치 그의 생각을 읽은 듯 이주가 말을 이었다. 집 안으로 들어간 그녀는 곧장 현우가 골라 준 편한 옷으로 갈아입었다.

무릎을 아예 덮는 펑퍼짐한 반바지와 팔꿈치까지 내려오는 반소매 티셔츠였다. 현우가 실내에서 운동할 때 입는 옷이라 그런지 이주에게는 꽤 커 보였다. 마찬가지로 편하게 갈아입은 현우는 곧장 부엌으로 향했다.

냉장고를 열어 보니 본가에서 갖다 준 반찬들과 한약이 있었다. 일하시는 아주머니가 간단한 안주용으로 만들어 놓은 몇 가지 요리들도 접시에 담겨 있었다.

치즈 카나페와 연어 샐러드를 차례로 바 테이블 위에 올려놓은 현우가 와인을 꺼내는 것과 동시에 이주가 부엌에 들어섰다.

"우리 술 마셔요?"

바 앞에 앉으며 이주가 팔짱을 꼈다. 와인을 따르고 접시를 감싼 랩을 벗기면서 그가 짐짓 진지한 목소리로 말했다.

"대신 조금만. 취하면 안 되니까."

"왜 안 되는데요?"

"술 먹고 아무 남자한테 전화해서 데리러 오라고 하면 큰일이잖아. 뺏기는 건 억울하고."

"치사하게 한 번 그런 것 가지고."

"앞으로 과음하지 마. 할 거면 내 앞에서만 하고."

적당히 와인을 따른 잔을 이주의 앞에 내밀며 현우가 맞은편에 앉았다.

근사하게 차려진 음식들을 보며 이주가 감탄했다.

"직접 한 거예요?"

"일하는 아주머니가 가끔 해 놓고 가셔."

"설마 나한테 잔소리해 놓고 집에서 과음하는 건 아니죠?"

그가 낮게 웃었다. 이주의 잔소리가 나쁘지 않아 자동적으로 터진 웃음이었다.

"아니야."

"그럼 다행이고. 맞다, 승진 씨랑은 언제부터 친구예요?"

사무실에 있던 내내 자신이 지루하지 않게 이것저것 챙겨 주던 승진을 떠올리며 이주가 물었다.

정면을 보고 있던 현우의 시선이 호기심을 가득 담은 표정으로 물어오는 그녀를 향했다.

"고등학교, 대학교 동문."

"그럼 일부러 같은 과 간 거예요?"

"성적이 비슷해서 그런 말이 나왔지. 걔는 딱히 꿈이 없었고, 나는 하나만 피하면 됐고. 건축 쪽에 관심도 조금 있었어."

갈수록 쓸쓸해지는 그의 어조에 이주는 생각했다. 당신이 피했어야 하는 '하나'가 궁금하다고. 그럼 이거 하나 정도는 물어도 되지 않을까.

"뭘 피해야 했는데요?"

"법대, 로스쿨. 뭐 그런 곳."

너무나 간단명료한 대답에 이주는 더 물을 수 없었다.

더 물으면 안 되는 것들 중, 그가 그녀에게서 미래일 수 없는 이유 중 하나가 있지 않을까.

그저 지레짐작한 그녀가 쓴웃음을 삼켰다.

"이유 물어봐도 돼요?"

"어머니가 싫어하셨어. 법대는 동생이 가야 했거든."

미영은 애초에 현우가 외국에서 대학을 다니기를 원했다. 눈앞에서 안 보이는 곳으로 치워 버리고 싶은 마음을 나중에야 알아챘지만.

와인 한 모금으로 입안을 적시고 가만히 그를 응시하던 이주가 잔 아래를 만지작거렸다. 무슨 말을 어떻게 해야 할지 가늠이 되질 않았다.

그에 대해 모르는 것투성이인 제가 함부로 아는 척해도 되는 문제인지, 그게 가장 걱정됐다.

"그래서 동생은 법대 갔어요?"

"응. 이제 1학년. 졸업하고 로스쿨 준비할 거야."

그에게 띠동갑 남동생이 있다는 건 이미 알고 있는 사실이었다. 이주의 물음이 더욱 조심스러워졌다.

"그럼 현우 씨는 법대에 가고 싶었어요?"

"아니. 난 그냥 부모님 원하는 대로 해 드리고 싶었어."

그게 살아남은 죗값이라는 건 아주 나중에야 깨달았지만.

뒷말을 삼킨 채 이주를 바라보는 현우의 목소리는 더없이 쓸쓸했고 외로움마저 느껴졌다.

잔을 꼭 잡은 이주가 그가 보이지 않게 아랫입술을 물었다. 이러려고 온 게 아닌데. 조금 더 같이 있고 싶어서, 헤어지고 싶지 않아서 온 건데 우울해하면 안 된다.

그에게 서운한 티를 내서도 안 되고, 그에게 알려 달라 칭얼대서도 안 된다. 이건 그와의 약속이니까.

이주가 애써 밝게 웃었다.

"그래도 장해요. 그렇게 큰 회사 대표씩이나 하고."

"빚이 반이야."

현우가 작게 웃으며 대답했다.

"에이, 실망이다. 더 반할 뻔했는데."

"은근 돈 많은 남자가 이상형인가 봐?"

"얼굴, 몸 다 보는데 그중에 특히 재물을 더 보는 거죠. 나 의외로 속물이에요."

이주가 장난스럽게 웃으며 와인 잔을 들었다.

7년 전, 당신이 빗속에서 홀로 무너져 가던 이유는 뭘까.

바라볼 희망조차 없어 행복할 이유조차 느끼지 못하는 삶을 살아야 했던 이유는 뭘까.

나를 사랑하면서, 나를 원하면서도 언젠 끝을 내야 하는 당신의 마음은 대체 어떤 걸까.

그녀는 참았다. 몇 번이나. 우리의 미래에 결혼이 없단다. 그럼에도 불구하고 내가 당신의 곁에 있어야 한단다.

묻고 싶은 것을 꾹 참은 이주가 안주를 집어 먹으며 '맛있다'를 연발했다.

그는 물끄러미 그녀를 바라보며 아무런 말도 하지 않았다. 밤이 지나도록, 이 순간을 붙잡고 싶은 마음으로 이주의 밝은 음성을 배경 삼아 시간을 보냈다.

그녀의 마음이 흔들리는 걸 알면서도 위로조차 하지 못하는 자신을 저주하며.

생각보다 빠르게 빠져들었고, 빠르게 위태로워졌다.

바로 조금 전까지 손안에 있던 행복이 아스러지게 균열하고 있었다. 마음에 이는 균열이 찾아온 건 정말 한순간이었다.

chapter 12
사랑해요, 사랑해요

"너 연애하니?"

회의를 마치고 한적한 웨딩홀로 이주를 찾아온 주연은 정성 들여 꽃을 만지고 있는 이주에게 대뜸 물었다.

막 가위로 리시안셔스의 가느다란 줄기를 자르고 있던 그녀가 고개를 들었다.

"그냥 분위기가 그러네. 예뻐졌어."

"칭찬이죠?"

"질문이지. 정말 남자 생겼어? 어떤 남잔데?"

호기심이 아닌 확신을 가지고 물어오는 질문에 이주가 입가에 미소를 그리며 다시 꽃을 만졌다.

테이블마다 스타일링해야 하는 꽃은 매주 다른 디자인으로 하고 있었다. 때문에 늘 예식이 있는 주말 전, 금요일마다 이주는 혜미와 홀에서 대부분의 시간을 보냈다.

"메인 테이블이요. 좀 화려하고 풍성하게 하려고요. 테이블은 리시안셔스랑 채도가 낮은 그린 톤의 유칼립투스로 장식했어요."

"나쁘지 않지. 부케도 화려했으면 좋겠다고 하더라."

"들었어요. 달리아로 하려고요. 와인색이라 화려함과 우아함을 동시에 표현할 수 있을 거예요. 버건디 카라도 더하면 괜찮을 것 같아요."

주연이 승낙의 뜻으로 고개를 끄덕였다. 학원 다녔을 때부터 안목 하나는 알아주던 이주다. 그녀의 감이 틀릴 리 없었다. 이 넓은 연회장의 테이블 장식을 작은 숍을 운영하는 이주에게 맡긴 것 또한 그런 이유였으니까.

둥근 테이블에 앉아 일에 여념이 없는 이주를 주연은 가만히 바라보기만 했다.

"밥은 먹었어?"

"생각이 없어서요."

"저녁까지 여기서 이러고 있을 건데 굶어도 돼?"

이주가 말없이 웃기만 했다. 턱을 괸 주연이 미간을 좁히며 바쁘게 움직이는 그녀의 손을 바라봤다.

오전 일찍 왔다던 이주는 점심도 거른 채 일에 여념이 없었다. 벌써 대부분의 테이블 장식은 마친 상태였다.

보통 이 정도 규모로 큰 연회장의 플라워 장식은 팀한테 맡기지만, 이주는 혼자서도 꽤 잘해 나가고 있었다. 지금은 테이블 장식뿐이지만, 곧 팀을 꾸려 일을 해도 나쁘지 않을 것이다.

오늘 회의에서 이주 플라워와의 계약 연장을 논의했었다.

하긴, 이런 성실함을 보여 주는데 말이 안 나오는 것도 이상하지.

"무슨 일 있구나?"

짐작이 아닌 확신으로 주연은 되물었다. 꽃 장식에 여념이 없던 이주가 쓴웃음을 삼켰다.

"티 나요?"

"응. 엄청. 남자 문제야?"

주연의 의심은 머물던 곳에서 1cm도 비껴가지 않았다. 이주가 다시 손을 움직였다. 유리로 된 직사각형의 화분에 테이블에 늘여 놓은 꽃을 차례로 꽂았다.

평온하기만 한 이주의 표정에 진 그늘을 주연은 놓치지 않았다.

"저 호텔 일 그만하려고요."

"아니, 왜? 갑자기?"

놀란 듯 주연의 목소리가 커졌다. 이주가 씁쓸하게 웃었다.

"그렇게 됐어요."

"진심이야? 오늘 너 계약 연장 얘기까지 나왔는데?"

"일 좀 줄이려고요. 당분간만이라도."

화병 가운데에 리시안셔스를 꽂으며 이주가 말했다.

가게를 알릴 수 있는 좋은 기회고, 작은 플라워 숍의 입지로는 따낼 수 없는 계약을 스스로 놓친다는 게 주연은 상식적으로 이해가 가지 않았다.

그녀의 생각을 읽은 듯 이주가 설명을 덧붙였다.

"저 연애한다니까요. 그럼 일 좀 줄여야죠. 작은 웨딩홀이나 레스토랑으로 다시 알아보려고요. 여기는 혼자 감당하기에는 또 너무 크고."

"연애 때문에 재계약을 안 하겠다고? 정말 진심이야?"

"네. 저 바보 같죠."

이주가 낮게 웃으며 완성된 화병을 바라봤다. 가운데가 덩그러니 비어 있는 옆 테이블에 화병을 갖다 놓으며 이주가 테이블 위를 정리했다.

폭탄을 던져 놓고 아무렇지 않은 얼굴로 일에 매진하는 이주를 보며 주연은 황당한 웃음을 터트렸다.

"남자가 일 좀 줄이래? 나 지금 이해가 안 되거든?"

"언니한테는 미안해요. 기껏 맡겨 주셨는데."

"그러니까 왜 일을 줄여. 너 지금 잘하고 있어. 얼마나 잘하는데. 식 끝나고 꽃 버릴 거면 챙겨 가겠다는 하객들이 얼마나 많은지 알아?"

칭찬을 넘어선 과분한 말에 이주가 진심으로 기쁜 듯 웃었다.

"빈말 아니죠?"

"아니야. 아니니까 똑바로 말해. 정말 그만둘 거야?"

"네."

흔들림도, 망설임도 없는 이주의 대답에 주연이 사정없이 미간을 구겼다.

이주는 한쪽에 버려야 할 꽃가지들을 모으고, 단상 앞을 장식할 꽃들을 준비했다. 화려한 꽃들을 눈앞에 둔 얼굴은 처연했고, 쓸쓸했으며, 애달팠다.

"곧 헤어질지도 모르는 사이라서요."

"곧 헤어질 사이? 그런데 연애를 한다고? 나 지금 제대로 들은 거 맞아?"

이해할 수 없다는 주연의 물음에 이주가 작은 고갯짓으로 긍정의 대답을 내놓았다. 기가 막힌다는 듯 주연이 헛웃음을 내뱉었다.

현우와의 관계를 처음으로 타인의 앞에서 인정한 이주는 쓸쓸하게 웃었다. 울고 싶지 않았다. 여기서 눈물까지 보인다면 괜찮을 자신이 없었다.

"그러니까 자꾸 보려고요. 자꾸 봐야 나중에 후회를 안 하죠."

자꾸 봐야 그 사람을 조금이라도 더 사랑할 수 있을 테니까.

이 말도 안 되는 사랑을 선택한 내가 그 사람을 덜 사랑하면 안 되니까요.

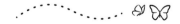

10분 정도 늦을 것 같다는 보좌관의 연락을 받은 현우가 갑자기 주어진 여유에 문득 창밖에 시선을 돌렸다가 바로 거두었다.

휴대폰을 손에 든 현우의 손가락이 익숙한 번호를 찾았다.

점심쯤에 통화를 하고 문자 몇 번이 전부였던 오늘, 이주의 목소리가 고팠다.

—아버지 만난다고 하지 않았어요?

곧장 들려오는 목소리에 그가 짙은 미소를 그리며 입을 열었다.

"늦으신대."

—그래서 나랑 놀고 싶었구나?

"아니, 보고 싶어."

이런 말에 아직 면역은 없지만 현우는 곧장 내뱉고야 말았다. 하지만 들려오는 대답은 없었다.

"강이주."

—그런 말은 예고 좀 하고 해요. 나 방금 놀래서 가위에 베일 뻔했어.

예고 좋아하는 강이주. 키스도 예고하라더니.

"이런 말을 어떻게 예고해?"

—그러게요. 나도 웃기다.

이주가 낮게 웃으며 대답했다. 현우가 어두워진 창밖으로 시선을 돌렸다. 벽이 전부 창으로 되어 있어 바깥 풍경이 그대로 보였다. 휴대폰 너머로 따뜻한 숨결이 느껴지는 것 같아 그는 잠시 말없이 소리만 들었다.

—그래서 지금 어디예요?

"야경이 꽤 멋있는 레스토랑."

—얼마나 멋있는데요?

"꽤 볼 만해. 강이주가 보면 좋아할 만큼."

—그래서 나 데려가게요?

"주말에 오자. 내가 혜미 일당 두 배로 준다고 그래."

—아니, 무슨 혜미 이름을 그렇게 다정하게 불러요? 질투 나게.

작아지는 목소리에 현우는 근처에 혜미가 있다고 확신했다. 커다란 창문에 절로 미소 짓고 있는 제 모습을 보며 현우가 나른한 숨을 내뱉었다. 별거라 생각했던 행복은 강이주 때문에 정말 별것 아닌 게 되어 가고 있었다.

기약 없는 연애, 책임질 수 없는 여자. 언젠가 헤어질 여자인데 벗어날 길 없는 제 굴레를 전부 잊은 채 빠져들고 싶었다.

그렇게 된다면 너는 내 가족을 만나야 하고 내가 받는 멸시와 경멸을 함께 받아야 하는데, 내가 차현우인 이상 너는 그래야만 하는데.

"뭘 피해야 했는데요?"

며칠 전 우리 사이의 균열을 처음 발견한 밤, 그녀가 물었었다. 함축된 물음에 얼마나 많은 긴장과 불안이 담겨 있었는지 그는 모른다. 그녀가 두려워하는 것을 알면서도 모른 척, 드문드문 어려운 대답만을 내놓는 제 비겁함을 욕했다.

언제고 너는 다 알게 되겠지. 나의 이런 비겁함을, 내가 너에게 느끼고 있는 이 수치심을.

우리는 그 균열을 언제까지 버틸 수 있을까.

―왜 대답이 없어요?

행여나 생각을 들킬까 현우가 빠르게 입을 열었다.

"호텔은. 잘 다녀왔어?"

―네. 삭신이 쑤셔요. 배도 고픈 것 같고.

"야식 먹을래? 사 갈게."

―아, 살찌는데.

"좋아하는 거 다 티나."

끝까지 아니라고 튕기던 이주와 야식 메뉴를 정하고 전화를 끊은 현우가 시간을 확인했다. 지루한 시간을 버틸 겸, 태블릿을 꺼낸 현우가 무심히 전원을 켜고 포털에 접속했다.

서울 시장 선거 출마, 차진욱 의원. 대권 노린 움직임인가.

정치면 가장 위에 있는 아버지의 기사를 눈으로 훑어 내리던 현우의 시선이 옆을 향했다. 어느새 자리 가까이에 온 진욱이 그의 옆에 서 있었다. 현우가 몸을 일으켰다.

"오셨어요."

"그래, 앉자."

진욱이 자리에 앉고 현우가 맞은편에 다시 앉았다. 진욱의 시선이 슬쩍 태블릿 화면 위를 향했다. 오는 길에 차 안에서 보좌관이 읽어 주던 기사였다.

"아비 소식이 궁금하긴 했던 모양이구나."

아버지의 말에 현우의 시선이 진욱을 따라 움직였다. 부끄럽지도, 쑥스럽지도 않았다. 괜한 것을 들켰다는 생각 또한 없었다. 표정 없이 태블릿 전원을 끄자 직원이 다가왔다.

의원 생활을 시작했을 때부터 최측근에서 일하는 보좌관이 오전에 전화를 했다. 저녁에 의원님이 저녁을 함께했으면 한다는 말이었다. 저녁 먹자는 말도 보좌관을 시켜 하는 아버지 때문에 현우는 이주와의 약속을 취소했다.

혼란스러웠다. 아버지와 단둘이 저녁을 먹는다는 건 꽤 뜻밖의 일이었으니까.

주문을 하고 각자 침묵을 지키다가 근황에 대한 짧은 대화들이 오갔다. 거의 진욱이 묻고 현우가 답하는 식이었고, 주문한 음식이 나오자 그마저도 끊겼다.

간혹 진욱을 향한 주변의 시선들이 느껴졌다. 서울 시장 선거에서 당선이 가장 유력한 후보. 서울 한복판에서 진욱을 몰라볼 사람은 그리 많지 않았다.

룸으로 들어갈 걸 그랬나, 생각하던 사이 진욱이 넌지시 말을 걸었다.

"결혼 생각은 아예 없어?"

집에서 만날 때와 다르게 사뭇 다정해 보이는 말투에 현우가 고개를 들어 아버지를 마주 봤다.

"바빠서 선을 미루는 게 아니라 아예 생각 자체가 없는지 묻고 있는 거다."

"선보라고 하시면 보겠습니다."

"왜?"

곧장 날아온 질문에 현우는 오히려 당황했다. 왜. 한 번도 생각해 보지 않았던 질문. 그저 하라면 하는 대로 살았던 그의 삶에 필요 없는 것이었다.

현우가 대답을 하지 않자 진욱이 말을 이었다.

"내 마음에 찬다고 억지로 결혼할 필요 없어. 대신 만나는 여자가 있으면 그 여자랑 결혼해. 남자가 결혼을 해야 큰일을 하지."

미혼모였던, 기억에도 없는 생모가 떠올랐다. 몰래 아이를 낳았고 5살이 될 때까지 홀로 아이를 키웠던 여자. 어떤 사랑을 했으면 사랑하는 남자의 아이를 몰래 낳을 수 있었을까. 새어머니가 친모가 아니라는 사실을 알게 되고, 왜 새어머니가 자기를 경멸할 수밖에 없는 건지 알게 됐을 때, 생모에 대한 자각은 하지 못한 상태였다.

얼마간의 시간이 지나 심부름 센터를 통해 알아낸 납골당 주소가 생모의 마지막 흔적이었다. 이미 오래전에 유방암으로 세상을 떴다는 보고를 들었을 때 느꼈던 허전함은 어쩌면 기억하지도, 기억할 수도 없는 존재에 대한 덧없는 그리움이었을지도 모른다.

사랑하는 남자와 결혼할 수 없었다. 대신 그를 닮은 아이를 낳아 홀로 키웠지만, 아이마저도 **빼앗기고** 말았다. 그런 생모와 함께했던 시간을 현우는 기억하지 못했다.

진욱에게 물은 적도 없다. 왜 그녀를 지켜 주지 못했는지, 어떤 이유로 자신을 **빼앗아** 온 건지, 그 여자는 어떤 사람이었는지.

나는 강이주 너를, 이런 저주받은 내 삶에 들여놓을 수 없다. 그저 잠깐의 온기만 나눠 줬으면 하는 것조차 내게는 지나친 욕심이니까.

"없습니다, 만나는 여자."

머릿속으론 그 맑은 웃음을, 마음으로는 이주를 품었던 온기를 떠올리며 현우가 건조한 목소리로 대답했다.

아들에게 닿았던 진욱의 시선이 차분하게 가라앉았다.

"지지부진한 부모가 있어도, 집안이 심하게 기울어도 상관없다. 네가 좋다면 허락할 테니."

"아니요."

"……."

"당분간 결혼 생각은 없습니다. 선거 때문에 제 결혼 원하시는 거 아니면 이렇게 있겠습니다. 어머니도 원하실 겁니다."

눈 밖에 난 현우가 괜찮은 집안과 혼사를 맺는 것에 굉장한 거부감을 가지고 있는 미영이다. 당연히 현우의 결혼이 달가울 리 없었다.

언제까지 아들이 죄인처럼 숨죽이며 눈치나 보고 살 것인지는 몰랐지만 진욱은 더 강요할 수 없었다. 명분도, 어떤 자격도 없었다.

만약 사고가 일어난 직후 이혼했다면, 현우는 좀 더 편하게 살았을지도 모른다. 하지만 그때를 회상하기엔 아들이 받은 상처는 이미 상상할 수도 없이 깊었다.

"요즘 은우랑은 어때."

"종종 봅니다. 통화도 매일 하고."

"그래. 밥 마저 먹자."

내가 너를 살린 게 죄가 될 수는 없는데. 진욱이 말을 삼키며 다시 아들에게서 고개를 돌렸다.

현우의 시선이 꽤 오래 진욱에게 머물렀지만 그는 고개를 들지 않았다.

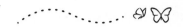

"이모, 저는 아직……."

"이모가 몇 번을 말해. 혼자 사는 여자가 시집을 가야지. 너 혼자 두고 이모가 얼마나 불안한지 알아?"

이주가 쓴웃음을 삼켰다. 이모는 도저히 그녀의 말을 들으려고 하지를 않았다. 돌아가신 엄마의 친언니인 순정은 어마어마한 무게를 자랑하는 반찬 통을 가게로 들고 오더니 대뜸 맞선 얘기를 꺼냈다. 당연히 이주는 일언지하에 거절했고 순정은 조카를 설득하는 중이었다.

"걱정 안 하셔도 돼요. 저 혼자서도 얼마나 잘 지내는데."

"잘은 지내겠지. 근데 이주야, 여자는 남자를 잘 만나야 돼. 만나는 남자 없으면 맞선 한번 보자, 응? 올해 서른이고 가구 회사 다니는데 연봉이 꽤 괜찮대. 생긴 것도 멀끔하고."

"생긴 것도 보셨어요, 벌써?"

"같은 교회 다니는 권사님 아들이라 몇 번 봤지, 먼발치에서. 너랑 둘이 세워 놓으면 딱 그림이라니까? 생각 없어도 한번 만나 볼 수는 있잖아. 안 그래?"

만나는 남자가 있다고 하면 당장 보자고 할 기세인 이모를 보며 이주가 한숨을 삼켰다. 현우에 대한 얘기를 해 줄 수는 없었다. 연애만 하고 결혼은 안 할 남자라고 소개할 수 없진 않은가.

엄마가 투병 중일 때부터 일하는 자신을 대신해 병상에 있는 엄마를 보살펴 주던 이모였다.

장례식 때도 계속 옆에 계셔 주셨고, 가게 리모델링을 할 때도 그녀의 도움이 컸다. 큰돈을 쥐어 주시면서 엄마 대신이니 부담 가지는 게 더 이상하다던 순정의 말이 떠올랐다.

"어머, 내가 손님 오신 줄도 모르고."

이모의 말에 이주의 시선이 힐긋 뒤쪽을 향했다. 그곳엔 쇼핑백을 들고 어정쩡하게 서 있는 현우가 있었다.

"……꽃 좀 보고 있겠습니다."

현우가 말문이 닫힌 그녀를 물끄러미 바라보며 말했고, 곧장 옆쪽에 있는 화분들로 시선을 돌렸다. 머뭇거리며 그에게서 고개를 돌린 이주가 지그시 입술을 깨물었다. 괜한 불안과 죄책감이 한꺼번에 몰려왔다. 잘못한 게 없는데도 어깨가 움츠러들었다.

"이주야, 긍정적으로 생각하는 거지?"

"저 진짜 결혼 생각 없어요, 근데."

행여나 현우가 들을까 이주가 조용히 말끝을 흐리자 순정은 이게 기회라는 듯 그녀의 손을 꼭 붙잡았다. 그럴수록 이주의 마음은 더 불편해져 갔다.

"마음에 안 들면 걷어차도 돼. 일단 만나만 보자, 응? 보는 거다."

그만하세요, 이모. 저 사람이 듣는단 말이에요.

할 수 없는 말들이 목 끝까지 차올랐지만 이주는 기대감으로 반짝이는 순정의 눈을 보며 차마 거절은 하지 못하고, 입을 다물 뿐이었다.

냉장고에서 캔 맥주를 꺼낸 이주가 힐긋 거실 쪽을 바라봤다. 함께 꽃집 문을 닫고 집에 오면서까지 현우는 선에 대해 별다른 말이 없었다.

혹시 신경이 안 쓰이는 걸까. 어쩌면 그게 맞을 수도 있겠단 생각이 들었다. 처음부터 결혼이나 미래에 대한 그 어떤 것도 기대하지 않고 시작한 만남이니까.

알은체하는 것보단 모른 척하는 게 더 맞을지도 모른다. 어차피 달라질 게 없다면.

그래도 기분은 좀처럼 나아지지를 않았다. 그에 대한 이름 없는 원망만 크기를 키워 갔다.

"TV에서 뭐 재밌는 거라도 해요?"

소파에 앉아 있는 현우에게 맥주를 내밀며 이주는 소파가 아닌 바닥에 양반 다리를 하고 앉았다.

"아니, 별로."

"치킨 안 먹어요?"

"난 저녁 먹었잖아."

"에이, 혼자 다 먹으면 살찌는데."

이주가 닭 다리 하나를 집어 들며 말했다. 그 모습을 보며 현우가 엷게 미소 짓더니 그녀를 따라 소파에서 내려와 바닥에 앉았다.

"아버지랑 저녁은 잘 먹었어요?"

"그럭저럭."

"무슨 얘기했는데요?"

아무 생각 없이 물은 질문에 현우는 대답이 없었다. 다정한 얼굴로 저를 보는 그와 눈이 마주친 이주가 머쓱하게 웃었다.

"대답하기 싫구나? 알았어요, 안 물어봐요."

멋쩍게 대답한 이주가 말없이 손으로 다리 살을 조금 뜯어 입으로 가져갔다. 굳어진 표정은 풀어질 줄 몰랐다. 이러면 안 된다는 걸 알면서도 입꼬리가 올라가질 않았다.

웃어야 하는데, 참아야 하는데.

그저 깨달았을 뿐이다. 그는 자신에 대한 이야기를 하지 않는다는 것을. 처음부터 쭉 그래 왔다는 것을. 미래가 없는 연애라는 건 원래 이런 걸까. 실감하지 못했던 무언가가 성큼 다가온 듯했다.

그녀는 새삼 현우에 대한 것들을 나열했다. 건축 설계 사무소를 운영하고 꽤 능력이 있다는 것. 부모님이 계시고, 법대에 다니는 어린 남동생이 있다는 것. 그리고 다른 동생은 납골당에 있다는 것. 잘 웃지 않고, 가끔 아무 의지도 없는 사람처럼 넋을 놓을 때가 있다는 것. 원한다 말하지 못하면서도 강이주를 원하는 것. 그것 말고 또······.

어색한 침묵. 평화로웠던 순간에 금이 가기 시작하고, 미세한 균열은 점점 더 일그러지기 시작했다.

그와의 만남을 다짐하기 직전, 분명 이런 것들을 두려워했다. 하지만 그때는 감정에만 충실하고 싶었다. 만남이 지속될수록 더한 나락으로 떨어질 것이라는 생각조차 할 수 없을 만큼 그에게 빠져들었다.

"강이주."

현우의 낮은 목소리가 흔들리는 그녀의 시선을 붙잡았다. 둘 곳 없이 허공을 헤매던 시선이 자신에게 닿자 그는 부드럽게 웃어 보였다.

그녀의 불안이 온몸 그대로 느껴졌다. 그리고 그 역시 불안했다.

이대로 멀어질까, 이대로 떠나 버릴까.

"싫은 거 아니야."

이주가 지그시 입술을 깨물었다. 그는 더 말이 없었다. 왜? 뭔가 더 말해야 하는 거 아니야? 싫은 게 아니면, 그 대답에 내가 만족해야 한다는 거야?

"약속할 수 있는 게 없어. 결혼도, 미래도, 아무것도."

그가 말했던 약속엔 뭐가 있고.

"나한테 물어볼 건 없어요?"

뭐가 없는 걸까.

"나 선봐야 될지도 몰라요. 다 들었으면서 궁금하지 않아요?"

정말로 상관없다는 대답이 나올까 무서웠지만 이주는 묻

지 않을 수 없었다. 내가 갑자기 왜 이러는 걸까. 당신과 그 동안 잘 만났으면서.

현우는 만나는 내내 다정했고 늘 진심이었다. 거짓이라 생각하지 않았다. 왜 다가와 나를 이렇게 만들었냐고 원망하는 것조차 우습게 느껴질 정도로 마음을 드러내고 있었다.

하지만 그 마음에는 약속이란 게 없다. 그 사실이 갑자기 견딜 수 없어졌다. 좋았는데, 난 당신과 함께여서.

당신은 이대로도 좋은 걸까. 더 좋아지고 싶지는 않은 걸까. 나는 당신과 더 오래 있고 싶은데.

"들었어."

"그런데요?"

그는 말이 없다. 언제나 그랬던 것처럼.

"들었는데도 할 말이 없어요?"

원망 어린 이주의 목소리에 현우는 대답하지 않았다.

미래가 없는데, 그 이유조차 모른다. 그럼 난 언제까지 몰라야만 하는 걸까. 당신이 자꾸만 이러면 나, 당신이 조금 미울 것 같은데.

가만히 그의 대답을 기다리던 이주는 끝끝내 현우에게서 아무런 말이 나오지 않자 말없이 몸을 일으켰다.

"미안해요. 이러면 안 되는 거 아는데 갑자기 억울해지잖아. 이건 뭔가 싶고."

이럴 자격이 없다는 걸 안다. 내가 선택한 사랑이고, 내가 선택한 남자다. 우리의 미래가 이럴 것이라는 걸 알고 시작했다. 견딜 수 있을 거라 생각했던 오만일까. 미래 따위 생각하지 않을 정도로 속수무책 당신에게 빠져들었던 나를 벌주는 것일까.

한 번 만들어진 균열은 메울 수 없다. 그 어떤 것으로도. 그것이 나를 위한 마음이라고 해도.

이주는 결국 미친 듯이 깨질 일만 남은 균열 사이를 파고들었다. 생각보다 빠르고 깊게 빠져들었던 그녀이기에 현우를 탓할 수가 없다.

"알아요. 나도 알고 있다고. 당신은 분명히 얘기했었는데."

언젠가는 이별할 것이고, 다가올 미래 따위 없다는 것.

분명히 인지했는데도 되돌아갈 수 없을 만큼 멀리 와 버린 대가는 잔인했다.

"그만 가요. 보기 싫어요."

"이주야."

그가 미처 일어나기도 전에 이주는 방으로 향했다. 서둘러 방문을 열고 안으로 들어간 이주는 문을 잠그고 바로 옆 화장대 앞에 앉았다. 손에 묻은 기름기를 닦아 내는 손길에 괜히 짜증이 일었다.

"엉망이야, 강이주. 엉망이라고."

누구에게 하는 말인지도 모른 채 중얼거렸다. 손끝이 빨개지도록 휴지로 손을 닦고, 멍하니 앉아 있는데 밖에서 문을 두드리는 소리가 났다.

"강이주."

이주가 의자 위에 무릎을 모으고 앉았다. 알고서 시작한 연애였다. 백번 생각하고 천 번의 고민 끝에 시작한 연애에서 마음은 점점 더 깊어지기만 하는데, 끝은 정해져 있다.

언제가 끝이고 어디까지가 끝인지도 모를 그 끝에, 그가 그려 놓은 미래에 그녀는 없다. 없어야 한다.

그의 마음을 받았다고 생각했다. 그래서 내 것이라 여겼던 걸까. 욕심을 부리고 있었다. 아무것도 약속할 수 없다는 현우에게 약속을 바라고 있었다.

나는 아직도 짝이 맞지 않는, 아픈 짝사랑 중인 걸까.

"잠깐 나와."

이주가 입술을 깨물며 흐르는 눈물을 훔쳤다. 그의 앞에서 울어 버릴까 봐, 그럼 정말 그가 미안해할까 봐 화를 내면서도 그건 또 감당할 수 없을 것 같아 도망치듯 방으로 들어왔다. 그럼에도 가라앉기는커녕 화가 치밀었다.

아무것도 설명해 주지 않는 당신에게. 그러면서 주저 없이 마음을 드러내는 당신에게.

"이주야."

무릎에 박고 있던 고개를 든 이주가 다시 피가 날 듯이 입술을 깨물었다. 다정하게 불러 주는 목소리는 언제나처럼 따뜻했다. 저 목소리가 내 것이 아닌 순간이 올 것이다.

내 이름이 아닌 다른 여자의 이름을 부르는 순간이.

그럼 난 어떻게 되는 거지? 상상하니 끔찍해졌고 무서워졌다. 이끌리듯 방문 앞으로 다가간 이주는 문 너머로 아무런 소리가 들리지 않는다는 걸 깨달았다.

설마 갔을까. 그녀가 다급한 표정으로 문을 열었다.

현우가 있었다. 눈앞에 놓인 세상과 행복을 잃은 것처럼 무너져 가는 얼굴로. 그녀라는 세상을 잃어버린 얼굴로.

이럴 거면서 대체 왜. 문 앞에 서 있던 현우가 그녀의 어깨를 잡아당겨 품에 안았다. 그 힘이 무서울 정도로 셌다. 마치 겁에 질린 사람 같았다.

대체 왜? 지금 무서운 건 당신이 아니라 난데. 이주가 이를 악물었다.

"싫다고 말하고 싶었어."

"……."

"상상만으로도 끔찍한데 그래도 되는 건가 생각했어."

너를 행복하게 해 줄 남자가 나일 수는 없는 건데, 그럼 네가 행복해질 기회마저 내가 빼앗는 건데.

짧은 시간 치열하게 고민하고 자신과 수십 번을 싸웠다. 그럼에도 결론이 나지 않았다. 싫다고 해 볼까. 그녀가 다른 남자 앞에서 억지로 웃는 건 죽어도 보기가 싫은데.

하지만 그였다. 차현우였다. 이것이 최선이라 생각했다. 그 최선이 아무것도 해 줄 수 없는 주제에, 옆에 붙들어 놓는 꼴밖에 되지 않는 것이라 더 화가 났다.

자괴감이 들었다. 왜 나는 이런 사랑밖에 못 하나. 왜 너한테 이런 사랑밖에 주지 못하나. 그냥 내가 먼저 버려 버릴까. 나를 옭아매는 그들에게서 벗어나 볼까.

허리를 조여 오는 단단한 힘에 사로잡힌 이주가 그의 어깨에 얼굴을 묻었다. 아리게 안아 오는 현우의 목 뒤로 단단한 팔을 두르자 마치 그녀에게 보호받는 느낌에 그는 더욱 이주를 끌어안았다.

"알고 싶어요."

그가 갖지 못한 것, 그래서 아픈 것. 그 결핍이 무엇인지, 그걸 내가 채워 줄 수는 없는 건지.

"내가 욕심부리는 거예요?"

욕심. 그건 내가 너한테 부린 사치다. 가져서는 안 될 것을 욕심냈고, 담아서는 안 될 마음을 욕심냈다.

그랬는데, 이제는 모르겠다. 왜 나는 욕심도 낼 수 없는 삶을 살아가고 있는지. 그것조차 내 선택일진데.

"미안해."

불안하게 해서.

"잘못했어."

마음껏 표현하지 못해서.

"다 알려 줄게."

나의 고백이 우리 사이를 어떻게 할지, 너를 더 힘들게 하는 건 아닌지 더는 생각할 수조차 없다.

네가 날 떠나가 버릴까 봐. 또다시 망설여지지만 네가 불안해하지 않을 수 있다면, 사랑한다고 고백도 못 하는 내 자신을 대신해 보여 줄 수 있는 마음이라면.

그럼 적어도 지금 내가 할 수 있는 최선이지 않을까.

"다 식었네."

아까워라. 테이블에 그대로 둔 치킨을 잘 포장해 냉장고에 넣은 이주가 주방에서 소리 나지 않게 움직였다. 그저 일찍 눈이 떠졌고 현우를 굶겨서 보내고 싶지 않았다.

이주는 냉장고에 있던 재료로 된장찌개를 끓였다. 새벽 시장에서 갓 만든 두부를 사 오고 싶었지만, 그사이 그가 일어날까 봐 일찌감치 마음을 접었다. 이모가 갖다 준 반찬들이 있으니 찌개와 밥을 짓는 것 말고, 더 할 일은 없었다.

이른 감이 있었지만 이대로 잠들면 현우가 가는 것도 보지 못할 것 같아 그녀는 깨어 있기로 마음을 먹었다.

"커피나 마실까."

새벽 6시. 그가 깨어나길 기다리며 이주가 커피를 내렸다. 이주가 머그잔을 들고 방 안으로 향했다. 늘 그녀 혼자 잠들었던 침대에 그가 한쪽을 차지한 채 잠들어 있었다. 벗은 그의 상체를 부끄럽다는 듯 바라보다 이주는 침대 옆 바닥에 무릎을 세우고 주저앉았다.

커피가 주는 향을 음미하며 눈으로는 현우를 감상하는 일로 하루를 시작하는 건 꽤 괜찮은 선택인 듯했다. 잠든 그의 얼굴에 가까이 다가갔다. 얼굴과 얼굴 사이가 한 뼘 남짓한 거리로 가까워졌다.

사생아로 태어나 새어머니에게 멸시받으며 자랐다는 그는 지난밤 덤덤하게 제 얘기를 풀어 나갔다.

교통사고, 쌍둥이 이복동생들, 준우의 죽음.

사고 후 혼수상태에 빠졌고 기적적으로 깨어난 뒤로 시작된 새어머니의 정신적인 학대. 이미 고인이 된 친어머니의 존재. 살아 있음에 죄의식을 느끼고 숨만 내쉬며 살았던 지난날의 기억까지도.

현우가 죄책감에, 몰아치는 좌절감에 무너지려고 할 때마다 이주는 조용히 그의 손을 잡아 주었다.

"그날이었어. 아버지가 나를 먼저 구했고, 그래서 준우가 죽었다는 걸 알게 된 날이. 그날 너를 찾아갔어. 네 마음이 필요했어. 이용했다고 생각해도 좋아. 아니, 이용한 거 맞아. 너를 안은 건 내 도피였고, 비열한 짓이었어."

처음부터 끝까지 죄책감에 사로잡혀 얘기하는 그를 이주는 가만히 안아 주었다. 억지로 현우의 마음속에서 꺼낸 말이 이토록 참담할 줄은 몰랐다.

해 줄 수 있는 말이 없었다. 당신 잘못이 아니라고, 그렇게 속삭여 봤자 서투른 위로라고 받아들일 것 같았다.

그래서 그렇게 세상 무너진 얼굴을 하고 빗속에 있었구나. 전부를 잃은 날, 그곳에서 나를 기다렸구나.

"죽은 준우한테 기생해서 사는 기생충 같은 삶이었어. 그 집에서 도망치지도 못하고 나는 여전히 그대로야. 그렇게 어머니의 아들로, 은우의 형으로 살았어. 후회하지는 않아. 나를 형이라고 불러 주는, 내가 죽을까 봐 스스로 모든 걸 놓아 버릴까 봐 불안해하는 은우를 보면서 후회한 적 없어."

"……."

"근데 달라졌어. 후회가 돼. 너를 만나고, 너를 보고, 너를 안으면서 널 내 옆에 온전히 둘 수 없는 처지가 끔찍해."

억지로 그의 마음에서 말을 짜내게 한 자신을 원망하며, 끝내 얘기를 듣고도 아무것도 해 줄 수 없는 자신을 탓하며 이주는 가만히 그의 등을 토닥였다.

어머니에게 벗어나지 못하면서도 그 품으로 자신을 끌어들여 고통받게 할 수 없다는 현우의 마음은 그녀에게 사랑이라고 들렸다.

사랑해, 사랑해. 귀로 듣지는 못했지만 그의 가슴이, 그의 진심이 그렇게 외치고 있었다.

언제 그의 입술이 닿았는지 모르겠다. 흐느끼던 현우의 입술이 제 입술을 가르고 들어온 순간부터 이주는 끊임없이 그를 받아들였다.

그 밤, 그가 저를 안았던 기억을 되돌리며, 그간 얼마나 고통스러웠는지를 함께 느끼며.

감았던 눈꺼풀이 조금씩 떨리더니 곧 현우가 눈을 떴다. 이주는 그와 눈이 마주치자 싱긋 웃어 보였다.

"깼어요?"

"몇 시야?"

막 잠에서 깨 잠긴 그의 목소리는 상상보다 더 멋있었다. 이주가 몸을 일으켜 침대에 걸터앉았다.

"6시 조금 넘었어요. 더 자도 되는데."

시간을 확인하자 현우의 미간에 작은 주름이 생겼다.

"왜 이렇게 일찍 일어났어."

"아침 해 주려고. 출근해야 되잖아요."

"……."

"왜 그렇게 봐요?"

이주가 괜스레 현우를 내려다보던 시선을 돌리며 말했다. 이불을 걷은 그가 제 옆자리를 고갯짓으로 가리키며 말했다.

"들어와, 추워."

두 번의 밤을 보냈기 때문일까. 이주는 망설이지 않고 그의 옆에 누워 품에 안겼다. 넓은 가슴에 이마를 기대고 눈을 감은 이주는 부드럽게 머리를 쓰다듬는 손길을 느꼈다.

따뜻했다. 손길 하나로 이 사람의 사랑이 느껴질 만큼.

"출근하기 싫다."

"하지 마요, 대표라며. 난 가게 열어야 돼."

"혜미 시키자."

"손님들이 혜미가 사장인 줄 알겠어요."

이주의 따스한 숨결이 그의 피부에 닿았다. 두근거리는 현우의 심장 소리를 배경 삼아 눈을 감은 그녀가 여전히 제 머리를 쓰다듬는 손길에 부드럽게 웃었다.

"이주야."

"네."

"강이주."

"저 여기 있어요."

고개를 든 이주가 그의 가슴에 턱을 기댄 채 현우를 보았다. 눈이 마주치자 샐쭉하게 웃고는 쑥스러운 듯 다시 그의 품으로 얼굴을 내렸다.

매 순간 그녀의 마음을 쥐고 흔드는 그는 태연한 얼굴로 이주의 정수리에 턱을 내렸다.

"꿈같다. 안 깼으면 좋겠어."

이 작은 행복조차 꿈이라고 여기는 사람. 이주가 입술 끝을 끌어 올리며 웃었다.

"꿈 아니에요. 깰 일도 없고."

"네가 사라지면 어쩌나 겁도 나."

"겁내지 마요. 나 어디 안 가요."

그의 허리를 두른 팔에 힘을 주었다.

가지 않아요, 나는.

"후회해, 말하지 말걸."

네가 부담스러워하면 어쩌나, 내가 널 붙들고 있는 건 아닐까. 뒷머리를 쓰다듬던 손에 힘을 주어 그녀를 꼭 껴안았다. 종이 한 장 들어갈 틈도 허락하지 않고 밀착한 그들은 잠시 침묵했다.

"뻔뻔해져요. 그게 내가 원하는 거니까."

드러난 현우의 가슴 위로 그녀가 말할 때마다 입술이 스쳤다. 고개를 든 이주가 작은 손을 뻗어 그의 귓불을 만지작거리며 시선을 마주했다.

"사랑해요."

기어이 이 말을 내뱉은 순간, 그의 눈에 차오른 감정은 두려움일까, 아니면 기쁨일까.

그녀가 엷게 웃었다. 어떤 것이라 해도 좋다. 그 중심에 내가 있다는 건 변함없는 사실이니까.

"사랑해요."

내가, 차현우 당신을.

지난밤 내내 눈으로, 마음으로 사랑한다 고백한 당신을 대신해 소리 내어 말해 본다.

내 마음은 이런 것이라고, 그러니 내가 사라질 걱정 따위 하지 말라고.

"사랑해요, 차현우 씨."

당신의 미래에 내가 없다 해도, 당신의 미래에 내가 함께인 것을 두려워한다고 해도 나는 괜찮다.

이미 당신은 나를 사랑하고 있으니까. 아무것도 약속할 수 없는 당신이 지금 어떤 마음인지를 이제야 깨달았으니까.

그녀의 입술이 그에게 닿았다. 동이 트고 있는 조용한 새벽, 유난히 두근거리는 심장 소리가 두 사람의 귓가에 진하게 전해졌다.

chapter 13
자고 싶다

　벌써 그녀를 못 만난 지 일주일하고도 이틀째. 지난 이틀 동안은 내내 집에 들어가지도 못했다. 겨우 사무실에서 두세 시간 정도 쪽잠을 자고 일어난 현우가 전신으로 느껴져 오는 묵직함에 미간을 좁혔다. 아무래도 느낌이 좋지 않다. 몸살인가.

　판교에 대규모 주택 단지 공사를 따내고 계약을 체결한 후로 부쩍 바빠졌다. 굵직한 프로젝트들이 아직 마무리 단계에 있는 상황인데, 판교 계약은 절대 포기할 수 없다는 승진의 고집 때문에 승진은 판교 주택 단지 설계에, 현우는 송아 박물관 공사에 집중하고 있었다. 설계까지 마무리하고 시공 단계부터 담당하게 된 현우는 최근 사무실보단 현장 외근이 많았다. 이제야 숨통을 좀 트이겠구나 생각했는데 몸 상태가 심상치 않았다.

"하아."

의자에 몸을 묻은 현우가 긴 숨을 내쉬었다. 그때 주말까지 반납하고, 다음 주말은 어찌 되나 걱정하던 설계팀 직원한 명이 대표실로 들어섰다.

"어? 대표님 일어나셨어요? 구 대표님이 전화하셨어요. 판교에서 바로 퇴근하신다고. 이제 어느 정도 숨통 트였다고 다들 일찍 퇴근하는 게 어떻겠냐고 하시더라고요. 대표님, 어디 아프세요? 열 있으신 것 같은데."

"아니, 괜찮아요. 먼저들 가요."

어디 아프신 것 같은데. 하지만 워낙 거리를 두시는 분이니. 공동 대표라지만 승진보다 대하기 어려운 감이 있는 현우를 두고 직원은 떨떠름한 얼굴로 대표실을 나섰다. 아무래도 승진에게 말이라도 남겨 두는 게 좋을 것 같았다.

문이 닫히고 현우가 끙, 소리를 내며 몸을 일으켰다. 시간이 지날수록 몸 전체에 무거운 뭔가가 내려앉은 느낌이었다. 운전은 할 수 있으려나. 때맞춰 휴대폰이 짧게 진동했다. 이주의 문자였다.

〈오늘도 못 봐요? 무슨 100층 빌딩 짓는 것도 아니고. 자꾸 이러면 나 바람나요.〉

몸이 무거워도, 열 때문에 정신이 흐릿해도 그녀의 목소리가 들리는 듯한 문자 하나에 피식 웃음이 새어 나왔다.

바람이라니, 절대 그럴 수 없지. 어느새 이주의 문자 하나에 울고 웃게 된 현우가 힘없이 차 키와 지갑을 챙겼다. 지금처럼 시체라 해도 이상하지 않을 피곤한 모습이 아닌, 깔끔한 모습으로 그녀를 보고 싶었다.

현우의 집 앞에 선 이주가 천천히 비밀번호를 눌렀다.

전화를 할까, 문자를 보낼까 기다리다가 문자를 보냈고, 함께 저녁을 먹자는 현우의 답장을 받고 기분이 들떠 있던 참이었다. 그때 승진에게 전화가 왔다. 아픈 것 같은데 혹시 좀 가 줄 수 있냐는 말이었다. 같이 저녁 먹자던 사람이 아프다는 소리에 그녀는 곧장 현우에게 전화를 걸었다.

"아프다면서요? 왜 말 안 했어요?"

ㅡ너 걱정할까 봐.

"목소리도 별로 안 좋은데. 열 있는 거예요?"

ㅡ응, 아마도.

"병원은요. 갔어요? 아니, 아플 때까지 일을 얼마나……."

ㅡ네가 올래?

"네?"

ㅡ와 주라. 같이 있고 싶어.

아픈 순간에도 사람 떨리게 하는 재주는 타고났다니까.

정말 혜미의 시급을 배로 올려 줘야 될 것 같단 생각을 하며 이주가 천천히 집 안으로 발을 들였다. 식탁에 죽을 내려 놓고 침실로 간 이주는 침대 위에 기절한 듯 잠들어 있는 그를 보고 한숨을 삼켰다. 같이 있고 싶다고 푹 잠긴 목소리로 말하던 현우는 마치 침대와 한 몸이 된 것 같았다.

"내가 이런 걸 보겠다고 열흘이나 참은 줄 아나."

현우 옆에 걸터앉은 이주가 손을 뻗었다. 이마에 닿자마자 느껴진 열감에 한숨을 내쉬고서는 그를 살짝 흔들어 깨웠다.

"잠깐 일어나 봐요. 약 먹었어요? 병원은 다녀왔고?"

약에 취한 것인지, 잠에 취한 것인지 현우는 아무리 흔들어도 일어날 생각을 하지 않았다. 이대로 두면 더 열만 높아질 텐데.

"현우 씨."

그녀가 목소리를 조금 더 높이자 옆으로 누워 있던 현우의 눈꺼풀이 힘겹게 올라갔다. 반쯤 떠진 눈으로 몇 번 깜빡이더니 이내 입꼬리를 살짝 올려 웃었다.

"웃음이 나와요, 지금? 얼마나 시체 같은지 알아요?"

"저리 가. 옮아."

전화상으로 들었을 때보다 더 심각한 목소리였다. 이제야 그가 아픈 게 실감이 났다.

"가라 그럴 거면서 왜 불렀대? 약 챙겨 온 거 있어요. 해열제부터 먹고 자요."

가방에서 약을 꺼내고 물을 갖고 온 이주가 내민 해열제를 삼키기 무섭게 그는 무서운 속도로 잠에 빠져들었다.

한결 편안해진 표정을 한 그의 이마를 짚어 보던 이주가 살금살금 침실에서 나왔다. 일단 열부터 내리는 게 먼저였다. 병원은 열이라도 떨어진 다음에 가야 될 듯싶었다.

"죽이진 않았네."

그의 테라스에 만들어 놓은 작은 정원을 바라보며 이주가 싱긋 웃었다. 집에도 자주 못 들어올 정도로 바쁘다더니, 그래도 화분들은 챙겼던 모양이다.

"할 것도 없는데 청소나 하자."

팔을 걷은 이주는 먼저 주방으로 향했다. 그가 먹을 죽을 냄비에 덜어 따뜻하게 데운 다음에 함께 마실 생강차를 끓였다. 감기에 걸릴 때마다 엄마가 생강차를 끓여 주던 기억에 집에서 챙겨 온 것이었다.

거실로 걸음을 옮긴 이주가 주변을 둘러보며 입술을 삐죽 내밀었다. 며칠을 주기로 사람이 다녀간다는 말이 사실이었는지, 먼지 하나 없이 깨끗하기만 했다. 하긴, 하루에 꼬박꼬박 세 번 이상 전화를 하면서도 집에 갈 시간은 없다고 했던 현우라 그럴 만도 했다.

적어도 두 시간은 더 잘 텐데. 시계로 향했던 시선을 거둔 이주가 그의 방 쪽으로 고개를 돌렸다. 맞은편엔 다른 방이, 그리고 복도 안쪽에 방이 하나 더 있었다.

이렇게 적막하고 사람이 살 것 같지 않은 썰렁한 곳에 무슨 방이 세 개씩이나 필요한 걸까. 복도 끝 쪽 방의 문을 열자 박스 몇 개와 책들이 어지럽게 쌓여 있었다. 아마 창고 대신 쓰는 방인 모양이었다.

다시 방향을 튼 이주가 서재 문을 열었다. 군더더기 없이 깔끔한 공간이 한눈에 들어왔다. 커다란 창문을 등진 책상과 벽을 전부 에워싼 책장, 가운데에 놓인 크림색 소파와 원목 테이블. 건축가다운 안목이 돋보였다. 나중에 가구 바꿀 때 도와 달라 그럴까.

책장에 꽂힌 책들의 제목을 읽어 가던 이주는 바로 옆 책장에 진열된 건축 모형들을 바라봤다. 학교 다닐 때 만든 모형인가. 좀 더 자세히 보고 싶어 모형 앞으로 다가가던 그녀의 발에 뭔가가 걸렸다. 고개를 내리니 책상 서랍의 가장 아래 칸이 열려 있었다. 그런데 안에 든 물건들이 이상했다.

"……!"

주저앉아 천천히 서랍 속을 살피는 이주의 얼굴이 급속도로 굳어졌다. 급하게 감추려고 했던 것인지, 아니면 버리려고 모아 놓은 것을 차마 버리지 못했던 건지 하얀색 약통들과 처방 받은 약들이 봉투에 가득 담겨 있었다.

"이게 다……."

할 말을 잃은 듯 굳게 입을 다문 이주가 통 하나를 들고 안을 살폈다. 반쯤 남은 것도 있었고 아예 꽉 찬 것도, 거의 비워진 것도 있었다. 이름을 살펴보니 종류는 많지 않았다. 스타브론정*, 토핌정*, 헤다크캡슐*, 졸피아트정*.

이주가 다급한 손길로 휴대폰을 꺼내 약 이름들을 하나씩

---

*스타브론정:항우울제.
*토핌정:두통, 권태감, 발한 등의 자율 신경 증상 치료제.
*헤다크캡슐:중증의 난치성 편두통 치료제.
*졸피아트정:불면증 치료제.

검색했다. 액정 화면을 가득 채운 어려운 말들을 읽어 내려
가는 그녀의 낯빛이 점점 생기를 잃어 갔다. 형체 없는 불안
감에 덜덜 떨고만 있는 손이, 두려워져 조급해진 마음이 섣
부른 판단에 이르게 하고 있는 지금, 현우의 해명이 필요했
다.

흔들어 깨워 따져 볼까, 아니면 화를 낼까. 저것들은 대체
다 뭐냐고 물어볼까. 당황하는 당신의 얼굴을 상상하지만 여
전히 두렵다. 당신의 나약함을 엿본 걸까 봐.

약통 하나를 손에 쥐고 있던 이주가 살며시 침대에 기대앉
았다. 현우를 깨울 생각으로 침실을 찾았지만 곤히 잠든 그
를 보니 차마 입이 떨어지지 않았다.

온갖 불안증과 우울증, 수면 장애에 필요한 약을 쌓아 놓
고 살아왔던, 차현우란 남자가 겪은 시련과 차가운 공포가
눈앞에서 느껴지는 것 같았다. 섣부른 위로조차 건네지 못했
던 어느 날 밤, 그녀는 깨달았다. 선을 본다는 저를 붙잡지
못하고 가만히 지켜보기만 하던 그에게 차현우에 대해 알려
달라던 자신이 얼마나 안일하고 멍청했었는지.

잠결에 뒤척이던 그가 서서히 눈을 떠 시선이 마주치자 살
포시 웃었다. 마주 본 채로 미소를 짓던 이주가 그의 이마로
손을 가져갔다.

"아직 미열 남았어요."

"계속 여기 있었어?"

제 이마에 닿은 손을 잡아 깍지를 끼운 현우가 그녀의 허
벅지 위로 머리를 기댔다.

"죽 끓였어요. 먹고 약도 먹어야죠."

"응, 근데 잠깐만 이러고 있자."

"나 물어볼 것도 있는데."

"응. 듣고 있어."

내가 뭘 물어볼 줄 알고. 자신 있게 대답하는 현우의 귓불 언저리를 쓰다듬던 이주는 섣불리 입을 열지 못했다. 물어봐야 할 말들이 계속해서 입가를 웃돌고 있었다. 이주의 목소리가 들리지 않자 현우가 몸을 일으켜 앉았다. 금방이라도 울 것 같은 눈으로 억지웃음을 짓고 있는 그녀가 보였다.

"강이주."

다행이라는 생각이 들었다. 이 순간, 당신도 두려운 마음으로 내 이름을 부른다는 게. 지금 이 상황을 조금 겁내고 있다는 게. 이런 것에 그의 마음을 확인하고, 안심하는 제 모습을 발견한 이주가 쓴웃음을 토했다.

"이거 봤어요."

그녀가 손에 든 약통을 그에게 내밀었다. 현우는 놀라지도 당황하지도 않았다. 그저 약과 이주를 번갈아 보다가 떨리는 그녀의 손에서 약을 건네받았을 뿐.

"이거 말고도 엄청 많던데. 혹시 나 몰래 약 먹어요?"

마치 일상을 묻는 듯 그녀는 작은 웃음기를 머금은 목소리로 물었다. 하지만 현우는 알 수 있었다. 이주의 목소리가 간헐적으로 떨리는 것을. 애써 불안한 마음을 감추고 있음을.

"진짠가 보네. 나 그냥 떠본 건데."

어떻게든 눈물을 참고 있다는 사실을.

"뭐하러 떠봐. 네가 물어보면 다 말할 텐데."

"그럼 나랑 같이 있으면서도 아프고 그랬어요? 그런데 참았어요?"

이게 다 뭐냐고 추궁하는 것도, 따지는 것도 아니었다. 짙게 걱정이 묻어 나오는 목소리에는 행여나 같이 있는데 자신이 몰랐을까 봐, 아픈 건데도 알아차리지 못했을까 봐 두려워하는 마음이 담겨 있었다.

"아니."

"무슨 약 먹는 건데요?"

"그냥 머리가 자주 아파. 잠도 안 오고."

"많이 그래요?"

"요즘은 별로. 괜찮아졌어."

너무나 쉬운 대답에 이주는 허탈했다. 나름 어렵게 물은 건데.

"괜찮아졌다는 말 못 믿겠어요."

그가 거짓말을 한 건 아니었다. 다만 알려 주지 않았을 뿐. 모든 진실을 토하지 못했을 뿐. 이 정도에 만족해야 하는데 그럴 수 없었다. 다 알았다고 생각했는데 현우에 대해 모르는 것 투성이었다. 언제까지 나는 몰라야만 하는 건지, 이렇게 내가 곁에 있는데.

"내가 그렇게 신용이 없었나."

"없죠. 뭐 얼마나 쌓였으려고."

이주가 고개를 숙이며 투정 부리듯이 말했다. 눈물을 꾹 참고, 화를 꾹 참고, 묻고 싶은 것들을 참는 모습이 눈에 보여 현우는 입을 열 수밖에 없었다.

"가끔은 약을 먹어도 죽을 것처럼 아플 때가 있어. 그땐 정말 아파. 그런데 강이주."

흔들리는 그녀의 눈동자에 눈을 맞추고 현우가 힘주어 말했다.

"너만 있으면 괜찮아져. 그러니까 겁먹지 마."

네가 겁을 먹으면 내가 할 수 있는 게 없어. 안아 주는 것 말고는.

현우가 조심스레 손을 뻗었다. 뺨을 적시는 이주의 눈물을 닦아 주는 손길이 유난히 느렸다. 그의 다른 손이 떨고 있는 그녀의 손을 힘주어 붙잡았다. 나는 괜찮다고, 그러니 울지 말라고 소리 없이 건네는 위로, 변명. 모든 것들을 전했다.

"나한테 또 말 안 한 거 있어요? 있으면 지금 말해요. 나중에 들켰을 때는 진짜 안 봐 줄 거야."

훌쩍거리며 말하는 목소리가 귀엽다고 생각하면서도 현우는 고개를 저었다.

"없어."

"한 번 더 생각해요. 나 진짜 안 봐 줄 거니까."

"하나 있는 것 같다."

지금까지도 셀 수 없이 많은데 하나가 더 있다고? 눈물 때문에 뺨이 잔뜩 젖은 이주가 원망의 눈으로 그를 쏘아봤다.

"뭔데요."

"기뻤어."

"……."

"널 다시 봤을 때마다 매번 기쁘고 좋았어. 네가 생각했던 것보다 아마 훨씬 더."

매번 도망만 치려는 널 붙잡을 수 있는 명분과 이유에 대해 수십 번을 생각하고 고민했던 시간을 아마 평생 잊지 못할 것이다. 그 기억을 끌어안고 남은 삶을 버텨 볼 생각이니까. 현우가 다시 말을 이었다.

"그리고 후회했지. 7년 전에 해야 했을 일인데."

나지막이 이어지는 단조로운 목소리에 이주의 눈이 금세 눈물로 가득 차올랐다. 결국엔 이럴 거면서 대체 뭐하러. 아랫입술을 깨물며 눈을 꼭 참은 이주가 두 손으로 박박 눈물을 닦았다.

"다음에 병원 갈 때 같이 가요. 그래야 안심될 것 같아."

"그래."

"아프면 말해요. 참지 말고. 참는 게 더 나빠. 알죠?"

"알았어."

"대답은 잘해, 진짜."

참았던 울음을 겨우 터트리듯 이주가 두 손을 펼쳐 얼굴을 가렸다. 그 안에서 그녀 혼자 흘리고 있을 눈물을 다시 닦아 주려 현우가 손을 뻗자 이주가 먼저 그 품에 안겼다. 갈 곳을 잃어 헤매던 그의 손이 이주의 등을 쓸어내리다가 얇은 허리를 껴안았다.

처음이었다. 나의 아픔에, 상처에, 과거에 함께 울어 주는 여자. 너는 언제까지 나의 처음이 될까. 그리고 나는 얼마나, 언제까지 너를 바라는 걸까.

그녀의 어깨에 얼굴을 묻으며 현우는 숨을 삼켰다. 언제까지고 품에 안고 싶은 그녀의 온기가 유난히 따뜻했다.

그리고 생각했다. 온전히 내 것이 될 수 없다고 생각한 여자와의 미래라는 것을.

"대표님, 회의 중간에 의원님이 연락하셨습니다."

비서가 테이블에 메모지를 내려놓고 나가자 미영의 얼굴이 차갑게 변했다. 시간과 장소, 목적만 뚜렷하게 적힌 메모는 기계적일 정도로 감정 하나 내보이지 않았다.

내일 오후 3시, 집, 잡지 인터뷰.

시장 선거를 앞두고 단란한 가족으로 포장이라도 하겠다는 건가. 담배를 꺼내 든 미영은 얼마 피우지 않고 금방 껐다. 회의 전에 은우에게 문자를 보낸 터였다.

답장을 확인한 미영의 미간에 얼핏 주름이 생겼다. 마음에 들지 않았다. 곧장 전화를 걸었다. 휴대폰을 들고 있을 게 분명한데도 연결까지 꽤 시간이 걸렸다.

—네.

"집으로 와."

—엄마.

"네가 집이 없어, 부모가 없어? 왜 자꾸 걔 집에 가서 잔다는 거야?"

—그냥 형 보러 간 김에 자고 올게요. 본 지도 조금 됐고.

지친 듯한 은우의 목소리에 미영은 오히려 짜증을 감추지 않았다.

"걔는 일 안 바쁘다니? 너는 네 할 일 없어? 차분하게 유학 준비나 하라니까. 네가 지금 걔랑 그러고 있을 시간이 어디 있어? 외국에서 대학 마치고 로스쿨 준비하자는 엄마 말은 뭐로 들었어?"

—유학 안 가요. 그리고 얘기했잖아, 형은…… 됐어요. 나중에 얘기해요.

"은우야!"

큰 소리가 무색할 정도로 전화는 쉽게 끊어졌다. 부서질 듯 휴대폰을 부여잡은 미영이 건너편 소파 위로 휴대폰을 던졌다. 분이 풀리지 않았다. 자꾸만 현우와 인연을 이으려는 아들이 마음에 들지 않았다. 대체 언제까지 내 인생에, 내 가정에 들어와 내 삶을 이렇게 휘저을 작정인 건지.

"데려와요, 아이. 내가 키울게요. 5살이랬죠?"

아이가 있는 줄 알면서도 한 결혼이었다. 부모님이 원했고 자신이 원했다. 허영심만 가득한 부모의 탐욕을 채워 줄 만한 머리 좋고 똑똑한 남자. 그의 옆에서라면 최고로 대우받고, 어디에서나 돋보일 수 있을 거라 여겼다. 그래서 선택했다.

아이가 있다는 흠은 아무런 문제가 되지 않았다. 오히려 아이를 빌미로 혼전 계약에서 미영은 이 아트 센터를 물려받기로 했고, 실제로 그녀의 것이 되었다.

하지만 대가는 참혹했다. 사랑하는 여자를 미혼모로 만들 만큼 용기는 없고, 가진 것에 대해 욕심만 많은 남자라는 걸 몰랐다.

"진심이야?"

그는 그렇게 물었다. 안아 주고 싶어도 안아 주지 못하는 아들을 데려올 수 있다는 희망에 찬 얼굴로. 홀로 남게 될 제 여자의 슬픔 따위, 애증 따위 전혀 모른다는 얼굴로 그는 사랑이란 글자 앞에 제 위악을 감췄다.

"내 아이를 포기한 건 아니에요. 대신 잘 키울게요. 내 아들처럼."

그때의 그녀는 정말 자신 있었다. 핍박과 압박 속에서 벗어날 수만 있다면.

"아니, 이제부터 그 애는 내 아들이에요. 내 아이처럼, 내 아들로 번듯하게 잘 키울게요. 절대 내가 낳은 아이랑 차별하지 않아요. 그러니 당신도 약속해요. 아이 가지는 거, 포기하지 않겠다고."

내 아이의 간절함을, 그 여자의 아이로 대신했던 벌인 걸까. 미영은 결국 아이를 잃었다.

"그 약속만 해 주면 그 애는 죽을 때까지 내 아들로 살 거예요."

지금까지도 후회했다. 그때의 선택이 삶을 망가뜨리고 가정을 지옥으로 떨어뜨릴 줄은 몰랐다. 여전히 꿈에 나오는 준우의 울음소리가 괴로웠다. 늘 달고 사는 약으로도 해결이 되지 않았다.

깊은 잠에 들기 무섭게 찾아오는 죽은 아들은 엄마를 부르고 있는데, 내 아들을 죽인 너는 이토록 살가운 웃음이라니. 이토록 행복에 잠긴 얼굴이라니.

"그러면 안 되지. 내 아들은 천국에서 피눈물을 흘리고 있는데."

죽음이 무엇인지도 몰랐을 아이의 죽음이다. 누군가는 그 고통을 지고 가야 하지 않나. 그 누군가는 대신 삶을 얻은 네가 돼야 할 것이고. 미영이 차가운 조소를 터트렸다.

"적절한 때구나, 지금이."

내 아들의 웃음을 빼앗은 것처럼, 너의 웃음도 빼앗을 수 있는 지금이. 차디찬 미영의 시선이 테이블을 향했다.

어지럽게 놓인 사진들 속에는 그녀가 끔찍해하는 현우와 그의 여자가 있었다. 어느 날은 여자의 집 앞이었다가, 어느 날은 여자가 운영하는 꽃집 앞이었다가, 또 어느 날은 영화관 앞이었다가, 자주 가는 듯한 카페 안이기도 했다. 그들은 사진 속에서 덧없는 행복을 말하고 있었다.

내 아들을 죽인 주제에, 내 아들의 행복마저 **빼앗은** 주제에 감히 행복해지려고 하다니.

천천히 몸을 일으킨 미영이 다시 휴대폰을 손에 들었다. 그녀의 시선은 여전히 테이블 위의 사진들로 향했다. 사진 속 현우를 보는 미영의 입가가 파르르 경련하듯이 떨렸다. 베이지 톤의 차분한 네일을 한 그녀의 손이 사진 한 장을 들어 올렸다.

너는 내가 사는 지옥이 어떤 건지 알까. 만약 모른다면.

"내가 알려 주는 것도 나쁘진 않지."

통화 연결음이 꽤 길게 이어진다고 생각될 때쯤 상대방이 전화를 받았다. 돌연 표정을 바꾼 미영이 입꼬리를 길게 올렸다.

"네, 장 여사님. 그동안 잘 지내셨어요? 제가 좀 격조했죠?"

한껏 높아진 음성에 상대방의 목소리 또한 경쾌해졌다. 그러는 사이, 그녀의 손안에서 무참하게 구겨진 사진이 바닥을 뒹굴었다.

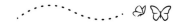

"진짜 괜찮은데."

이 상황이 마음에 들지 않아 이주는 조수석에 앉아 괜히 두 손을 꼼지락거렸다. 한 손으로 운전대를 잡은 현우가 손을 뻗어 그녀의 손을 잡았다. 손가락 사이로 깍지를 끼워 잡는 그의 손을 가만히 내려다보며 이주가 고개를 들었다.

"데려다주고 싶어서 그래."

"선보러 가는 건데요?"

"네가 나 뻥 찰까 봐 잘 보이고 싶은 것도 있고."

이모 말을 흘려듣고 방심한 게 잘못이다. 그녀도 모르는 사이에 약속까지 잡아 놓을 줄은 몰랐다. 현우와 약속을 잡고 기다리던 찰나에 벌어진 일이라 수습할 수도 없었다. 이미 그녀를 기다리고 있던 현우를 돌려보낼 수도 없어 지금 이렇게 함께 있는 상황이 이주는 마음에 들지 않았다.

"거절했어야 하는 건데."

"괜찮아."

"괜찮은 얼굴 전혀 아니거든요?"

들켰다 싶어 현우가 어색하게 웃었다.

"그냥 어떤 놈인지 궁금해서."

"그럼 차라리 가지 말라고 하죠."

이주의 목소리가 투정 부리듯 줄어들었다.

"내가 어떻게 그래."

"그럴 수 있어요. 차현우 아니면 세상 그 누구도 못 그래요."

그걸 아직도 몰랐어요? 작게 투정 부리는 듯한 그녀의 목소리에 힘이 실렸다.

차현우가 아니면 소용없다는 그 말이 자꾸만 다르게 들렸다. 왜 너는 내 옆에 있겠다는 확신을 주는 걸까. 나는 그걸 곧이곧대로 믿을 수가 없는데. 그렇게 자라 왔는데. 현우가 아닌 척 웃음을 머금은 채 말했다.

"그럼 빨리 나오든가. 데이트하게."

"뭐할 건데요?"

"너 하고 싶은 거."

"아, 야한 거?"

이주의 눈동자가 짓궂게 빛났다. 현우가 피식, 소리를 내며 웃었다. 어울리지 않은 옷을 껴입은 마냥 전혀 자기답지 않은 말을 내뱉는 그녀는 충분히 사랑스러웠다.

"넌 자꾸 그러더라. 던져 놓고 쑥스러워해."

"매력 어필하는 거잖아요."

"적당히 해. 넘치면 숨넘어가."

그의 대답에 이주가 크게 웃음을 터트렸다. 주거니 받거니 하는 게 다른 사람이 본다면 손가락 발가락이 없어질 지경이라고 욕을 할 수도 있는 상황이었다.

"그래서 야한 건 싫다?"

"뭐, 나쁘지 않지."

"구체적으로 어디가 어떻게 나쁘지 않은데요?"

운전하는 현우에게로 완전히 몸을 틀고 앉은 이주가 넌지시 물었다. 귓가까지 온통 붉어진 채로 대담하게 물어오는 그녀를 힐긋 바라보던 현우가 다시 정면으로 시선을 돌렸다.

"고르기 힘들어. 질문은 쉬운 것만 해."

"나 왜 좋아해요?"

기다렸다는 듯 이주가 물어왔다. 그녀가 원하는 대답이 뭘지, 우수 답안을 머릿속으로 차례차례 떠올려보던 현우의 옆으로 이주가 더 가까이 붙었다. 여기서 더 가까워진다면 운전에 방해가 될 게 분명했다. 어떤 의미로든.

"나 두고 선보러 가면서 그런 질문은 좀 아니지 않아?"

"선보러 가는 여자 친구 데려다주는 것도 좀 아니지 않아요?"

이주가 곧바로 대응했다. 할 말이 없어진 현우가 엷게 웃으며 여전히 붙잡고 있는 그녀의 손을 가슴 쪽으로 가져왔다. 뭐하냐는 듯 이주의 두 눈동자가 커졌다. 손등으로 현우가 입술을 내렸다. 촉촉한 입술이 닿았다가 멀어지고 그가 다시 그녀의 하얀 손등 위에 입을 맞췄다.

"강이주가 나를 좋아해서."

"……."

"그런 강이주를 나는 사랑해서."

그래서 좋아해. 내가 너를.

알 것 같으면서도 알 수 없는 말을 내뱉는 현우를 빤히 바라보던 이주가 제자리로 돌아갔다. 아무 말 없이 멍하게 있는 그녀가 신경 쓰여 현우가 고개를 돌렸다.

"아, 진짜. 무슨 장난을 못 쳐. 오글거려서 오징어 될 뻔했잖아요."

두 손으로 뺨을 가리며 이주가 중얼거렸다. 터질 것같이 얼굴이 붉어진 채로 앉아 있는 그녀는 현우와 시선을 마주치지 못한 채 애꿎은 머리만 만지작거리고 있었다.

"운전해요, 운전."

현우가 잡고 있던 손을 빼내자 두 손으로 얼굴을 가린 채 이주가 완전히 등을 돌렸다. 붉어진 얼굴을 식히느라 애쓰고 있는 그녀를 보며 그가 크게 웃음을 터트렸다.

기분 좋은 웃음소리가 차 안을 가득 채워도 이주는 고개를 들지 못했다. 아무것도 아닌 것 같은 그의 고백이 자꾸만 심장을 간질였다.

눈앞의 남자가 열심히 자기 PR을 하는 데도 이주는 전혀 집중하지 못했다. 대각선으로 앉은 현우가 턱을 괸 채 저를 빤히 바라보고 있었기 때문에.

죄를 지은 사람처럼 이주의 손끝이 계속해서 말라 갔다.

"어디 불편하세요?"

남자의 물음에 이주가 어색한 웃음으로 고개를 저었다.

"네? 아니요. 그냥 좀 더워서."

"그래요? 에어컨 틀어 달라고 할까요?"

"아니에요. 그냥 긴장했나 봐요."

남자는 이주의 웃음을 저를 향한 호감으로 착각하고선 마주 보며 웃었다.

"이주 씨 귀엽네요. 선은 처음이라 그랬죠? 꽃집 주소 좀 알려 줘요. 한번 가 보고 싶은데."

남자는 이주가 마음에 든 모양인지 그녀가 눈치를 보는 것도 모르고 제 얘기를 늘어놓기 바빴다. 남자의 물음에 이주가 어설프게 고개를 끄덕였다. 얼떨결에 고개를 들다 현우와 시선이 마주친 이주가 눈짓으로 카페 밖을 가리켰다.

턱을 괴고 앉은 현우가 고개를 가로젓더니 손에 든 태블릿을 내려다봤다. 밖이나 다른 곳에서 기다리라고 하는 그녀의 말은 들은 척도 안 하더니, 이제는 일하는 척까지.

"이모님께서 이주 씨에 대해 좋은 얘기 많이 하시더라고요. 듣던 대로네요. 원래는 광고 회사 다니셨다면서요?"

"네."

"힘드셨겠어요. 광고 일 만만치 않은데. 체력적으로도 힘들고."

"그런 편이긴 하죠."

"참, 제 연봉은 들으셨죠? 동작구에 부모님 명의로 된 아파트가 하나 있어요. 결혼하면 거기 들어가 살까 해요. 요즘 집 없이 시작하는 사람들이 대다수인데, 운이 꽤 좋은 편이죠."

남자는 본격적으로 자신의 경제적인 능력에 대해 어필하기 시작했다. 아무래도 결혼이라는 뚜렷한 목적을 가진 만남이다 보니 서두르는 감이 느껴졌다. 이런 거 불편한데.

상대 쪽에서 이렇게 얘기를 꺼내면 그녀는 딱히 할 말이 없었다. 그즈음 이주의 휴대폰이 울렸다. 현우였다. 바로 고개를 든 이주가 그의 빈자리를 확인했다. 지루한 시간을 애써 견디고 있는 사이, 그는 어느새 사라진 뒤였다.

"저, 잠깐 전화 좀."

"네. 받으세요. 괜찮습니다."

이주가 조심스럽게 전화를 받았다.

—언제까지 있을 건데.

투정 부리는 듯한 현우의 목소리에 이주가 양해를 구하고 몸을 일으켰다. 카페의 구석진 곳으로 향한 그녀가 목소리를 죽이며 입을 열었다.

"한 시간도 안 됐어요. 실례잖아요."

—더 있는 게 실례야. 속이고 있으면서.

"이러려고 데려다줬어요, 나?"

—나는 내가 참을 수 있을 줄 알았지.

그게 얼마나 멍청한 짓인지도 모르고. 그가 작은 목소리로 말을 이었다.

순간 할 말이 없어진 이주가 아랫입술을 깨물며 고민에 빠졌다. 주선자인 이모를 생각해서는 조금 더 앉아 있는 게 맞았다. 하지만.

—강이주.

나는 왜 매번 이 남자에게 약한 걸까. 그것도 나한테 지고 산다고 생각하는 남자한테. 이주가 단호하게 입을 열었다.

"그렇게 불러도 소용없어요. 먼저 집에……."

—보고 싶어.

이 남자가 이제는 입에 침도 안 바르고. 이주가 발끈했다.

"그런 말 너무 쉽게 하는 거 아니에요?"

—진짜야. 보고 싶어.

낮고 느린, 나른함마저 느껴지는 목소리에 이주가 고개를 들어 맞선남이 앉아 있는 쪽을 확인했다.

넥타이를 고쳐 매는 남자가 보여 더 미안해졌다.

"아니, 그래도 지금……."

─손잡고 싶다.

눈을 꾹 감았다가 뜬 이주가 옅게 한숨을 내쉬었다. 오는 내내 현우가 손장난을 쳤던 손등에는 여전히 그의 감촉이 남아 있었다. 이주는 한발 물러설 수밖에 없음을 깨달았다.

"조금만 더 있을게요."

─안고 싶어.

"현우 씨."

─너랑 키스하고 싶어.

"자꾸 이럴 거예요?"

화끈거릴 정도로 얼굴이 달아오른 이주가 발을 동동거렸다. 누가 듣는 것도 아닌데, 괜히 부끄럽고 숨고만 싶었다. 하지만 현우의 목소리에는 거침이 없었다.

─자고 싶다, 너랑.

결국 그 한마디에 무너지고 말았다.

chapter 14

함께, 사랑하다

각각 엘리베이터의 양쪽 끝에 선 이주와 현우는 아무 말 없이 빠르게 층수가 바뀌고 있는 위를 올려다봤다. 결국 죄송하다는 말과 함께 먼저 자리에서 일어난 이주였다.

현우는 그녀와 함께 집으로 가는 동안 어떤 말도 하지 않았다. 하지만 머릿속은 이주에 대한 열망으로 가득했다. 낯선 남자의 앞에 앉아 어깨를 움츠리고 있는 그녀를 향한 이 죄스러움으로 똘똘 뭉친 열기를 풀어내고만 싶었다.

그녀 역시 그의 욕망이 어디서부터 비롯된 것인지 알고 있는 듯했다. 고맙게도.

띵, 하는 소리와 함께 엘리베이터가 도착을 알렸다. 먼저 걸음을 뗀 현우가 그녀의 손목을 잡아당겼다. 도어록을 푸는 그의 뒷모습을 바라보던 이주가 번호를 누르는 손가락을 따라 눈을 움직였다.

"비밀번호 바꿨네요?"

"응."

"내 생일이네."

가슴 가득히 번지는 뿌듯함에 이주가 혼잣말처럼 중얼거렸다. 문이 열리고 현우가 그녀를 돌아봤다. 꼭 잡은 손에서 힘이 느껴졌다.

"응. 평생 기억하려고."

평생. 나는 지금 이 말을 어떤 식으로 받아들여야 하는 걸까.

멀어지는 듯한 아득함에 그녀가 좀처럼 정신을 차리지 못하는 사이, 그가 이주를 집 안으로 잡아당기는 것과 동시에 품 안으로 끌어안았다.

내내 이러고 싶었다. 괜히 괜찮은 척, 멀쩡한 척했지만 다른 남자 앞에서 웃고 있는 널 보는 게 너무 힘들었다는 말도 하고 싶었다. 그 마음을 눈치챈 듯 이주는 말없이 그에게 안겼다.

그녀의 허리를 잡아당긴 현우는 곧장 예쁜 입술을 찾았다. 마치 꽃을 향해 벌이 날아드는 것처럼 당연하다는 듯이.

더럭 안긴 이주 역시 가방을 떨어트리고 두 팔을 뻗어 그의 목을 휘감았다. 맞닿은 입술이 갈라지며 기다림에 목마른 연인의 혀가 만났다.

두 입술 사이로 뱉어 내는 뜨거운 숨결과 타액이 뒤섞인 소리가 한없이 애틋하면서도 야릇했다. 다급하게 얽힌 입술이 그러하듯 손길 역시 성급했다. 이주가 입은 얇은 트렌치

코트를 벗기자마자 그가 단숨에 그녀를 안아 들었다.

떨어지고 싶지 않아. 이대로 함께 있고만 싶어.

달뜬 숨을 내뱉으며 이주는 그의 허리에 두 다리를 감았다. 떨어지지 않겠다는 의지를 담아 현우의 목을 꽉 껴안는 순간, 푹신한 시트에 등이 닿았다. 서로를 담은 눈에서 열기가 느껴졌다. 헐떡이는 신음을 내뱉는 이주의 입술을 막무가내로 삼킨 현우가 천천히 그녀의 블라우스 단추를 풀었다.

"나 물어볼 거 있어요."

방향을 틀기 위해 그가 고개를 들었을 때, 이주가 숨을 헐떡이며 말했다.

"나중에."

"안 돼요. 지금."

이주가 그의 손을 가로막았다. 생각지도 못했던 방해에 현우의 미간이 절로 찌푸려졌다.

"지금 좀 급한데."

"나도 급해요."

하지만 이주는 단호했다. 어쩔 수 없이 현우가 고개를 끄덕였다.

"이모가 또 선보라고 하면 어쩔할 거예요?"

발끝부터 전해져 오는 아찔함을 뒤로하고 이주가 그의 두 어깨를 잡으며 물었다.

"그때도 나 보낼 거예요? 데려다주고 이렇게 막무가내로 데려오고?"

사랑을 갈구하는 모습에 어찌 반하지 않을 수 있을까. 현우는 연인의 투덜거림이 사랑스러울 뿐이었다. 현우가 대답 없이 미소만 짓자 이주가 그의 볼을 잡아당겼다.

"대답 안 해요? 나 진짜 계속 선봐요?"

고작 말 한마디. 아주 잠시 이기적으로 굴면 그뿐인데, 그게 내가 하고 싶은 일인데. 블라우스를 만지작거리던 현우가 어느새 마지막 단추를 풀었다.

블라우스를 벗기자 그녀의 희고 둥근 어깨가 드러났다. 그 어깨 위에 부드럽게 입을 맞추고서는 현우가 몸을 일으켰다. 불안한 듯 이주가 그를 따라 몸을 일으키고 앉았다.

"보러 갔었어."

"뭘요?"

"네 고등학교 졸업식. 대학 수업 끝나고 캠퍼스 밖을 나서는 모습도 봤어."

그의 차가운 손이 이주의 따뜻한 뺨으로 향했다.

이 사람, 원래 이렇게 손이 찼을까. 이주가 그의 손 위에 제 손을 겹쳤다. 따뜻해지기를, 그래서 춥지 않기를. 7년 전에 했어야 할 고백의 순간이 따뜻하기를.

"보지 않고는 견딜 수가 없었나 봐."

간절함이 담긴 목소리가 점점 떨려 왔다.

"나 때문에 괴롭지는 않을까. 여전히 웃었으면 하는데, 너는 웃고 있을까."

"……."

"그리고 결심했지. 네 앞에 나타나지 말자. 적어도 너한테 나는 그래서는 안 되는 놈이니까."

혼자 했을 그 결심이 얼마나 아픈 것인지, 얼마나 외로웠던 것인지 이제는 알 수 있었다.

놓지 않겠다는 듯 그녀가 현우의 손을 꼭 잡았다. 당신의 용기가 없었음을 사무쳐 하지만 이제 더는 그러지 않으면 그만이니까. 그의 손에 온전히 저를 맡긴 이주가 편히 얼굴을 기댔다.

"이것 봐. 말 안 한 거 또 있었어."

"……."

"설마 지금도 그렇게 생각하는 거 아니죠?"

현우가 대답을 망설였다. 이주가 질끈 깨물고 있던 아랫입술 위로 그의 엄지손가락이 닿았다. 입술이 부드럽게 풀어지고 만족스러운 듯 현우의 입가에 편한 미소가 지어졌다.

"이제는 널 원하는 마음이 더 커. 그래서 소용없어."

조금 누그러진 듯한 분위기에 이주 역시 편히 웃음을 지었다.

"그러니까 대답해요. 선봐요, 말아요?"

"보지 마. 내가 잘못했어."

드디어 원하는 대답을 얻어 낸 이주가 안심하며 고개를 끄덕였다.

"알면 됐어요."

두 팔을 크게 벌린 이주가 그에게 안겼다. 제 무릎 위로 그녀를 잡아당긴 현우가 다시 입을 맞췄다. 그의 허벅지를 사이에 두고 무릎을 세워 몸을 일으킨 이주는 현우의 두 뺨을 부여잡고 적극적으로 키스를 퍼부었다.

입술 사이가 벌어지고 부드럽게 얽힌 혀가 밀착됐다. 더 깊게 그를 원하는 그녀의 허리가 휘어지고 목이 최대한 뒤로 꺾였다. 색욕으로 물든 입술은 떨어질 줄 몰랐다.

몸을 간신히 가린 슬립이 벗겨지고 브래지어를 대충 밀어 올린 현우가 단숨에 입술을 가슴으로 내렸다. 망설임 없이 피부에 닿은 입술은 가슴 구석구석을 핥고, 그 위에 자리한 작은 열매를 깨물었다. 감각이 없어질 정도로 계속되는 짙은 손길에 이주는 숨 쉬는 방법마저 잊었다.

사랑한다. 사랑한다. 사랑한다.

그는 달콤한 밀어를 속삭이는 것 대신 온 마음으로, 손길로, 표정으로, 눈빛으로 말했다.

"윽."

이주의 작은 신음이 귓가로 전해졌다. 아찔할 만큼 유혹적이라 더는 참아지지 않았다. 이토록 간절한 상황에 그녀의 신음은 오히려 현우를 부추기는 꼴이었다.

치마를 걷어 올리던 현우가 제 목을 감싸고 있던 그녀의 손을 제 셔츠로 가져갔다. 이주의 손이 빠르게 그의 단추를 반쯤 풀어 내리던 순간, 그녀가 번쩍 고개를 들었다.

갑작스레 행동을 멈춘 이주를 내려다보며 그가 거친 숨을 내쉬었다.

"왜 그래?"

"누가 왔어요."

"뭐?"

달뜬 숨과 함께 현우가 되물었다. 그 순간 그가 미처 듣지 못했던 초인종 소리가 다시 집 안을 울렸다.

주말에 누가? 생각하던 현우가 낮은 탄식을 터트리는 사이 어느새 그의 무릎 위에서 내려온 이주가 빠르게 옷을 챙겨 입었다.

눈 깜짝할 새 벌어진 일에 현우가 텅 빈 제 손을 내려다보다 그녀를 보았다. 분명 안고 있었는데. 어느새 블라우스를 치마 속에 집어넣고 단추를 채우고 있는 이주의 모습이 기함할 정도로 빨라 웃음이 터질 정도였다.

"뭐해?"

"뭐하긴요. 누가 왔잖아요!"

그게 문제냐는 듯 현우가 미간을 구겼다.

"없는 척하면 되잖아."

"말이 돼요? 빨리 나가 봐요, 얼른!"

다급해진 이주가 버럭 소리를 질렀다. 당황했는지 자꾸만 헛손질하는 그녀를 대신해 그가 이주의 앞으로 다가갔다.

"서두르지 마. 어차피 주말에 여기 올 사람, 한 명밖에 없어."

현우의 입꼬리가 장난기를 머금고 올라갔다. 밖에 있는 누군가를 알고 있는 것처럼 보였다.

천천히, 그리고 정확한 행동으로 단추를 채운 현우가 머리칼을 정리하는 그녀의 입에 쪽 하고 입을 맞췄다. 이때다 싶어 주저 없이 이주의 입술을 열었다.

빠르고, 깊고, 진하게. 흡입하듯이 입술을 빨아 삼키던 현우가 얼굴을 들었다. 초인종 소리가 다시 울리는 것과 동시에 벨소리까지 들렸다.

숨을 헐떡거리던 이주의 시선이 그의 휴대폰을 향하자 그는 다시 짧게 입을 맞췄다. 당황한 이주와는 다르게 현우의 차분한 행동은 태연하기 그지없었다.

"명심해. 이거 곧 다시 풀 거야."

이주가 말없이 손으로 단추 윗부분을 가렸다.

아니, 누구는 안 풀고 싶나.

"자고 가려고 했는데, 안 되겠네."

어색하게 소파에 앉은 은우가 목덜미를 만지작거리며 말했다. 하필 지금 들이닥친 저를 저주하는 것도 잊지 않았다.

바보가 아닌 이상 눈치챌 수밖에 없는 상황이었다. 셔츠 단추가 반쯤 풀린 채 문을 연 현우와 머리칼을 정리하며 형의 침실에서 나온 낯선 여자. 둘 사이를 흐르던 야릇하면서도 기묘했던 기류. 도저히 모른 척할 수가 없는 상황이지 않는가.

"어. 웬만하면 빨리 가든가."

"와, 형 진짜……."

기다란 소파에 무릎을 모으고 앉은 이주의 옆으로 현우가 앉으며 말했다. 형이 원래 저런 사람이었나. 여자를 만나도 절대 제 앞에서 티 한 번 낸 적 없는 형인지라 장난기 있는 모습이 유난히 낯설게 느껴졌다.

"아니에요. 제가 가야죠. 형이랑 자고 가요."

1인용 소파에 홀로 어색하게 앉아 있는 은우를 향해 이주가 손을 저었다. 동시에 현우의 미간에 주름이 생겼다.

"자고 간다며."

"내가 언제요?"

이주가 팔꿈치로 그의 팔을 툭 건드렸다. 눈치 없이 굴지 말라는 뜻인데도 현우는 모른 척 그녀의 손에 깍지를 껴 붙잡았다.

"진짜 왜 이래요."

현우만 들릴 정도로 이주가 곤란하다는 듯이 속삭였다. 손을 빼려고 했지만 소용없었다. 어찌나 꽉 잡았는지 손이 다 욱신거릴 정도였다.

"괜찮아. 스무 살이야."

"네. 저 괜찮습니다. 오히려 지금 신기해요. 형 여자 친구는 처음 보는 거라."

어쩔 줄 모르는 이주를 대신해 은우가 말을 덧붙였다.

"저 궁금한 거 물어봐도 돼요?"

결국 손 푸는 것을 포기한 이주가 열심히 고개를 끄덕였다.

"그럼요. 물어봐요."

"몇 살이세요?"

"스물일곱이요."

"직업은요?"

"플로리스트예요. 플라워 숍도 운영하고."

"아, 그래서 저기에. 어쩐지 안 어울린다 했는데."

은우의 눈이 짓궂게 반짝였다. 동생의 시선이 발코니, 이주가 만들어 놓은 작은 정원으로 향한 것을 알면서도 현우는 모르는 척 그녀의 손을 만지작거리며 손장난에만 집중했다. 이주가 계속 손을 빼려고 했지만 쉽지 않았다. 그 모습을 보던 은우가 놀란 표정을 감추고 다시 이주에게 집중했다.

"나중에 꽃 사러 가도 돼요? 여자 친구가 꽃 좋아하는데."

"그럼요, 예쁘게 만들어 줄게요."

"우리 형, 엄청 무뚝뚝할 텐데 잘해 줘요? 얼마나 만나셨어요? 오래되셨어요?"

"무슨 질문이 그렇게 많아."

신나서 속사포처럼 질문을 쏟아 내는 은우를 향해 현우가 말했다. 이주가 곤란해할까 봐 미리 막은 것인데 은우는 단번에 편을 드는 현우를 보며 헛웃음을 내뱉었다. 둘 사이를 번갈아 보던 이주가 이때다 싶어 몸을 일으켰다.

"목마르죠? 마실 거랑 과일 좀 내올게요."

제 손에서 벗어난 이주의 손이 못내 아쉬운지 현우가 주방으로 향하는 그녀의 뒷모습을 눈에 담았다.

현우의 시선과 시선 끝에는 전부 이주가 있다는 것을 알아차린 은우가 턱을 괸 채로 형을 빤히 바라봤다. 따갑게 닿는 동생의 시선이 민망한 듯 현우가 미간을 좁혔다.

"그만 봐."

"형도 얼굴 밝히는구나. 자세히 봤는데 겁나 예뻐."

"자세히 안 봐도 예쁠걸."

"와, 나 지금 소름 돋았어. 형, 이런 면도 있었어?"

요즘 들어 간혹, 아니 이주와 만날 때마다 발견하고는 한다. 나의 새로운 면. 현우가 편한 웃음을 삼켰다.

"결혼은 언제 할 건데?"

"만난 지 얼마 안 됐는데 무슨."

"진지하게 만나는 거 아니야? 그러니까 사는 집에도 데려오고 나한테 소개도 시켜 주고. 형 원래 집에 아무나 안 들이잖아."

"넌 알아서 쳐들어온 거잖아."

"그럴까 봐 비밀번호도 바꾼 주제에."

현우는 대답 없이 물끄러미 이주가 향한 주방 쪽을 보기만 했다. 뭘 그렇게 준비하는 건지 부스럭거리는 소리가 꽤 요란했다. 아주 잠깐 옆에 없을 뿐인데도 허전해하는 현우를 바라보며 은우가 피식 소리를 내며 웃었다.

"형, 그런 얼굴도 할 줄 알아? 오늘 진짜 여러 번 놀라네."

"무슨 얼굴인데, 내가?"

"시간 날 때 거울 좀 봐. 좋아 죽겠다는 얼굴이야."

부정할 수 없어 현우는 작게 웃는 것으로 대답을 대신했다. 이제부터 형수님이라고 부르겠다는 둥 은우의 조잘거리는 목소리도 들리지 않았다.

"결혼은 언제 할 건데?"

결혼. 그녀와의 미래. 행복할 수도 있을 것 같은, 아니 여전히 이 행복을 이렇게 유지하고만 싶은 소망.

손에 잡히지 않을 것 같은 행복이 손에 들어왔는데도 그는 망설이고 있었다. 이렇게 쥐어 잡고 평생을 놓지 않을 수 있다면, 아마 꽤 괜찮게 살아갈 것이다.

강이주와 가족이 된다는 것. 강이주를 내 아내로 맞는다는 것. 상상만으로도 얼굴에 미소가 번졌다.

"나는 형이 사랑 같은 건 안 할 줄 알았어. 그래서 속상했는데."

은우 역시 주방 쪽을 돌아보며 말했다. 이주의 가지런한 움직임을 엿보는 그와 은우의 시선에 따뜻함이 맴돌았다.

"다행이다, 형."

형제가 서글픈 듯이 웃었다. 어쩌면 다행이어야 할 사랑을 하고 있어서. 상처받지 않기를, 상처가 되지 않기를.

"정말 다행이야."

제발, 사랑에 용기 있는 자가 되기를.

공사 부지에 현장 시찰을 다녀온 현우는 점심 무렵이 되자 이주가 있을 꽃집으로 차를 돌렸다.

도착해 늘 하던 곳에 주차를 마친 현우가 막 가게에 들어설 무렵이었다. 무슨 일인지 허겁지겁 서둘러 가게를 나오는 이주가 보였다.

"여기는 어떻게 왔어요?"

숨까지 헐떡이는 이주를 보며 현우가 넓은 어깨를 으쓱였다.

"너 보러. 근데 어디 가?"

"배달이요. 날짜를 착각한 거 있죠. 현우 씨, 차 가지고 왔죠?"

이주가 그의 등 뒤를 확인하며 물었다. 현우 씨. 당연하다는 듯이 제 이름을 부르는 이주를 보며 현우가 고개를 끄덕였다.

"그럼 나 좀 태워 줘요. 여기 택시도 안 잡혀서."

이주가 그의 팔을 잡아 끌어당겼다. 얼떨결에 그녀를 차에 태운 현우는 네비게이션에 그녀가 직접 입력한 주소를 확인하고선 시동을 걸었다.

"강남에는 무슨 일인데?"

"결혼식이요. 배달도 가끔 하거든요. 잊고 있다가 두 시간 전에 생각난 거 있죠. 주문받은 꽃들이 마침 다 있어서 다행이지, 아니었으면 진짜 망할 뻔했어. 내가 남의 결혼식 망칠 뻔했다니까요?"

이주가 안전벨트를 채우며 말했다. 덕분에 살았다고 말을 붙이는 이주를 흘깃 바라보던 현우는 어느새 도로를 꽉 채우는 차를 확인하고선 걱정스레 입을 열었다.

"막힐 것 같은데?"

"괜찮아요. 예식까지 아직 한 시간 남았어요. 그런데 진짜 웬일이에요?"

이제야 그게 생각난 걸까. 괜히 서운했지만 현우는 티 내지 않고 말했다.

"너랑 점심이나 먹을까 하고."

"공사 현장에 간다고 그러지 않았어요?"

아침에 통화했을 때, 주말에도 일하냐고 이주가 뭐라 했던 것을 떠올리며 현우가 낮게 웃었다.

"갔다 왔어. 점심은 먹었어?"

"아직요. 정신없어서. 우리 이거 배달하고 맛있는 거 먹어요. 오늘은 내가 살게요."

이주는 품 안에 부케를 곱게 안아 든 채로 말했다. 막힌 도로가 뚫리고 나니 식장에 늦지 않게 금방 도착할 수 있었다. 먼저 가 보겠다며 이주가 서둘러 차에서 내렸다. 저러다 넘어질까 불안한 얼굴로 살피던 현우도 서둘러 주차하고 그녀를 따랐다.

결혼식이 다 그렇듯 잘 차려입은 사람들로 식장 안은 꽤나 붐볐다. 현우의 시선이 놓칠세라 부지런히 이주를 좇았다.

복층 형식인 식장은 2층에 신부 대기실이 있었는데, 이주는 마침 그 계단을 서둘러 오르고 있었다. 저러다 진짜 넘어지지. 불안한 현우가 그 뒤를 따랐다. 신부 대기실에 들어선 이주가 마침 신부에게 부케를 전하고 있었다.

"와, 너무 예뻐요. 감사합니다."

부케를 받은 신부의 얼굴에 미소가 환하게 번지는 순간, 현우는 이주를 보았다. 눈부신 웨딩드레스를 입고 가장 예뻐 보여야 할 날을 위해 한참을 꾸몄을 여자 앞에서도 이주만 보였다. 눈부시게 아름다운 미소가 그녀의 입가에 번지자 자연스레 그의 입가에도 미소가 그려졌다.

상상됐다. 강이주와의 결혼. 행복할 수도 있을 것 같은 그런 미래가.

사라지지 않을 연기처럼. 연거푸 떠올랐던 그 어느 날의 꿈처럼. 행복할 것이다. 지금까지 너와 함께였던 모든 순간이 행복했던 것처럼.

"결혼 축하드려요. 행복하세요."

남의 결혼식장에 와서 행복을 비는 그녀를 보니 심술이 일었다. 왜 나는 행복하면 안 되는 건가. 너와 행복하고 싶은데. 그런 미래를 함께 그리고 싶은데.

왜 나는 꿈을 꾸는 것조차 버거워하는 사랑을 하는 걸까. 넌 내 앞에서 웃고, 난 네 앞이라 이렇게 좋은데.

"왜 올라왔어요? 아래에서 기다리지."

대기실 문을 건너지 못하고 밖에 서 있던 현우를 향해 이주가 다가왔다. 신부와 신부 주변 친구들의 시선이 그와 그녀에게 닿았다.

이주가 살짝 뒤를 돌아보다 그에게 팔짱을 끼며 끌어당기려는 찰나 현우가 먼저 그녀의 손을 붙잡았다.

"이주야."

"네?"

부드럽게 불린 이름이 사뭇 낯설다고 생각하는 순간, 그의 손에 힘이 들어가는 것이 잡은 손을 통해 느껴졌다.

"결혼은 언제 할 건데?"

부드러운 시선이 마주쳤다. 부끄러울 정도로 빤히 저를 보는 현우 때문에 이주의 얼굴이 터질 것처럼 달아올랐다.

"왜 그래요?"

뒤쪽의 신부가 신경 쓰여 이주가 한 걸음 가까이 다가가 작게 속삭였다. 뭔가 생각에 잠긴 듯하던 현우가 작게 고개를 저었다.

"그냥, 예뻐서."

아름다운 말인데, 어쩐지 그 말을 하는 현우의 목소리에 슬픔이 담겨 있었다.

"미안."

"아니에요. 난 괜찮은데. 정말 괜찮겠어요?"

꽃집 앞에 차가 멈추고, 이주가 안전벨트를 풀며 걱정스레 물었다. 그녀의 걱정이 무엇인지를 알기에 현우는 그저 웃을 수밖에 없었다.

"밖에서 따로 뵌 적 없다면서요."

"응."

"전화할 거죠?"

"그래."

여전히 걱정되는지 이주는 쉽게 차에서 내리지 못했다.

저녁을 먹으러 가는 길, 그의 어머니에게 전화가 걸려 왔다. 다른 집에서는 흔하디흔한 일이다. 함께 저녁을 먹자는 내용이었고, 현우는 얼떨결에 그러겠다고 대답했다.

평생 처음 있는 일에 이주가 옆에 있다는 자각도 하지 못했다. 한참을 멍하니 있던 그에게 어머니가 왜요? 하고 이주

가 먼저 물어 뒤늦게 그녀와의 약속을 떠올리고는 미안하다
는 말을 전했다.

"괜찮아. 별일 아닐 거야."

"전화 꼭 줘요."

"응. 저녁 같이 못 먹어서 미안. 다음에 맛있는 거 사 줄
게."

지금 중요한 건 그게 아닌데. 하지만 더 이상 현우를 잡아
둘 수도 없었다. 이주가 밝게 웃으며 고개를 끄덕였다. 불안
해하는 그를 위해 웃어 주는 것 말고는 지금 당장 그녀가 할
수 있는 게 없었으니까.

이주가 꽃집 안으로 들어가는 것까지 지켜본 현우는 차를
출발시켰다.

─저녁이나 먹자고 전화했다. 시간 괜찮니? 오늘 꼭 좀 보고
싶은데.

사고 이후로 들어 본 적 없는 다정한 목소리. 기억 속에는
존재했지만 미래에는 없을 것이라 생각했던 미소가 상상되
는 것 같았다. 한때는 친아들보다 더 아껴 줬던 그분의 손길
이. 먹는 것 하나, 입는 것 하나 허투루 할 수 없다면서 매일매
일 바빴던 그분의 다정함이.

사고가 있기 전까지 그녀는 매주 주말마다 그의 교복을 다
림질하고 학원에 데려다주고 늦은 시간에는 야식을 챙겨 주
던, 한때는 그런 다정한 어머니였다.

"대체 무슨 일로."

약속 장소 앞에 차를 세우고 현우는 차 서랍을 뒤져 넥타이를 꺼냈다. 주말이고, 현장에 나갔다 오는 길이니 넥타이를 할 일은 없었으나 혹시 몰라 그는 항상 차에 여분의 넥타이를 두고 다녔다.

오늘처럼 현장에 나갈 때는 캐주얼 차림을 선호했지만 이처럼 갑자기 불려 가는 일이 생길 수 있으니. 그의 모든 것을 마음에 들어 하지 않는 미영에게 흠 없는 아들이 되고 싶었다.

차에서 내린 현우가 넥타이를 끝까지 올려 매며 계단을 올라갔다. 청담동의 고급 주택들이 줄지어 있는 언덕 끝에 자리 잡은 고급 레스토랑이었다. 두 번째 선을 봤던 곳이기도 하고.

레스토랑 안에 들어선 현우의 시선에 곧장 미영이 들어왔다. 그녀는 혼자가 아니었다. 낯익지만, 기억은 나지 않는 여자와 함께였다. 다가서지도, 돌아서지도 못하는 현우를 먼저 발견한 여자가 반갑게 손을 들었다.

"현우 씨."

크게 번지는 여자의 미소를 보며 기억을 떠올려 보던 현우가 미영의 시선이 제게 향하자 그쪽으로 걸음을 옮겼다. 왔니? 미영의 다정한 목소리에 현우는 속이 뒤틀림을 느꼈다.

"인사해라. 기억하지? 세한그룹 김은서 양."

이제야 기억이 난 듯 현우의 시선이 다시 여자를 향했다. 은서의 입꼬리가 다시 위로 올라갔다. 예상했다는 듯 은서가 말을 이었다.

"기억 못 하시는 얼굴이네요. 하긴, 몇 달 전의 일이니까 이해는 해 드릴게요."

어머니의 권유로 총 세 번의 선을 봤고, 첫 번째 선 자리에서 우연히 이주를 만났다. 그때, 자신의 맞은편에 앉아 있던 여자 역시 이런 얼굴을 했었다. 뒤늦게야 은서를 기억해 낸 현우가 희미하게 미간을 찌푸렸다.

"기억납니다."

"다행이네요. 전 기억 못 하실 줄 알았는데."

"예. 다시 뵐 줄은 몰랐습니다."

은서가 묘한 미소를 띠며 현우를 빤히 올려다봤다. 부담스러울 정도로 노골적인 시선이지만, 현우는 피하지 않았다.

"저는 나쁘지 않을 것 같아서요. 금과 권의 결합."

"금과 권의 결합이라. 꽤 이상적인 선택이죠."

"어른들 뜻이 그러니까요. 차현우 씨 생각이 좀 다른 건 이제 알았네요. 집안끼리, 어른끼리 이미 말 다 맞춰 보고 만나는 건 줄 알았거든요."

한때의 비아냥이 제게 돌아왔음을 알아챈 현우의 표정이 빠르게 굳어졌다. 이 자리의 의미를 알았지만, 이해는 할 수 없었다. 어째서. 왜.

"앉아. 시장할 텐데 식사해야지. 네 건 우리 음식 시킬 때 같이 시켜 놨다."

우두커니 서 있던 현우의 시선이 그제야 미영을 향했다. 소리 내어 묻고 싶다. 당신의 머릿속이 지금 어떻길래 이런 일을 꾸민 것이냐고.

비어 있는 미영의 옆자리에 앉고, 식사를 하고, 여자와 미영이 나누는 대화를 아무런 감정 없이 듣고 앉아 있다가 일어나면 그뿐이다. 그러면 오히려 쉽다. 그런데 이상하게도 다리가 바닥에 고정된 듯 움직이지 않았다.

그동안 현우는 미영과의 일에서 쓸데없는 문젯거리를 만들지 않으면서 살았다. 늘 고개 숙였고, 늘 알았다 했고, 늘 미영이 원하는 것을 그녀가 말하기도 전에 먼저 내밀었다. 미영이 그를 보고 싶지 않다 하면 물러섰고, 그가 없었으면 하는 상황에서는 늘 피했다.

없는 사람처럼, 죽은 사람처럼 은우의 그림자로 동생을 넘어서지 않기 위해 항상 숙이면서 살았다.

지금 고개를 숙인다면, 난 어디까지 가야 하는 것일까. 그게 강이주를 아프게 하지는 않을까.

몹쓸 순간의 기로에 선 현우는 가장 먼저 이주를 떠올렸다. 사랑하고, 사랑해서 더 아픈 강이주 하나를.

"미안하지만 자리 좀 피해 주겠습니까. 어머니랑 나눌 얘기가 있는데."

은서는 당황했지만 곧장 굳어진 얼굴을 풀고 부드럽게 웃어 보였다. 오히려 당황한 목소리를 낸 건 미영이었다.

"무슨 실례니. 오자마자 버릇없게."

"아닙니다. 저 집에 전화 좀 하고 올게요. 식사하고 간다는 얘기를 집에 못 드려서요."

작은 손가방을 들고 은서가 몸을 일으켰다. 레스토랑 밖으로 나가는 은서를 지켜보던 현우가 그녀가 앉았던 자리 바로 옆에 앉았다.

미영의 불같은 시선이 그를 향했고, 현우 역시 그 시선을 똑바로 마주했다. 차갑고 얼음 같은 공기가 두 사람 사이에 맴돌았다. 주먹 쥔 현우의 손등에 파란 핏줄이 서렸다.

그가 지금 하고자 하는 것은 강이주를 지키는 일이다.

꽤 버겁겠지만 버텨야 하고, 꽤 어렵겠지만 참아야 한다.

그것조차 내게는 너를 향한 아름다운 길이 될 테니까. 강이주, 네가 아픈 일은 없어야 한다.

"제 결혼에 관심 있으신 줄 몰랐습니다."

식사를 물리고 차를 주문한 현우가 내뱉은 첫마디였다. 은서는 돌아가는 게 좋겠다는 말을 전화로 전했고, 미영은 다음에 꼭 보자는 살가운 목소리로 후일을 약속했지만 그의 의사는 없었다. 마치 처음부터 중요하지 않다는 듯이 흘러갔다.

"너도 결혼해야지. 네 결혼이 아버지한테 도움이 되면 더 좋고."

오히려 그 반대를 바랐던 당신이다. 그렇게 해서 집안에서 내쳐지기를 바라지 않았던가. 현우가 목을 매던 넥타이를 살짝 풀어냈다.

"세한그룹이면 도움치고 지나친 거 아닙니까."

"너에게도 좋은 일 아니겠니? 그 집에 굴리고 있는 건축 계열사가 하나 있는데 지금 네 회사는 동업자한테 전부 맡기고 그쪽으로 들어가면……."

"어머니."

외가 쪽이든, 친가 쪽이든 누구도 현우를 집안의 일원으로 받아들인 사람은 없었다.

사고 후, 그는 철저한 이방인으로 길러졌다. 미영에게 내쳐진 현우를 안타까워하고 안쓰러워하는 이도 없었고, 미영은 오히려 그런 상황을 되돌리지 않았다. 철저히 외면했고 그가 무너지는 것을 방관했다. 미워할 기회를 얻은 이처럼 마음껏 저주하고 원망했다.

현우가 열다섯일 때 일어났던 사고 이후부터 지금까지. 친척들 역시 미영의 집안에 얻을 것이 많았고, 현우는 그걸 포기하면서까지 이용 가치가 있는 사람이 아니었으니까.

"저는."

"만나는 여자 있는 거 안다."

지나치게 평화로운 미영의 목소리에 현우는 오히려 말문이 막혔다.

"그래도 구색은 맞춰야지. 부모도 없고, 모아 놓은 재산도 별로 없고, 친척 식구 어느 하나 눈길 가는 이가 없던데. 네가 아무리 집안하고 상관없는 일을 한다 쳐도 이건 그냥 넘어갈 문제가 아니다. 어느 정도 지켜야 하는 선이 있는 거 아니겠니?"

"어머니."

"그만 정리하고 은서 양하고 잘해 봐. 외모 괜찮고 똑똑하고 뭣보다 널 마음에 들어 하던데. 세한그룹 정도면 우리한 테 과분한 자리지. 그 집이 명예욕이 강해서 연줄 대려는 거니까 오히려 우리가 더 감지덕지야. 건방지게 굴지 말고, 항상 겸손하게 굴고. 아까처럼 네 멋대로……."

"어머니, 제발!"

더는 듣고 있을 수가 없었다. 흥분에 소리를 지르는 그를 무덤덤한 얼굴로 바라보며 미영은 차분하게 찻잔을 들었다.

"설마 그 애랑 결혼이라도 할 생각이었니?"

미영의 다정한 목소리 속에 감춰진 이 결혼의 속내를 알 수 없어 현우는 답답하기만 했다.

그가 넥타이를 끌어 내리며 맨 위의 단추를 풀어냈다. 단한 번도 어머니 앞에서 보이지 않은 모습이었다. 흠 없는 아들이 되고 싶어, 아들이라 인정해 주지 않는 분 앞에서 그동안 가꿨던 제 모습을 떠올리던 현우가 비틀린 웃음을 터트렸다.

결국 이렇게 될 일인데, 나는 대체 뭘 얻겠다고 그동안 그렇게 발버둥을 쳤나.

"제 결혼, 원하지 않으셨습니다."

"그랬지. 네 아버지 바람대로 좋은 집안에서 나고 자란 여자와 하는 결혼은 더더욱. 쓸데없이 너에게 날개를 달아 줄 필요는 없다 생각했으니까."

"그런데요."

"네 아버지야 공직에 계시고, 지금 고모가 맡고 있는 로펌 물려받을 아들은 어차피 조카들 중 우리 은우 하나야. 조카들도 딸뿐이고 법대 들어간 것도 은우 하나잖니. 그렇게 생각하니 내 욕심이 너무 많았단 생각도 들더구나. 배 아파 낳은 아들은 아니지만, 그래도 아들인데 네 아버지한테 도움이 되면 좋지 않나 생각도 들고. 내 아들을 좋은 집안과 맺어 주려는 것이 뭐가 나쁜가 싶기도 하고."

아들. 저 입에서 그 말을 들었던 시절이 떠올랐다. 열다섯 이후로 저를 볼 때마다 경멸이 가득한 시선은 여전했지만, 아들이라고 한다.

꿈에도 그리던 일인데. 그렇게나 염원하던 일인데. 나는 그렇게 당신의 아들이 되고 싶었는데.

"현우야."

미영이 다정한 목소리로 불렀다. 십몇 년 만에 내뱉는 이름. 현우가 차가운 미소와 함께 헛웃음을 내뱉었다. 늘 이름 없이 걔, 쟤로 불렸던 어느 날도 꿈을 꿨던가. 이름으로 불릴 수도 있는 어느 날을.

현우가 무릎 위에 올렸던 주먹을 꼭 쥐었다.

"지금 당장은 힘들겠지만 네 미래를 생각해. 네 아버지도 생각하고. 네 아버지 목표가 어디까지인지는 너도 잘 알 거야. 세한그룹이면 더없이 좋을 배경이고."

그걸 무서워했던 사람이, 그걸 두려워했던 사람이 어째서. 아랫입술을 짓이기듯이 깨문 현우가 실소를 터트렸다. 아들로, 집안의 일원으로 외면했던 이의 갑작스러운 손길에 공포마저 느껴졌다.

"그래서 제가 헤어져야 합니까?"

고작 아버지의 목표, 집안의 배경, 그 모든 것 때문에.

찻잔을 내려놓으며 미영이 엷게 입꼬리를 올렸다.

"헤어져. 너를 위해 하는 말이야."

우습다. 평생 단 하나 얻고 싶은 사람을 버리는 일이 나를 위하는 일이 된다는 게.

눈앞이 아득해지며 품 안에 안고 있던 이주가 멀어지는 것이 느껴졌다. 놓을 수 없다, 버리고 싶지 않다. 내가 무슨 자격으로 그녀를 버릴 수 있을까. 우리 사이를 끝낼 수 있는 건 온전히 강이주 한 사람인데.

"솔직해지시는 게 어때요. 로펌이나 아버지. 갖다 붙일 이야기는 다 하신 것 같은데."

찻잔에 고정돼 있던 미영의 시선이 천천히 현우에게 향했다. 어렵게 손에 쥔 행복을 놓치기 싫어 악착같이 버티려 드는 표정. 가소롭게도 여전히 그것을 바라나. 네가 행복할 수 있다고?

"안 되니? 내가 네 행복을 무너뜨리면."

"……."

"내 가정도, 내 아들도 무너뜨린 너인데. 기껏 네 행복쯤이야 우습지."

어느새 차 한 잔을 비운 미영이 가방을 손에 들었다.

더 무너지기를, 그래서 더 아파하기를. 내가 겪었던 아픔을 너 역시도 느껴 보기를. 얼음장 같은 그녀의 시선이 현우를 향한 조소를 담았다.

"아버지께는 내가 말씀드릴게. 다음 주 중에 은서 양하고 집에서 저녁이나 한 끼 하자꾸나. 오늘 실례 많았으니 은서 양한테 줄 선물도 준비하는 게 좋을 것 같은데."

"……."

"그건 엄마가 준비하는 게 좋겠지?"

엄마. 아픈 곳을 후벼 파고 그 틈을 비집고 들어와 기어이 그의 행복을 앗아 가겠다는 집념처럼 들리는 건 왜일까.

시선이 부딪치고 차게 웃던 미소를 걷어 낸 미영이 등을 돌렸다. 홀로 남겨진 현우의 시선이 창밖을 향했다. 고급 세단에 오르는 미영이 2층 창가를 올려다보자 다시 시선이 마주쳤다. 인사도 없이 묵묵히 저를 내려다보는 현우를 보다 미영은 차에 올랐다.

"안 되니? 내가 네 행복을 무너뜨리면."

미영이 남긴 한마디를 곱씹던 그는 절망했고, 또 절망했다.

chapter 15
함께, 나누다

깜빡 잠이 들었던 것 같다. 휴대폰을 붙잡고 내내 기다리기를 수 시간. 잠깐 누웠다고 생각했는데, 어느새 깊은 잠에 들어 꿈까지 꿨다.

이주는 눈을 감은 채 뺨에 닿는 차디찬 온기를 느끼며 그 꿈에서 깼다. 방금 꾼 꿈인데도 기억이 흐릿할 정도로 찬 기운이 느껴졌다. 저도 모르게 뺨으로 손을 가져간 그녀가 조심스럽게 눈을 떴다.

그래. 당신 손은 언제나 이렇게 차가웠어. 그럴 수밖에 없었다는 것도 이제는 알아.

눈 안 가득 들어오는 현우를 바라보며 이주가 엷은 미소를 그린 채 정면으로 돌아누웠다. 침대 위에 걸터앉은 그의 얼굴 역시 미소를 그리고 있었다.

"비밀번호 안다고 이제 막 들어오는 것 봐."

그의 손에 뺨을 비비며 이주가 중얼거렸다. 잠에서 완전히 깨지 않은 얼굴과 목소리가 낯설었지만 기분 좋은 설렘이었다. 현우가 뺨을 어루만지는 그녀의 손을 잡았다.

"너도 막 들어와도 돼."

"무르기 없기."

"그러라고 한 지 꽤 된 것 같은데."

늦은 새벽, 적막한 공기와 함께 들려오는 목소리는 평소보다 더 낮았다. 누운 채 그의 얼굴을 빤히 올려다보던 이주가 마른 입술을 열었다.

"기다렸는데."

왜 전화 안 했어요? 함축된 물음의 의미를 알아챈 현우가 나머지 손을 들어 그녀의 머리칼을 만지작거렸다. 부드러운 머리칼이 손가락에 얽혔다.

역시나 먼저 말해 주길 기다렸지만, 현우의 입은 먼저 열리는 법이 없엇다. 전화를 받고 심각하게 굳어져 가던 그의 얼굴을 재차 떠올리며 이주가 조심스레 입을 열었다.

"나쁜 일이었어요?"

"그냥. 신경 쓸 일 아니야."

어려웠던 질문이 무색하리만큼 단조로운 대답.

이주의 얼굴이 희미하게 굳어졌다. 그가 미처 알아채지 못할 정도였다. 항상 현우가 했던 말이 사실은 반대였음을 깨달았는데 어째서 또다시 그길로 가려는 걸까.

이주가 그의 손을 붙잡았다. 어느새 둘은 두 손을 붙잡은 채 마주 봤다.

"이제 다 말하기로 했으면서 그새 또 거짓말이야. 내가 그러지 말라 그랬죠?"

나무라는 이주의 목소리가 기분 좋은 듯 현우가 피식 소리를 내며 웃었다.

"이러고 있으니까 좋다."

그가 그녀와 잡은 두 손을 가볍게 흔들었다. 이주의 표정이 험악해졌다.

"딴소리할 거예요?"

"진짜 별일 아니라니까."

"표정은 안 그래요. 무슨 일인데."

남보다 못한 사이라고 했던 어머니의 호출이었다. 아무 일도 아닐 리가 없다는 생각이 강하게 들자 이주는 그를 몰아붙였다. 현우가 웃음기를 거두지 않은 채 대답했다.

이 상황에서 웃으면 나 정말 미친놈 같을 텐데.

"은우 때문에."

"동생이요?"

"응. 아파트에서 재우지 말라고."

그날 들었던 내용이라 아주 거짓도 아니라 생각하며 현우가 대답했다.

물끄러미 그를 올려다보던 이주가 나지막이 한숨을 내쉬었다. 이번에는 그녀의 손이 올라가 현우의 머리칼을 만지작거렸다.

"왜 그러시나 몰라. 난 좋아 보이기만 한데."

형제. 한때 그렇게 믿고 의지했던 가족도 저를 버리는 건

한순간인데, 은우는 그러지 않았다. 이상하리만큼 형을 따랐고, 놀라울 만큼 준우의 죽음을 온전히 받아들였다.

우리 형. 끈질기게도 은우는 그를 그렇게 불렀다.

"우리 사이좋아."

"알아요. 내가 얼마나 부러워하는데. 어머니가 이해 안 돼요."

"항상 그 반대를 원하시거든."

이해할 수 없다는 듯 이주의 눈동자가 동그란 모양을 만들어 냈다.

"은우의 그림자처럼 자랐으니까 지금도 그림자 같기를 원하는 거지."

은우의 형이 아닌, 당신의 아들이 아닌, 이도 저도 아닌 존재로 살기를. 열두 살이나 어린 동생보다 뛰어나서도, 튀어서도 안 됐고, 누군가의 눈에 들어서도 안 되는 존재로 살았다. 늘 없는 듯 있어야 하는 존재.

쓸쓸하게 웃는 현우를 올려다보며 이주는 할 말을 잃었다. 얼마나 단련돼 있으면 이런 아픈 말을 이토록 쉽게 하는 것인지.

이주가 몸을 일으키고 앉았다.

"일어나게?"

작은 물음을 무시하고 팔을 활짝 벌린 이주가 그의 목을 껴안았다. 품에 안겨 오는 이주를 마다할 이유가 전혀 없는 현우가 엷게 웃으며 그녀의 등을 쓸어내렸다.

"이러라고 한 얘기 아닌데."

쥐어짜 내는 듯한 그의 웃음소리에 더 아파진 이주가 팔에 힘을 주었다. 숨 막혀. 현우가 낮은 웃음을 터트리자 이주가 곧장 힘을 풀었다.

"그냥 힘이 될까 해서."

현우가 말없이 그녀의 등을 토닥이며 부드럽게 쓸어내리기를 반복했다. 맞닿은 온기에 적응됐을 때쯤 이주가 입을 열었다.

"어떻게 들릴지 모르겠는데, 난 기뻤던 것 같아요. 그날 빗속에 서 있던 당신이 기다리던 사람이 나인 걸 알았을 때."

당신의 아픔을, 상처를 함께 알았지만 불현듯 떠올랐다. 가장 괴로웠던 순간, 날 떠올린 당신 마음속의 나는 어떤 존재였는지.

"그랬어?"

"네. 나 좀 나빴죠."

"전혀. 하나를 알려 주면 열을 아는 강이주라 더 좋아."

두 팔로 허리를 안으며 현우가 대답했다. 어느새 허벅지에 올라탄 채로 그에게 안기게 된 이주는 말없이 몸을 기댔다.

그 빗속에서 너를 얼마나 기다렸는지 모른다.

기다리고 있는 이가 너라는 것도 모른 채, 하염없이 몸이 얼음장처럼 굳어지는 것도 무시하고 너만을 기다렸다. 내 앞에 와 줄 이는 단 한 사람, 강이주 너뿐이라고 여겨서.

"안 되니? 내가 네 행복을 무너뜨리면."

강이주가 무너진다. 나 때문에. 내 욕심 때문에.

그런데도 너와 함께 있을 수 있는 어떤 수를 계속해서 떠올린다. 이게 정답인지, 정답이 아닌지도 모르면서.

"답답한데……."

숨 막힐 듯 저를 안아 오는 현우의 어깨에 턱을 기대고선 이주가 힘겹게 중얼거렸다.

자신을 옥죄어 오는 힘이 어떤 열망을 품고 있는지 아는 것처럼, 벗어날까 잠시 고민하던 그녀는 결국 가만히 품에 안겨 현우의 등을 토닥거렸다.

두통은 현저하게 줄었지만 여전히 잠을 오래 자지 못하는 그를 이주가 먼저 눈치챘다. 늘 먼저 잠들고, 늘 뒤에 눈을 뜨는 건 그녀였고, 얼마나 잤냐는 물음에 현우는 늘 대충 얼버무리기만 했다.

신경 안정제나 수면제는 늘 상비하고 다니지만, 그녀를 만난 후로 양이 급격히 줄었다는 그의 말은 거짓이 아닌 것 같았다. 그래도 걱정이 됐다.

깊은 잠을 자지 못해 꿈에서도 괴로운 그가.

"또 꽃 배달 가세요?"

이제 막 출근한 혜미가 작업대에서 작업 중인 이주를 보며 눈을 반짝였다.

"응."

"애인 분이요?"

"응."

"좋으시겠다. 여자 친구가 매번 꽃 배달이라니."

글쎄, 그렇게 좋아하는 것 같지도 않던데. 도매 시장에서 어렵게 구한 리본으로 장식한 이주가 완성된 꽃다발을 내려 놓고 앞치마를 풀었다. 호텔 일을 그만두니 일이 현저하게 줄어들어 시간이 꽤 많이 났다. 다행히도 현우의 병원 예약 시간에 맞춰 꽤 여유를 두고 출발할 수 있었다.

바로 어제 병원에서 정기적으로 오는 예약 문자를, 휴대폰 주인인 그보다 그녀가 먼저 발견했다. 불규칙하게 잠드는 그를 걱정하던 이주는 단번에 같이 갈 것을 제안했다. 물론 현우는 거절했지만 애초에 그의 의견은 중요하지 않았다.

"벌써 가시게요?"

"사무실로 가려고."

"오호. 막 다니시는 거예요, 이제?"

"앞에 카페 가 있을 거야, 카페. 가게 잘 보고 있어."

혜미에게 가게를 맡겨 두고 이주는 서둘러 그의 사무실로 향했다. 동물원의 원숭이가 된 것처럼 구경거리가 될 생각은 없었기에 그의 회사 근처 카페에 숨어 있다가 놀라게 해 줄 생각이었다.

"이주 씨?"

작은 꽃다발을 품에 안고 카페 메뉴판을 한참이나 올려다 보고 있을 때, 귀에 익은 목소리에 이주가 고개를 틀었다.

직원들과 나타난 승진이었다. 반가운 웃음과 함께 이주가 인사를 건넸다.

"안녕하세요."

"여기는 웬일이에요? 현우 만나러?"

"네, 뭐."

"사무실로 가죠, 왜. 현우 조금 있으면 퇴근일 텐데?"

"그래도 직장이잖아요. 함부로 찾아가기가……."

"그러라고 대표잖아요, 우리가. 커피들 사서 와. 먼저 들어갈게."

품에서 지갑을 꺼낸 승진이 카드 한 장을 꺼내 직원에게 내밀었다. 호기심 어린 표정으로 이주를 몰래 엿보던 직원들을 두고 승진은 괜찮다는 이주를 극구 사무실로 안내했다.

커피를 손에 들고 사무실로 향하는 작은 언덕을 오르기 전 승진은 이주의 품 안 가득 안긴 꽃다발을 보며 낮게 웃었다.

"그건 현우 거예요?"

"아, 네."

"요즘 그 자식한테 어울리지도 않게 꽃향기가 나더라고요. 스킨 향보다 꽃향기가 더 나니, 이거야 원. 부러워 죽겠어요, 아주."

"다음에는 승진 씨 것도 만들어 볼게요."

승진의 넉살에 이주가 미소로 화답했다.

"엎드려 절 받기지만 저는 사양 안 합니다. 제가 또 한 주책 해서."

"사양 안 하셔서 저는 좋아요. 신경 써 볼게요."

잠깐의 수다 덕분인지 생각보다 빨리 사무실 건물이 눈에 보였다. 어색하지 않게 대화를 주도한 그에게 고마워하며 현우를 볼 생각에 이주가 들뜬 사이 승진은 회사 앞에 주차된 낯선 외제 차를 발견하고선 눈을 찌푸렸다.

"클라이언트라도 왔나."

"네?"

"아니요. 모르는 차가 앞에 있어서."

어색하게 대답을 얼버무린 승진이 별생각 없이 목을 긁적였다.

⟨네 선물 데려가는 중이다.⟩

승진에게서 온 문자를 확인한 현우가 미간을 좁혔다. 미팅 다녀온다던 녀석이 오지는 않고 웬 헛소리야. 무시하고 휴대폰을 내려놓은 현우가 다시 모니터에 설계 도면을 띄웠다.

새로 맡은 시공 공사가 코앞인데 고작 며칠을 앞두고 클라이언트가 외관 수정을 요구했다. 처음 계획했던 도면과는 다르게 흘러간 지 이미 꽤 된 터라 더는 놀랄 것도 없었다. 이러다 중간 과정을 전부 밀어 버리고 아예 처음 제시한 1차 PT 도안으로 가게 될 수도 있었다.

이주와 약속 시간에 맞추기 위해 서두른 덕분에 거의 마무리 작업만 남은 상태라 마음만 더 급해졌다.

뚫어져라 도면을 바라보며 입술을 만지작거리던 현우가 문득 고개를 들었다. 어느새 사무실 문이 열리고 누군가 들어와 있었다. 주인 있는 방에 허락도 없이 갑자기 들이닥친 불청객은 그가 아는 얼굴이었다.

"무작정 들어왔으니까 다그칠 것 없어요."

은서의 옆에 대표에게 한 소리라도 들을까 따라 들어온 하나를 발견한 현우가 눈짓으로 그녀를 내보냈다.

문이 닫히는 소리와 동시에 은서는 다소곳하지만 꽤 빠른 걸음으로 그의 앞에 섰다.

"어머님께 물어서 왔어요. 바쁜 것 같은데 그래도 차 한잔 해요. 할 말도 있고, 나눌 얘기도 있고."

기가 찰 정도로 당당한 기세에 당황한 건 오히려 현우 쪽이었다. 의자에 등을 기댄 그가 눈앞에 선 은서를 올려다봤다.

"우리가 나눌 말이 있습니까?"

"있죠. 금과 권의 결합은 쉽게 이루어지는 게 아니니까."

"내 의사는 전달된 것으로 압니다만."

"통하지 않았나 보죠."

은서가 입꼬리를 길게 올리며 웃었다. 명백한 유혹에도 불구하고 현우는 이 상황이 귀찮게만 느껴졌다. 들고 있던 펜을 던지듯 내려놓으며 의자에 걸어 놓은 재킷과 휴대폰을 챙겼다.

"전 여기도 괜찮은데 차는 나가서 마실까요?"

"그쪽이 나갈 생각이 없어 보여 내가 나가는 겁니다. 다시는 볼 일 없길 바랍니다."

책상을 돌아 나온 현우가 매정하게 돌아섰다. 그의 명패 위를 손가락으로 훑으며 은서가 작게 소리를 내며 웃었다. 몇 걸음 가지 못한 현우가 명백하게 비웃는 웃음소리에 걸음을 멈추자 은서가 입을 뗐다.

"다음 주말에 어머님께 저녁 식사 초대받았어요. 본가에서 식사하자는데, 아무래도 같이 가는 게 좋을 것 같아서요."

현우의 표정이 짐짓 굳어졌다.

"설마 거길 가겠다는 겁니까?"

"가야죠. 앞으로 내 시댁이 될 자린데 미리 잘 보여야 하지 않겠어요?"

재킷을 입지 않고 팔에 걸친 채로 현우가 돌아봤다. 은서가 더 미소를 짙게 그리며 가까이 다가왔다. 미동도 없이 그대로 서 있던 현우가 차갑게 굳어진 얼굴로 그 모습을 응시했다.

두 뼘도 되지 않을 가까운 거리에 다가온 은서가 매력적인 음성으로 입을 열었다.

"현우 씨는 생각 없어요? 나한테 잘 보일 생각."

"없습니다. 앞으로도 그럴 생각이고."

"사람 일은 장담하는 게 아닌데. 양가에서는 서두르고 싶어 하시는 눈치예요. 날짜 잡히면 혼전 계약서도 준비해야 하고, 어머니들도 바빠질 텐데……."

"착각은 자유라지만, 그 정도면 상대방이 꽤 곤란해지지 않겠습니까."

차가운 음성에 은서가 말을 멈추고 물끄러미 그를 올려다봤다. 색을 짙게 바른 입술로 태연한 미소를 지으며 그녀가 한 걸음 물러섰다.

무른 남자는 아닐 것이라 생각했다. 그럴수록 탐이 났다.

지금까지 살면서 탐나는 것들을 손에 쥐지 못한 적은 없었다. 이번에도 그럴 것이라 자신했다.

"제가 좀 멀리 갔나요?"

"죄송하지만 식사 약속은 제 선에서 취소하겠습니다."

"이해가 잘 안 가네요."

다시 등을 보이는 현우를 향해 은서가 나지막이 말을 꺼냈다. 그가 다시 몸을 되돌렸다. 상대하고 싶지 않았지만, 지금 제대로 끝을 내야 다음이 없을 것 같았다.

"이 바닥에서 하는 결혼이야 뻔하죠. 상대 골라 봐야 거기서 거기일 거고, 현우 씨 조건에서 나 정도면 충분히 차고 넘치는 자리 같은데. 아니, 차고 넘치는 게 맞지."

교묘하게 상대를 깔아 누르는 어투에 현우의 입술이 뒤틀렸다. 그의 표정을 먼저 알아챈 은서가 팔짱을 끼며 비릿하게 웃었다.

"납작 엎드려야 할 상대가 바뀌었다는 뜻이에요. 설마 기분 나쁜 건 아니죠? 사실을 말한 건데."

"……."

"혹시 만나는 여자가 있는 거면 결혼 전까지는……."

더 가관일 법한 이야기가 막 시작되려는 찰나, 또 멋대로 사무실 문이 열렸다. 이번엔 불청객이 아닌, 반가운 선물을 데리고 온다던 이 방의 또 다른 주인과 그 선물이 된 당사자였다.

가까이 마주 선 현우와 낯선 여자를 발견한 승진이 눈에 띄게 당황했고, 그건 이주도 마찬가지였다.

현우가 쓰디쓴 한숨을 삼켰다. 왜 하필 지금. 그의 시선이 다시 은서를 향했다. 지극히 평범해 보이는 이주의 위아래를 불쾌한 시선으로 빠르게 훑어 내리던 은서의 시선 역시 다시 현우를 향했다.

"이제 이해가 됐습니까?"

핸드백을 쥔 손에 힘이 들어가고 티 나지 않게 이를 악물며 은서가 다시 이주 쪽을 돌아봤다. 차분하게 이주에게로 걸어간 현우가 그녀의 손을 붙잡아 깍지를 끼웠다.

"손님 배웅 좀."

"어어, 배웅만 하면 되나?"

회사 앞에 주차된 비싼 외제 차를 떠올리며 승진이 목을 긁적였다. 이주의 손을 끌고 사무실을 나서며 현우가 재차 안쪽으로 시선을 던졌다. 모욕이 견디기 힘든 듯 억지로 참아 내고 있는 은서가 보였다.

"골라 봐야 거기서 거기니까 다시 잘 골라 보라 그래."

은서의 귓가에 또렷하게 박혔으리라 생각하며 현우가 걸음을 이었다. 뒤이어 이주가 따르는 건 당연했다.

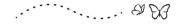

"연락도 없이 안 오시더니 좋은 소식 들고 오신 것 같네요? 같이 오신 분은 전에 말씀하신 그분?"

지난 진료 차트를 확인하며 의사가 넌지시 말했다. 진료실 밖에서 기다리고 있는 이주를 본 듯했다.

마주 앉은 현우가 엷은 웃음으로 대답을 대신했다. 그럴 줄 알았다는 듯 그녀는 차트를 덮으며 지난 두 번의 진료를 빼먹고도 뻣뻣한 자세로 허리를 편 현우를 물끄러미 바라봤다.

"수면제도, 신경 안정제도 떨어질 때가 됐는데 안 오셔서 괜찮으시구나 했어요. 우리 병원은 환자가 감감무소식일 때 더 희소식이죠."

"그렇습니까."

"그럼요. 약이 없어도 견딜 수 있는 상태라는 거니까. 요즘 잠은 어떠세요?"

늘 던지는 질문에 현우는 늘상 내뱉던 대답과 반대되는 말을 내놓았다.

"약 없이 자려고 노력합니다."

"얼마나 주무시는데요?"

"약 없이 세 시간 반 정도. 많이 자면 네 시간 정도."

"특정한 상황일 것 같네요. 기분이 좋으셨거나 혹은 누군가와 함께라거나."

의사는 현우의 침묵을 긍정으로 받아들였다. 차트에 뭔가를 빠르게 써 내려가는 모습을 응시하며 현우는 긍정도 부정도 하지 않았다. 이미 병원에 이주와 함께 온 것으로 의사는 많은 답을 얻어 낸 듯싶었다.

"그나마 다행이네요. 2년 동안 내가 뭘 했나 싶기도 하고. 물론 아직 괜찮다고 말할 수 없는 상태지만요."

여의사가 농담을 내뱉듯 낮게 웃었다. 약을 먹어도 네 시

406

간을 잘까, 말까 했던 사람의 대답치고는 꽤 괜찮은 대답이 아닌가. 현우는 말없이 두 손을 맞잡아 깍지를 꼈다.

이주는 그의 건강 상태를 염려했지만 전에 비해 나빠지거나 호전이 안 된 건 아니었다. 그저 이주가 있는 날과 없는 날의 차이가 조금 있을 뿐.

현우는 굳이 의사에게 그 점을 콕 집어 말해 주지는 않았다. 아마 스스로 눈치챈 듯싶기도 하고.

"두통은 여전히 심하세요?"

"횟수가 줄긴 했습니다."

"강도는요."

"비슷합니다. 특정 상황에서만 견디기 좀 힘든 정도."

"그 특정 상황은 여전히 나아지지를 않았겠네요?"

현우는 작게 고개를 끄덕였다. 뒤이어 형식적인 질문들이 오갔다. 매번 듣던 질문이었지만 오늘만큼은 답이 달랐다. 이주 때문임을 모르지 않았다.

바쁘게 차트에 알 수 없는 용어들을 적어 내려가던 의사와 눈이 마주치자 현우가 마른 입술을 열었다.

"뭐 하나 여쭤봐도 됩니까?"

2년 여를 넘게 진료를 보면서 그가 먼저 질문을 한 적은 처음이었다. 반가움에 또는 서글픈 걱정에 의사가 고개를 끄덕였다. 동시에 느린 그의 말이 시작됐다.

"지금까지 간절하게 매달리던 것을 버리면 얻을 수 있는 것이 있습니다. 아마 놓치면 평생 후회할 거고 살아도 사는 것 같지는 않을 겁니다."

"매달리던 것을 놓쳐도 그럴까요?"

"살 수는 있을 겁니다. 자유를 얻은 것 같겠죠."

지금 내 옆에 있는 여자가 그걸 원하니까요.

현우가 속으로 말을 삼켰다.

"그러니까 두 가지 길 앞에서 망설이고 있다는 거네요?"

침묵으로 대답한 현우의 눈동자가 어둡게 가라앉았다. 매달리던 것이 무엇인지, 얻고 싶은 것이 무엇인지 의사는 직감적으로 깨달았다. 의사가 두 손을 마주 잡은 채 책상 위에 올렸다. 살짝 올라간 그녀의 입꼬리를 따라 현우의 시선이 움직였다.

"차현우 씨가 간절히 매달리고 기다렸던 그분도 과연 차현우 씨를 기다리고 있을까요? 그분의 용서가 정말 제대로 된 용서일까요?"

용서. 나는 용서를 바랐던가.

이 순간 은우의 목소리가 상념처럼 떠올랐다.

"형이 잘못한 건 또 뭐야. 형은 그냥 우리 형인데."

살아남은 죄. 대신 목숨을 연명하는 죄. 그분의 아들을 빼앗은 죄. 그 속에 나는 무슨 잘못을 했던가. 정말로 살아남은 죗값인 걸까.

마른침을 삼킨 현우의 턱 끝이 단단하게 굳어졌다.

"아무래도 답은 정해져 있는 것 같네요."

행운을 빌게요. 의사의 나지막한 목소리가 들렸지만 현우는 아무런 대답도 내놓지 않았다.

"괜찮다니 다행이긴 한데……."

이주가 말끝을 흐렸다. 훨씬 나아졌다며, 여자 친구가 있으니 의사 처방은 소용없는 모양이라는 주치의의 말을 직접 듣고서 기분 좋게 마무리를 할 때는 언제고 이제 와서 말을 바꾸는 것 같은 그녀를 현우가 돌아봤다.

"혹시 나 몰래 결혼해요?"

병원을 나오자마자 남자 친구의 결혼 소식부터 확인하는 여자라니. 현우가 낮게 웃으며 이주의 손을 잡아당겼다.

하지만 그녀는 대답 없는 그에게 끌려가 주지 않았다. 현우가 다시 그녀를 돌아보자 이주가 잽싸게 손을 뿌리쳤다.

"아까 상당히 가깝던데."

"아닐걸?"

"아니긴요. 내가 딱 감 잡았는데?"

어쩐지. 병원 갈 때는 아무 말도 안 하더니.

현우가 쓴웃음으로 대답을 얼버무리려 했지만 상대는 강이주였다. 무려 강이주.

"뭐야, 또 비밀이야?"

시무룩한 척 이주가 그의 팔을 툭 쳤다. 대답을 재촉하는 행동에 현우는 어쩔 수 없이 말을 꺼내기 시작했다.

"집에서 결혼 얘기가 나와서 선본 적 있어. 너도 봤을 거야. 너 일했던 호텔, 두 번째로 마주쳤던 날."

현우가 담백하게 대답했다. 또렷하진 않지만 어느 정도는 기억이 났다. 그의 앞에 있었던, 예쁘고 화려하게 치장한 여자. 이주가 느리게 고개를 끄덕였다.

"그게 다야. 다시는 안 볼 사이."

"그쪽 생각은 다른 거죠?"

"내 생각도 달라. 그럴 일 없어, 절대."

만약 내가 결혼을 하게 된다면 그건 네가 될 것이라고, 너여야만 한다고.

하지만 현우는 입 밖으로 그 말을 꺼낼 수 없었다. 아직 결정하지 못한 것이 너무나 많았다. 이런 자신이 한심하면서도, 그녀에게 부질없는 약속을 건넬 수는 없었다.

그런 약속조차 받고 싶은 이주의 마음도 모르고.

"대답은 마음에 드네요."

속으로 다행이라고 생각하며 현우는 다시 손을 뻗었다. 하지만 그녀는 쉽사리 손을 내어 주지 않았다. 그럴 만한 여자도 아니었고.

"그래도 기분은 나빴어요."

나빴단다. 저렇게 귀여운 얼굴로. 그러면 나는 어찌해야 하나. 답을 모르겠다는 얼굴로 현우가 어색한 미소로 대답을 대신했다.

정작 중요한 타이밍에 사과할 줄도 모르는 현우를 물끄러미 올려다보며 이주가 눈살을 찌푸렸다.

이런 사람, 대체 뭐가 예쁘다고.

그녀의 시선을 알아챈 듯 그가 여전히 미소를 지은 채 말했다.

"그럼 내가 어떡할까."

"앞으로 병원은 나랑 계속 와요. 빼먹지 말고."

썩 마음에 들지는 않는다는 얼굴로 현우가 고개를 끄덕였다.

"약은요. 요즘도 자주 먹어요? 머리는 얼마나 아픈데? 많이 아파요?"

다다다 질문을 쏟아 내는 그녀의 표정에 어두운 그림자가 드리웠다. 이주를 우울하게 하다니. 쓴웃음을 억지로 삼킨 현우가 고개를 저었다.

"괜찮아. 안 아파."

그녀가 그를 빤히 바라봤다. 절대적으로 불신한다는 듯한 얼굴을 보며 현우가 피식 웃음을 터트렸다.

"진짜야. 그래서 그동안 병원도 안 온 거고."

아파도 아프다고 할 사람이 아니라는 것을 알면서도 이주는 믿어 보자, 생각하며 고개를 끄덕였다.

"아들 키우는 것도 아니고, 진짜."

이주가 작게 투덜거리며 그보다 앞서 걸었다. 금방 따라잡은 현우가 그녀의 손에 깍지를 끼워 잡았다. 이주가 잡기 싫다는 듯이 흔들었지만 그는 오히려 힘을 꽉 주었다.

"맛있는 거 먹을까?"

"회사 들어가 봐야 하잖아요."

"나 오늘 너랑 놀려고 일 열심히 했어."

현우가 마치 칭찬을 바란다는 듯이 웃었다. 머리 하나는 더 큰 남자가 이렇게 애교를 부리는데, 어떻게 화를 내고 짜증을 낼까.

"진짜?"

"응. 그러니까 나랑 놀자. 일은 혜미 시키고."

또 혜미를 그렇게 다정하게 부를 건 뭐야. 이주가 어쩔 수 없다는 듯 웃으며 그의 손에 끌려갔다.

손을 맞잡고 걸으면서, 가게에 전화라도 해 볼 생각으로 이주가 가방에서 휴대폰을 꺼냈다. 확인하지 못한 부재중 문자가 있었다. 스팸이겠지 싶어 읽지도 않고 지우려는데 갑자기 이주가 걸음을 멈췄다.

"왜? 가게에 무슨 일 있대?"

굳어지는 이주의 얼굴을 내려다보며 현우가 휴대폰 쪽으로 눈을 돌렸다. 행여나 그가 볼까 얼른 감춘 이주가 싱긋 웃으며 고개를 저었다.

"스팸이에요. 야한 문자. 요즘 이런 게 자꾸 와요."

화제를 돌리며 그녀가 어색하게 눈을 찡그렸다.

"우리 뭐부터 할까요?"

이번엔 이주가 먼저 그의 손을 잡아끌며 물었다. 불안한 듯 아랫입술을 여러 번 깨무는 그녀를 바라보며 현우가 침묵했다. 이주는 애써 감췄고, 현우는 금방 눈치챘다.

그녀가 언젠가 다가올 끝을 예감하고 있다는 것을.

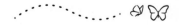

아스트랜시아. 우리나라에서 나지 않아 네덜란드에서 수

입해야 하는 꽃이었다. 몸값이 비싸 이주도 잘 취급을 하지 못하는. 고급 레스토랑답게 테이블에 장식된 꽃도 엄청나게 비싸구나. 둘이 앉기에는 다소 지나치게 넓은 테이블 위를 무심히 훑어보던 이주가 마른침을 삼켰다.

고급 호텔 높은 층에 위치한 레스토랑. 그것도 안쪽의 깊은 룸으로 안내된 이주는 벌써 30분째 상대를 기다렸다.

손목시계로 시간을 확인한 이주의 낯빛이 어두워졌다. 좋은 의미의 만남이 아닌 건 알았지만, 처음부터 명백하게 무시당할 줄 몰랐던 그녀의 입가에 비릿한 미소가 걸렸다.

뭘 기대했나. 그에게 들었던 것만으로도 충분히 이럴 만한 사람일 텐데.

10분 정도를 더 기다린 이주가 몸을 일으켰다. 더 있을 이유가 없다 생각했다.

가방을 챙겨 돌아서는데, 마침 룸의 넓은 문이 열리고 상대가 모습을 드러냈다. 그녀의 모습을 보고도 전혀 미안하단 말 한마디 없이 미영은 그저 싱긋 웃고만 말았다.

이주의 미간이 옅게 구겨졌다.

"참을성은 없네. 오래 기다렸어요?"

미영이 그녀를 지나치며 이주가 앉았던 자리 맞은편에 앉았다. 정갈한 행동에는 고급스러운 기품이 묻어 나왔지만, 은근 상대를 무시하는 태도는 예상했던 그대로였다.

다시 자리에 앉은 이주가 딱딱한 목소리로 말했다.

"강이주입니다."

"나는 이런 사람이에요. 알까 모르겠네."

이것도 설마 상대를 무시하기 위함일까. 고급스러운 재질의 명함을 내밀며 미영이 싱긋 웃었다.

이주가 테이블 위로 내민 명함을 집어 들 생각은 안 하고 미영을 빤히 바라봤다. 무례라는 걸 알면서도, 먼저 무례를 범한 미영의 입에서 나올 말들은 너무나 예상 가능했다.

"너무 급하게 보자고 했죠? 이쪽도 사정이 급해서."

무슨 사정을 말하는 걸까. 이주가 차분히 대답했다.

"괜찮습니다."

"차 대표는 우리가 지금 만나는 거 모를 거고. 혹시 차 대표가 내 얘기하던가?"

차 대표. 이름을 부르지 않는 모양이다.

"네."

"주로 어떤?"

"그게 궁금해서 보자고 하셨습니까?"

이주의 말대답에 미영이 다시 입술 끝을 올려 웃었다. 노크 소리가 들리고, 문이 열렸다. 주문하지도 않은 차가 몇대로 앞에 놓이자 이주의 미간이 설핏 다시 구김을 보였다.

"들어요. 식사는 불편할 거고, 차로 준비했어요. 향이 아주 좋은데. 꽃집 한다면서요? 그럼 향에 예민하겠네."

"감사합니다."

흔히 아침 드라마에서 볼 수 있는, 뜨거운 차를 얼굴에 끼얹는 장면을 상상했던 이주가 감춰진 얼굴로 친절하게 대하는 미영을 떨떠름하게 바라봤다.

속내가 보이지 않았다. 나는 왜 여기 앉아 있고, 무엇을 듣게 되는 걸까.

이주의 입술 끝이 불안감에 파르르 진동했지만 계속해서 그것을 감추려고 애썼다.

"강이주 씨에게 해 줄 말이 있어요. 아직 어리고 앞길 창창한 아가씨, 혼삿길 막고 싶지도 않고. 돌아가신 부모님도 그걸 바라지는 않으실 테고요."

여자는 마치 몇 번이나 이주를 본 듯이 편하게 대하고 있었다. 말 속에 숨은 뜻도 그랬다. 돌아가신 부모님. 고작 두 마디에 이주의 표정이 차게 가라앉았다. 하지만 미영은 상관없다는 듯 찻잔을 들었다.

"차 대표랑 헤어지는 게 좋을 거예요. 맞선 본 건 알아요? 상대도 정해졌고, 이제 상견례만 남은 상태라 사실 약혼한 거나 마찬가지인데 차 대표가 말을 안 듣네요. 아마 강이주 씨 때문인 것 같은데."

맞선. 상견례. 약혼.

정해진 순서를 읊어 대는 미영의 목소리에 이주는 그저 침묵했다. 그녀의 예상 안에 있었던 말이라 놀라지 않을 수 있었다.

하지만.

"이건 강이주 씨를 위해서 하는 말이에요. 설마 그렇게 불길하고 형편없는 애랑 끝까지 갈 생각은 아니었을 테니."

왜 당신의 가시는, 내가 아닌 그를 가리키고 있을까.

이주는 그저 가만히 듣기만 했다. 미영의 입에서 쏟아지는 무참한 말들이 비수가 되어 날아왔지만 아프지는 않았다.

상처받는 것조차 아까울 말들은 그녀를 향한 것이 아니었다. 그녀가 등 뒤에 감춘, 현우를 향해 있었다.

"왜 그렇게 봐요?"

"원하시는 게 뭔지 알 수 없어서요."

그녀의 건조한 목소리에 미영의 입술 끝이 경직됐다.

"그게 무슨?"

"현우 씨 미래를 생각해서 헤어지라고 하시는 건지 그게 아니면."

"물론."

"……."

"나는 차 대표 행복을 바라지 않죠. 이유는 알 거라고 생각하는데. 내 얘기 들었다면 알잖아요. 같은 여자로서 내가 어떤 아픔을 겪었는지."

"제가 알아야 합니까?"

이주가 무심하게 되물었다. 당신의 아픔 같은 걸 내가 왜 알아야 하나. 사랑하는 이의 아픔을 이해하는 것조차 버거운 나인데.

그녀의 말에 미영이 싸늘하게 웃었다. 생각했던 대로 만만치 않다는 생각이 스쳤다.

"알아야죠. 그 애가 내게 한 짓인데."

그렇다면 당신은 알까. 한때 당신이 아들이라 여겼던 사람이 얼마나 무너지고 있는지, 왜 잠들지 못하는지, 왜 죄책감을 안고 살아가는지.

그 사람은 자기 미래에 행복도, 사랑도 전부 덧없는 존재라고 생각하는 것을 당신은 알고 있을까.

이주가 따뜻한 찻잔을 손가락으로 쓸며 생각했다.

그녀는 현우의 행복을 바란다. 그렇다면 어찌해야 하는가.

답은 정해져 있다.

"그럼 저한테 뭘 바라세요?"

높낮이 없는 단조로운 음성에 미영이 싱긋 웃어 보였다.

"아주 쉬운 걸 바라죠."

"⋯⋯."

"차 대표, 그만 버려요. 신경 안정제 없이는 잠도 잘 수 없는 정신병자랑 설마 뭘 더 할 생각은 아닐 테고."

더는 놀라고 싶지 않지만, 감당할 수 없는 말들과 상황에 그녀는 웃을 수밖에 없었다.

그렇게 잠들지 못하는 사람인 걸 알면서도 점점 더 악랄해지는 당신에게 그는 왜 용서를 바라는 걸까.

결국 현우가 가고자 하는 길은 덧없고, 그저 후회만이 가득할 길이다.

"제가 그걸 들어 드려야 할 이유는 없어 보이네요."

부질없다. 소용없다. 이건 끝도 없는 나락으로 함께 떨어지는 것과 같다. 이주가 차분히 입을 열었다.

"제가 현우 씨를 버릴 일은 없을 겁니다."

그들을 먼저 버릴 수 없다면 내가 그들에게서 당신을 뺏어오는 수밖에. 이주가 뻣뻣하게 고개를 들었다.

미영의 표정이 미묘하게 굳어지는 순간 그녀는 다시 제 생각을 굳혔다.

"못 들은 걸로 하겠습니다."

한 모금도 마시지 않은 차를 뒤로하고 이주가 먼저 몸을 일으켰다.

미영이 코웃음을 치는 소리가 들렸지만 상관하지 않았다. 지금 이 결심을 더 확고하게 가슴에 새길 뿐이었다.

나는 걷고 있다. 당신을 향해.

내 길은, 내 방향은 오로지 당신을 보고 있다.

그럼 차현우, 당신은 내게 걸어오고 있을까.

chapter 16
당신의 길 끝에

"공사 기일에 맞출 수 있을까 모르겠네. 시공사 쪽이랑 다시 컨택을⋯⋯. 야, 이주 씨 문자 왔는데?"

세 시간째 이어진 릴레이 회의. 다들 지쳐 갈 즈음, 펜을 입에 문 채 말하던 승진의 눈에 현우의 휴대폰이 들어왔다.

하얀색 셔츠 소매를 팔뚝까지 걷어 올린 채 PT 수정안을 검토 중이던 현우가 곧장 문자를 확인했다.

〈할 말 있어요. 회사 앞이에요.〉

문자를 확인한 그의 표정이 급격하게 가라앉았다. 회의실에 있던 팀원들과 승진은 잠시 숨을 돌리고 다시 회의를 시작했지만 현우는 그 틈에 낄 수 없었다. 문자 한 통에 정체를 알 수 없는 불안감이 닥쳐왔다.

"잠깐 나갔다 올게."

더 고민할 것도 없이 현우는 밖으로 향했다. 옷도 챙겨 입을 겨를이 없었다. 계단을 서둘러 내려가자 회사 건물 앞에 선 이주의 뒷모습이 보였다.

순간 그의 걸음이 느려졌다. 알 수 없는 긴장감과 불안감에 맥박이 빨라졌다. 마치 저 뒷모습이 마지막일 것만 같은 느낌이 들었다.

아닌데. 강이주가 나를 떠날 리 없는데, 왜 이토록 불안한 걸까.

"이주야."

그의 목소리는 잔뜩 떨림을 안고 있었다. 이주가 천천히 뒤를 돌았다. 입가에 엷게 퍼지는 미소를 봤지만 여전히 불안했다.

"들어오지, 왜."

"어머님 뵀어요."

불안은 정확했다. 아, 결국. 쓰린 침을 삼킨 현우가 평화롭기 그지없는 이주를 물끄러미 내려다봤다. 불현듯 스팸 문자라고 둘러대던 그녀의 모습이 떠올랐다. 어리석었다. 조금 더 생각하고 조금 더 들여다볼걸.

"현우 씨 어머님, 재밌는 분이더라고요. 하실 말씀 있다 그랬고, 듣고만 있다 왔어요. 걱정하는 일은 없었고."

"……."

"물을 끼얹지도 않았고, 뺨을 맞지도 않았어요. 오히려 제 걱정을 해 주시더라고요."

마치 어제 있었던 일과를 설명하듯 이주의 설명은 차분했지만, 현우의 표정은 처참해졌다. 그녀에게선 그가 수없이 느꼈던 절망은 보이지 않았다. 그래서 더 불안했다.

설마 이곳으로 오는 동안, 날 포기한 건 아닐까.

"강이주."

"나한테 해되는 말, 별로 안 하셨어요. 그런데 나 지금 현우 씨한테 잔인한 말 하려고 왔어요."

높낮이 없는 단조로운 어조. 그녀의 말끝은 차가웠다. 이주가 흔들림 없이 그를 응시했다. 여기서 흔들리면 모든 게 무너질 것 같다는 생각이 들었다.

그녀가 주먹 쥔 손에 힘을 주었다. 흔들리지 말자. 여기서 흔들리면 그를 포기하는 것과 같다.

"뺏어 오고 싶어요."

내가 당신을 포기하면.

"당신 가족에게서, 당신을."

당신은, 그럼 이제 어떻게 살아.

"그래 줄 수 있어요?"

이별을 얘기하지 않아 안도했다가 이주가 그리는 상상을 깨달은 현우가 입을 다물었다.

섣부른 대답을 바란 건 아니지만 표정 변화 없이 저를 내려다보는 현우를 바라보며 이주가 억지로 입술 끝을 올렸다.

미영의 앞에 앉아 말을 듣는 내내 화가 났다. 그녀가 세운 가시는 마땅한 배경도 없는 자신에게 향했어야 맞다. 옳지 않은 일이었지만, 자식을 둔 부모라면 그럴 수 있다고 생각했다.

하지만 어째서 그 잔인하고 날카로운 가시는 자신이 아닌 그를 향하는 걸까. 이미 잔뜩 상처를 입어서 너덜너덜해진 사람인데.

"내가 정말 이런 우스운 말을 할 줄 몰랐는데 하려고요. 해야겠어요."

이건 당신을 위한 선택이자, 나를 위한 선택이다. 그러니 절대 후회하지 않는다.

당신은 불길하지 않아. 당신은 정신병자가 아니야. 당신은 절대로 형편없지 않아. 사랑받기에 충분하고, 넘치게 사랑도 줄줄 아는 사람이야. 끝내 할 수밖에 없는 말을 토해 본다.

"선택해요."

"이주야."

한 걸음 그녀에게 다가서려던 그가 멈췄다. 이주가 동시에 뒷걸음질을 쳤다. 그녀가 피한다, 자신을. 명확해진 사실 하나에 현우의 몸이 순식간에 얼어붙었다.

"당신이 가족을 선택하면 난 당신과 헤어질 거야. 잡지 않아요."

"······."

"잔인한 거 아는데, 어쩔 수 없어요. 희망 없는 일에 매달리게 하고 싶지 않아."

"······."

"생각 정리되면 연락 줘요. 어느 쪽을 선택하든 받아들일 준비됐어요."

차갑게 굳어지는 현우의 얼굴을 보면서도 이주는 애써 모른 척했다. 마음이 약해지려는 것을 다시 다잡았다.

"나는……."

"이주야."

"꺾이지 않아요."

더는 얼굴을 볼 자신이 없어 이주는 서둘러 그에게서 벗어났다. 그녀가 신은 구두 소리가 점점 멀어지자 멍하니 있던 현우가 고개를 돌렸다. 이주는 작은 언덕 아래로 모습을 감춘 뒤였다.

이제 영영 이별인 걸까. 우리가 왜 헤어져야 해?

가슴에 생채기가 난 듯이 쓰려 왔다. 언젠가 이 순간을 상상한 적이 있다.

끝이 정해져 있는 시작을 했다. 당연히 이런 결과가 오리라 예상했다. 그녀에게 버림받는 순간이, 이 인연의 끝이라고 내내 다짐했다. 그랬는데 왜.

"하."

실소를 터트린 현우가 두 손으로 얼굴을 감쌌다. 뒤죽박죽 엉망인 머릿속을 헤집어 그녀가 남긴 말을 되새겼다.

선택을 하라고? 받아들일 준비가 됐다고? 나는 너를 떠날 준비가 되지 않았는데. 네가 없는 삶을 두려워하기 시작했는데.

"차현우 씨가 간절히 매달리고 기다렸던 그분도 과연 차현우 씨를 기다리고 있을까요? 그분의 용서가 정말 제대로 된 용서일까요?"

  그분의 용서를 바랐다. 10년에 가까운 세월을 그래야 한다
고 여기며 자신을 괴롭혀 왔다.

  "안 되니? 내가 네 행복을 무너뜨리면."

  내 행복을 무너뜨리려는 그분의 행복을 나는 기꺼이 바랄
수 있다고 생각했다.

  "어디서 들은 말인데요. 행복은 할 일이 있는 것, 바라볼 희망
이 있는 것, 사랑할 사람이 있는 것. 이 세 가지라던데."
  "바라볼 희망이 아직 없으면…… 나로 해요. 그 희망, 내가 돼
줄게."

  그런데 나는 왜 희망이 되어 주겠다는 여자를 버리고, 내
행복을 무너뜨리는 그분의 용서를 바라나.
  대체 언제까지, 여기서 얼마나 더.

  "형이 잘못한 건 또 뭐야. 형은 그냥 우리 형인데."

  "강이주."
  현우가 허공에 되뇌듯 그녀의 이름을 읊조리며 이주가 갔
던 길을 따라 걸었다.

한 걸음, 두 걸음. 그리고 뛰기 시작했다. 그녀를 홀로 걷게 한 길. 짧은 순간이지만 무서웠을 거고, 두려웠을 거고, 그의 선택에 몹시도 흔들렸을 그녀가 혼자 걸었던 길을.

단숨에 언덕 아래로 내려온 현우가 거친 숨을 몰아쉬며 주변을 확인했다. 가로수 나무 옆에 서서 팔을 쭉 뻗어 택시를 잡는 이주가 보였다.

단숨에 그녀의 곁으로 뛰어간 현우가 막 뒷좌석 문을 여는 이주의 팔을 잡아챘다.

"현우 씨!"

놀란 이주의 음성이 유난히 떨렸다. 숨 가쁘게 뛰어온 현우가 그녀의 두 어깨를 잡았다.

놓지 못한다. 내 욕심인 거 알면서도 이미 네가 아니면 안 되는 나라서. 아무 소용없는 나라서.

뛰어오는 짧은 순간 끊임없이 생각했다. 그녀를 놓아야 하는 이유. 반드시 그래야만 하는 이유. 그 빌어먹을 선택을 해야 하는 이유. 수도 없이 떠오른 많은 이유들이 단 하나를 이기지 못해 자꾸만 기울어져 갔다.

그녀를 원한다. 그녀 하나만을. 살면서 유일하게 원하고 있는 그녀를 갖지 못하는 이유는 뭘까.

"못 해. 싫어. 안 되겠어."

멈출 수 있을 줄 알았다. 때가 되면 헤어질 수 있을 줄 알았다. 그런데 점점 더 빠져들고, 무섭도록 너를 향해 가는 내가 감당이 안 된다.

살아남은 건 죄가 아니다. 만약 죄라면, 그 죗값은 그동안

치른 것으로 충분했다. 그녀를 떠날 수 있다던 결심은 과오
이자 실수였다는 걸 다시 한번 깨달았다.

그녀가 곁을 떠나려는 순간에서야. 날 버릴 수도 있는 여
자라는 걸 느낀 그 순간에서야.

눈앞의 이주가 믿기지 않는다는 듯 두 손으로 그녀의 얼굴
을 한참을 쓸어 보고 만져 보던 현우가 이주를 품 안 가득 껴
안았다. 숨이 막힐 듯 안아 오는 힘에 몸을 묻으며 이주가 그
의 어깨를 부드럽게 쓸었다.

"같이 있자."

"……."

"마지막의, 마지막까지."

현우가 어슴푸레 시간을 짐작하며 눈을 떴다. 하얀 시트
위로 맨 어깨를 드러내고 잠든 이주가 가장 먼저 눈에 보였
다.

택시에 올라타려는 이주를 붙잡은 현우는 무작정 회사까
지 다시 걸어와 그녀를 제 차에 태웠다.

"10분만 기다려. 회의 마무리하고 올게."

홀로 보냈다가는 마치 이주를 영영 잃을 것 같다는 말도
안 되는 불안감에 현우는 무작정 회의를 마무리했다.

그는 운전하는 내내 붙잡은 이주의 손을 놓으려 하지 않았다. 위험하다는 이주의 말을 귓등으로 들으며 오히려 손을 더 꼭 붙잡기만 할 뿐이었다.

가게로 데려다 달라는 이주의 말을 무시하고, 현우는 제 아파트로 차를 몰았다.

반쯤 포기하고 제게 끌려오는 이주와 집에 들어선 순간, 현우는 그녀를 벽으로 몰아붙였다. 등이 부딪혀 아픈 듯 이주가 신음을 내뱉었지만 현우는 무자비하게 입을 맞추며 그녀의 옷을 벗겼다.

아주 잠깐 동안 그녀가 없는 세상을 느꼈다. 살 수 없을 거라 생각했다. 숨을 쉬지 못하고 살아간다 해도 지금보다 더 끔찍한 경험을 하게 될 것이라 느꼈다.

강이주는 사랑이다. 사랑은 강이주다. 강이주가 없는 삶 자체는, 이제 더 이상 그에게 의미가 없었다. 깨닫는 순간부터 그녀를 안고 싶었고, 그렇게 했다. 거칠었을 텐데, 아팠을 텐데 이주는 말없이 품에 안겨 그를 보듬었다.

조심스레 손을 뻗은 현우가 제 쪽을 돌아보고 누운 이주의 뺨을 부드럽게 어루만졌다.

따뜻한 체온에 반응하듯 이주가 뒤척이며 그에게 더 가까이 안겼다. 눈꺼풀이 살짝 떨리는 걸 보니, 아마도 깬 모양이다.

"일어나지 말고 더 자."

"몇 시예요?"

억지로 눈꺼풀을 밀어 올린 이주가 잠긴 목소리로 물었다.

협탁에 놓인 시계로 시간을 확인한 현우가 이주의 뒷머리를 부드럽게 쓸어내리며 귓가에 입을 맞췄다.

"11시."

"가게 문 닫아야 하는데."

"내가 혜미한테 전화했어, 아까."

평소 같으면 왜 남의 아르바이트생을 그렇게 다정하게 부르냐고 한마디 했을 이주가 조용했다. 새근거리는 소리가 들리는 걸 보니, 다시 잠에 든 모양이다.

울긋불긋 그녀의 몸 위로 붉은 자국들이 난무했다. 평소보다 거칠었던 저를 온전히 감당하기 위해 참았던 흔적들. 마른 어깨 위에 입술을 묻고, 현우가 몸을 일으켰다.

멋대로 퇴근하는 바람에 아직 처리할 일이 남아 있었다. 현우가 천천히 침대에서 빠져나오려는 순간, 갑자기 닥친 차가운 공기에 놀란 듯 이주가 눈을 떴다.

"어디 가요?"

"잠깐 일 좀 하려고."

"내일 가서 하면 안 돼요? 혼자 자기 싫은데."

이주가 평소답지 않게 칭얼거리며 그의 팔을 잡아당겼다. 평소의 그녀라면 현우가 일을 한다고 말하는 순간 집에 돌아가겠다고 해야 정상이다.

그동안 보지 못했던 그녀가 불안해하는 모습. 이 역시 자신의 과오라는 걸 깨달은 현우가 다시 누웠다. 이주가 팔을 뻗어 그의 품에 쏙 안겼다. 잠시 허전했던 공기가 채워지듯, 현우는 작고 여린 어깨를 팔로 감싸 마주 안았다.

"쉬는 날, 부모님 뵈러 가자. 준우한테 할 말도 있고."

납골당에서 마주쳤던 세 번째 우연. 그 우연이 없었다면 지금의 우리도 없었을까. 이주가 대답 대신에 그의 허리를 안은 팔에 힘을 주었다. 현우와 잠시도 떨어지고 싶지 않았다.

"본가에는 알아서 다녀올게."

이주는 그가 이렇게 빨리 결정을 내릴 줄 몰랐다. 적어도 현우에게 며칠의 말미를 주어야 한다고 생각했다. 그 시간 동안 자신은 계속 피가 마르겠지만, 그래야 한다고 여겼다.

가족을 저버리게 했다. 그에게 가족이 어떤 의미인지 알면서, 강요하지 않는다고 했으면서 결국은 먼저 등을 보이며 자신이 없을 그의 세상을 실감하게 만들었다.

어쩌면 강요였을지도 모른다. 아니, 자신을 선택하기를 요구한 것이나 마찬가지다.

하지만 후회하지 않는다. 그는 어쩌면 선택을 후회할 수 있겠지만.

"고마워요."

아무것도 묻지 않고 따라와 줘서. 당신을 이끌겠다는 나를 믿어 줘서.

"그건 내가 할 말 같은데."

"나도 할 수 있는 말이에요."

그래서 더 좋은 말인 거고.

엷은 웃음소리를 마지막으로 그의 입술이 이주의 입술로 내려왔다. 부드럽게 입술 위를 훑고, 자리를 옮겨 이마와 눈과 작은 콧방울 위를 혀로 간질이던 입술이 그녀의 턱 끝에 다시 입을 맞췄다.

그리고 다시 입술. 혀가 얽혀들며 서로에게 스며들었다. 현우는 금새 그녀의 위를 차지했다. 침대에 팔을 기댄 채 이주의 입술을 탐했다. 부드럽던 키스가 점점 더 농밀해졌다. 혀와 혀가 만나 떨어질 줄 몰랐다.

이주가 입을 더 크게 벌리며 그의 목에 팔을 감았다.

본능적인 움직임이 계속됐다. 현우는 끊임없이 이주의 혀 위를 제 혀로 꾹 누르고, 입술 위를 진하게 핥았다. 전신을 덮쳐 오는 야릇함에 뜨거운 숨결이 내뱉어졌다. 입술이 떨어지자 현우는 가녀리게 떨리는 그녀의 입가를 엄지손가락으로 어루만졌다.

"무서웠어. 널 못 잡을까 봐."

잔인한 선택을 쥐여 주어 이주 역시 그에게 얼마나 미안했는지 모른다. 그녀가 현우의 손을 제 손으로 덮으며 말했다.

"나도 무서웠어요. 천천히 걸었는데, 계속 내 뒤가 허전해서."

당신이 언젠가 말했던 끝.

우리에게는 존재하지 않는 미래.

당신과 만나는 내내 잊고 싶었던, 우리의 이별.

이제 우리는 헤어지지 않겠지만, 당신의 후회마저 내가 막을 수 있을까. 이주의 눈가에 눈물이 맺혔다.

그녀의 입술 끝을 어루만지던 현우의 손이 눈으로 향했다. 눈 위에 입을 맞추며 눈물을 대신 삼켰다. 앞으로 네가 감당할 것은 그 어떤 것도 없게 하겠다는 다짐이었다.

"만약 그때."

그의 손이 이주의 둥근 가슴을 부드럽게 움켜쥐었다.

흐읏. 그녀의 작은 신음이 부지런하게 현우의 귓가를 어지럽혔다. 동시에 그의 손가락이 붉게 달아오른 그녀의 정점을 쥐고 비틀다가 부드럽게 어루만졌다.

"널 잡지 않았으면 어땠을까, 수십 번 생각해."

몇 번의 반복되는 우연. 신의 장난이라고 생각했던 일은 오직 우리를 위한 것이었을지도 모른다. 그래서 얼마나 감사한지, 과연 너는 알까.

"난 아직도 엉망으로 살아갔겠지."

잠들지 못하고, 약에 의존하며 하루하루 나를 죽여 갔겠지.

"네가 나를 살렸어."

가슴 위를 야릇하게 핥아 내리는 현우의 뺨 위를 손으로 더듬으며 이주는 그의 길게 뻗은 콧대와 뜨거운 숨결을 내뱉는 입술을 매만졌다.

그가 그녀의 손가락 위로 다시 혀를 내밀었다.

"좋네요, 그런 것도."

내가 당신의 은인이 되는 것도.

현우가 다시 입술을 얽으며 가슴 위를 머물고 있던 손을 내렸다.

지난밤, 몇 번이나 자신을 받아들였던 그녀의 아래는 열기를 기억한 채 이미 준비를 마친 상태였다. 서로의 타액이 섞이자 이주는 뜨거운 열기를 참지 못하고 그의 가슴과 어깨를 반복적으로 쓰다듬었다.

그녀의 신음이 잦아질수록, 현우는 입술을 점점 더 아래로 내렸다. 가슴을 핥고, 배꼽 부근을 지독하게도 간질이던 입술이 허리춤까지 이르렀다.

현우가 부들부들 떠는 그녀의 다리를 들었다. 부끄러운 곳이 적나라하게 보였음에도 불구하고 저지하지 못한 이주가 두 손으로 얼굴을 가리며 헐떡거리는 숨을 내뱉었다.

"자, 잠깐."

허벅지의 여린 살을 혀를 내밀어 핥아 내리기를 여러 번, 그의 입술이 차츰 안쪽으로 향하는 것을 눈치채고 이주가 황급히 허리를 들었다.

부끄러움을 모르는 현우의 입술은 이미 그녀를 삼킨 뒤였다. 핥고, 깨물고, 삼켜지는 여린 살이 고통스러울 정도로 황홀했다. 동시에 그의 손이 허리를 타고 가슴을 쥐었다.

"이건 너무…… 하웃!"

뜨겁고, 덥고, 온몸이 축축했다. 그녀의 몸 구석구석 그의 손길이 지나갔다. 가슴을 지분거리던 거친 손길이 이내 부드러워지더니, 입술은 더 거칠어졌다.

안쪽을 파고든 붉은 혀가 벽을 타고 그녀의 안을 진하게 핥았다. 적나라한 소리가 이주의 뜨거운 숨소리와 섞였다.

"그만, 그만요!"

아무리 매달리고, 빌어도 그는 작정한 사람처럼 오직 그의 입술만으로 이주가 절정에 달아오를 때까지 미친 듯이 질주

했다.

매달려도 꿈쩍도 안 했던 현우는 그녀가 침대 위에 축 늘어지는 순간에서야 다리 사이에서 얼굴을 들었다.

현우의 입가에 걸린 짓궂은 미소가 원망스러운 듯 주체 못하는 흥분에 반쯤 넋을 놓은 이주가 거친 숨을 내쉬었다.

"못됐어, 진짜."

"어쩌지. 신사처럼 굴 예정은 없는데."

장난스러운 말에 이주가 힘없는 팔을 겨우 들어 그의 가슴을 툭 쳤다. 그녀의 손을 잡아 깍지를 낀 현우가 달콤한 밀어를 속삭이듯이 몸을 내려 입을 맞췄다.

마침내 그녀의 안으로 천천히 진입을 시도하자 두 사람의 입에서 뜨거운 숨과 신음이 반복적으로 터져 나왔다. 맞잡은 손에 힘이 들어갔다. 크고 단단한 그의 것이 끝까지 밀고 들어오는 것이 느껴져 이주가 더운 숨을 흩뿌렸다.

순식간에 점령당한 이 기분.

땀 때문에 젖은 목에 머리칼이 달라붙어 간지러움을 더했다.

"강이주, 이주야."

움직임을 시작하며 현우는 끊임없이 그녀의 이름을 불렀다. 질척하게 맞닿은 하체가 열기를 더했다.

은밀하고 야릇한 소리와 그의 목소리가 침실을 울렸다. 느리고 깊게 파고 들어오는 현우의 것이 지나치다는 생각을 하는 찰나, 다시 입술이 겹쳐졌다. 신음과 비명이 동시에 삼켜지는데도 그는 움직임을 멈추지 않았다.

강렬한 쾌감은 금방 찾아왔다. 그 순간 허리를 뒤틀며 눈물을 흘린 이주가 거친 숨을 몇 번이나 내뱉었다.

현우는 지친 이주의 몸을 되돌려 제 몸 위에 눕힌 뒤 땀으로 번들거리는 자신의 가슴에 뺨을 기댄 채 숨을 몰아쉬는 그녀의 등 위를 부드럽게 매만졌다.

"이주야."

몇 번이나 부르던 이름을 또다시 불렀다. 대답할 기운도 없을 정도로 지친 이주가 네, 하고 짧게 대답했다.

"같이 살자."

"……."

"우리."

우리, 우리, 우리. 늘 들었던 말인데도 불구하고 왜 이렇게 달콤한 건지, 눈물이 났다.

아, 밤이라서 그런가 보다. 그래서 이렇게 슬프고, 견디기 힘들 정도로 아프고, 당신을 더 사랑하게 되는 건 전부 밤이라서.

이주는 눈물을 감추고 다정히 웃었다.

"다음에는 좀 신사처럼 굴어 봐요."

매번 이럴 수는 없잖아. 이주가 장난스럽게 말을 잇다가 곧 긴 숨을 내쉬었다.

현우의 탁한 웃음소리와 함께 꺼내진, 그가 원하는 말.

"좋아요. 같이 살아 봐요."

그의 가슴에 턱 끝을 기대고 눈을 맞추며 이주가 부드럽게 입꼬리를 올렸다.

"우리."

―오늘 저녁에 어머님이 집에서 식사하자고 하셨어요. 현우 씨도 시간 괜찮으면 들러요. 우리 결혼 얘기 마무리해야 할 것 같은데. 이미 집에서는 날짜 보고 있는 거 알아요?

누구인지 묻지 않아도, 상대는 거침없이 말을 이었다.

그것도 듣고 싶지 않은 말들을. 현우가 흔쾌히 그러겠다고 하자 은서는 그에게 꿍꿍이가 있을 것 같아 이상하게 여기는 듯했지만 더는 말을 붙이지 않았다. 뭐라고 생각하든 상관없었다. 당신들에게서 멀어질 수만 있다면.

퇴근 시간을 훨씬 넘긴 밤, 현우는 본가에 도착했다. 거실에는 늘 그렇듯 가면을 쓴 채 연기에 열중하는 두 여자의 웃음소리만 감돌았다.

"현우 왔니?"

때마침 등장한 현우를 보고 반가운 듯 미영이 몸을 일으켰다. 다소곳하게 일어선 은서가 살짝 고개를 숙여 인사를 대신했다. 은우와 아버지 진욱은 보이지 않았다.

"은우는 독서실 가서 아직 안 왔고 네 아버지는 서재에 계신다. 인사하고 나오렴."

"……."

"너 기다리느라 다들 굶고 있었어. 은서 양하고 대화 좀

435

나누고 있어. 금방 저녁 차리마."

세상 어느 누구보다 인자한 어머니 흉내를 내고 있는 미영이 주방으로 향했다. 직접 움직이지는 않고 이것저것 도우미에게 시키는 목소리만이 들렸다. 현우의 시선이 그 뒷모습에 닿았다. 닿을 거라 생각했지만 닿을 수 없었고, 닿아서도 안 되는 사람, 어머니. 현우의 목울대가 크게 움직였다.

"잘 있었어요?"

가까이 다가온 은서가 현우를 물끄러미 응시했다. 며칠 만에 만난 그녀는 전에 봤던 화려한 모습과는 조금 달랐다.

단정했고, 깔끔했다. 다른 사람을 만난 듯한 기분에 현우가 낮은 실소를 터트렸다.

"안 보기로 한 거 아닙니까?"

"잘 골라 보려고 했죠. 그런데 난 그중에 차현우 씨가 제일 괜찮아서요."

은서가 마른 팔로 팔짱을 꼈다. 미영의 앞에서와는 다르게 한껏 거만해진 그녀가 현우를 올려다보던 시선을 거두지 않고 말을 이었다.

"현우 씨도 고르다 보니 내가 제일 나은 거 아니었어요? 그래서 여기 온 거고."

"나랑 결혼하고 싶습니까?"

현우가 차갑게 던진 질문에 은서가 움찔했다.

"왜? 어디 모자라 보이진 않는데. 몇 번이나 같은 말을 하게 만드는 것 보면 그런 것 같기도 하고."

"어른들 계신 자리에서 이러지 말죠? 지금 크게 실수하는 거예요."

"그러니까 몇 번을 더 얼마나 실수를 해야 내 앞에서 꺼져 줄지 가늠이 안 가서요."

은서의 얼굴이 울긋불긋 변했다. 때맞춰 서재에서 진욱이 나왔다. 아버지와 눈이 마주치자 현우가 고개를 살짝 숙였다. 은서 역시 아랫입술을 질끈 깨물며, 제가 집에 오고 한시간이나 지나 모습을 드러내는 진욱을 향해 인사했다.

"드릴 말씀이 있어 왔습니다. 손님은 보내는 게 좋을 것 같습니다."

모욕감과 수치심에 은서의 낯빛이 어두워지고 진욱의 눈은 깊게 가라앉았다.

"그래 주십시오."

"너 또 무슨 무례한 짓을 하는 거니? 그만두지 못해?"

어느새 주방에서 나온 미영이 목소리를 높였지만 현우는 굽히지 않았다. 그저 진욱을 바라보며 대답을 기다렸고, 진욱은 그런 아들을 빤히 응시하다가 고개를 끄덕거렸다.

"그러는 게 좋겠다."

"당신……!"

"들어와. 손님 보내고 당신도."

더 들을 것도 없다는 듯 진욱은 서재 안으로 향했다. 차갑게 얼굴을 굳힌 미영이 현우를 돌아봤다. 냉소 어린 표정을 마주 보면서도 현우는 무덤덤한 얼굴이었다.

"어쩌죠? 현우가 이런 모습을 보인 건 처음이라 현우 말을 들어줄 수밖에 없네."

"괜찮습니다. 다음에 기회가 있겠죠."

"그래요, 그럼. 마중은 현우가 할 거예요."

은서의 어깨를 한 번 부드럽게 쓸어 주고 미영은 서재로 들어갔다. 방금 전 미영이 그랬던 것처럼 웃음기를 싹 거둔 얼굴로 은서가 현우 쪽으로 몸을 돌렸다.

"사람 무안 주는 것도 정도가 있는 법인데 오늘은 과했어요, 차현우 씨. 우리 결혼, 당신한테 유리한 입장은 아닐 텐데요."

두 손을 주머니에 넣은 현우가 삐딱하게 은서를 내려다봤다. 아직도 자신과 결혼할 거라는 꿈에 부푼 걸까.

그의 시선에 은서의 미간이 기분 나쁜 듯 찌푸려졌다.

"왜 그렇게 봐요?"

"당신 인생도 어쩌면 가여울 수 있겠다 싶어서."

"뭐, 뭐예요?!"

"마중은 없던 일로 합시다."

기가 찬 듯이 웃는 은서를 거실에 세워 두고 현우는 모른 척 서재로 걸음을 옮겼다. 미영은 소파에, 진욱은 창가를 바라본 채 그에게 등을 보이며 서 있었다. 서재 문을 닫고 얼마 후에 현관문이 열렸다 닫히는 소리가 들렸다.

"결혼하고 싶은 여자가 생겼습니다."

미영은 코웃음을 쳤고, 진욱은 아무런 반응도 하지 않았다. 차분한 얼굴로 아들을 바라보며 찻잔을 들 뿐. 예상했던 반응을 보이는 두 사람을 앞에 두고 현우는 덤덤하게 말을 이었다.

"꽃집 하는 여자입니다. 스물일곱에 부모도, 형제도 없습니다. 물려받은 유산이 많은 것도 아니고, 마음에 안 차실 겁니다. 그래도 할까 합니다. 아니."

현우가 더 당당하게 어깨를 펴고 고개를 들었다.

"합니다, 결혼."

힘이 실린 현우의 목소리에 진욱은 여전히 반응이 없었다. 마치 예상이라도 한 듯 평소와 다름없는 모습이었지만, 미영은 차게 웃으며 그를 신랄하게 비웃었다.

"허락을 구하는 게 아니고 통보 같구나. 슬슬 기분이 나빠지려고 하는데."

지금까지의 삶 중 절반이라는 시간을 당신의 용서를 구하는 데에 썼다. 자신이 할 수 있는 최선이란 용서를 구하는 일뿐이었다. 죽을 때까지 당신의 용서는 없을 거라고, 당신은 나를 저주하고 원망하는 삶을 끊어 내지 않을 거라는 사실을 알고 있었다. 하지만 인정은 할 수 없었다. 지옥 같았던 그 세월을 보상받아야 한다는 심리 때문이었을까.

"네가 기어이 사고를 치는구나. 은서 양하고의 결혼이 네 아버지한테 얼마나 도움이 되는데, 네가 고작 그따위 여자랑……!"

"당신, 만난 거야?"

진욱이 날카로운 눈으로 옆을 돌아봤다.

"그래요. 만났어요. 당신 아들 하는 짓거리가 하도 우습고 꼴사나워서. 내가 안 나설 수 있겠어요?"

무슨 소리를 들어도 참아야 하는 환경에서 자랐다. 당연하게 스며드는 죄책감은 온전히 제 것이었다. 그걸 누구와도 나눠 본 적 없었다.

그래도 형이라고 불러 주는 은우와 한 발짝 물러선 채 방관하며 고통 속에서 현우를 조금 끄집어내는 일이 전부였던 아버지. 누구와도 아픔을 함께한 적이 없다.

그래서 당연하다고 생각했다. 어머니의 저런 반응, 원망, 미움, 그를 부서뜨리겠다는 욕심까지도.

진욱의 눈에 핏발이 섰지만 그런 것에 일일이 반응할 그녀가 아니었다. 날카롭게 현우를 쏘아보며 미영이 비명을 뱉듯이 폭언을 쏟아 냈다.

"네가 제정신이 아니지. 결혼? 할 수 있을 것 같아? 감히 이 집에서 그런 여자와? 왜, 못 헤어지겠니? 그래서 결혼이라도 해야겠다 싶어? 그런데 어쩌니. 너는 절대, 아마 죽어도 그 여자와는 아무것도 할 수 없을 텐데."

울분을 토해 내고, 쏟아 내고, 뱉어 내는 미영과 달리 현우의 표정은 평온하기만 했다.

"일단 은서 양이랑 결혼은 해. 그 여자는 그 후에 만나든 정리하든 너 알아서 하고. 아이라도 가지면 은서 양이 키우면 되니까. 원래 이 바닥 여자들이 그런 거 아니겠니? 대대손손 사생아 키우는 집안이라고 소문도 나고 좋구나, 아주. 너도 그 끔찍함을 겪어 봐야지. 네 아들이, 네 딸이 과연 이 집안에서 어떤 멸시를 받고 자랄지, 아주 재미있어지겠구나."

"그만하지 못해!"

"왜요? 나는 더한 말도, 더한 짓도 할 수 있는 사람이야! 자식 잃은 사람이 할 수 없는 일이 어디 있어!"

미영의 말이 귀를 찌르듯 현우를 고통스럽게 했다. 벌떡 몸을 일으킨 진욱이 미영의 손목을 낚아채며 그녀를 말렸지만 미영은 두 팔로 그를 밀어내고, 머리를 쥐어뜯으며 날카로운 비명을 내질렀다.

여전히 과거에서 헤어 나오지 못하는 그녀가 불쌍했지만 연민은 느껴지지 않았다. 당연하게 생각하던 죄책감 역시 모습을 감췄다. 강이주, 그녀 하나를 위해.

"어머니께서 원하는 결혼을 할 일은 없을 겁니다. 제 아이가 사생아가 되는 일도 없을 겁니다. 저는 이제 덧없는 용서 따위 바라지 않을 겁니다."

그는 조용히 품 안에서 카드 키를 내려놨다. 이 집안에서 더는 버티지 못할 것만 같은 현우를 내보내기 위해 진욱이 준비한, 지금 그가 살고 있는 집의 키였다.

받은 것을 전부 내려놓겠다는 그의 의지에 진욱이 두 눈을 깊게 감았다가 떴다. 더는 흔들리지 않을 아들의 모습이 보였다.

"이미 받은 유산은 빨리 정리해서 되돌려드리겠습니다."

"현우야."

그럴 필요 없다는 진욱의 애달픈 음성에도 현우는 약해지지 않았다.

"저는 제가 살아서 좋습니다."

담담하게 내뱉어진 현우의 음성. 처연한 진욱의 시선이 머물고, 아래로 힘없이 늘어뜨린 몸을 힘겹게 일으키던 미영의 시선이 닿았다.

살면서 하면 안 됐던 말. 살아서 할 수 없었던 말.

"살아서, 그 여자를 만나서."

"……."

"넘치는 사랑을 받고 있는 지금이 좋습니다."

믿을 수 없다는 듯이 황망해진 미영의 시선이 그에게서 떠날 줄 몰랐다. 금방이라도 제게 달려들 것만 같은 얼굴을 한 미영을 똑바로 바라보며 현우가 잠시 찾아온 끔찍한 침묵을 견뎠다.

"네가 어떻게……."

미영이 믿어지지 않는다는 얼굴로 주저앉았다. 마치 배신이라도 당한 얼굴이었다.

"살아서 좋아? 사랑? 네가 감히 그따위 것들을 누릴 수 있는 처지니? 내 새끼 죽이고 살아서 좋다는 말이 나오냔 말이야!"

"저는."

귀를 찌르는 악다구니에도 현우는 평정심을 유지했다. 살아 있어 할 수 없던 모든 말들을 오늘 해 볼 참이다. 전부 잊어버리고 버리고서 돌아가야 할 곳으로 가야 했다.

그것이 이주가 간절히 바라는 일이고, 그래서 그가 원하는 일이 됐다. 버려야 할 것과 얻어야 할 것들이 극명하게 나뉘었다. 선택을 했고, 이제는 길을 가야 할 시간이다.

"그럼 언제 감사해야 합니까."

남들은 살아 있는 것에, 숨 쉬는 것에 감사한다. 인연을 얻고, 가족을 얻는 일에 감사한다. 그 순간에도 그는 감사하지 못하는 삶을 살았다. 누군가를 원망할 상대도 없어 자신을 원망했고, 저주했고, 미워하는 삶을 살았다.

이제는 감사하는 삶을 살아가고 싶다.

이주를 만나서, 이주를 옆에 둬서, 이주와 함께할 수 있어서, 이제는 그녀와 약속한 미래를 매 순간 감사하고 싶다.

"언제까지 살았다는 이유로 죄책감을 느껴야 합니까."

"……."

"그럼 저는 언제 행복할 수 있습니까."

한 번도 던져 본 적 없던 질문. 가져서는 안 된다고 생각했던 희망.

"살고 싶습니다."

너와 걸었던 한적한 바닷가, 낭만적인 해변가. 너는 그렇게 말했다.

"어디서 들은 말인데요. 행복은 할 일이 있는 것, 바라볼 희망이 있는 것, 사랑할 사람이 있는 것. 이 세 가지라던데."

"그래서 살아야겠습니다. 그 여자랑."

그때 느꼈던 아득함은 이제 먼 미래가 아니다. 이제 그 미래를 내가 정하기로 했으니까.

"바라볼 희망이 아직 없으면…… 나로 해요. 그 희망, 내가 돼

줄게."

희망이 되어 주겠다는 여자를 놓쳐야 할 만큼, 내게 이 집이 소중했던가.

"행복해지고 싶니?"

경멸과 증오를 담아 미영이 현우를 내려다봤다. 여전히 앉은 자세 그대로인 현우는 침착했다.

금방이라도 현우에게 달려들 것 같은 미영을 붙잡고 있는 진욱 역시 침착함을 유지했다.

"살고 싶다고 했니?"

마치 지옥 불에서 타고 있는 여자가 흘리는 눈물과도 같았다. 지금의 그녀가 흘리는 눈물은.

"그럼 그때 죽었어야지! 네 동생 대신 죽었으면 우리가 얼마나 안타까워했을까. 얼마나 울었을까. 그럼 행복할 수 있었겠다는 생각은 안 드니?"

"당신 그만 안 해?!"

"어떻게 그만해요! 당신이 그렇게나 불쌍히 여기는 당신 아들이 행복해지고 싶다는데! 살아서 좋다는데! 죄책감을 느끼기 싫었다고? 그게 그렇게 싫었니? 겨우 엄마 소리만 할 줄 알던 내 아들은 불에 타 죽었는데, 그게 그렇게……!"

짜악. 커다란 파열음이었다. 정신을 차렸을 때, 이미 미영은 두 손으로 맞은 뺨을 가린 채 소파에 웅크려 기대 있었다.

얼마나 세게 맞았는지 소파로 쓰러진 아내를, 진욱은 무심하게 내려다봤다.

처음이었다. 아무리 모진 말로, 차가운 말로 현우에게 어떤 모욕을 줘도 모른 척했던 진욱이 처음으로 반응했다.

"당신 미쳤어? 지금 나 때렸어요?"

"죄책감은 내가 갖고 사는 걸로 족해."

"이봐요, 차진욱 씨!"

"못난 아비가 해 줄 것이 없어 미안하다. 다 내 잘못이다."

진욱은 현우를 보지 않고 있었다. 아버지. 소리 내어 부르지도 못할 말을 삼키고 또 삼킨 현우가 몸을 일으켰다.

미영은 또다시 현우에게 달려들려고 했지만, 막아선 진욱은 계속해서 얼른 나가라고만 할 뿐이었다.

언젠가, 다시 이주를 소개할 수 있는 날이 올 것이다.

언젠가는 찾아올 편안한 날을 기다리면 된다. 기다리는 건 이제 익숙한 일이니까. 그때 아이가 있다면, 아이를 데리고 찾아뵙는 것도 나쁘지 않겠지.

"건강하세요."

옆으로 몸을 튼 채 저를 보지 못하는 진욱에게 짧게 고개를 숙여 인사를 대신한 현우가 서재를 나왔다.

망설임은 길었지만, 결심이 선 순간 돌아서는 건 짧았다. 날카로운 여자의 비명이 귓등을 찔렀지만 상관하지 않았다.

그리고 서재 앞에는 이미 모든 얘기를 다 들어 버린 은우가 서 있었다.

chapter 17
비로소, 너에게

　은우와 함께 본가 근처 공원으로 온 현우는 그의 손에 차
가운 커피를 쥐여 주었다. 멍하니 서 있던 은우의 시선이 그
에게 닿았다. 아픈 시선에 가슴마저 쓰라렸다.

　"형, 이제 안 와?"

　불안하게 흩날리는 음성이 잔뜩 떨려 왔다. 우울한 웃음과
함께 은우의 앞으로 더 가까이 다가간 현우가 지갑을 꺼냈
다.

　"이거 형 카드. 여자 친구랑 데이트할 때 이거 써."

　"형!"

　"용돈 많은 거 아는데 그냥 주는 거야. 이제 추워지는데
따뜻한 옷도 사 입고."

　마치 마지막 이별 선물처럼 느껴져 은우는 쉽게 카드를 받
아 들지 못했다.

불안했다. 정말 마지막일까 봐. 그래도 나는 아니겠지, 생각하지만 혹시나 마지막일 수도 있으니까.

왜 그걸 생각 못 했을까. 엄마는 형을 미워한다. 그리고 형은 십수 년을 참아 왔다. 나는 그런 형을 무너뜨린 엄마의 아들이고. 형이 날 미워하는 건 어쩌면 당연한 일이다.

잘 알고 있었지만 그래도 싫었다. 고작 엄마의 아들이라는 이유로 형을 볼 수 없다는 사실이.

"설마 나도 안 볼 생각은 아니지?"

"……."

"이렇게까지…… 해야 해?"

어쩔 수 없는 형의 선택을 알기에 은우의 음성은 계속해 떨려 왔다. 현우가 엷게 웃으며 은우의 머리칼을 부스스하게 쓰다듬었다. 그의 처연한 웃음에 은우가 고개를 흔들더니 곧 눈에 맺힌 눈물을 박박 닦아 냈다.

이러면 안 돼, 이러면 안 되잖아. 마치 자기 주문을 걸듯 마음먹은 은우가 아랫입술을 질끈 깨물었다.

"알아. 형이 얼마나 힘들었는지. 나는 괜찮아. 형은 형대로 살아. 그래도 나는 형이……."

"형 결혼할 거야."

울먹거리는 은우의 느린 음성 속에 현우의 목소리가 자연스럽게 스며들었다.

"어?"

은우가 눈을 크게 뜨며 고개를 들었다. 부딪친 시선 속에서도 현우는 웃었다.

"꼭 와. 초대할 사람이 별로 없어서 썰렁할 거야."

"어, 언제 하는데? 내가 가도 되는 거야? 정말?"

"네가 안 오면 누가 와, 형 결혼식에."

한결 편안해진 웃음을 짓는 현우를 올려다보는 은우의 눈시울이 붉어졌다.

은우를 생각하면 마음이 편안하지는 않았다. 그 집에서 은우를 통해 위안받았고, 위로받았고, 지금까지 버틸 수 있었다. 그러면서 들여다보지는 않았다. 은우가 얼마나 철저하게 외로웠을지. 나만큼이나 힘들었을 너인데.

"이사도 할 거야. 가끔 놀러 와. 이주가 좋아할 거야."

"그 꽃집 누나랑 결혼하는 거야?"

또다시 눈을 박박 닦으며 물어오는 질문에 현우가 고개를 끄덕거렸다.

"결혼은 하자고 안 했는데 같이 살자고는 했어. 근데 결혼도 하려고."

단 한 번도 가족을 만들 수 있을 거라고 생각해 보지 않았다. 건강하고 올바른 가정. 매번 현우는 거부당했고, 외면당했고, 미움받았다.

그는 요즘 꿈을 꾸기 시작했다. 강이주와 함께라면 마치 전부 다 이뤄질 것만 같은 기분에 휩싸여 가족을 꿈꾼다.

"형, 그 누나 진짜 사랑하는구나."

현우가 쑥스러운 듯이 웃었다. 사랑하지 않았다면 여기까지 오지도 않았을 것이다. 사랑하지 않았다면, 아마 계속해서 도망만 쳤을 것이다.

"나는 좋아."

다행, 안도, 설렘, 기대, 안심. 모든 감정이 조금씩 곁든 은우가 고개를 끄덕거리며 말했다.

"형 엄마랑 우리 엄마는 다르지만, 아버지는 매번 모른 척만 하지만 형이 있어서 얼마나 다행이었는지 몰라."

"……."

"나는 정말 좋아. 형이, 형을 잃어버리지 않아서. 행복을 원하는 것 같아서."

"……."

"그래서 정말 좋아, 형."

열두 살이나 어리지만 언제나 위로받는 건 현우였다. 그때도 그랬다. 지금처럼 현우가 다치지 않게, 멀어질까 전전긍긍 걱정하며 그에게 매달렸다. 현우가 웃음과 함께 다시 손을 뻗어 동생의 눈물을 닦았다.

언제나 어른 같았던 동생의 눈물은 쓰리고, 아프고, 상상도 못 할 정도로 서글펐다.

"차은우."

은우, 준우. 쌍둥이들의 이름을 정할 때 부모님 곁에 현우 역시 함께였다. 너는 알까. 너희 이름을 몇 날 며칠 고민하는 부모님 사이에서 너희들에게 줄 이름을 일기장에 빼곡하게 써 내려가던 내 모습을.

"아버지 잘 부탁해. 힘드실 거야."

"……알았어."

"너 군대 가기 전에 형이랑 여행 가자. 이주한테 허락받아

볼게."

　스무 살 남자답지 못하게 코까지 훌쩍이던 은우가 다시 크게 고개를 끄덕였다. 현우가 피식 웃자 은우 역시 따라 웃었다.

　과거 어느 날, 형이 했던 모든 행동을 따라 하기 바빴던 어린 동생으로 돌아와.

　"약속 꼭 지켜."

　"당연하지. 형이 약속 안 지키는 거 봤어?"

　"허세는. 나 이주 누나, 아니 형수님 번호 알려 줘. 축하한다고 전화할래."

　"그래."

　"진짜 놀러 갈 거야. 지난번처럼 쫓아내려고 하면 안 돼."

　"알았어."

　"형, 나 형 안아도 돼?"

　응원해야 하는, 존중해야 마땅한 형의 선택에도 불구하고 은우는 눈물을 참지 못했다. 웃어야 하는데, 웃으려고 했는데.

　"그러자."

　"형……!"

　대답이 떨어지기 무섭게 그의 품에 안긴 은우가 못난 소리로 울기 시작했다. 그의 뒷머리를 쓸어내려 주며 현우는 동생의 눈물과 안도를 한꺼번에 느꼈다.

　안아 준다던 녀석은 형의 품에 안겨 한참을 울었다.

"옷이 왜 그래요?"

슈트 왼쪽 재킷 부분이 축축하게 젖어서 온 남자라. 대체 이걸 어떻게 받아들여야 할까.

"설마 다른 여자……."

"상상이 불순해."

현관문을 열기 무섭게 옷부터 묻는 이주를 물끄러미 내려다보던 현우가 뒤에 숨기고 있던 꽃다발을 내밀었다.

이주의 시선이 아래를 향했다. 풍성한 안개꽃 다발을 내려다보던 그녀의 눈에 아득함이 서렸다. 말을 잇지 못했다.

이 남자, 뭘 알고 사 온 걸까.

"깨끗한 마음, 사랑의 성공, 그리고 죽음."

"……."

"죽을 만큼 사랑한다는 뜻이라던데."

직접 꽃을 선물 받은 적은 얼마 없을 것 같은 그녀를 위해 고민하고 또 고민했다. 색이 화려하고 꽃잎이 커다란 꽃들보다는 소박해 보이지만 풍성한 안개꽃이 자꾸만 눈에 들어왔다. 주인에게 꽃말을 물었다.

죽을 만큼 사랑한다. 그 어떤 아름다운 꽃말보다, 지금 내가 가장 너에게 해 주고 싶은 말.

"안 받을 거야?"

민망하다는 듯 현우가 꽃다발을 앞으로 내밀었다.

입학식과 졸업식. 그 이후로 누군가에게 꽃다발을 건네주는 역할만 했지, 받아 본 적은 별로 없었다. 낯설지만 설레는 경험에 이주가 두 손을 내밀어 안개꽃을 받아 들었다.

예뻤다. 꽃말처럼, 죽을 만큼이나.

"나 왔어."

전부 버리고. 비로소, 너에게.

너를 위하고, 나를 위하는 선택.

"잘 왔어요."

이주가 두 팔을 벌리자 기다렸다는 듯 현우가 그녀의 허리를 끌어당겼다. 누구보다 힘들었을 길을, 홀로 걸어온 그를 응원하는 그녀의 두 팔에 힘이 실렸다.

전합니다. 죽을 만큼 사랑하는 그대에게, 내 예쁜 마음을.

그날 밤, 현우의 품에 안긴 이주가 고백했다.

"예뻤어요, 너무."

"……내가?"

"네. 너무 예쁜 사람이라, 좋아할 수밖에 없었던 것 같아."

속수무책으로 그에게 빠져들기만 했던 열아홉, 그 시절을 고백하는 목소리에 현우는 더 행복했고, 그녀 역시 행복한 밤이었다.

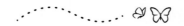

"차준우."

영영 대답을 들을 수는 없겠지만 현우는 불러 봤다. 한동안 부르지 못할 그 이름을. 평일 낮에 찾아온 납골당은 그저 조용하고 평온하기만 했다. 마치 형제의 이별을 눈감아 주기라도 하듯.

"형이 미안해."

너 대신 살아남은 걸, 네 삶을 빼앗은 걸 부정하지는 않는다. 아버지 눈에 내가 먼저 띄었을 뿐이라고 해도, 그동안 나는 충분히 고통받았다고 해도 결국 살았으니까.

그런데 이제 그만 미안하고자 한다. 살아남았음에 감사하고자 한다. 내 옆에 있겠다는 여자를 위해. 나를 위해, 나 대신 모든 걸 버릴 수 있게 한 그녀를 위해.

현우가 짧게 웃으며 한 걸음 준우의 납골함 앞으로 다가갔다. 준우를 기억한다. 은우와는 다르게 유난히 눈물도 없고, 잠투정도 없던 동생. 엄마와는 한시도 떨어지지 않으려는 은우 때문에 현우는 자연스레 준우를 더 돌봤었다. 책상 앞에 앉아 공부를 하던 제게 총총걸음으로 다가와 놀아 달라고 떼를 쓰던 준우를 기억한다.

"형이 살아서 미안해."

짧게 살다 간 네 삶을 대신 살아가는 만큼 행복해지겠다. 이젠 감사하게 살겠다. 그러니 너도 그곳에서 평안하기를.

이제야 네 평안을 빌어 주는 못난 형이라 더 미안하지만, 살아 있음에 대한 사과 역시 오늘이 마지막이니까.

이주는 그와 함께 부모님을 뵙고, 동생과 시간이 필요할 것 같은 현우를 위해 일부러 자리를 피했다. 아무래도 시간이 조금 걸리지 않을까 싶다.

그 시간 동안 다혜와 통화를 마친 이주가 고개를 들어 납골당 뒤로 보이는 산을 바라보았다.

현우를 다시 만났던 계절이 봄에서 여름으로 넘어갔을 때였다. 벌써 한겨울이니, 세 계절이 훌쩍 지나갔다.

결혼은 너무 이른가.

"당연히 이르지."

요즘 같은 세상에 누가 짧게 만나고 결혼을 해. 엄마가 살아 계실 적에 남자는 적어도 한 계절을 두 번 이상 겪어 봐야 한다고 했다. 첫 번째 여름을 보낼 때는 아무리 더워도 옆에 붙어 있는 네가 예뻐 참을 수 있지만, 두 번째 여름을 보낼 때면 감춰져 있던 성격이 드러날 수도 있다고.

"그래도……."

좋은 걸 어떡해. 좋아 죽겠는걸. 세상에 여자 때문에 가족을 버릴 수 있는 남자가 내 남자가 된 건데.

문득 고개를 튼 이주가 눈을 크게 떴다. 단번에 알 수 있었다. 높은 계단을 뒤에 두고, 현우를 기다리던 이주에게 다가오는 이가 하나 있었다.

현우만큼은 아니지만 큰 키에, 몸에 딱 맞춘 듯한 검은색 슈트는 나잇대에 걸맞은 중후함을 선사했다. 이주도 아는 얼굴이었다. 다가오는 선거철, 뉴스만 틀면 맨 처음 나오는 얼굴. 서울 시장 유력 후보. 그의 얼굴 아래 적힌 타이틀은 그랬다.

지금 이곳에서 마주친 이유와 마지막 인사를 하고 오겠다던 현우의 얼굴이 동시에 스쳐 지나갔다.

차현우와 차진욱 국회 의원.

이 사람이구나. 줄곧 방관했다던 당신의 아버지가.

"현우, 안에 있습니까?"

정중하게 묻는 질문에 혼이 뺏긴 듯 멍하니 서 있던 이주가 놀라 벌어졌던 입술을 다물었다.

목에 가시가 박힌 듯 침이 매끄럽게 넘어가지 않았다. 모르는 사람이 봤다면 우스울 상황이다. 넉넉잡아 서른 살 이상은 차이가 날 것 같은 남성에게 저런 깍듯한 존대를 들은 기억이 없다.

"네."

그를 보러 온 걸까? 생각을 바꾸라고? 그의 결심을 말리려고? 핸드백 가방끈을 붙잡은 이주의 손에 힘이 들어갔다.

"언젠가 만나면 고맙다는 말을 전하고 싶었는데."

"네?"

놀란 이주가 되물었다. 진욱의 입가에 엷은 미소가 번졌다.

"생각보다 빨라서 다행입니다. 그리고 고맙습니다."

절로 어깨가 수그러질 만큼이나 정중하고, 깍듯했다.

언젠가 만나게 되리라 생각했다. 그가 포기한 건 어머니지, 아버지는 아니라고 생각했다. 현우 역시 그렇게 얘기했다. 언젠가, 자신과 똑 닮은 아이를 아버지께 보여 드리겠다고.

이주는 원망하려고 했다. 당신께서 조금만 더 나서 줬으면, 어린 나이에 그 모진 수모는 다 겪지 않아도 될 일이 아니냐고.

하지만 당신도 아들을 잃은 슬픔에 빠져 살았겠지. 죄책감에 몸부림쳤겠지. 두 손을 한곳에 모은 이주가 그 앞에 고개를 한껏 숙였다가 들었다.

"저도 감사합니다. 그 사람 보내 주셔서."

"이름이 어떻게 됩니까."

"강이주라고 합니다."

어렵게 묻는 한마디에 이주는 차분히 대답했다.

"그래요, 강이주 씨."

오래오래 기억하겠다는 듯 진욱이 고개를 끄덕이며 몇 번이나 그녀의 이름을 머릿속으로 떠올렸다.

현우 때문에 자리를 피하려는지 진욱이 다시 몸을 틀었다. 왔던 방향 그대로 돌아가려는 그를 바라보던 이주의 시선이 계단 위를 향했다. 아직 현우는 보이지 않았다.

"저……."

뭐라고 불러야 할까. 망설이다가 말끝이 길어지는 사이 진욱이 뒤를 돌아봤다. 얼핏 보이는 그의 미소를 확인한 이주가 조금 더 가까이 다가갔다.

"저희 결혼하기로 했습니다."

"들었어요."

"현우 씨 동생은 온다고 하더라고요."

"……."

이주는 길게 얘기하지 않았다. 시간과 장소는 은우가 알 테니, 보고 싶다면 와도 괜찮다는 그녀의 뜻을 진욱은 쉽게 알아들었다. 대답은 하지 않았다. 한 치 앞을 약속할 수 있는 사이는 아니라고 생각했다. 둥지를 떠난 현우가 자리를 잡기 위해선 시간이 필요했다.

진욱은 그저 미소와 함께 손을 내밀었다.

"반가웠어요."

"저도 봬서 좋았습니다."

맞잡은 손이 쉽게 떨어지고, 진욱은 뒤돌았다. 이곳에 온 목적을 두고, 미련 없이 돌아서는 뒷모습을 바라보던 이주의 시선이 흐릿한 초점으로 변하더니 제 손을 향했다.

분명 나는 원망을 하려고 했는데. 다 쏟아 내고 싶은 마음이었는데.

오히려 잘했다는 생각이 든다. 현우에게는 자신이 남았지만, 그의 아버지 곁에는 남아 줄 사람이 없지 않은가. 마음을 알아줄 사람도, 위로해 줄 사람도, 손을 내밀어 줄 사람도.

"오래 기다렸어?"

막 계단을 내려온 현우를 돌아보며 이주가 고개를 저었다. 말을 할까 잠시 망설였지만 그러지 않기로 했다. 지금도 충분할 그의 마음이 더 무거워지는 걸 원치 않는다.

그는 이미 많은 걸 포기했고, 내려놔야 했으니까. 그게 남은 삶에 대한 죄책감이든, 살아남은 부채감이든.

"인사 잘 했어요?"

"응. 계속 여기 있었어?"

"햇볕이 좋잖아요."

"춥잖아. 차에 들어가 있지."

꽁꽁 얼어붙은 손을 잡아 자신의 코트 주머니에 넣으며 현우가 다그치듯이 말했다.

"봐. 손 얼었잖아."

고작 손끝이 조금 차가운 것 가지고 마치 손목이 부러진 사람처럼 대하는 현우를 보며 이주가 그의 품에 쏙 안겼다.

예고도 없이 안겨 오는 이주가 어색한 듯 잠시 굳어 있던 현우는 코트를 벌려 그녀를 안에 가두다시피 했다. 앞도, 뒤도 전부 따뜻해진 그의 품속에서 이주가 고개를 들었다. 금방이라도 닿을 것처럼 입술 사이의 거리가 가까워졌다.

"갑자기 왜 이렇게 예쁜 짓을 해? 사람 불안하게."

"추워져서요."

"계속 이대로 있을까?"

"나쁘지 않아요."

살포시 걸린 이주의 미소가 더 짙어지자 천천히, 느리게 그가 입술을 내렸다.

"이거는 어때요?"

"좋아."

"그럼 이건?"

"좋은데."

현우는 고개를 끄덕이는 것과 동시에 의사를 표현했지만 아무래도 이주의 마음에는 들지 않은 모양이다. 이주가 미간을 좁히며 그를 돌아봤다.

"무슨 건축하는 남자가 인테리어에 관심이 없어. 나 혼자 쓸 거 아니잖아요. 같이 골라야지."

이주가 가구를 둘러보며 투덜거렸다. 현우는 할 말이 없었다. 정말 네가 좋은 건 나도 다 좋은 건데.

현우는 아버지가 제 앞으로 이름을 돌려놓은 부동산과 토지를 전부 반납했다. 남은 건 직접 일으킨 번듯한 회사와 자동차, 그리고 강이주뿐.

대책도 세우지 않아 갈 곳이 없어진 그는 일단 이주의 집에 들어가 살고 있었다. 지금은 새로 이사 갈 곳에 채울 가구를 보러 온 것이고.

"조명이 너무 큰 것 같기도 한데."

가구 아틀리에만 벌써 두 시간째 돌아다니는데도 이주는 지친 기색이 없었다.

소파 옆에 둘 조명을 고르는 이주를 물끄러미 바라보던 현우의 입가에 둥근 미소가 그려졌다. 곁에 다가간 현우가 뒤에서 그녀의 손을 잡아 깍지를 꼈다.

"우리 이거 말고 다른 거 사러 가야 해."

"응? 뭐요?"

소파도, 침대도 샀다. 가장 필요한 것들은 샀으니 그다음 필요한 것들을 사러 가야지.

현우가 엷게 웃으며 그녀의 손을 잡아끌었다. 아틀리에를 나온 그가 이주를 데리고 간 곳은 근처 주얼리 숍이었다.

"여기는 왜요?"

아직 살 게 얼마나 많은데. 침대랑 소파만 샀지, 다른 건 하나도 못 산 이주가 틀어진 계획이 불만이라는 듯 반짝거리는 것들을 눈앞에 두고도 입술을 삐죽 내밀었다.

현우는 말없이 그녀의 손을 잡아끌었다. 한 올도 빠짐없이 머리를 한껏 올린 여직원이 두 손을 공손하게 모은 채 그들을 반겼다.

"반지 좀 보여 주세요. 예쁘고, 비싼 거로."

이주의 두 눈이 동그래졌다. 직원은 예상이라도 한 듯 진열장 안에서 그녀에게 어울릴 만한 반지를 골라 꺼냈다.

허전한 자신의 손을 내려다보던 이주가 부담스러운 듯 그의 손을 잡아 끌어당겼다.

"무슨 반지예요. 우리 형편에."

형편이라니. 평생 들어 본 적 없는 말인 듯 현우가 낮게 미간을 좁혔다.

"우리 형편이 어떤데?"

"현우 씨 집 산다고 모은 돈 탈탈 털었잖아요. 그걸 몰라서 물어요?"

현우는 아이를 낳아 키우려면 큰 집에서 시작하는 게 좋다고 이주를 타일렀고, 그녀는 결국 백기를 들 수밖에 없었다.

지금 살고 있는 집이 작은 건 사실이라 이주도 이사를 생각하긴 했었다.

그녀의 작은 아파트를 되판 돈은 비상금으로 묵혀 두기로 했다. 그의 말처럼 언젠가는 아이가 태어날 테니까.

"그냥 커플링만 하고 나가요, 그럼."

"안 돼. 비싼 거로 해 줄 거야."

"회사도 빚이 반이라며. 나 지금 빚쟁이랑 결혼해요?"

"회사는 원래 은행 빚으로 굴러가는 거야. 그리고 나 일 되게 잘해. 너 고생 안 시켜."

말이나 못 하면. 결국 현우의 고집으로 이주는 반지를 고르게 됐다. 그것도 아주 예쁘고, 비싼.

이렇게 경제관념 없는 남자랑 결혼이라니. 그녀보다 더 신난 얼굴로 반지를 고르는 현우를 빤히 바라보며 이주가 불만스럽게 눈을 떴다.

"진짜 필요 없는데."

"화려한 결혼식도 필요 없다, 신혼여행도 길게 못 간다. 그럼 나는 너 뭐 해 주라고."

기다렸다는 듯 현우가 말을 이으며 직원이 꺼낸 반지 중 가장 그녀에게 어울릴 법한 것을 손에 들었다. 손을 쓰는 직업을 가진 이주에게 알맞은 심플한 반지였다. 링 윗부분에 투명한 다이아몬드가 촘촘히 박혀 반짝거렸다.

예쁘긴 한데.

"마음에 들지?"

마치 그녀의 마음을 안다는 것처럼 현우가 말했다. 예뻤다. 당연히 마음에도 들었고. 더군다나 그가 골라 준 것이라 더 갖고 싶었다.

"그럼 현우 씨도 골라요. 내가 사 줄게."

"난 필요 없어."

"그럼 나도 이거 안 해요."

이주가 다시 반지를 빼려고 하자 현우가 급히 그녀의 손을 붙잡았다.

헤, 하고 웃음을 지으며 이주가 고개를 살짝 기울였다.

"할 거죠?"

그의 얼굴이 형편없이 구겨졌다. 머릿속으로 셈을 하는 모양이다, 라고 생각하며 이주는 현우가 말릴 틈도 없이 직원에게 남자 반지도 같이 보여 달라고 말했다.

"보통 이 디자인으로 같이 하시는 편이에요."

"감사합니다."

이주가 활짝 웃으며 반지를 받아 손에 들었다. 좀처럼 표정을 풀 줄 모르는 현우를 향해 돌아선 이주가 씨익 웃었다.

"손."

"……."

"손 달라고요, 손."

마지못해 손을 내미는 현우의 왼손 네 번째 손가락에 반지가 끼워졌다. 무슨 남자 손이 이렇게 예쁠까 싶어 넋 놓고 봤던 게 하루 이틀도 아닌데 새삼 다시 보니 오늘따라 더 빛이 났다.

"오래 살고 볼 일이에요."

"뭐가?"

"살다 보니 내가 차현우랑 결혼을 하겠다고 반지까지 맞추고. 와, 진짜 생각도 못 했는데. 뭐, 사람 일은 모르는 거니까."

몇 달 전만 해도 상상하지도 못했던 일이라는 듯 이주가 말하자 앞에 서 있던 직원이 쿡 하고 웃음을 터트렸다.

현우와 이주의 시선이 그녀를 향하자 실수였다는 듯 눈을 아래로 깔며 직원이 고개를 꾸벅 숙였다.

"괜찮아요. 웃으셔도 돼요. 좋은 일인데요, 뭐."

"아, 네. 감사합니다."

"저도요. 웃어 주셔서 감사해요."

저희가 외롭게 자라서 웃어 주는 사람들이 얼마 없거든요.

현우와 나란히 낀 반지를 내려다보던 이주가 엷게 웃으며 고개를 들었다.

반지를 사 줄 생각만 했지, 받을 생각은 못 했던 현우가 그녀와 나눠 낀 반지를 슬그머니 내려다봤다.

꿈만 같은 순간들은 이제 더 이상 꿈이 아니었다.

경기도 외곽에 자리 잡은 조용한 레스토랑.

마치 산속 깊은 곳에 그림처럼 지어진 별장을 연상케 했다. 야외 정원에 깔린 버진 로드를 한참이나 내려다보던 이주는 제 손을 잡고 그 위에 부케를 쥐여 주는 현우를 보며 환히 웃었다.

평소와 크게 다를 것 없는 검은색 슈트 차림의 그는 이 순간이 꽤 어색한지 멋쩍은 웃음을 지으며 물었다.

"괜찮아?"

"근사해요. 나는요?"

"예뻐. 눈부실 만큼."

현우가 그녀의 귓가에 입술을 가까이 가져가 속삭였다.

차마 크게 할 수 없는 말이었던 모양인지, 쑥스러워하는 현우를 보며 이주가 동시에 얼굴을 붉혔다.

"혜미, 눈 엄청 빨개."

부케를 전해 주는 순간까지 훌쩍이던 혜미를 떠올리며 현우가 말했다.

"내가 혜미 그렇게 다정하게 부르지 말랬죠?"

"혜미는 네 친구한테 눈독 들이는 것 같던데."

재훈과 그의 옆에 콕 붙어 서 있는 혜미를 눈으로 흘긴 이주가 연한 코랄 빛의 립스틱을 바른 입술 끝을 올리며 웃었다. 좋은 일이다. 사랑을 한다는 건.

웨딩드레스라고 하기에는 소박한 새하얀 투피스를 입은 이주는 누구보다 행복한 신부가 되기로 다짐했다. 옆에 선 근사한 신랑은 내내 귓속말을 속삭이며 그렇게 해 주겠노라 약속하고 있으니까.

어제저녁 직접 안개꽃으로 만든 화관을 머리에 썼다. 밤을 꼬박 새워 혜미가 직접 만들었다는 부케를 든 것을 마지막으로 준비를 마쳤다. 현우가 기다렸다는 듯이 팔을 내밀자, 팔짱을 낀 이주가 소리 없이 웃었다.

피아노 연주가 시작됐다. 반주자는 다혜였다. 초등학교 때부터 키워 온 실력을 콩쿠르도 아니고, 나이 들어서 제일 친한 절친 결혼식에서 뽐내다니. 다혜는 처음 연주 제안을 받았을 때 그 말부터 했다.

모두의 시선이 이제 막 버진 로드를 걸어오는 신랑과 신부에게 향했다. 고작 열 명도 되지 않는 지인들 속에 승진과 윤수의 옆에 선 은우가 쉴 새 없이 셔터를 눌렀다.

취미로 사진을 찍는다는 은우는 오늘 그들의 결혼사진을 대신 찍어 주기로 했다.

함께할 가족이 없는 건 현우 하나였기에, 그는 조금 더 그럴듯한 결혼식을 원했지만 이주는 고개를 저었다. 그저 연락하고 지내는 친척들에게는 찾아가 식사를 대접하는 것으로 대신해도 좋았다. 거창하게 청첩장을 돌리고, 웨딩홀에서 시간을 허비하고 싶지는 않았다.

무엇보다 그와 자신을 진심으로 축하해 줄 수 있는 사람만 초대하고 싶었다. 그들이 왔던 길이 유난히 힘들었던 만큼.

서약을 마치고, 나눠 낀 커플링을 예물로 대신하니 결혼식은 간단하게 끝이 났다.

"이 앞으로 모이세요. 사진 찍어야죠, 저희!"

큰맘 먹고 삼각대까지 샀다며 자랑을 하던 은우가 열 명도 안 되는 하객들을 모았다. 현우의 팔짱을 낀 채 그 모습을 바라보던 이주가 부케로 얼굴을 가리며 웃음을 지었다.

"도련님, 신나 보여요."

"그러게. 누가 결혼하는지 모르겠네."

"참, 도련님 여자 친구는 왜 같이 안 왔어요?"

"헤어졌대. 그래서 내일 소개팅한다던데?"

누구보다 평범한 스무 살을 보냈고, 스물한 살의 봄을 맞이한 은우를 바라보는 현우의 시선은 따뜻했다.

늘 이랬으면 좋겠다. 따뜻한 시선으로 세상을 볼 수 있는
남자가 되기를 이주는 잠시나마 소망했다.

"늘 그렇게 웃어요."

"나만?"

그가 그녀의 귓가에 속삭이며 물었다. 옆에서 닭살 부부라
고 놀려 대는 소리가 들려왔지만, 그들은 괘념치 않았다.

"같이 웃어야죠. 결혼했는데."

이주가 당연하다는 듯이 그를 돌아보며 말했다.

"이제 모든 걸 함께하는 거예요."

그 순간, 은우가 셔터 버튼을 누르고 뛰어와 자리에 섰다.

하나, 둘, 셋! 모두 치즈!

은우의 힘찬 목소리와 함께 모두의 시선이 카메라를 향했
다. 행복에 겨운 웃음은 이제 이주의 것만이 아니었다.

—*fin*

epilogue 01
꽃 같은, 꽃사모

결혼을 하면서 이주는 새로운 꿈을 하나 더 만들었다.

바로 내조의 여왕.

일주일 동안 거의 회사에서 살다시피 한 현우를 위해 주문한 한약을 준비하고, 아침을 차렸다.

특별히 제주도에서 주문한 성게로 미역국을 끓이고, 그가 좋아하는 굴로 전을 부쳤다. 곤드레 나물을 넣어 밥을 하고, 어제 시장에서 산 제철 나물도 맛있게 무쳤다. 세 가지 나물을 한 접시에 예쁘게 담은 이주가 뿌듯하게 웃었다.

이제 현우만 깨우면 끝이었다.

"현우 씨."

침대로 다가간 이주는 그녀 대신 베개를 껴안고 잠든 현우의 옆에 앉았다. 새벽녘에 들어왔지만, 오늘 중요한 PT가 있다는 그를 아침 일찍 깨워야 했다.

마음은 한 시간이고, 두 시간이고 자도록 내버려 두고 싶
지만.

"일어나야죠, 그만."

평소 같으면 이쯤 깨어나 반응이 와야 하는데, 깊은 꿈이
라도 꾸는지 현우는 미동도 하지 않았다.

10분만 더 재울까, 생각하던 이주가 고개를 흔들었다. 그
가 오늘 있을 PT를 위해 지난 두 달 간 제대로 먹지도, 자지
도 못하고 매진했던 기억을 떠올리며 마음을 다잡았다.

"일어나요. 지금 일어나야 밥 먹고 나가죠."

현우가 슬그머니 그녀 쪽으로 돌아누웠다. 일어나려는 기
미가 보이자 이주는 목소리를 더 높였다.

"빨리 일어나서 씻고, 아!"

어깨를 흔들자 그가 눈을 뜨지도 않은 채 손목을 잡아당겨
그대로 그녀를 침대 위에 눕혔다. 껴안고 있던 베개 대신 이
주의 다리를 제 다리 사이에 두고 그녀의 허리를 감은 손을
끌어당겼다.

그의 품 안에 꼭 갇히게 된 이주가 답답함에 버둥거렸지만
소용없었다.

"10분만."

아직 잠에 젖어 갈라진 현우의 목소리에 그녀가 행동을 멈
췄다. 그의 가슴에 닿았던 시선이 위로 향했다. 이주의 정수
리 위에 턱을 기댄 현우에게서 작은 숨소리가 들려왔다.

일어나야 하는데. 그래야 밥이라도 먹여 내보낼 텐데. 고
민에 빠진 이주가 머리를 굴렸다. 이대로 그를 더 재우느냐,

새벽같이 일어나 고생해서 차린 아침밥을 먹여서 내보내냐. 식욕이냐, 수면욕이냐. 그녀의 머리가 덩달아 바빠졌다.

"뭐야. 무슨 생각을 하는데 표정이 그래."

낮게 웃는 그의 목소리가 들리자 이주는 어느새 눈을 뜬 그가 고민에 빠진 제 얼굴을 관찰하고 있었다는 걸 깨달았다.

"뭐야. 언제 일어났어요?"

뾰로통 입술을 내미는 이주를 내려다보는 그가 입가에 미소를 그렸다. 눈을 뜨면 볼 수 있는 그녀의 얼굴이 여전히 믿어지지 않아 손을 들어 이주의 뺨을 어루만졌다.

매 순간 확인하지만, 꿈같은 현실이다. 그녀와 함께 잠들고, 함께 눈을 뜨는 하루하루가.

"방금. 무슨 생각한 거야?"

"잠을 재워야 하나, 밥을 먹여야 하나 그 고민이요."

"그래서 결론이 났어?"

"덕분에요. 일어난 김에 씻어요. 아침 식사 거하게 차렸어."

씨익 웃던 그녀가 현우의 두 뺨을 잡더니 이마에 쪽 하고 입을 맞췄다. 재빨리 일어나 주방으로 향하기까지 그리 오래 걸리지 않았다. 여전히 멍한 얼굴로 침대에 누워 있던 현우가 소리를 내며 웃었다.

이대로 그녀를 끌어안고 10분이라도 더 자고 싶었지만, 아마 그랬다가는 이주가 고생하면서 차린 아침상은 물 건너갈 테고, 그럼 등짝 한 대 맞는 일로는 끝나지 않을 것이다.

생각을 마친 현우가 안방에 딸린 욕실로 향했다. 얼마 못 잤지만, 그런대로 꽤 상쾌한 아침이다.

이주가 콧노래까지 흥얼거리며 아침상을 차릴 만큼 기분이 좋은 이유는 따로 있었다. 바로 두 달여간 동안 쏟아부었던 PT가 오늘로 끝나면 그와 함께 아주 잠깐의 휴가를 누릴 수 있기 때문이다.

결과와 상관없이 현우가 3일 정도 회사에 휴가를 낸 상태라 이주는 기뻐했다. 결혼하자마자 시작한 프로젝트 때문에 신혼 생활도 즐기지 못한 터였다.

마침 휴가철이기도 했고, 이주 역시 날짜를 맞춰 3일 동안 가게를 닫기로 했다. 턱없이 부족한 잠이 절실할 그를 위해 여행은 가지 못하더라도, 그 시간 내내 그와 집에 있는 것만으로도 기분은 이미 하늘을 나는 듯싶었다.

어제 담근 봄동 겉절이를 꺼내 놓자마자 들려오는 인기척에 이주가 고개를 들었다. 막 감은 머리를 수건으로 털며 주방으로 들어오는 현우가 보였다.

"머리 말리고 나오라니까요. 감기 걸리면 어떡하려고."

"지금이 겨울인가."

"꽃샘추위도 몰라요?"

이주가 손을 뻗자 현우는 알아서 허리를 숙였다. 좀 아프지만 그녀가 직접 머리를 말려 준다는데 허리가 대수겠는가.

"몇 시에 일어났어?"

"음, 6시쯤인가?"

눈을 감고 있던 현우가 불만스럽게 미간을 좁히며 눈을 떴다. 두 손으로 열심히 머리를 말려 주고 있던 이주가 씨익 웃으며 그의 입술에 촉 하고 입을 맞추었다.

머리를 말려 줄 때마다 알아서 키를 맞춰 주는 현우 덕분에 먼저 뽀뽀를 할 수 있었다. 그 기회를 놓치지 않는 이주의 귀여운 행동에 그가 작게 미소 지었다.

"드라이기로 다 말리고 먹으면 좋겠는데."

"날씨가 더워서 잘 말라."

"아직 춥다니까. PT도 직접 한다면서 도중에 기침하면 어쩌려고."

"인간적으로 보이지 않을까?"

"퍽이나요."

머리를 마저 털어 주던 이주가 한 걸음 뒤로 물러섰다. 하지만 곧장 허리를 감아 오는 익숙한 온기에 이주는 그의 품에 안기게 됐다.

그녀의 어깨에 얼굴을 묻고, 두 팔로 허리를 끌어안자 이주는 꼼짝없이 그의 품에 쏙 하고 안겼다.

이주가 나지막한 숨을 내쉬었다. 피부에 달라붙는 젖은 머리칼이 못내 신경 쓰였다.

"밥 먹자니까요."

"내일부터 같이 있을 수 있잖아. 잠깐 즐기는 여운이라고 생각해."

"그런 거 즐기면 꼭 일이 틀어지던데."

이주가 불안하다는 듯이 말하자 현우가 푸하! 하고 웃음을 터트렸다. 덕분에 그의 숨이 그대로 피부 위로 느껴졌다.

이 양반이 정말. 아침부터 끼 부리는 재주 하나는 타고났단 말이야.

"답답해요. 아침부터 먹고⋯⋯."

끼를 부리는 정도가 아니라 아예 발산을 할 작정인지, 현우는 그녀의 목덜미를 붙잡아 올리더니 그대로 입을 맞춰 왔다. 눈을 꼭 감은 이주가 두 손으로 그가 입은 티셔츠 자락을 쥐었다. 알싸한 치약 향이 그대로 느껴졌다.

입술 사이가 벌어지고, 혀가 감기는 과정이 농밀하게 전해졌다. 눈이 부시도록 밝은 아침이라고는 연상되기 힘들 만큼 진하게 부딪쳐 온 입술이 갑자기 떨어졌다.

거친 숨을 그대로 내뱉는 이주를 내려다보며 현우는 짓궂게 웃다가 그녀의 이마에, 콧등에, 그리고 자신의 타액으로 촉촉하게 젖은 입술에 차례로 입을 맞췄다.

"아침부터 예뻐 죽겠다, 강이주."

이렇게 낯간지러운 말도,

"사랑해."

사랑한다는 말도 어려워하던 남자는 이제 변했다.

매일 아침 제 마음을 전해 올 만큼. 이렇게나 아름다운 얼굴로.

잔뜩 부르튼 입술 때문인지 유난히 오늘따라 이주의 입술이 튀어나온 것 같다고 현우가 생각하는 사이, 이주가 툭 하고 말을 내뱉었다.

"이제 아침 먹을 거죠?"

현우가 웃었다. 기분 좋은 아침은 계속됐다.

"뭐야. 슈트 새로 했어? 타이 예쁘다?"

경쟁사들이 한 테이블씩 차지한 대기실에서 현우를 본 승진이 물었다. 직접 PT를 맡은 현우가 씨익 웃으며 괜스레 타이 끝을 만지작거렸다.

"와이프가 예쁜 덕분이지."

"난 타이가 예쁘다고 했다? 뭐 이상한 거 못 느꼈어?"

질문에 날아오는 대답이 이상하다 느낀 승진이 말하자 테이블에 앉아 설계 도면을 챙기던 직원들이 풉, 소리를 내며 웃었다. 대화의 주인공은 어느새 타이에서, 시시때때로 사무실을 봄으로 만드는 그들의 '꽃사모'가 되었다.

"그래서 이주가 안 예쁘다고?"

"누가 안 예쁘대? 꽃사모가 안 예쁘다고 생각하는 사람, 손?"

손을 드는 이들은 없었다. 입을 막고 키득거릴 뿐. 현우는 만족스러운 듯 고개까지 끄덕이며 미소 지었다.

와, 사람이 어떻게 이렇게 순식간에 변하냐. 팔짱을 낀 승진은 기가 찬 듯 고개를 저었다.

"그런데 꽃사모가 뭡니까."

수백 번은 봤을 프린트 된 PT 자료를 내려놓으며 현우가 물었다. 테이블에 있던 설계팀 직원인 하나가 기다렸다는 듯

이 현우와 눈을 마주쳐 왔다. 마치 이 설명은 꼭 내가 해야 한다는 사명감 비슷한 것이 표정에 담겨 있었다.

"대표님 사모님이요. 저희끼리 부르는 닉네임이에요."

"꽃사모?"

"때마다 저희 사무실을 꽃으로 예쁘게 꾸며 주시니까 저희끼리 부르는 별명이요. 또 예쁘기도 하시잖아요."

마치 칭찬을 바라는 얼굴로 하나가 어깨까지 으쓱였다. 꽃사모라. 낮게 읊조리던 현우가 피식 소리를 내며 웃었다.

다다음 순서를 앞두고 직원들이 심사 위원들에게 나눠 줄 자료와 설계 도면을 갖고 PT가 진행 중인 대회의실로 먼저 향했다. 10분 뒤 오면 될 것 같다는 말에 고개를 끄덕인 두 대표만이 대기실에 남았다.

"좋냐? 와이프 별명이 꽃이라서?"

"들으면 좋아하겠네."

"너는 아니고?"

"누가 지었는지 알려 줘. 보너스 줄 거니까."

자기도 좋다는 대답을 이런 식으로 하나.

"너만 대표냐? 그런 건 나랑 상의해라."

"내 지분이 너보다 훨씬 많잖아."

현우가 다시 PT 자료를 손에 들었다. 시연만 수십 번을 했는데 뭐하러 또 보냐고 승진이 옆에서 한마디를 던졌다. 그때 바로 옆 테이블 사람들이 우르르 일어났다. 이번 관공서 리모델링 공사 경쟁 PT에 참여한 대기업 쪽이었다.

"쟤들은 로비로 시도 때도 없이 공사 따내면서 이런 건 왜 나온대?"

"일이 없나 보지."

"아까 화장실에서 엿들었는데 우리 회사 견제하는 것 같더라. 딱 들었잖아, 내가. 대체 우리 언제 이렇게 컸냐? 응?"

자화자찬에 자아도취까지. 어깨까지 으쓱이는 승진을 뒤로하고 현우는 마지막이라고 생각하며 들었던 PT 자료를 다시 내려놨다. 이제 발표 전까지는 보지 않을 생각이었다. 콩밭에 가 버린 정신도 좀 주워 와야 했고.

시도 때도 없이 떠오르는 이주 덕분일까. 요즘 현우는 보는 사람마다 얼굴이 폈다는 소리를 듣고 살았다. 공사 현장 인부들은 물론, 거래처 관계자들까지 그의 웃는 얼굴에 적응이 안 될 정도라고 하니. 좋았다. 자꾸자꾸 떠오르는 이주의 얼굴도, 변해 가는 자신의 모습도.

"나 내일부터 3일 동안 휴가야. 주말까지 연락하지 마."

"귀에 딱지 앉겠다. 몇 번을 말하냐?"

"혹시나 잊을까 봐."

"휴가를 얼마나 드라마틱하게 즐길 생각이길래. 해외라도 나가?"

"집에만 있기로 했어."

그런데도 전화를 안 받겠다고 벌써 툴툴거리는 현우를 보며 승진이 혀를 찼다.

"음흉한 새끼. 온종일 집에서 뭐 하려고."

"뭐 한다고 안 했다."

"뭐 할 거잖아. 그럼 이참에 집들이나 해. 윤수랑 갈게."

집들이라니. 휴가 중에 그런 끔찍한 소리를. 현우가 정색을 하고 고개를 저었다.

"싫어."

"내가 제수씨한테 전화할까?"

"꺼져. 나중에."

행여나 정말 쳐들어올까 입까지 험해졌다. 그럴 수는 없다. 어떻게 만들어 낸 휴가인데. 일부러 주중에 승진의 일까지 가져와 무리를 했다. 그렇게 해서 3일간의 스케줄을 겨우 뺐다.

그런데 집들이라니. 만약 집들이를 한다면 분명 배달 음식은커녕, 손수 음식 준비를 다 할 이주였다. 절대 그럴 수는 없다.

"나중에 언제, 인마. 결혼한 지 두 달이 넘었잖아."

"그 두 달 내내 이 프로젝트 준비하느라 와이프 얼굴도 까먹을 지경이야. 와도 문 안 열어 줄 거니까 그렇게 알아."

"얼씨구. 우리 꽃사모는 마음이 약해서 열어 줄 텐데?"

자기들끼리 몰래 문자까지 주고받는 것을 이미 알고 있던 현우가 코웃음 쳤다.

"모르나 본데 그 꽃사모는 나한테 더 약해."

현우가 몸을 일으켰다. PT 자료를 손에 쥐고 대기실 출구로 향하는 모습이 위풍당당했다. 어쩌다 홀로 남은 승진이 그를 따라 일어나며 중얼거렸다.

"재수 없는 새끼."

공사 못 따기만 해 봐라. 꼭 쳐들어갈 테다.

이주가 콧노래를 흥얼거리며 택시에서 내렸다. 미리 승진에게 PT 결과에 대해 몰래 물어본 바로는 잘해도 이렇게 잘할 수가 없었다고 했다.

그러니 축하해야지. 1등은 따 놓은 당상일 텐데. 일찍 가게 문을 닫고, 경연장으로 온 이주는 승진에게 몰래 문자를 넣었다. 답장은 금방 왔다.

〈1등! 새신랑이 해냈어요!〉

문자를 읽은 이주가 풋 하는 웃음을 터트렸다.

"새신랑이라니."

낯간지럽게. 큰 꽃다발을 안고 이주는 경연장 안으로 향했다. 1층의 큰 홀로 들어가는 커다란 문에서 사람들이 쏟아져 나오고 있었다. 현우를 찾는 이주의 눈이 빠르게 움직였다.

아직 현우도, 승진과 그의 사무실 사람들도 안에 있는 걸까. 이주의 걸음이 홀 안으로 향했다.

수백 개의 의자가 계단식으로 설치된 홀은 어마어마할 정도로 컸다. 이주는 현우를 금방 발견했다. 사람들 사이에서도 그는 빛이 났다.

직원들과 함께 의자 사이에 설치된 계단을 올라오는 그를 물끄러미 바라보며 이주는 미소를 지었다. 참아도 참아지지 않았다. 웃음이라는 게.

"어? 사모님?"

여전히 적응되지 않는 호칭에 이주가 현우에게 고정하고 있던 시선을 틀었다. 사무소에 몇 없는 여직원 중, 성격이 가장 밝은 하나였다.

그냥 편하게 부르면 좋을 텐데.

"저 마중 왔어요. 방해된 거 아니죠?"

"어떻게 왔어?"

이주가 온 줄은 꿈에도 모르고 있던 현우가 반가운 마음에 그녀의 손을 붙잡았다.

"꽃순이 필요할까 봐. 그리고 보고 싶어서."

"그새?"

"참을 수가 있어야지."

이주가 꽃다발을 내밀자 현우는 언제나 그랬듯이 꽃과 이주를 번갈아 보며 다발을 받아 들었다.

"나 먼저 간다. 지금부터 휴가야."

"알았어, 인마. 지겹다, 그 소리. 가요, 제수씨."

승진을 시작으로 함께 있는 직원들에게 눈인사를 건넨 이주가 현우의 손을 붙잡고 홀을 나섰다.

두 사람을 빤히 바라보는 하나의 얼굴이 부럽다는 듯이 붉어지자 옆에 있던 승진의 미간이 얼핏 구겨졌다.

"하나 씨가 왜 부끄러워해?"

"꽃사모가 너무 예뻐서요. 갈수록 예뻐지시는 것 같아요."

부러움을 넘어선, 선망의 시선으로 이주의 빈자리를 더듬는 그녀의 말을 승진은 알아들을 수 없었다.

"여자도 예쁜 여자 보면 눈 돌아가고 그래?"

"그럼요. 남자보다 더하면 더했지, 덜하지는 않을 걸요."

하나의 대답에 함께 있던 남직원들은 이해를 포기했다. 어쨌든 꽃사모가 점점 더 예뻐지는 건 사실이니까.

"차 대표 빼고 우리끼리 쫑파티 하자. 앞으로 더 바빠질 텐데."

승진의 제안에 직원들 모두가 오늘만 사는 것처럼 놀겠다는 각오를 다졌다.

"자, 잠깐!"

차에 오르자마자 부딪쳐 오는 입술에 이주가 숨을 헐떡였다. 꽃같이 예쁜 그녀가, 예쁜 꽃을 들고 있는 모습을 본 순간 키스하고 싶은 강한 충동을 느꼈다. 만약 뒤에 직원들이 없었다면 그대로 입술을 밀어붙였을 것이다.

자세가 불편한지 어깨를 밀어내는 그녀의 작은 손을 붙잡고 현우는 이주의 허리를 끌어당겼다. 자연스레 이주는 조수석에서 운전석으로 건너와 그의 허벅지 위에 안착했다.

"누가 보면 어쩌려고, 미쳤어! 진짜."

"보지 말라고 비싼 돈 주고 선팅했잖아."

앉은 자세 덕분에 허벅지의 반 정도가 드러나도록 올라간 치마 속으로 현우가 손을 넣었다.

그 손이 어디를 향할 것인지, 어떤 감각을 줄 것인지 너무나 잘 알고 있어 이주는 벌써부터 심장이 두근거렸다.

"꽃다발 만드느라 한 시간이나 걸렸는데, 보지도 않고."

"네가 꽃같이 예쁘잖아."

이런 쑥스러운 말도, 이 순간만큼은 진지하게 하는 남자를 어떻게 이길 수 있을까.

하지만 여긴 차 안이다. 그것도 축구장만 한 지하 주차장. 수십 명의 사람들이 오가는 곳에서 그와 일을 벌이라고?

그녀의 정신 상태로는 도저히 할 수 없는 일이다.

이주는 어느새 팬티 선을 더듬는 현우의 음흉한 손을 탁 쳐냈다.

마치 장난감을 잃어버린 아이처럼 현우의 표정이 시무룩해졌지만 이주는 웃음을 터트리는 것 말고는 다른 허락의 말은 하지 않았다.

"안 되는 건 안 되는 거예요."

"가혹하다, 강이주."

"새신랑 주제에 지난 두 달 동안 외박을 몇 번 했는지 떠올려 봐요. 누가 더 가혹한가."

이런 식으로 나오면 할 말이 없어진다. 현우는 말없이 그녀의 옷을 단정하게 정리해 주곤 다시 이주를 조수석에 앉혔다.

마치 인형처럼 조심스럽게 저를 어루만지는 현우를 보며 이주가 피식 웃었다.

"그런 의미에서."

이주가 작은 클러치 백에서 뭔가를 꺼냈다. 현우의 눈의 의심스럽다는 듯 가늘어졌다.

"짜잔!"

그녀의 가느다란 손가락이 집어 든 것은 다름 아닌 카드 키였다.

무엇을 뜻하는지 너무나 빤히 보이는 의도에 현우의 입이 작게 벌어지더니 이내 웃음을 참지 못하고 입꼬리가 기울어졌다. 덩달아 쑥스러워진 이주가 카드 키로 입 부근을 가리더니 웃음을 꾹 참았다.

"웃지 마요, 나도 웃기니까."

"이런 깜찍한 행동은 어디서 배웠어?"

"스스로 터득했다고나 할까."

사랑을 하면 수완도 느는 걸까. 이러면 안 넘어가고는 못 배긴다. 절대로.

현우가 그녀의 손에서 카드 키를 받아 들었다. 언젠가 남산 타워에서 야경을 보고 싶다던 이주의 말이 떠올랐다.

"남산 근처네."

"야경도 보고, 근처에서 잠도 자고."

"잠만 자는 거야?"

현우의 목소리에 장난기가 가득했다. 이렇게 당겼으면 그만 좀 밀어도 될 텐데. 이주가 눈을 반짝이며 그의 손에서 다시 카드 키를 뺏어 클러치 백에 넣었다.

"몇 박인지는 안 궁금해요?"

"뭐?"

당연히 1박이라고 생각했던 현우가 놀란 듯 되물었다.

"모레 아침까지예요. 꽃같이 예쁜 와이프가 쏘는 거고."

안 그래도 예쁜데, 턱받침까지 한 이주가 눈을 깜빡이며 예쁜 말을 늘어놨다.

그녀와 눈을 마주치며 현우는 생각했다.

꽤 근사한 휴가가 될 것이라고.

epilogue 02
하늘도 보고, 별도 따고

    현우는 점점 병원에 다니는 횟수가 줄어들었다. 두 달에 한 번에서, 넉 달에 한 번씩 잡던 병원 예약은 그만 와도 될 것 같다는 의사의 말로 끝맺음을 맺었다. 당연했다. 약을 먹는 일이 없으니, 그가 병원에 다닐 일도 없었다.

    축하를 해야 한다는 이주의 주장으로, 둘은 그녀가 좋아하는 남산 야경이 보이는 레스토랑에서 근사한 저녁을 먹고 집으로 돌아왔다. 병원에 다녀온 이후부터 이주는 내내 기분이 좋았다. 현우가 얼마나 스트레스를 받던 일인지 알고 있었기에 더욱 그랬다.

    "우리 아기 가질까?"

    결혼한 지 1년 하고도 한 달째가 넘어가는 오늘, 근사한 저녁을 먹는 와중에도 계속해서 떠올렸던 말. 그는 무심코 되뇌던 말을 내뱉었다.

바닥에 앉아 사과를 깎고 있던 이주가 고개를 들어 소파에 앉은 그를 올려다봤다.

"아기?"

"응."

"갑자기 왜?"

결혼 생활을 하면서 자연스럽게 말을 놓게 된 이주는 포크로 사과를 찍어 그에게 건넸다. 설마 생각 못 했던 일인 걸까. 큰 반응이 없는 그녀를 내려다보며, 현우는 준비했던 말들을 꺼내기 시작했다.

"나이도 있고, 결혼한 지 1년도 넘어가고, 나 약 안 먹은 지도 꽤 됐고, 우리도 자리 잡아 가고 있는 중이고……."

어디 더 말해 보라는 듯이 이주는 완전히 현우 쪽으로 돌아앉은 채 사과를 베어 먹었다. 감흥 없어 보이는 그녀의 얼굴에 현우는 자신감을 잃어 갔다.

"너도 직원 두고 마음 놓고 일할 수 있는 정도고, 또 나도 실무 쪽은 이제 손 안 대려고 하니까."

"그래서 하고 싶은 말이 뭔데."

두서없이 시작한 말에 답답함을 느낀 이주가 느려지는 그의 목소리 중간에 끼어들었다.

"은우가 조카 보고 싶대."

쑥스러운 듯 그녀의 시선을 피하며 그는 괜히 은우 핑계를 댔다.

"그리고 나도."

"나도?"

이주가 장난스럽게 고개를 기울이더니 그의 말을 따라 했다. 끙. 한숨을 참은 현우가 이주를 똑바로 내려다봤다.

"아이 갖자."

"……."

"너 닮으면 예쁠 거고."

상상만으로도 신이 날 것 같다는 얘기는 속으로만 생각한 현우가 이주의 대답을 기다렸다. 좋아하지도, 싫어하지도 않는 그녀의 표정 때문에 현우는 애가 닳았다.

싫은 걸까. 그렇다면 어째서? 현우는 빠르게 지난 결혼 생활을 되짚었다. 그중에 자신이 잘못한 것이 무엇일까 하나하나 찾아보기 위해.

"그런 사람이 일주일에 야근을 몇 번이나 하는지 알아?"

그가 혼자 심각해지려는 찰나였다. 토라진 듯이 퉁명스럽게 들려오는 이주의 목소리에 현우가 곧장 반응했다.

"하늘을 봐야 별을 따지."

예상치 못한 전개다, 이건. 멍해진 현우가 이주의 입술만 응시했다. 그녀가 하라는 설거지도, 재활용 수거도, 아파트 화단 앞에 쓰레기를 버리고 오는 일도 전부 다 잘했지만 딱 하나, 잘하지 못한 것. 바로 퇴근이다.

현우가 미안한 표정으로 어색하게 웃었다. 그의 표정이 점점 자신감을 잃어 갈수록 이주는 자신감을 되찾았다.

"이제 실무만 맡을 거라고 두 달 전에도 얘기했는데, 그 두 달 동안 야근 안 한 적이 얼마나 되는지 알아? 당신, 주말에도 회사에 붙어 있는 사람이잖아. 애는 나 혼자 만드나."

회사 규모가 커지면서 어쩔 수 없는 일이었다. 불가피한 일이었고, 모든 업무를 승진에게 미룰 수도 없었다.

최소한의 실무만 맡기 전에 해야 할 인수인계 작업으로 바빴던 두 달이다. 그녀가 화를 낼 만도 하다. 생각을 정리한 현우가 마른 입술을 쓸었다.

"그럼 지금 따자."

뭘? 이주가 눈을 동그랗게 떴다.

"별. 지금 따자고."

현우가 그녀를 향해 손을 뻗었다. 놀란 이주가 몸을 뒤로 뺐다. 쿡 터져 나오는 웃음은 막을 수 없는 것이었다.

"뭐야, 이렇게 갑자기."

"안 돼?"

결혼하면서 현우의 성격은 변했다. 말이 많아지고, 투정이 많아졌다. 출장지에 그녀를 데리고 가고 말겠다는 말도 안 되는 고집을 부릴 때도 있고, 안 되는 일을 되게 하겠다며 살살 눈웃음을 치기도 한다. 사람 마음 약해지게.

바로 지금처럼.

"하늘 보고, 별도 따자고."

"됐거든? 나는 생각 없거든?"

"그것도 바뀌게 해 줄게."

"와, 자신감 넘치는 것 봐."

"강이주 덕분이지."

"아, 진짜."

현우는 고민도 없이 이주의 몸을 끌어당겨 소파 위로 올렸다. 가장 먼저 입술이 부딪치고, 순식간에 둘은 알몸이 됐다.

그 밤 내내, 둘은 하늘을 봤다.

별은 아직이었다.

2년도 채 되지 않은 시간 동안 꽤 많은 변화들이 찾아왔다. 현우를 다시 만났고, 그와 뜨겁게 연애했고, 결혼이라는 걸 했다. 머나먼 얘기일 거라 생각했던 결혼 생활을 시작한 지 벌써 1년이 넘었다.

그리고 그녀는 엄마가 됐다.

"축하드려요. 임신입니다. 5주 정도 되셨네요."

현우가 직접 아기 얘기를 꺼내고 정확히 3개월이 지났을 때, 그녀는 홀로 병원을 찾았다.

쏟아지는 졸음, 몰려오는 피곤, 끊어진 생리. 임신 테스트기를 해 볼 시간도 없었다. 숍에 꽃을 사러 온 임산부를 마주친 순간 떠오르는 생각들을 정리하다 보니 그녀는 어느새 근처 산부인과로 향한 후였다.

초음파 사진과 산모 수첩을 받아 들고 이주는 무작정 그의 회사로 향했다. 어떻게 얘기를 꺼내야 할까, 벌써부터 가슴이 부풀었다.

나 임신했어. 이건 너무 멋이 없나?

나 아이 가졌어. 어차피 똑같은 말이긴 한데.

현우 씨, 아빠 된다! 이것도 너무 평범하지 않나?

고민에 고민을 거듭하는 사이, 어느새 그의 회사 앞에 다다랐다. 아이를 가졌고, 아이 아빠에게 사실을 전하기만 하면 될 텐데 왠지 모르게 떨렸다. 설레고, 긴장되고, 마음에 따뜻한 기운이 가득 들어차는 기분이다.

첫사랑한테 고백하러 가는 것도 아니고, 이건 대체 무슨 기분이야. 두 손으로 얼굴을 가리며 이주가 크게 심호흡했다. 가슴을 뒤덮은 긴장감에 심장이 벌렁거렸다.

회사에 도착하자 현우는 두 시간째 회의 중이라고 했다. 그녀의 얼굴을 모르는 직원이 없을 정도로 회사에 자주 얼굴을 보였던 이주는 늘 그랬듯 그의 사무실로 향했다.

"뭐 마실 거 드릴까요?"

"괜찮아요. 신경 쓰지 마세요."

직원이 나가고, 혼자 남겨진 이주는 조용히 초음파 사진을 꺼내 들었다. 보는 사람 하나 없는데도 조심스러웠다.

"너구나, 우리가 딴 별이."

사진 속, 아기집이라고 했던 부분을 빤히 들여다보는 이주의 얼굴에 미소가 폈다. 보고만 있어도 기분이 좋아졌다.

7주 차에는 태아의 심장 소리를 들을 수 있을 것이라 했다.

그때는 같이 갔으면 좋겠는데, 시간이 될까. 승진 씨한테 몰래 말해서 빼 달라고 할까. 그것도 나쁘지는 않겠다 싶어 이주는 계획을 머릿속에 새겨 뒀다. 그녀의 눈은 초음파 사진을 떠날 줄 몰랐다.

예쁠까, 잘생겼을까. 엄마를 닮았을까, 아빠를 닮았을까.

아홉 달 뒤에 태어날 아이를 떠올리며 이주가 부푼 생각에 잠겨 있을 때, 별안간 사무실 문이 열렸다.

"야, 난 진짜 고민이라니까?"

"뭘 어떡해. 생겼으면 결혼해야지."

"근데 윤아가 나랑 결혼 생각이 없는 것 같단 말이지!"

"그런데 피임도 안 했냐?"

"아, 했어! 했는데 생겼다니까? 내가 그 1%의 확률을 뚫은⋯⋯."

테이블 거의 맨 끝에 앉아 있던 이주는 승진과 눈이 마주치자 어색하게 웃었다.

그 뒤에 현우가 그녀를 발견하고, 반가운 듯이 부드럽게 눈이 풀어졌다. 친구의 얼굴이 민망함으로 달아오르는 건 뒷전이었다.

"언제 왔어?"

현우가 한걸음에 그녀의 앞으로 달려오는 것과 달리 승진은 느릿느릿 쭈뼛쭈뼛 다가왔다. 덩달아 어색해진 이주가 몸을 일으켰다.

"방금. 얼마 안 됐어."

"무슨 일 있는 건 아니고?"

현우가 다정하게 손을 감아 왔다. 다른 손으로 초음파 사진을 붙잡고 있던 이주가 받은 숨을 내뱉었다.

"어, 할 말이 있긴 한데⋯⋯."

"어라, 그거."

어떻게 얘기를 꺼내야 하나 망설이는데 승진이 먼저 알은체를 해 왔다.

"어제 윤아가 보여 준 거랑 비슷한 사진…… 이주 씨, 임신했어요?"

승진이 눈을 동그랗게 뜨며 물었다. 현우는 손을 놓고 그녀를 돌아봤다.

사실이냐 묻는 그의 눈을 마주 올려다보며 이주는 정확히 두 번 고개를 끄덕였다. 그러더니 사진을 들어 보인 채로, 웃음을 꾹 참는 입술을 가렸다.

와, 진짜.

"두 분 너무 친하신 거 아니에요? 아빠도 동시에 되시고."

좋은 소식을 전하러 왔다가 맞닥뜨린 뜻밖의 소식에 이주가 결국 웃음을 터트렸다.

승진은 귀까지 붉어졌고, 현우는 다급히 그녀의 손을 잡아챘다. 여전히 믿어지지 않는다는 얼굴의 그를 향해 이주가 기꺼이 사진을 흔들어 보였다.

"5주래."

"와."

말 대신에 터져 나온 작은 감탄사에 이주가 풋 소리를 내며 웃었다.

"두 분, 아빠 되신 거 축하드려요."

여전히 얼떨떨한 현우와 민망한지 목을 긁적이는 승진을 대신해 이주는 마음껏 축하받고, 축하했다.

"내가 옮길게, 하지 마."

임신을 한 후로 현우는 꼬박꼬박 정시 퇴근을 했다. 그리고 방금처럼 이주가 조금이라도 무거운 걸 들려고 하면 먼저 나서서 대신 들어 주기도 했다. 그래도 방금은 좀 심하지 않았나.

"그냥 냄비 옮기는 거잖아."

"그래도 무거워."

"너무 유난이거든?"

"승진이도 이렇게 해. 유난 아니야."

대체 두 남자가 무슨 정보를 공유한 걸까.

무거운 화분이나 짐도 아니고, 기껏 나가 봤자 1kg 조금 넘은 냄비 하나에 유난이 아니면 뭐가 유난이냐고 묻고 싶지만, 그의 심상치 않은 배려를 거절할 이유는 없어 내버려 두기로 했다.

오히려 그가 즐거워하는 것 같아 보기 좋았다. 두 남자가 공유하는 정보들이 대체 뭘지 궁금했지만.

"과일 먹을까?"

"내가 깎을게."

하지만 이건 유난인 게 확실했다. 냉장고에서 과일 하나도 못 꺼내게 하는 건.

"왜? 아주 업고 다니지?"

"그럴까? 다리 부었어?"

그냥 내뱉은 말인데도 그는 당장 무릎이라도 꿇어 등을 내줄 것처럼 굴었다. 좋은데, 좋으면서도 뭘 도와줘야 할지 몰라 허둥거리는 그가 귀여웠다.

"괜찮아. 과일 깎아 줘."

"걷기 힘들면 말해. 알았지?"

오늘 병원에서 아주 건강하게 잘 자라고 있고, 초음파로 태아의 심장 소리까지 들었으면서 뭐가 저렇게 불안할까.

이주는 엷게 웃으며 옆에 앉아 과일을 깎는 그의 서툰 손길을 지켜봤다. 컴퓨터도 잘하고, 운전도 잘하고, 칼로 슥슥 삭삭 모형은 잘 만들면서도 과일 깎는 솜씨는 맹추였다.

이주가 킥 소리를 내며 웃었다. 자로 잴 수 있을 만큼 두꺼운 사과 껍질들이 어느새 수북하게 쌓였다.

"과일은 내가 깎아야겠다."

"처음이라 그래, 늘어."

근데 못생기긴 했다. 현우는 자신이 만든 결과물이 우스운 듯 말을 덧붙였다.

"누가 보면 나 다음 달에 애 낳는 여잔 줄 알겠어. 아직 멀었는데 벌써부터 이렇게 힘 빼면 어떡해?"

"하나도 안 힘들어."

그는 이주의 손에 깍지를 끼워 잡더니, 포크로 사과를 찍어 내밀었다.

기다렸다는 듯 이주가 입을 크게 벌려 사과를 받아먹었다.

"이상해. 원래 사과 별로 안 좋아했는데."

"임신했을 때 사과가 좋대. 애기가 천식 걸릴 확률이 줄어든다던데."

현우는 행여나 그녀가 체라도 할까 작은 사과를 다시 반으로 잘랐다.

"그런 건 어디서 알았어? 나도 몰랐는데."

"나 요즘 승진이랑 일 얘기 안 하고 이런 얘기만 해."

알 만하다. 얼마 전, 사무실에 갔을 때 하나가 그녀를 붙잡고 얘기를 늘어놨었다. 회사의 두 대표님이 만났다 하면 태교, 임신한 아내, 육아 얘기만 늘어놓는다고 말이다.

사무실에 태교 관련 서적들이 꾸준히 늘어나는 건 이주도 알고 있는 사실이고.

"아, 승진 씨 프러포즈는 성공했대?"

"아직. 알아서 잘 하겠지."

"전에 승진 씨랑 통화했어. 사이좋게 아들, 딸 낳으면 사돈 맺자고."

농담처럼 던진 이주의 말에 현우가 눈썹을 찌푸렸다.

"누구 마음대로."

"싫어?"

"당연히 싫지. 남의 딸을 어디 함부로."

현우는 임신 사실을 알고서부터 계속 딸이라 주장했다. 정말 밑도 끝도 없이.

"아들일 수도 있거든?"

"딸이야."

"그걸 현우 씨가 어떻게 알아?"

"그냥 직감. 은우도 딸이라고 하던데?"

형제의 직감이라 이건가. 아무래도 좋다. 아들이건, 딸이건. 이주가 씨익 웃으며 사과 하나를 들어 그의 입에도 넣어주었다.

"은우 도련님은 언제 와?"

"한 달쯤 뒤에. 지금 스위스에 있대. 베른."

은우는 일주일 전 1년 동안 착실히 모은 용돈으로 유럽 배낭여행을 떠났다. 아들이라면 극진히 아끼는 미영의 품에서 조금이라도 벗어나기 위함이라며, 그는 여행을 결심한 계기에 대해 그렇게 설명했다.

변한 것 없는 부모, 달라지지 않는 어머니의 집착.

잠깐이라도 벗어나고 싶겠지. 은우는 숙명처럼 그것을 받아들인다고 했지만.

"좋겠다. 여행도 가고. 나도 대학생이었으면 당장 갔는데."

이주가 부러움을 담아 말하자 현우의 미간은 아까의 사돈 얘기보다 더 인정사정없이 찌푸려졌다.

"가긴 어딜 가. 내가 안 보내지."

"웃겨. 나 대학생 때 그쪽은 내 옆에 없었거든?"

"다시 돌아가면 있을 거라는 얘기지."

오지 못할 미래를 얘기하는데도 둘은 우울하지 않았다. 오히려 아이와 함께인 미래가 기다려지는 사람들의 대화였다.

과일을 다 먹고, 현우가 손수 양치질을 시켜 주겠다고 하자 이주는 가만히 고개를 끄덕였다.

양치질을 하고, 그에게 업혀 안방 침대까지 갔다. 고작 10m도 되지 않는 거리를 업혀서 다니다니, 꼭 육아 일기에 써야겠다고 생각하며 이주가 웃음을 참았다.

나란히 침대에 눕게 되자 이주는 이 밤을 기다렸다는 듯 그의 팔에 머리를 기댔다. 매일 밤 그랬던 것처럼.

현우는 웃으며 그녀의 머리를 끌어당겨 안고, 행여나 감기라도 걸릴까 봐 이불을 꼭꼭 덮었다. 임신을 하면서 부쩍 잠이 많아진 이주는 금방 잠에 들었다.

그녀와 함께 잠들기 시작하면서 불면증이 없어진 현우 역시 찾아온 잠을 이기지 못했다.

밤이 지나가고, 새벽이 찾아오는 내내 둘은 언제나 그랬듯 함께였다.

행복한 밤이었다.

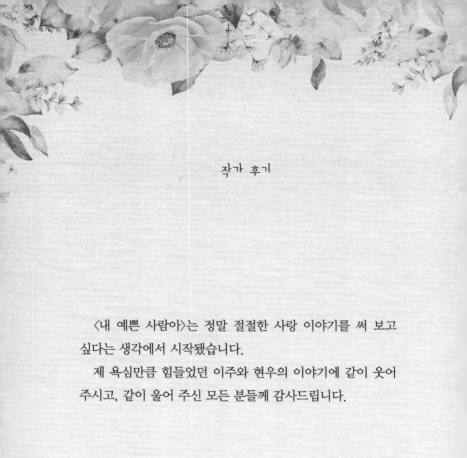

작가 후기

〈내 예쁜 사람아〉는 정말 절절한 사랑 이야기를 써 보고
싶다는 생각에서 시작됐습니다.
제 욕심만큼 힘들었던 이주와 현우의 이야기에 같이 웃어
주시고, 같이 울어 주신 모든 분들께 감사드립니다.

—2017년 10월,
여물어 가는 가을 속에서
문수진 올림.